불멸의 문장들

한국현대문학사 명예의 전당에는 누가 오를 것인가?

윤작가 … 팟캐스트 · 출판기획자 · 문장수집자 · 음악순례자 · 활자중독자

32년간 학교에서 국어 교사로, 진로교사로 살다가 명예퇴직하고 작은 출판사를 내어 책을 만들고, 문장 팟캐스트 【북적북적톡설】에서 마이크와 함께 놀고 있음. 『느낌 그게 뭔데, 문장』과 『걷다가 떠난 여행』을 펴냈고 〈한국 가족 문단사〉를 썼음.

문/장/수/집/자/ 팟캐스터 윤작가 포충망

불멸의 문장들

펴 낸 날	초판 1쇄 2022년 11월 22일
지 은 이	김우진 · 윤동주 외 46명 지음
엮 은 이	윤작가
펴 낸 이	윤재식
펴 낸 곳	우시모북스
출 판 등 록	2019.10.18.(제419-2019-000011호)
주 소	원주시 흥업면 연세대길1 연세대학교 제2창업보육센터 106호
전 화	0507-1316-9842 팩 스	031-624-9842
홈 페 이 지	www.usimobooks.co.kr
이 메 일	usimo@naver.com
I S B N	979-11-971329-2-6 (03810)

한국현대문학사에 명예의 전당이 생긴다면
어느 작가의, 어떤 작품이 명예스럽게 기록될까!

불멸의 문장들

김우진 · 윤동주 외 46명 지음 | 윤작가 엮음

문/장/수/집/자/

팟캐스터 윤작가 포충망

우시모북스

문장수집자의 산문 컬렉션

'명예의 전당'이 있다. 특정한 분야에서 뛰어난 업적을 남긴 분들의 이름을 새겨놓고, 그들의 능력을 널리 알리고 기념하는 것이다.

야구, 영화, 골프, 배드민턴, 축구, 게이머, 그리고 대중음악 로큰롤 명예의 전당이 유명하다.

명예의 전당에 오르는 이들은 불멸의 이름을 갖는 것이다. 해당 분야에서 남과 다른 업적만큼이나, 그들의 두드러진 인간적인 면모까지 살펴지면서, 비교하고 새삼 감탄하며 기리는 것이다.

문장수집자로 활자 탐독 여행을 하면서 한국현대문학사에 명예의 전당이 생긴다면, 어느 작가의 이름이 누구의 어떤 문학작품이 명예스럽게 기록될까 생각을 해본다.

다른 나라보다 고통스러운 시절을 많이 겪은, 영욕榮辱의 부침浮沈이 많은 우리 역사 속에서, 명예의 전당 등재 잣대 중 하나는 분명, 시대와 역사의 노정路程을 비틀거리지 않았던 걸음걸이가 중요한 시금석이 될 것이다.

우리 현대문학사에 그런 명예의 전당이 있다면, 누가 들어오고 누가 빠질 것인가 다시 생각을 해본다.

한 치 앞을 내다볼 수 없는 게 인간들이다. 그러나 예술가들은 한치가 아니라, 먼 미래까지도 살필 줄 알아야 한다. 그들은 하늘의 영감^{靈感}을 미리 받아쓴 죄^罪로 대부분 보통 인간들과는 다르게 평범하게 살지 못한다. 하지만 하늘의 영감을 미리 받아, 인간 세상에서 영혼을 울리는 명작을 남긴다. 살아서보다 사후에 독자들 곁에서 사랑받고 추앙을 받는다.

불멸^{不滅}이다.

우리 현대사, 고난의 역사 속에 광야에서 외롭게 걸어가면서, 모진 고통 가운데 굴하지 않고 미래에 대한 빛과 희망을 주면서 스러져간 별들, 그래서 이들이 남긴 불멸의 문장을, 불멸의 작가들을 편집자는 생각하는 것이다.

편집자가 만난 '느낌 있는 문장'들을 한 권의 책으로 묶고 싶었다. 인터넷 라디오 팟빵^{북적북적톡설}에서 읽어주고 싶었던 우리 시대의 산문들을 묶어서 나누고 싶었다.

작업하다가 만난 수많은 멋진 문장들 − 몇 날이고 밤새웠던 손끝에, 심장에 함께 녹아들었던 편집본 속의 또 다른 꼭지들은 다음 3권으로 기약하고, 여기 도도한 역사 속에 여리여리한 감성과, 서늘한 시대정신이 녹슬지 않은 명문들을 모아 『불멸의 문장들』로 세상에 내놓는다.

우리는 개인의 자유를 극도로 주장하되 그것은 저 짐승들과 같이 저마다 제 배를 채우기에 쓰는 자유가 아니요, 제 가족을, 제 이웃을, 제 국민을 잘살게 하기에 쓰이는 자유다. 공원의 꽃을 꺾는 자유가 아니라, 공원에 꽃을 심는 자유다.
- 김구 〈내가 원하는 우리나라〉 (1947) 중 -

이제 겨우 100년 조금 넘은 우리 근·현대의 산문, 문장의 역사, 그런데 이들을 복사하고 옮기고 짜깁기하는 인쇄 복사물 속에 원문原文에 대한 궁금증이 커갔다. 그래서 찾은 원문 텍스트와 대조를 통해 작가가 100년 전에 고심했던 원문을 [원문에서 살려낸 문장]으로 복원해 넣었다.

방정환의 〈어린이 찬미〉 6문장, 최서해의 〈면회사절〉 1문장, 민태원의 〈청춘예찬〉 2문장, 정지용의 〈서왕록〉 1문장, 김동석의 〈뚫어진 모자〉 2문장이 원문 복원 작업에서 살린 글로 전체 문장과 대비하여 보면 흥미로울 것이다.

원문 출전 확인에 많은 시간을 집중하면서 성과가 있었다. 이미 동일 텍스트를 다룬 앤솔로지 책들이 원문 출전 연도를 모호하게 적어 놓았거나, 출전 미상으로 얼렁뚱땅 넘어가던 것을 확실하게 찾아, 원문 출전 연도를 평설評說 머리에 기록해 두었다.

김소월의 〈팔벼개노래調죠〉, 노자영의 〈병상 오 년기〉, 정지용의 〈서왕록〉, 이상재의 〈독립문 건설소〉, 이육사의 〈무희의 봄을 찾아서 - 박외선 양 방문기〉, 문일평의 〈조선 과물 예찬〉, 한용운의 〈명사십리〉의 출전이 그것이다.

선정한 작품에 대한 평설評說이 있었으면 좋겠다는 의견이 있어, 문장 선택에 대한 평설을 기록하였다. 책 편집만큼이나 출판 시간이 걸렸지만, 원래 하고 싶었던 분야라 내심 즐기면서 (?) 작업을 하였다. 좋은 지적도 감사의 조건이다.

이에 느낌이 간절한 지은이는 안타깝고 애타는 마음을 하소연할 곳이 없으므로 평일에 모아 두었던 어휘語彙로 밑천을 삼고 그 위에 널리 고금을 통하여 많은 문헌文獻에서 조선말과 인연이 있는 어휘를 두루 뽑아 한 체계體系를 세워 이 『조선어사전』을 만들기로 스스로 맹서하였습니다.

- 〈문세영 『조선어사전』 지은이 말씀〉 (1938) 중 -

어쩌면 이 문장들은 내가 선택한 것이 아니라 나를 통한, 내가 도구가 되었을지 모른다는 생각을, 몇몇 글에서는 그런 느낌이 확신으로 강하게 들었다.

　이렇게 만난 수집가의 문장을 혼자 읽고 두기 아까워 오랜 취미이자 놀이인 방송 http://www.podbbang.com/ch/1773948 【북적북적 톡설】에서 만날 수 있음도 분명 행운이다.

　올려두고, 그래도 아직 공개하지 못한, 같이 읽고 싶은 '느낌 좋은 산문'들을 여기 묶어 함께 나누고자 한다.

2022년 10월 10일

【북적북적톡설】 편집실에서 윤작가

일러두기

1. 문장부호의 통일
   시 제목, 노래 제목, 문학 단편 작품 제목은 〈   〉로
   중편은 「 」로, 문학 잡지명, 신문명, 영화 제목은 《   》로
   장편소설이나 단행본(시집, 수필, 소설 등)은 『 』로 통일하였습니다.

2. 각주 달기
   '문장 속 단어[ ] 의 설명은 편집자의 편견偏見과 주관으로 독자의 이해를 돕기 위한
   설명 주석이다, 각주로 달면 문장독해 시선視線의 흐름에 방해가 될 것 같아 요즘 세
   상의 순행에 맞추기 위해 되도록 각주를 피한다.'
   그러나 이 책에서는 각주가 많습니다.

1장

시처럼 산문

어린이 찬미

방정환(아동문학가)

1

어린이가 잠을 잔다. 내 무릎 앞에 편안히 누워서 낮잠을 달게 자고 있다. 볕 좋은 첫여름 조용한 오후이다.

고요하다는 고요한 것을 모두 모아서 그중 고요한 것만을 골라 가진 것이 어린이의 자는 얼굴이다. 평화라는 평화중에 그중 훌륭한 평화만을 골라 가진 것이 어린이의 자는 얼굴이다. 아니 그래도 나는 이 고요한 자는 얼굴을 잘 말하지 못하였다. 이 세상의 고요하다는 고요한 것은 모두 이 얼굴에서 우러나는 것 같고, 이 세상의 평화라는 평화는 모두 이 얼굴에서 우러나가는 듯싶게 어린이의 잠자는 얼굴은 고요하고 평화롭다.

고운 나비의 날개 …… 비단결 같은 꽃잎 아니 아니 이 세상에 곱고 보드랍다는 아무것으로도 형용할 수 없이 보드랍고 고운 이 자는 얼굴을 들여다보라. 그 서늘한 두 눈을 가볍게 감고 이렇게 귀를 기울여야 들릴 만치 가늘-게 코를 골면서 편안히 잠자는 이 좋은 얼굴을 들여다보라. 우리가 종래에 생각해 오던 하느님의 얼굴을 여기서 발견하게 된다. 어느 구석에 먼지만큼이나 더러운 티가 있느냐. 어느 곳에 우리가 싫어할 한 가지 반 가지나 있느냐……. 죄 많은 세상에 나서 죄를 모르고 더러운 세상에 나서 더러움을 모르고 부처보다도 야소耶蘇: 예수보다도 하늘 뜻 그대로의 산 하느님이 아니고 무엇이랴.

아무 꾀도 갖지 않는다. 아무 획책도 모른다. 배고프면 먹을 것을 찾고 먹어서 부르면 웃고 즐긴다. 싫으면 찡그리고 아프면 울고…… 거기에 무슨 거짓이 있으며 무슨 꾸밈이 있느냐. 시퍼런 칼을 들고 핍박하여도 맞아서 아프기까지는 방글방글 웃으며 대하는 이가 이 넓은 세상에 오직 이이가 있을 뿐이다.

오오, 어린이는 지금 내 무릎 앞에서 잠잔다. 더 할 수 없는 참됨眞과 더 할 수 없는 착함과 더 할 수 없는 아름다움을 갖추고 그 위에 또 위대한 창조의 힘까지 갖추어 가진 어린 하느님이 편안하게도 고요한 잠을 잔다. 옆에서 보는 사람의 마음속까지 생각이 다른 번루한 것에 미칠 틈을 주지 않고 고결하게 고결하게[1] 순화純化시켜 준다. 사랑흡고도 보드라운 위엄을 가지고 곱게 곱게 순화시켜 준다.[2]

나는 지금 성당聖堂에 들어간 이상의 경건敬虔한 마음으로 모든 것

---

1) 원문에 그대로 나옴
2) [원문에서 살려낸 문장] 사랑흡고도 보드라운 위엄을 가지고 곱게 곱게 순화시켜 준다.

을 잊어버리고 사랑스러운 하느님 - 위엄 뿐만의 무서운 하느님이
아니고 - 의 자는 얼굴에 예배하고 있다.

2

어린이는 복되다 - .

이때까지 모든 사람들은 하느님이 우리에게 복을 준다고 믿어
왔다. 그 복을 많이 가져온 이가 어린이다. 그래 그 한없이 많이
가지고 온 복을 우리에게도 나누어 준다. 어린이는 순 복덩어리다.

마른 잔디에 새 풀이 나고, 나뭇가지에 새싹이 돋는다고 제일
먼저 기뻐 날뛰는 이도 어린이다.

봄이 왔다고 종달새와 함께 노래하는 이도 어린이고 꽃이 피었
다고 나비와 함께 춤추는 것도 어린이다.

비가 온다고 즐거하는 것도 어린이요 저녁 하늘이 빨개진 것을
보고 기뻐하는 이도 어린이이다.[3]

별을 보고 좋아하고 달을 보고 노래하는 것도 어린이요 눈[雪]
온다고 기뻐 날뛰는 이도 어린이이다.

산을 좋아하고 바다를 사랑하고 큰 자연의 모든 것을 골고루
좋아하고 진정으로 친애하는 이가 어린이요 태양과 함께 춤추며
사는 이가 어린이이다.

---

3) [원문에서 살려낸 문장] 비가 온다고 즐거하는 것도 어린이요 저녁 하
   늘이 빨개진 것을 보고 기뻐하는 이도 어린이이다.

그들에게는 모든 것이 기쁨이요, 모든 것이 사랑이요, 또 모든 것이 친한 동무이다.

자유와 평등과 박애와 환희[歡喜]와 행복과 이 세상 모든 아름다운 것만 한없이 많이 가지고 사는 이이가 어린이다. 어린이의 살림 그것 그대로가 하늘의 뜻[意志]이다. 우리에게 주는 하늘의 계시[啓示]다.

어린이의 살림에 친근할 수 있는 사람, 어린이 살림을 자주 들여다볼 수 있는 사람 - 배울 수 있는 사람 - 은 그만큼 한 행복을 더 얻을 것이다.

3

어린이와 얼굴을 마주 대하고는 우리는 찡그리는 얼굴 성낸 얼굴 슬픈 얼굴을 못 짓게 된다. 아무리 성질 곱지 못한 사람이라도 어린이와 얼굴을 마주하고는 험상한 얼굴을 못 가질 것이다. 어린이와 마주 앉을 때 - 적어도 그 잠깐 동안은 - 모르는 중에 마음의 세례를 받고 평상시에 가져 보지 못하는 미소[微笑]를 띤 부드러운 좋은 얼굴을 갖게 된다. 잠깐일망정 그동안 온순화된다. 깨끗해진다. 어떻게든지 우리는 그동안 순화되는 동안을 자주 가지게 되고 싶다.

하루도 삼천 가지 마음(一日 三千心), 지저분한 세상에서 우리의 맑고도 착하던 마음을 얼마나 쉽게 굽어 가려고 하느냐. 그러나 때로 은방울을 흔들면서 참됨이 있으라고 일깨워 주고 지시해 주는 어린이의 소리와 행동은 우리에게 큰 구제의 길이 되는 것이다.

우리가 피곤한 몸으로 일에 절망絶望하고 늘어질 때 어둠에 빛나는 광명의 빛같이 우리 가슴에 한 줄기 빛을 던지고 새로운 원기와 위안을 주는 것도 어린이뿐만이 가진 존귀한 힘이다.

어린이는 슬픔을 모른다. 근심을 모른다. 그리고 음울陰鬱한 것을 싫어한다. 어느 때 보아도 유쾌하고 마음 편하게 논다. 아무데 건드려도 한없이 가진 기쁨과 행복이 쏟아져 나온다.[4]기쁨으로 살고, 기쁨으로 커 간다. 뻗어나가는 힘 뛰노는 생명의 힘 그것이 어린이다. 온 인류의 진화進化와 향상向上도 여기에 있는 것이다.

어린이에게서 기쁨을 빼앗고 어린이 얼굴에 슬픈 빛을 지어 주는 사람이 있다 하면 그보다 더 불행한 사람이 없을 것이요, 그보다 더 큰 죄인이 없을 것이다. 이 의미에서 조선 사람처럼 더 불행하고 더 큰 죄인은 없을 것이다.

어린이의 기쁨을 상해 주어서는 못쓴다! 어린이의 얼굴에 슬픈 빛을 지어 주어서는 못쓴다.[5] 그리할 권리도 없고 그리할 자격도 없건마는 …… 무지한 조선 사람들이 어떻게 많이 어린이들의 얼굴에 슬픈 빛을 지어 주었느냐.

---

4) [원문에서 살려낸 문장] 아무데 건드려도 한없이 가진 기쁨과 행복이 쏟아져 나온다.
5) [원문에서 살려낸 문장] 어린이의 얼굴에 슬픈 빛을 지어 주어서는 못쓴다.

어린이들의 기쁨을 찾아주어야 한다. 어린이들의 기쁨을 찾아주어야 한다.

4

어린이는 아래의 세 가지 세상에서 온통 것을 미화^{美化}시킨다.

1, 이야기 세상 2, 노래의 세상 3, 그림[繪畫]의 세상.

어린이의 나라의 세 가지 훌륭한 예술^{藝術}이다.

어린이들은 아무리 엄격한 현실이라도 그것을 한 이야기로 본다. 그래서 평범한 일도 어린이의 세상에서는 그것이 예술화하여 찬란한 미^美와 흥미^{興味}를 더하여 가지고 어린이 머릿속에 다시 전개^{展開}된다.

그래 항상 이 세상 모든 것을 아름답게 본다.

어린이들은 또 실제에서 경험하지 못한 일을 이야기의 세상에서 훌륭히 경험한다. 어머니나 할머니의 무릎에 앉아서 자미[재미]있는 이야기를 들을 때 그는 아주 이야기에 동화^{同化}해버려서 이야기의 세상 속에 들어가서 이야기에 나오는 모든 일을 경험한다. 그래 그는 훌륭히 이야기 세상에서[6] 왕자^{王者: 제왕인 사람. 임금}도 되고, 고아^{孤兒}도 되고 또 나비도 되고 새도 된다. 그렇게 해서 어린이들은 자기의 가진 행복을 더 늘려 가고 기쁨을 더 늘려 가는 것이다.

어린이는 모두 시인^{詩人}이다. 본 것 느낀 것을 그대로 노래하는

---

6) [원문에서 살려낸 문장] 나오는 모든 일을 경험한다. 그래 그는 훌륭히 이야기 세상에서

시인이다. 고운 마음을 가지고 어여쁜 눈을 가지고 아름답게 보고 느낀 그것이, 아름다운 말로 굴러 나올 때 나오는 모두가 시가 되고 노래가 된다. 여름날 무성한 나무숲이 바람에 흔들리는 것을 보고 "바람의 어머니가 아들을 보내어 나무를 흔든다" 하는 것도 그대로 시요, 오색이 찬란한 무지개를 보고 "하느님 따님이 오르내리는 다리라"고 하는 것도 그대로 시이다. 개인 밤 밝은 달에 검은 점을 보고는

　　저기 저기 저 달 속에
　　계수나무 박혔으니
　　금도끼로 찍어 내고
　　옥도끼로 다듬어서
　　초가삼간 집을 짓고
　　⋯⋯⋯⋯⋯⋯⋯

　고운 소리를 높이어 이렇게 노래를 부른다. 밝디밝은 달님 속에 계수나무를 금도끼 옥도끼로 찍어 내고 다듬어 내서 초가삼간 집을 짓자는 생각이 어떻게 곱고 어여쁜 생활의 소지자이냐.

　　새야 새야 파랑새야
　　녹두밭에 앉지 마라
　　녹두꽃이 떨어지면

청포 장사 울고 간다. (청포는 묵)

　이러한 고운 노래를 기꺼운 마음으로 소리높여 부를 때 그들의 고운 넋이 어떻게 아름답게 우쭐우쭐 자라갈 것이랴. 위의 두 가지 노래[童謠]는 어린이 자신의 속에서 우러나온 것이 아니고 큰 사람의 지은 것일는지도 모른다. 그러나 몇 해 몇십 년 동안 어린이들의 나라에서 불러 내려서 어린이의 것이 되어 내려온 거기에 그 노래에 스며진 어린이의 생각 어린이의 넋을 볼 수 있는 것이다.

　아아 아름답고도 고운 이여 꾀꼬리 같은 자연 시인이여 그가 어린이이다.[7]

　어린이는 그림을 좋아한다. 그리고 또 그리기를 좋아한다. 조금의 기교[奇巧]가 없는 순진[純眞]한 예술을 낳는다. 어른의 상투를 자미[재미]있게 보았을 때 어린이는 몸뚱이보다 큰 상투를 그려 놓는다. 순사의 칼을 이상하게 보았을 때 어린이는 순사보다 더 큰 칼을 그려 놓는다. 어떻게 솔직한 표현[表現]이냐 어떻게 순진한 예술이냐. 지나간 해 여름이다. 서울 천도교당 안에서 여섯 살 먹은 어린이[男子]에게 이 집(교당 내부 전체를 가리키면서)을 그려 보라 한 일이 있었다. 어린이는 서슴지 않고 종이와 붓을 받아들더니 거침없이 네모 번듯한 사각[四角] 하나를 큼직하게 그려서 나에게 내밀었다. 어떻게 놀라운 일이냐 그 어린 동무가 그 큰 집에 들어앉아서 그 집

---

7)　[원문에서 살려낸 문장] 아아 아름답고 고운 이여 꾀꼬리 같은 자연 시인이여 그가 어린이이다.

을 보기는 크고 네모 번듯한 넓은 집이라고밖에 더 달리 복잡하게 보지 아니한 것이었다. 어떻게 순진스럽고 솔직한 표현이냐 거기에 아직 더럽혀지지 아니한 이윽고는 큰 예술을 낳아 놀 무서운 참된 힘이 숨겨 있다고 나는 믿는다. 한 포기 풀草을 그릴 때에 어린 예술가는 연필을 잡고 거리낌 없이 쓱쓱 - 풀줄기를 그린다. 그러나 그 한 번에 쑥 내려그은 그 선線이 어떻게 복잡하고 묘하게 자상한 설명을 주는지 모른다.

위대한 예술을 품고 있는 어린이여 어떻게도 이렇게 자유로운 행복 뿐만을 갖추어 가졌느냐.

어린이는 복되다. 어린이는 복되다. 한이 없는 복을 가진 어린이를 찬미하는 동시에 나는 어린이 나라에 가깝게 있을 수 있는 것을 얼마든지 감사한다.

(1924년)

출전 : 《신여성》 2권 6호 (1924.6)

소파 방정환이 참여하며 개벽사에서 발행하던 《신여성》에 실린 글이다. 소파는 참으로 많은 잡지 창간 편집 제작에 참여한다. 문예 동인지 《신청년》(1919년), 영화 잡지 《녹성》(1919년), 순수 아동 잡지 《어린이》(1923년), 《신여성》,《학생》 등의 잡지를 세상에 내놓았다.

어린이에 대한 애정을 듬뿍 담은 이 글을 읽을 때마다 마음이 따뜻해지고 고마운 생각이 든다.

최근에 화제가 된 드라마 《이상한 변호사 우영우》 제9화 〈방구뽕〉이 소파 선생의 일화 관련설로 한동안 인터넷을 달구기도 하였다.

1924년에 나온 원문이지만 최근 여러 책에서는 〈어린이 찬미〉 텍스트에 사라진 곳이 많아서 [원문복원]으로 여섯 군데를 찾아왔다.

[원문에서 살려낸 문장]
1) … 사랑흡고도 보드라운 위엄을 가지고 곱게 곱게 순화시켜 준다.
2) … 비가 온다고 즐겨하는 것도 어린이요 저녁 하늘이 빨개진 것을 보고 기뻐하는 이도 어린이이다.
3) … 아무데 건드려도 한없이 가진 기쁨과 행복이 쏟아져 나온다.
4) … 어린이의 얼굴에 슬픈 빛을 지어 주어서는 못쓴다.
5) … 나오는 모든 일을 경험한다. 그래 그는 훌륭히 이야기 세상에서
6) … 아아 아름답고도 고운 이여 꾀꼬리 같은 자연 시인이여 그가 어

린이이다.

방정환方定煥, 1899~1931. 서울 출생. 독립운동가, 아동문화운동가, 어린이 교육인, 사회운동가이며 어린이날의 창시자. 아호는 소파小波. 보성전문학교를 졸업하고 일본 도요대학교 철학과 중퇴. 1917년 잡지 《청춘》에 보낸 글이 현상문예 선외 가작에 뽑힘. 천도교 3대 교주인 손병희의 사위가 된 뒤 천도교청년회 활동을 적극적으로 펼침. 이때 청년결사조직인 '경성청년구락부'를 조직했고 기관지이자 문예동인지인 《신청년》(1919년) 발행·편집을 주도하고, 한국 최초의 영화 잡지《녹성》(1919년)의 편집에도 관여함. 1923년 최초로 본격적인 아동문학 연구 단체인 '색동회'를 조직하고 순수아동잡지 《어린이》를 창간함. 개벽사에서 발행한 《신여성》, 《학생》 등의 잡지를 편집·발간했으며, 동화대회, 소년문제 강연회, 아동예술 강습회, 소년 지도자 대회 등을 주재하며 계몽운동과 아동문학운동에 앞장섬. '어린이'란 말을 처음 쓰기 시작한 그가 아동문학 활동을 한 기간은 약 10년으로 〈형제별〉·〈가을밤〉·〈귀뚜라미〉 등 많은 작품을 발표함. 1922년 7월 개벽사에서 번역동화집 『사랑의 선물』을 출판함.

1931년 7월 23일, 오랜 지병과 과로로 인한 신장염과 고혈압으로 31세를 일기로 요절함. '새싹회'에서 그를 기념하여 1957년 소파상을 제정하였고, 1958년 고려대학교에서 명예졸업장이 추서되었으며 1971년에는 색동회가 주관하고 전국 어린이들의 성금을 기금으로 하여 2년간 제작한 동상이 남산 어린이회관 옆에 세워짐.

1983년 어린이날 망우리 묘소에 「소파방정환 선생의 비」가 세워졌으며, 1987년에는 독립기념관에 그가 쓴 '어른들에게 드리는 글'을 새긴 어록비가 건립됨.

1978년 금관문화훈장, 1980년 건국포장, 1990년 건국훈장 애국장이 추서됨.

사후에 『동생을 찾으러』(1954), 『소파아동문학전집』(1965), 『소파수필선』(1969), 『소파방정환문학전집(8권)』(1974), 『방정환문학전집 (10권)』(1983), 『소파전집』(2017) 등이 발간됨.

그믐달
나도향(시인)

　나는 그믐달을 몹시 사랑한다. 그믐달은 너무 요염하여 감히 손을 댈 수도 없고, 말을 붙일 수도 없이 깜찍하게 어여쁜 계집 같은 달인 동시에 가슴이 저리고 쓰리도록 가련한 달이다.

　서산 위에 잠깐 나타났다 숨어 버리는 초승달은 세상을 후려 삼키려는 독부가 아니면 철모르는 처녀 같은 달이지마는, 그믐달은 세상의 갖은 풍상을 다 겪고, 나중에는 그 무슨 원한을 품고서 애처롭게 쓰러지는 원부怨婦와 같이 비절하고 애절한 맛이 있다.

　보름에 둥근 달은 모든 영화와 끝없는 숭배를 받는 여왕 같은 달이지마는, 그믐달은 애인을 잃고 쫓겨남을 당한 공주公主와 같은 달이다.

　초승달이나 보름달은 보는 이가 많지마는, 그믐달은 보는 이가 적어 그만큼 외로운 달이다. 객창 한 등에 정든 임 그리워 잠 못 들어 하는 이나, 못 견디게 쓰린 가슴을 움켜잡은 무슨 한 있는 사람이 아니면 그달을 보아주는 이가 별로 없을 것이다. 그는 고요한 꿈나라에서 평화롭게 잠들은 세상을 저주하며, 홀로이 머리를 풀어뜨리고 우는 청상^{靑孀 청상과수靑孀寡守의 준말: 아주 젊은 시절에 남편을 여원 여자}과 같은 달이다.

내 눈에는 초승달 빛은 따뜻한 황금빛에 날카로운 쇳소리가 나는 듯하고, 보름달은 쳐다보면 하얀 얼굴이 언제든지 웃는 듯하지마는, 그믐달은 공중에서 번듯하는 날카로운 비수와 같이 푸른 빛이 있어 보인다.

내가 한 있는 사람이 되어서 그러한지는 모르지마는, 내가 그달을 많이 보고 또 보기를 원하지마는 그달을 한 있는 사람만 보아주는 것이 아니라, 늦게 돌아가는 술주정꾼과 노름하다 오줌 누러 나온 사람도 보고 어떤 때는 도적놈도 보는 것이다.

어떻든지, 그믐달은 가장 정 있는 사람이 보는 중에 또는 가장 한 있는 사람이 보아주고, 또 가장 무정한 사람이 보는 동시에 가장 무서운 사람들이 많이 보아준다.

내가 만일 여자로 태어날 수 있다 하면 그믐달 같은 여자로 태어나고 싶다.

(1925년)

출전 : 《조선문단》 신년호 (1925.1)

텍스트는 896자, 200자 원고지 4장이 조금 넘는 소품이지만 그 울림
은 오래도록 남는다.

《조선문단^{朝鮮文壇}》 1925년 1월 신년호 (여자호) 특집 수필란에 실렸는데
아무래도 분량에 대한 편집자의 고심이 있었는지 특별하게 나도향의 글은
2편 〈별호〉와 〈그믐달〉을 실었다.

한국 현대문학사에서 중요한 자리를 잡고 있는 순수문예지 《조선문단》
은 1924년에 창간한 잡지로 1924년 10월 창간되어 1936년 6월 통권
26호로 종간되었다. 1~4호까지는 이광수^{李光洙}가 주재하였고, 1~17호까지
방인근^{方仁根}에 의하여 편집 겸 발행되다가 휴간, 1927년 1월 18호부터 남
진우^{南進祐}에 의하여 속간되었으나 다시 휴간, 1935년 2월 통권 21호가 속
간 1호로 다시 발간되어 26호까지 발행되었다.

방인근의 사재로 시작하여 우리 민족 문학 옹호를 표방하며 자연주의
문학을 성장시켰으며 당시 한국 문단을 휩쓸던 계급주의적 경향문학^{傾向文學}
을 배격하였다.

이 잡지의 추천제로 문단에 나온 작가들은 최학송, 채만식, 한병도, 박
화성, 유도순, 이은상, 임영빈, 송순일 등이고, 주요활동 문인은 이광수,
방인근, 염상섭, 김억, 주요한, 김동인, 전영택, 현진건, 박종화, 나도향,
이상화, 김소월, 김동환, 양주동, 이은상, 노자영, 진우촌, 양백화, 조운,
이일, 김여수 등이다.

나도향羅稻香. 1902~1927. 소설가. 서울 출생. 호는 도향. 본명은 나경손. 필명은 나빈. 배재학당 졸업 후 경성의전에 입학했다가 중퇴하고 도쿄에서 고학하다가 중단하고 귀국함. 1922년에 동인지 《백조》 창간호에 〈젊은이의 시절〉을 발표하면서 작가 생활을 시작함. 병으로 25세의 나이에 요절함. 주요 작품으로 <물레방아>, <벙어리 삼룡이> 등과 장편 『환희』(1922), 소설집 『진정』(1923), 『청춘』(1927)이, 사후에 『나도향전집(2권)』(1988), 『나도향 : 한국 근대문학전집』(2014) 등이 있음

팔벼개노래調^조

김소월(시인)

이러구러 제 돌이 왔구나. 지난 갑자년^{甲子年: 1924년} 마가을^{[늦가을:} ^{평북 방언]} 이러라. 내가 일찍 일이 있어 영변읍^{寧邊邑}에 갔을 때, 내 성벽^{性癖: 굳어진 성질이나 습관}에 맞추어 성내^{城內}치고도 어떤 외따로운 집 을 찾아 묵고 있으려니 그곳에 한낱 친지도 없는지라, 할 수 없이 밤이면 추야장^{秋夜長}, 나그네 방 찬자리에 갇히어 마주 보나니 잦는 듯한^[졸아들어 사위어 가는 듯한] 등불이 그물어질까^[꺼질듯해서] 겁나고 하나니 생각은 근심되어, 이리 뒤척 저리 뒤척 잠 못 들어 할 제, 그 쓸 쓸한 정경^{情境}이 실로 견디어 지내기 어려웠을러라. 다만 때때로는 식멋없이^[아무 생각없이] 그늘진 뜰가를 혼자 두루 거닐고는 할 뿐이었 노라.

그렇게 지내기를 몇 날에 하루는 때도 짙어가는 초밤, 어둑한 네거리 잠자는 집들은 인기척 끊어졌고 초생의 갈구리달 재 너머 걸렸으매 다만 이따금씩 지나는 한 두 사람의 발자취 소리가 고요 한 골목길 시커먼 밤빛을 드둘출^[드러나게] 뿐일러니, 문득, 8)격장^{隔墻:}

담 하나를 사이에 두고 이웃에 가만히 부르는 노래소래[노랫소리] 청원처절淸怨悽絶하여 사뭇 오는 찬 서리 밤빛을 재촉하는 듯, 고요히 귀를 기울이매 그 가사歌詞 됨이 새롭고도 질박質朴함은 이른 봄의 지새는 새벽, 적막한 상두牀頭: 침상 머리맡의 그늘진 화병에 분방芬芳: 향기로운하는 홍매꽃 한 가지일시 분명하고, 율조律調의 고저와 단속斷續: 끊어졌다 이어졌다 함답음에 풍부함은 마치 천석泉石의 우멍구멍한[울퉁불퉁한] 산길을 허방지방[허둥지둥] 오르내리는 듯한 감感이 바이 없지 않은지라, 꽤 사정事情 있는 사람으로 하여금 그윽한 눈물에 옷깃 젖음을 깨닫지 못하게 하였을러라.

이윽고 그 한밤은 더더구나, 빨리도 자취 없이 잃어진 그 노래의 여운이, 외로운 벼갯머리 귀밑을 울리는 듯하여, 본래부터 꿈 많은 선잠도, 슬픔에 지치도록 밤이 밝아, 먼동이 훤하게 눈 터올 때야, 비로소 고달픈 내 눈을 잠간暫間 붙였었노라.

두어 열흘 동안에, 그 노래 주인과 숙면熟眠을 이루니, 금년으로 하면 스물하나. 당년에 갓 스물, 몸은 기생妓生이었을러라.

하루는, 그 기녀妓女 저녁에 찾아와 이런 이야기 저런 이야기로 밤 보내던 끝에, 말이 자기 신상身上에 미치매, 잠깐 낮을 붉히고 하는 말이 내 고향은 진주요, 아버니[아버지, 평북 방언]는 정신없는 사람 되어 간 곳을 모르고, 그러노라니 제 나이 열세 살에, 어머니가 제 몸을 어떤 호남 행상湖南行商에게 팔아, 당신의 후살이 밑천을 삼으니, 그로부터 뿌리 없는 한 몸이 청루靑樓에 영락零落하여 동표서

박東漂西泊할 새, 어룰[얼굴] 없는[면목없는] 종적이 남南으로 문사 향항門司香港: 중국 지명이며, 북으로 대련 장춘大連長春: 중국 지명에, 화조월석花朝月夕: 경치가 좋은 시절의 눈물 궂은 생애가 예까지 구을러 온 지도, 이미 반년 가까이 되노라 하며, 하던 말끝을 미처 거둡지 못하고, 걷잡지 못할 설움에 엎드러져, 느껴가며 울었을러니. 이, 마치,9) 길이 자한 치 날카로운 칼로, 사나이 몸의 아홉 구비 굵은 심장을 끊고 찌르는 애닲은 뜬세상 일의 한가지 못보기[본보기]라고 할런가.

있다가 이윽고 밤이 깊어 돌아갈 즈음에 다시 이르되 기명妓名은 채란이라 하였드니라.

이 〈팔벼개노래調조〉는 채란이가 부르던 노래니 내가 영변을 떠날 임시臨時하여 빌어 그의 친수親手로서 기록하여 가지고 돌아왔음이라. 무슨 내가 이 노래를 가져 감히 제대방가諸大方家의 시적 안목을 욕되게 하고자 함도 아닐진댄, 하물며 이맛[이만한] 정성위음鄭聲魏音: 정나라와 위나라의 음악이 음탕했던 데서 음란하고 야비한 음악이나 내용을 가리킴의 현란스러움으로써 예술의 신엄神嚴한 전당殿堂에야 하마 그 문전의 첫 발걸음만 건드려 놓아 보고자 하는 참람僭濫한 의사를 어찌 바늘 끝만큼인들 염두에 둘 리 있으리오마는, 역시 이 노래 야비野卑한 세속의 부경浮輕한 일단一端: 한 부분을 칭도稱道: 늘 칭찬해 말함함에 지나지 못한다는 비난에 마칠지라도, 나 또한 구태여 그에 대한 조사造辭: 꾸며 대는 말도 하지 아느려하거니와, 그 이상 무엇이든지 사양辭讓 없이 받으려 하나니, 다만 지금도 매양 내 잠 아니 오는 긴 밤에 와

---

9) 원문 그대로 문장부호 표기

나 홀로 거니는 감도는 들길에서, 가만히 이 노래를 읊으면 스스로 금치 못할 가련한 느낌이 있음을 취取하였을 뿐이라. 이에 그대로 내어 버리랴 버리지 못하고, 이 노래를 세간世間에 전하노니 지금 이 자리에 지나간 그 옛날 일을 다시 한번 끌어내어 생각하지 아니치 못하여 하노라.

-소월素月

팔벼개노래調조

1
첫날에 길동무
만나기 쉬운가
가다가 만나서
길동무 되지요.

날글ㅅ다 마러라
家長가장님만 님이랴
오다가다 만나도
정붓들면 님이지.

花紋席화문석 돗자리
놋燭臺촉대 그늘엔
七十年苦樂칠십년고락을
다짐둔 팔벼개.

드나는 곁방의
미다지 소래라
우리는 하루밤
빌어어든 팔벼개.

2

朝鮮^{조선}의 江山^{강산}아
네가 그리좁드냐
三千里西道^{삼천리서도}를
끝까지 왔노라.

三千里西道^{삼천리서도}를
내가 여긔 왜 왔노
南浦^{남포}의 사공님
날 실어다 주엇소.

집 뒷山^산 솔밧테
버섯 따든 동무야
어느 뉘집 家門^{가문}에
싀집가서 사느냐.

嶺南^{영남}의 晉州^{진주}는
자라난 내 고향
父母^{부모} 업는
고향이라우.

3

오늘은 하로밤
단잠의 팔벼개
내일은 想思^{상사}의
거문고 벼개라.

첫닭아 꼬꾸요
목놋치 마러라
품속에 잇든님
길차부 차릴나.

두루두루 살펴도
金剛山^{금강산} 斷髮嶺^{단발령}
고개길도 업는 몸
나는 엇지하라우.

嶺南^{영남}에 晉州^{진주}는
자라난 내고향
도라갈 고향은
우리님의 팔벼개

(1926년)

출전 : 《가면假面》 제3호 (1926.1)

　소월의 오산학교 스승이었던 안서 김억이 소월 사후 편집해서 출판한 『소월시초』에는 이 작품을 〈팔베개 노래조〉라고 소개한다. 그러나 많은 연구자가 소월 생전에 발표한 원문原文에 대한 소문을 기억하고, 근대문학 잡지들을 찾다가 이 작품의 원형이 1926년 1월 《가면假面》 제3호에 실린 것을 찾아냈다. 물론 《가면》지 역시 여러 문학 잡지들을 제작하고 출판하며 화려한 족적을 새긴 안서가 주재한 잡지였다.

　1926년 1월 《가면》지에 김소월 이름으로 발표될 때의 제목은 〈팔벼개 노래調〉에서, 1934년 소월 사후 안서의 손을 거친 1935년 10월 《삼천리三千里》 제66호에서는 〈팔벼개 노래〉로, 1929년 12월 편집판 『소월시초』 (박문출판사) 시집에서는 〈팔베개 노래조〉로 알려져서 지금까지 여러 책에 그렇게 소개되고 있었다.

　그러나 자신의 작품에 대하여 자구字句하나 남이 손대는 것을 극도로 싫어하던 소월의 성격상김동인의 회고담, 소월 생존에 1926년 《가면假面》지에 발표하던 시절로 돌아가 원문 〈팔벼개노래調〉로 기록해야 한다는 것이 소월 연구자들의 한결같은 주장이다.

김소월金素月. 1902~1934. 평북 구성 출생. 본명 정식廷湜. 오산학교 중학부 및 배재고보 졸업, 일본 도쿄상대 중퇴. 1915년 평안북도 정주 오산학교에서 평생 문학의 스승이 될 김억을 만남. 1920년 동인지 《창조》 5호에 처음으로 시를 발표. 오산학교를 다니는 동안 김소월은 왕성한 작품 활동을 했으며, 3·1 운동 이후 오산학교가 문을 닫자 경성 배재고등보통학교 5학년에 편입해서 졸업. 1923년에는 일본 도쿄상과대학에 입학하였다가 관동대지진이 발생 후 이듬해 중퇴한 후 귀국.

1924년 김동인, 김찬영, 임장화 등과 《영대》 동인으로 참가. 1925년에 서울에서 김억의 지원으로 시집 『진달래꽃』을 발간함. 1933년 고향으로 돌아가 조부가 경영하는 광산 일을 도왔으나 경영실패로, 처가인 구성군으로 이사하여 동아일보 지국마저 운영하다 문을 닫음.

1934년 12월 23일 평소처럼 부인과 밤늦게까지 취하도록 술을 마심. 이튿날 시체로 발견됨. (향년 33세). 1968년 3월 한국일보사에서 서울 남산에 소월 시비를 세웠고, 1981년 금관문화훈장 1등급이 추서됨.

2011년 2월 15일 시집 『진달래꽃』(매문사, 1925) 중앙서림 초판본 4권이 국가등록문화재청에 문화재로 등록됨(시집으로는 최초). 2015년 12월 화봉경매 옥선에서 김소월 시집 『진달래꽃』 중앙서림 초판본이 1억 3500만원에 낙찰됨.

충청북도 증평 도안에 김소월문학관이 있음.

발표한 시집으로 생전에 『진달래꽃』(1925)과 사후 김억이 엮은 『소월시초素月詩抄』(1939)가 있음.

면회 사절面會謝絕

최서해(소설가)

1

모 잡지사에 있을 때이었다.

편집 기일이 넘도록 나는 내가 맡은 원고를 쓰지 못하였다. 그
것 하나뿐이면 그럭저럭 기일 전에 에누리없이 들이대었을는지도
모르나 원고 수집에 시일을 보내고 나니 내 일은 용발龍髮의 여유도
없이 되었다. 그러나 밥줄이 왔다갔다 하는 판이라 울면서 겨자
먹는 격으로 무슨 짓을 해서든지 2, 3일내로 맡은 원고를 쓰지 아
니치 못하게 되었다. 오두미五斗米에 절요折腰한 것을 탄식하고 인철印
綬을 끌러놓던 도처사陶處士가 부럽지 않은 바는 아니건만 목전에 절
박한 실생활의 실성實成은 그런 것을 본받기에는 너무도 굳세게 내
몸을 얽어놓았다. 나는 두통으로 출근할 수 없다는 편지를 자자구
구까지 두통을 느끼리만치 써서 사社에 보낸 뒤 아침을 굶고 방에
들어앉았다. 이렇게 되면 면회사절은 물론이요, 조금이라도 소란히
굴만한 것은 깡그리 경외방축境外放逐이다. 평시에는 일시도 떠나게

못하던 시계까지도 이때에는 그 방축放逐의 분자 속에 들게 된다.

나는 무엇을 쓰게 되면 이렇게 두 가지의 못된 버릇이 발작한다. 한 가지는 밥을 굶는 것이고 또 한 가지는 한적閑寂을 구하는 것이다. 위가 팅팅 불러 놓으면 운동의 부족으로 연래의 위병도 심히 발작하는 동시에 그 압박으로 말미암아 상想도 잘 놀지 못하게 되고 또 주위가 소란하면 잡념이 정념正念을 흔들어서 결과는 애꿎은 원고지만 찢게 된다.

이 두 가지 습관은 언제부터 자라났는지 자세히는 알 수 없으나 내게 있어서는 그것이 큰 고통이다. 그것도 그 습성을 용납할 만한 처지 같으면 문제도 될 것이 없지만 그렇지 못하니 문제의 문제가 되는 것이다. 그 중에서도 가장 문제가 되는 것은 밥 굶는 것이다. 밥을 굶는다니까 일주일이고 이주일이고 원고 쓰는 동안은 아주 안 먹느냐 하면 그런 것도 아니다. 낮에는 점심을 밤에는 밤참 비슷하게 밤낮 두어 끼만 먹으면 알맞은데 그것은 소화하기 쉽고도 영양이 좋은 것을 요하나 언제 내 팔자에 그런 호강을 하고 있으랴? 좋으나 궂으나 밥인데 아침 저녁은 굶고 점심만을 평시의 반분半分쯤 먹는 것이 상례이다.

이날도 늘 하는 버릇으로 아침을 굶고 들어앉아서 안 나오는 눈물 짜내듯이 글을 짜내었다. 수필首筆[10]은 무택필無擇筆이라는 말과 같이 원체 든 것이 많고 노숙한 솜씨면야 시時나 장소의 구속이 없겠지만 얼마 안 되는 재목을 가지고 그래도 눈은 높아서 상등上等의

---

10) 붓 가는 대로 써야 한다는 수필隨筆이 아니라, 수필首筆

것을 만들려니까 될 노릇이랴. 그것은 참말 마음에 없는 거짓 눈물 내미기보다도 더 어려운 일이다. 그 두 어간에 들어서 애꿎은 곤욕을 받게 되는 것은 원고지와 펜과 잉크이다.

이런 것 저런 것을 생각하면 한심한 일이다. 어찌하여 빈 항아리를 긁기 전에 항아리를 채울 공부부터 하지 않는가? 어찌하여 그렇게 없는 것을 박박 긁어가면서 가면서까지라도[11] 쓰지 아니치 못하는가? 생각하면 누가 그것을 한심치 않게 생각할 수 있을까. 그러나 나로서는 또한 어찌할 수 없는 일이다. 일전에 절박한 현실은 그렇게라도 하지 않으면 나의 생^{生}을 용납치 않는다. 나도 또 생을 용납하려면 배운 무기가 그뿐이라 그밖에는 더 도리가 없는 까닭이다. 나는 근자에 와서 무엇을 쓸 때마다 이런 생각이 부끄럽고도 쓰린 가슴을 만진다.

2

노루[獐] 때린 몽둥이를 삼 년간이나 우려먹는다는 속담이 있다. 그 모양으로 같은 제재^{題材}를 가지고 천편일률적으로 써먹는 것을 생각하면 부끄럽기가 그지없고 그런 줄 알면서도 그렇지 아니치 못할 환경에서 방황하게 되는 것을 생각하면 가슴이 저리었다.

이날도 처음부터 이런 생각에 공연히 뒤숭숭한 마음을 겨우 진압하면서 한 줄 두 줄 끄적거렸다.

---

11) 원문 그대로임

오정이 가까워서 거칠었던 상ㅃ이 겨우 기름기가 돌아 붓끝이 어느 정도까지 미끄러지게 된 때이었다.

　　"xx!"

　　하고 누가 나를 찾는다.

　　"안 계십니다."

　　하는 것은 아내의 목소리였다.

　　"안녕하십니까? 어디 가셨어요?"

　　하면서 그 사람은 안으로 들어오는 자취가 들리기에 뜰 아랫방에 있던 나는 미닫이를 닫았다. 그는 원산서 2, 3일 전에 올라온 원군元君이었다. 고향 친구인데 어제 사ㅃ에서 그를 만나 오늘 정오에 우리 사에서 다시 만나자고 약속하였던 것을 나는 언뜻 생각하고 그만 미닫이를 열려다가 아내가 없다고 대답한 것을 생각하고 주춤하였다. 나는 미안한 마음을 금치 못하는 일편으로 그가 행여나 내가 있는 눈치나 채지 않을까 하는 조마조마한 마음에 숨도 크게 못 쉬었다. 원고는 물론 쓰지 못하였다. 그는 더운지 부채질을 하면서 닫아놓은 미닫이 앞 툇마루에 앉는다. 나는 마음이 뭉클하면서 얼굴에 모닥불을 끼얹는 것 같았다. 숫제 창을 열고 전후 이야기를 하여 버릴까 하였으나 그를 대할 때의 무안할 것을 생각하니 그럴 용기가 나지 않았다. 복중伏中에 문까지 닫아놓고 앉아서 숨도 크게 못 쉬게 되니 이야말로 자승자박이다. 나는 혼자 분개도 하고 그 친구를 원망도 하였으나 그것도 내 혼자 긇는 노릇이었다.

조금 있다가 그 친구는 갔다. 나는 다시 문을 열어놓고 펜을 잡았으나 흐트러진 상想은 수습하기 어려웠다. 이미 써놓은 것을 읽기도 하고 담배도 피면서 억지로 그것을 잇대어 쓰려는데 그 친구는 또 뛰어들었다. 나는 또 미닫이를 닫지 아니치 못하였다.

"사에다가 또 전화 걸었더니 오늘은 몸이 아파서 집에 드러누웠다고 그럽디다! 그래 집에도 없다고 하였더니 그러면 어디 갔을까요. 사에서도 의심스럽게 대답하던데요! 도망했나 봅니다! 하하 저녁에 또 오지요."

하고 그 친구는 나가 버렸다.[12]

그 소리를 들은 나는 이마를 찡그리지 않을 수 없었다. 사에다거짓말 편지한 것은 여지없이 폭로되었다. 자자구구字字句句까지 두통을 앓을 만치 써 보내었는데 그 친구는 내가 집에 없다고 전화를 걸었으니 그처럼 열심히 찾아준 것은 고마우나 그 때문에 거짓말이 폭로된 것을 생각하면 참말 두통거리다. 내일 사에 가서 무어라 하누? 하면 이건 거짓말 두통이 참말 두통이 되었다.

그렇거든 원고나 끝이 났으면 그 때문이라고 호언장담이라도 하겠는데 그것도 인제는 글렀다. 이것저것 못 하고 땀만 흘리고 들어앉아서 하루해를 다 보낸 것을 생각하니 가슴속에서 슬그머니 화가 치밀었다. 나는 그만 쓰던 원고를 찍찍 찢어서 버리고 취운정翠雲亭으로 올라갔다.

맑은 하늘 흰 구름 푸른 그늘 서늘한 송풍松風! 이런 것도 자유

---

12) [원문에서 살려낸 문장] 하고 그 친구는 나가 버렸다.

로 못 찾고 더운 방에 들어앉아서 애쓰는 내 그림자를 생각하니 가긍스러웠다.

(1928년)

평설

출전 : 《조선일보》 (1928.9.25.~26) 석간 3면.

마감 시간에 쫓기는데도 잘 풀리지 않는 글쓰기의 어려움을 유쾌하게 묘사한 소품 스타일 산문으로, 현대문학사에서 자주 읽혀왔던 최서해 특유의 무거운 소재의 글과는 달리 새롭게 다가온다.

최서해는 1928년 9월 《조선일보》 학예부의 원고 청탁을 받고 문예란에 수필 코너로는 드물게 연속 7회 연재를 시작하는데, '혜음蟪音; 쓰르라미 소리' 이라는 감성적인 타이틀로 4가지 소재를 7일 동안 발표한다. 〈값없는 생명〉(9.23), 〈면회사절〉(9.25~26), 〈수박〉(9.27), 〈파약破約의 비애〉(9.28~9.30) 등이 그때 작품들이다.

시조 시인 조운의 누이동생과 결혼하여 노모를 모시고 어린 자녀들과 단란한 가정을 세우다가 요절한 비운의 작가 최서해.

최서해崔曙海, 1901~1932. 함경북도 성진 출생, 소설가, 시인, 본명은 학송. 아호는 서해, 설봉 또는 풍년. 유년시절 한문을 배우고 성진보통학교에 3년 정도 재학한 것 외에 이렇다 할 학교교육은 받지 못함. 소년 시절 빈궁 속에 지내면서 《청춘》, 《학지광》 등을 사다가 읽으면서 문학에 눈을 뜸. 1918년 간도로 건너가 방랑과 노동을 하면서 문학 공부를 계속함. 1924년 상경하여 이광수를 찾아가 그의 주선으로 양주 봉선사에서 승려 생활을 하다가 상경하여 조선문단사에 입사함. 현대평론사 기자(1927년), 중외일보 기자(1929년), 매일신보 학예부장(1931년)으로 근무하다 1932년 요절함. 가난했지만 재능과 인간성이 좋아 문단에 두루 인정을 받았던 덕분으로, 서해의 장례는 조선 최초의 문인장으로 치뤘고 묘소는 망우리에 있음.

1924년 1월 《동아일보》에 단편소설 〈토혈〉을 발표하고, 같은 해 10월 《조선문단》에 〈고국〉이 추천되어 작품 활동을 시작함. 주요 작품으로 〈탈출기〉(1925), 〈기아와 살육〉(1925), 〈박돌의 죽음〉(1925), 〈큰물 진 뒤〉(1925), 〈그믐밤〉(1926), 〈팔개월〉(1926), 〈홍염〉(1927), 〈전아사〉(1927), 〈낙백불우〉(1927), 〈인정〉(1929), 〈전기〉(1929)가 있음. 작품집으로 『혈흔』(1926), 『홍염』(1931)이 있고, 사후에 장편소설 『호외시대』(1994), 문학전집으로 『최서해전집(2권)』(1987) 등이 출간됨.

청춘예찬

민태원(언론인 · 번역문학가)

　청춘! 이는 듣기만 하여도 가슴이 설레는 말이다.13) 청춘아! 너의 두 손을 가슴에 대고 물방아 소리 같은 심장의 고동을 들어 보라. 청춘의 피는 끓는다. 끓는 피에 동하는 심장은 거선의 기관같이 힘쩍다 [힘있다].

　이것이다 인류의 역사를 꾸며 내려온 동력은 꼭 이것이다 이성은 투명하되 얼음과 같으며 지혜는 날카로우나 갑 속에 든 칼이다.

　청춘의 끓는 피가 아니드면 인간이 얼마나 쓸쓸하였으랴 얼음에 싸인 만물은 죽음이 있을 뿐이다.

　그들에게 생명을 불어넣는 것은 따뜻한 봄바람이다 풀밭에 속잎 나고 가지에 싹이 돋고 꽃 피고 새 우는 봄날의 천지에는 얼마나 기꺼우며 얼마나 아릿다우냐 이것을 얼음 속으로서 불러내는 것이

---

13) 이 작품 원문에서 마침표를 찍을 때 저자의 의도가 있다고 생각해서 원문 대로만 마침표를 찍었음.

따스한 봄바람이다 인생에 따스한 봄바람을 불어 보내는 것은 청춘의 끓는 피다 청춘의 피가 뜨거운지라 인간의 동산에는 사람[14]의 풀이 돋고 이상의 꽃이 피고 희망의 노을이 돋고 열락의 새가 운다.

사랑의 풀이 없으면 인간은 사막이다.

오아시스도 없는 사막이다 보이는 끝끝까지 찾아다녀도 목숨이 있는 때까지 방황하여도 보이는 것은 덧거친[더 거친] 모래뿐일 것이다 이상理想의 꽃이 없으면 쓸쓸한 인간에 남은 것은 영락과 부패뿐이다 낙원을 장식하는 천자만홍[울긋불긋한 여러가지 꽃의 빛깔]이 어디 있으며 인생을 풍부케 하는 온갖 과실이 어디 있으랴.

이상 - 우리의 청춘이 가장 많이 품고 있는 이상 - 이것이야말로 무한한 가치를 가진 것이다 사람은 크고 적고 간에 이상이 있음으로써 생존할 의미가 있는 것이며 이상이 있음으로 하여서[15] 용감하고 굳세게 살 수 있는 것이다.

석가는 무엇을 위하여 설산에서 고행을 하였으며 예수는 무엇을 위하여 광야에서 방황하였으며 공자는 무엇을 위하여 천하를 철환轍環: 수레를 타고 돌아다님하였는가 밥을 위하여서 옷을 위하여서 미인을 구하기 위하여서 그리하였는가 아니다 그들은 커다란 이상 즉 만천하의 대중을 품에 안고 그들에게 밝은 길을 찾아주며 그들을 행복스럽고 평화스러운 곳으로 인도하겠다는 커다란 이상을 품었기

---

14) 원문에는 '사람'으로 표기되었는데, 언제부터인가 '사랑'으로 번역(?)한 책들이 생겨난다.
15) [원문에서 살려낸 문장] 생존할 의미가 있는 것이며 이상이 있음으로 하여서

때문이다 그러므로 그들은 길지 아니한 목숨을 사는가시피 살았으며 그들의 그림자는 천고에 사라지지 않는 것이다. 이것은 가장 현저하여 일월日月과 같은 예가 되려 하여서 그와 같지 못하다 할지라도 창공에 번쩍이는 뭇별과 같이 산야에 피어나는 군영群英: 여러 가지 꽃과 같이 해빈海濱: 해변에 번쩍이는 모래와 같이 진주와 같이 보옥과 같이 크고 적게 빛나는 모든16) 이상은 실로 인간의 부패를 방지하는 소금이라 할지며 인생에 가치를 주는 원질이 되는 것이다.

이상! 빛나고 귀중한 이상 이것은 청춘의 누리는 바 특권이다 그들은 순진한지라 감동하기 쉽고 그들은 점염點染: 조금씩 젖어 물듦이 적은지라 죄악에 병들지 아니하였고 그들은 앞이 긴지라 착목着目: 착안: 어떤 일을 눈여겨 보아 그 일을 성취할 기틀을 잡음하는 곳이 원대하고 그들은 피가 더운지라 실현에 대한 자신과 용기가 있다. 그러므로 그들은 이상의 보배를 능히 품으며 그들의 이상은 아릿답고 소담스러운 열매를 맺어 우리 인생을 풍부케 하는 것이다.

보라 - 청춘을! 그들의 몸이 얼마나 튼튼하며 그의 피부가 얼마나 생생하며 그의 눈에 무엇이 타오르고 있는가 우리 눈이 그것을 보는 때에 우리의 귀에는 생의 찬미를 듣는다 그것은 웅장한 관현악이며 미묘한 교향악이다 뼈끝에 스며 들어가는 열락의 소리다.

이것은 피어나기 전인 유소년에게서 구하지 못할 바이며 시들어 가는 노년에서 구하지 못할 바이며 오직 우리 청춘에서만 구할 수

---

16) [원문에서 살려낸 문장] 해빈海濱: 해변에 번쩍이는 모래와 같이 진주와 같이 보옥과 같이 크고 적게 빛나는 모든

있는 것이다 청춘은 인생의 황금시대다 우리는 이 황금시대의 가
치를 충분히 발휘하기 위하여 이 황금시대를 영원히 붙잡아 두기
위하여 힘쩍게^[힘차게] 노래하며 힘쩍게 약동하자.

(1929년)

평설

출전 : 《별건곤^{別乾坤}》 4-4 (1929.6)

　학창 시절에 읽었던 감동보다 요즈음 원문을 찾아 편집하면서, 필사하
듯이 한 글자씩 워드로 적다 보니 단어와 단어 사이, 그리고 행간에 살아
움직이는 느낌이 새삼스럽고 마음을 울린다.
　이 글이 《별건곤》에 처음 실릴 때는 이백자 원고지 9장 분량의 1,692
자로 424개의 낱말에 한자^{漢字}를 사용한 단어는 단 7개, 이상^{理想} 철환^{鐵環}
일월^{日月} 군영^{群英} 해빈^{海濱} 점염^{點染} 착목^{着目} 뿐이다. 또한 요즈음 책에서는 원
본에서 71자가 사라진 1,621자의 텍스트로만 보여 아쉬움에 여기 원문을
찾아왔다.

[원문에서 살려낸 문장]
1) … 생존할 의미가 있는 것이며 이상이 있음으로 하여서 …
2) … 해빈^{海濱}에 번쩍이는 모래와 같이 진주와 같이 보옥과 같이 크고

적게 빛나는 모든 ……

〈청춘예찬〉 이 글은 문장부호 사용도 참으로 인색하다.

느낌표(!) 2개, 줄표(-) 2개, 쉼표(,) 0개, 마침표(.) 15개. 11문단

이 작품을 읽을 때 박태원朴泰遠, 1909~1986의 〈방란장주인芳蘭莊主人〉을 떠올렸다. 《구인회九人會》 동인지 《시와 소설》 1936년 창간호에 실린 이 문제작問題作은 200자 원고지 40장 분량의 7,964자(1,993개 낱말)[N00 등 인터넷에서는 원본에서 133자가 삭제된 7,831자만 떠돈다]의 중편인데, 처음부터 끝까지 읽다가 보면 마침표를 맨 마지막에 가서 단 한 번 찍고 만다. 그것도 1936년 첫판에 그렇지 1938년 작가의 단편집에 가서는 마침표를 지우고 그 자리에서 9개의 줄임표로 가다가, 1948년 판본에는 그 자리에 쉼표를 찍는다. 그렇게 해서 1936년 첫판에서 찍은(?) 273개의 쉼표에 1개의 기록을 더 세우고야 만다.

(외국 소설 가운데서는, 빅토르 위고의 『레 미제라블』에서 단어 823개, 쉼표 93개, 세미콜론 51개, 대시 3개로 이루어진 긴 문장이 있다는 풍문을 들었는데 그것은 전체 중 일부 문장이고, 단 한 편으로 이런 실험적인 문장을 보여 주는 것은 박태원의 〈방란장주인芳蘭莊主人〉이 압권이라 생각한다. 기네스북에 안 올리나……).

실험적인 박태원의 〈방란장주인芳蘭莊主人〉을 팟캐스터 방송을 하면서 읽어보았다. 21분 36초의 오디오 현장은 여기에,

[https://www.podbbang.com/channels/1773948/episodes/24212293]

1929년 민태원 작가의 〈청춘예찬〉을 읽다 보면 2022년 오늘 젊은 시인의 산문시를 읽는 느낌처럼 새롭다. 쉼표와 마침표를 의도적으로 제거

한 … 요즘 작가들처럼, 그렇게 지금 이 원문을 읽어보시길 … 맛이 새로울 것이다.

이성은 투명하되 얼음과 같으며 지혜는 날카로우나 갑 속에 든 칼이다.

인생에 따스한 봄바람을 불어 보내는 것은 청춘의 끓는 피다 청춘의 피가 뜨거운지라 인간의 동산에는 사랑의 풀이 돋고, 이상의 꽃이 피고 희망의 노을이 뜨고 열락의 새가 운다.

민태원閔泰瑗, 1894~1935. 충남 서산 출생, 언론인, 소설가, 번역문학가 호는 우보牛步. 일본 와세다대학 정경과를 졸업하고, 동아일보 사회부장, 조선일보 편집국장, 중외일보 편집국장 등을 역임함.

1918년 「애사哀史」, 「레 미제라블」을 번역하여 《매일신보》에 연재하였으며, 1920년 《폐허廢墟》 동인이 되어, 단편 〈음악회音樂會〉(폐허 제2호, 1921.1), 〈겁화劫火〉(동명, 1922.9), 〈세 번째의 신호〉, 〈천아성〉(매일신보, 1933·1934 연재) 등을 발표함.

번안 소설로 《동아일보》 창간호부터 연재한 「무쇠탈」(포아고배 작, 일명 철가면)과, 오승은吳承恩 원작 「서유기西遊記」, 엑토르 말로 작 「집 없는 아이」의 일본 번역서인 「오노가 쓰미己が罪」를 번안한 「부평초浮萍草」(1925.7, 박문서관)가 있고, 역사서로 『갑신정변과 김옥균金玉均』이 있음.

병상 오 년기^{病牀五年記}

노자영(시인 · 소설가)

1. 뻐꾹새

내가 동경서 돌아온 후 시름시름 앓기를 시작하다가 의사의 '위험하다'는 선고를 받고 경성^{京城} 시외에 있는 C사^寺로 향하여 가기는 바로 1928년 6월 7일이었다. C사 어귀는 녹적^{綠滴}이 흐를 듯한 포플러 떡갈나무 소나무 등 탐스러운 그늘이 하늘을 덮을 듯이 너울너울 바람에 푸른 스커트를 펼쳐있고, 그 밑으로는 잔잔한 시내가 그 누구에게 무슨 밀어나 보내는 듯이 청옥^{靑玉}의 멜로디를 배앝으며 흐르고 있었다. 그리고 여름 밀감 빛 같은 황혼 물결이 산곡^{山谷}의 좌우를 연홍^{軟紅}의 베일로 씌워놓았다. 그러나 C사로 최후의 심판을 받으러 가는 나로서는 이러한 자연을 바라보기에는 너무도 마음이 어지러웠었다. D병원 의사가 나의 생명을 자질^[尺]하여 보다가 "위험^{危險} 데 스네" 하고 다시 옆에 있는 간호부에게 귓속말로 "미코미나시"라고 속삭이며 다못^['다만'의 제주도 방언] 구미약^{口味藥} 한 첩을 갖다주던 것을 잘 기억한다.

"살기 어렵다."

이러한 말은 나로서는 그리 좋은 말이 아니었다. 세네카의 《행복론》에는 친구의 죽음을 보고 무서워하는 자는 어리석은 자라고, 하였고 다시 죽음을 무서워하는 자는 개발에 진흙 덩이 같은 사람이라고 하였다. 그러나 나는 무슨 미련이 남았던가? 그렇게도 못난 바보이었는지? '살기 어렵다'는 이 말이 가끔가끔 나의 가슴에 부질없이 검은 못을 박아놓고 내 눈앞에 슬픈 구름을 덮어놓는다.

물론 세상에는 하늘에 별 같고 땅 위에 모래같이 많은 사람이 있다. 또는 하루에도 몇십만 명이 죽고 몇십만 명이 출생한다. 사람 하나 죽는다는 것은 파리 새끼 하나 죽는다는 것보다 그리 못하지 않을 것이다. 더욱이 나 같은 값없는 사람 하나 죽는다는 것이 무엇이 그리 아까울 것이냐? 그야말로 나는 세네카의 말과 같이 개발의 진흙 덩이 같은 사람이 아닐까? 그러나 사람이란 죽음 앞에서는 매우 약한가 보다. 못난 나는

'C사로 들어가는 오늘의 이 길이 다시 올 수 없는 영원의 길이 아닐까?'

하며 황혼에 쌓인 하늘 저편을 슬픈 듯이 바라보았다. 무변창공無邊蒼空의 높고 또 높고 멀고 또 먼 그 하늘 위에는 황감黃柑 빛이 변하여 자금색紫金色으로 - 차츰차츰 짙어가는 저녁놀이 멀고 먼 저쪽으로 퍼지고 흩어지고 또 흩어지고 - 이리하여 어여쁜 별들이 하나씩 둘씩 그 웅장한 황혼 위에 춤추기를 시작하였다. 이때 어디서인지 별안간 뻐꾹새 한 마리가 그야말로 피를 토하는 듯이 뻐

꾹 뻐꾹 울기를 시작하였다. 이때 나는 두 손을 벌려 하늘을 안을 듯이 내저으며 뻐꾹새 우는 편을 향하여

'아! 뻐꾹아! 또 한번 울어주렴'

하고 두 눈을 고요히 감았었다.

2. 흰 구름

절대안정絕對安靜! 이것은 의사가 나에게 내린 엄명이었다. 백 년을 가든지 천년을 가든지 신열이 내리지 않는 한에는 절대로 움직이지 말라는 것이었다. 그러나 하루에 서너 번 검온檢溫 해보아도 신열이 언제든지 38도 4, 5분을 내리지 않는 것을 어찌하랴! 아, 무서운 고열이다. 송장처럼 베드 위에 누워서 그날그날을 보낼 밖에 별수가 없는 것이다. 천정에 붙은 파리나 헤고 처마 끝에 울리는 풍경소리나 들으며 길고 긴 여름날을 보내려니 그야말로 1일이 여삼추如三秋이다.

바깥이 그리운 나는 가끔가끔 열어놓은 창이나 내다보고 있었다. 내가 열어놓은 창 아래는 작은 뜰이 있고 그 뜰에 연連하여는 작은 산이 있다. 그 산에는 어린애의 다박머리 같은 동송童松이 다복다복 벌려 있고, 그 새로는 푸른 풀들이 여름날 아래 활개를 벌리고 고개를 갸웃거리고 있다. 방에 누워 그 산을 바라보노라면 은방울 소리 같은 서늘하고 맑은 바람이 솔새로 풀 새로 살살 기어 온다. 또는 송화색松花色 저고리를 입은 소녀 같은 노랑 새들이

가끔가끔 와서 무슨 노래를 부르고 간다.

어찌 그뿐이랴, 그 산 너머 저편에는 높고 높은 하늘이 푸르고 푸르러 바다가 되고, 그 바다 위에는 백련같이 피어오르는 고운 구름 덩이가 한 덩이 두 덩이 모이고 모여 새하얀 꽃산을 이루어놓는다. 아, 고운 노랑 새, 어여쁜 흰 구름! 이러한 것은 나의 마음을 괴롭게 하는 한없는 유혹 물이었다. 나는 당장 죽는다 하여도 주먹을 쥐고 산 위에 뛰어 올라가 그 구름 덩이를 맘대로 보며 이리저리 뛰고 싶었다. 그리고 바위 위로, 소나무 새로 훨훨 다니는 사람들을 보면 그네들이 한없이 부러웠다.

흰 구름 위 몇만 리 또 몇만 리!
그 높은 하늘엔 푸른 별들이 뜨네
흰 구름 밑 몇만 리 또 몇만 리
그 넓은 땅 위엔 붉은 꽃들이 피네

나는 이러한 생각을 하면 세상이 한없이 아름다운 것 같았다. 그리고 그 고운 자연 아래 마음껏 살고 싶었다. 내가 몸이 성할 때는 그 푸른 하늘이 그리 좋은 줄을 몰랐고, 또 세상이 그리 아름다운 줄을 알지 못하였다. 조금만 맘이 상하면 죽고 싶다고 하였다. 또는 죽기를 결심까지 하여보았다. 그러나 내가 정말 죽게 된 오늘에는 왜 그런지 한없이 살고 싶었다. 내 몸이 성하여 훨훨 다닐 수만 있다면 나는 더할 수 없는 행복자幸福者일 것 같고 또는 그 위에 더 희망希望이 없을 것 같았다.

물론 내가 산다 하여도 나 같은 인물이 사회나 민족에게 대하여 그리 신통하게 할 일이 없지마는 '사람이 모두 나를 버리고 하나님까지 나를 버릴지라도 나는 나를 믿고 힘있게 살리라' 한 멜본의 말이 다시 생각되었다. 아, 살고 싶은 이 마음! 그러면 단 술잔 쓴 술잔도 다 마시마. 그리고 그 무엇이든지 모두 참고 견디마! 괴로운 것 아픈 것 사양할 내가 아니다. 검은 사선死線을 두 발 딛고 넘어서 신생新生의 화로花路를 찾아가자.

아, 내가 누운 창 위에 늘 떠 오르는 흰 구름 덩이! 그 구름 너머 구만리 하늘 바다에 밤마다 떠오르는 고운 별들! 아, 저 하늘같이 푸른 몸으로 영원의 별 아래 힘껏 살자!

3. my star 나의 별

내가 C사에 온 지도 벌써 두 달이 넘었다. 어느 때에는 사람이 옆에 있는 것이 귀찮지만 너무도 찾아주는 사람이 없으니 마른 눈에서도 눈물 날 때가 많다. 어머니 가신지도 오래였고 아버지 누나 잃은 지도 오래다. 적막한 방에 어리운 나의 그림자! 나는 그 - 그림자라도 부여안고 "여보시오" 하고 말하고 싶으리만치 외로웠었다. 언제 죽을지 모르는 이 몸으로서 살뜰한 사람 하나 없으니 아니 슬프고 무엇하랴. 더욱이 먹을 수 없고 잘 수 없고 움직일 수 없고 - 심야 삼경에 이리 뒤척 저리 뒤척 하다가 베개를 보면 베개에는 눈물이 축축이 젖어 있다. 어찌 그뿐이랴.

종일 아픈 몸으로 애를 쓰다가 밤이 되면 자는지 깨는지 온 한 밤을 몽롱한 꿈속에서 지내는 것이다. 그러다가 어느 때는 밤 중에 눈을 뜨면 나의 창 앞에는 고운 눈동자가 나를 반기며 서 있다. 나는 미친 듯이 일어나서 그 눈동자를 껴안을 듯이, 그 눈동자에 매달릴 듯이 그 창으로 달려가는 것이다. 그러나 자세히 눈을 뜨고 보면 그것은 누구의 고운 눈동자가 아니었다. 구만리 장공九萬里長空 - 멀고 먼 하늘에서 열어놓은 소창小窓으로 나를 내려 보고 있는 고운 별들이었다. 그때 나는 두 손을 벌려 그 별을 껴안을 듯이 내저으며 'my star!'라고 부르고는 그만 다시 베드로 돌아간다.

오, 나의 별아! 너는 무슨 나와 인연이 있어서 밤이면 나를 그처럼 지켜주는가? 그처럼 나에게 고운 웃음을 보내고 있는가? 동으로 구만리, 서로 구만리 높고 먼 구만리 장공! 네가 그 하늘에서 나를 그처럼 보고 있는 것은 내 영혼의 시든 꽃을 하늘에 감주甘酒로 적셔 주렴인가? 아, 밤은 잔다. 향유香油 바른 성녀聖女의 머리털 같은 눈 감은 고운 야색夜色이 땅 위에 검푸른 비단을 깔아놓았다. 꿈의 숲 백양白楊의 잎사귀, 그리고 어스름밤 앞에 흔들리는 나무 그림자. 그 위에 떠도는 구름결 같은 어둠의 윤곽! 오, 자라, 숲도 시내도 그리고 땅도 모두 소리 없이 자라! 그러나 오직 깨어 있는 것은 별과 나와 오직 둘뿐이다.

무자소로武者小路 씨는 '사람이 만일 좀 완전하다면 고뇌라는 것은 없을 것이다' 하였다. 독일의 방랑시인 클라이스트는 '사람은 자기

손으로 고뇌라는 짐을 만들어 가지고, 그리고 그 짐을 어깨에 지고 자기 발자국에 눈물을 떨어뜨리며 걸어가는 것이다.' 하였다. 아, 그러면 이 모든 괴로움이 내가 만든 짐이었던가, 나의 잘못으로 오는 보응報應이었던가? 그러면 나는 저 고운 별 아래 조금 더 완전하게 거룩하게 힘있게 중생衆生의 발자국을 떼어놓아야 할 것이다.

4. 추우만종秋雨晚鐘

지루하던 여름도 다 지나가고 빨개졌던 단풍丹楓도 다 떨어지고 이제는 찬 바람이 불 적마다 나뭇잎이 우수수 떨어지기 시작한다.

C사 생활도 벌써 반년 동안! 덧없는 세월이야 어찌 나를 기다릴 것이냐? 오늘은 별께 하게도 멜랑콜리한 날이다. 창을 열고 바깥을 내다보니 그렇지 않아도 떨어질 나뭇잎이 찬바람에 휘날려 맥없이 우수수 떨어지고 그 위에 궂은비조차 부슬부슬 휘날린다. 낙목한천落木寒天에 찬비 내리는 저녁! 나는 별 하게도 심사가 괴로워서 움직움직 법당 밑을 찾아갔더니 이 절 주지인 P양이 정성스럽게 저녁 예불을 올리고 있다. 나는 그가 부처님 앞에 선 것을 오늘에야 처음 보았다. 그는 항상 낮이면 고양이나 안고 낮잠을 자든지, 그렇지 않으면 작은 강아지하고 장난하거나, 어린 상제들하고 싸움을 하거나 그의 매일 거듭하는 일과가 이것이었다. 그러나 오늘은 무슨 변덕이 나서 저렇게 부처님 앞에서 정성스럽게 넙

두리를 하고 있는가?

낙엽을 모는 바람 소리! 그 소리에 화和하여 뗑뗑 울리는 만종 소리도 구슬프거니와 마디마디 간을 끊는 듯한 P양의 예불 소리는 멜로디 그것이 전혀 눈물이요, 목소리 그것이 전혀 한숨이었다. 나 역시 눈물이 없이는 그 소리를 들을 수가 없었던 것이다. 나는 P 양의 꼬락서니를 좀 더 상세히 보려고 법당문 앞까지 가까이 가서 법당 안을 들여다보았다. 나무아미타불을 부르고 종을 두드리고 다시 조금 있다가 요령을 흔들고 그리고 부처님을 바라보는 P양의 얼굴에는 더운 눈물이 주루루 떨어진다. 아, 그 무슨 눈물인가?

P의 말을 들으면 그는 16세 처녀로서 그의 삼단 같은 머리를 베어 부처님께 바치고 춘풍추우春風秋雨 40년 동안을 부처님 앞에서 늙었다고 한다. 그리고 팔도강산을 다 돌아다니고 일본까지 가서 어느 본산本山에서 연설까지 해보았으나, 이제는 모든 것이 흥미가 없어서 낮에는 고양이하고 낮잠이나 자고 강아지하고 장난이나 한 다고 한다.

그러나 P여, 궂은비 내리는 오늘 저녁에는 무슨 심사가 괴로워 서 부처님 앞에서 그처럼 넋두리를 하는가? P여, 말 좀 하라. 그 대는 잃어버린 옛날의 청춘이 아까워서 그처럼 울고 있는가? 하늘 의 구름같이 떴다 사라졌다 하는 인생의 무상을 느끼고 그처럼 부 르짖는가? 그렇지 않으면 부처의 무량애無量愛에 느끼고 잠겨 그처 럼 넋두리하는가? 그렇다. 그대인들 어찌 눈물 없는 사람이랴. 하 늘이 울고 바람이 울고 비가 울고 - 그대도 울고 나도 울자, 행복은 짧고 슬픔은 길다. 누가 인생으로 태어나서 그리 많은 행복을 느끼는 사람이 있을 것이냐? 사람의 일생이 천 마디[節]라면 그 대개는 슬픔뿐이고 그중에 행복이란 것은 불과 몇 마디에 지나지 못한다. 또는 그 몇 마디에 불과하는 행복도 끊어지기를 잘하고 깨어지기를 잘하는 것이다. 구슬픈 빗발 아래, 이지러진 조각달 아래 한 줌 눈물을 아니 뿌려본 사람이 어디 있을 것이냐? '고해苦海니 화택火宅이니' 하는 진부한 소리는 그만두고라도 데카르트 같은 철인도 "해 안 비치는 땅이 어디 있으며 눈물 없는 인생이 어디 있으랴!" 하였다. 나는 다시 말한다. 인생은 짧고 슬픔은 길다는 것을 ……

5. 제야除夜

함박 함박 내리는 흰 눈이
내 창에 어린 굽어진 노송老松에
꽃 관을 씌워 눈을 감기네.

저녁 예불 울리던 종소리
내 맘의 거문고 그 소리에 울 때
이 한해의 밤도 마지막 저무네

그럭저럭 금년도 저무는 것이다. 컴컴한 이 강산에 흰 눈이 내려 마지막 밤을 꽃으로 묻어준다. 그러나 나는 이 한 해 동안에 대학병원 동東 8호실에 있는 정신병자처럼 얼마나 이 괴로운 자리를 탈출하려고 애를 썼던가? 그리고 산토끼처럼 넓은 세상으로 뛰어나가기를 얼마나 그리워하였던가? 그러나 피와 살이 모두 말라버린 나의 몸은 그러한 나의 희망을 들어주지 않았던 것이다. 오늘이 제석除夕이라 이전 같으면 수공색水空色 엽서에 그림을 그리고 시를 쓰고 Happy New Year를 비는 글발을 여러 벗들에게 보내었을 것이다. 마는 - 희망과 열정과 용기와 행복과 쾌락을 모두 잃은 나는

이 몸이 만일 산이라도 되었던들
하늘의 별이나 바라보며
천년만년 - 아무 근심 없이 살았을 것을 ……
          x   x
이 몸이 만일 구름이라도 되었던들
달빛 안고 기러기 쫓으며
구만리장공 - 맘 놓고 떠다녔을 것을 ……

하고 이런 시나 생각하고 있는 것이다. 사람이란 '영원' 앞에는 너무도 약하지 않은가 한다. 그러나 나는 너무도 바쁘지 않으냐? 차디찬 눈 위에 오히려 창창蒼蒼한 몸으로써 저 창공을 바라보고 있는 노송들 - 그렇다. 운명의 잔이 아무리 쓰고 매워도 저 유유한 하늘 밑에 맑은 희망의 줄을 매고 금년의 마지막 밤을 보내어주

자.

6. 승방난곡僧房亂曲

　해가 바뀌더니 이 절에는 불공 손님이 꼬리에 꼬리를 물고 쏟아져 들어온다. 하루에 20명, 30명씩 새벽부터 밤 열두 시까지 요령 흔들고 넋두리하고 종 치는 소리에 귀가 아파 견딜 수가 없다. 어떤 때에는 두 귀에 솜을 틀어막고 그 위에 수건을 동이고 자보려 하나 오히려 잘 수가 없었다.

　이런 때에는 귀가 없으면 하고 누말이나 아다링 같은 최면제를 먹고 조금 잠이 들었다가도 곧 깨고 마는 것이다. 그래서 틀어막았던 두 귀의 솜을 다시 빼어놓으면 우는지 웃는지 알 수 없는 그네들의 넋두리 ― 아들을 낳게 해주, 돈을 모으게 해주, 남편이 첩을 버리게 해주, 만주로 아편 장사 간 남편이 천금을 쥐고 오게 해주 ― 하고 마룻장을 긁으며 부처님께 애걸하는 그네들의 모양! 그러나 부처님은 아무 말이 없는 것이다.

　그리고 이 고양이 하고 낮잠 자는 주인 승僧에게 2원圓 혹은 3원씩 돈을 내고는 기쁜 듯이 돌아간다. 한 명에 2원씩이라도 30명이면 하루에 60원 수입 ― 장사치고는 큰 장사이다. 밤이 되어 불공이 끝나면 주인 승녀僧女는 코웃음을 하고 그 돈을 세며, 이 돈으로는 땅을 사고 이 돈으로는 금강석 반지를! 그런 공상으로 밤을 새우고는 낮에는 낮잠을 자는 것이다. 어찌 그뿐이랴, 여름에는 5

월부터 9월까지는 매일 손님이 20명씩, 30명씩 - 아무리 적어도 열 명씩은 반드시 와서 술을 사 먹고 밥을 사 먹고 야단을 치고 간다.

그래서 여름에는 청주 소주 맥주 또는 위스키 브랜디 모두 벌려놓고 또는 갈비찜 닭탕 전골 국수 과자 - 이렇게 벌려놓고는 오시오 오시오 야단이다. 그래서 여름이면 잘난 놈 못난 놈 하이칼라 멍텅구리 키다리 난쟁이 깜둥이 노랑 튀기 모던걸 못난 걸 - 모두 모여들어서 혹은 방안에서, 혹은 마루에서 춤을 추고 소리를 하고 깡깡이를 켜고 북을 치고 - 소위 거룩하여야 할 절이 요릿집으로 변하고 남녀의 음매장^{淫賣場}으로 변한다. 그래서 여름 한 철에 혹은 2천 원 혹은 3천 원하고 순이익이 있다고 한다. 이 절 주지도 양주^{楊州} 모처에 백여 석 추수가 있다고 하니 그럴 일이다. 부세^{浮世}를 떠나 불타의 가슴에서 극락을 꿈꾸던 그네들도 이제는 황금 속에서 극락을 발견했는지?

이 S촌에 있는 중들은 첩을 얻고 술을 먹고 고기 먹고 갖은 호화를 다하고 있다. 그러나 불쌍한 사람에게는 엽전 한 푼을 아니 주면서도 불공을 하느니 시식^{時食}을 하느니 재를 올리느니 하고 10원, 30원씩 중의 뱃속에 기름을 붓는 어리석은 사람들이여, 그대들은 '또 걸렸구나'하고 돈을 쥐며 코웃음 치는 중들의 눈동자를 보았는가? 아, 맙소사, 나무아미타불!

7. 송하고옥松下孤屋

새해가 오고 봄이 오고 꽃이 피고 - 이 꽃이 떨어질 때에 나는 이 C사를 떠났다. 그리고 C사 어귀에 있는 S촌에[17] 조그마한 집을 사고 비로소 홈을 이루었다. 뒤에는 산이 있고 소나무가 있고, 앞에는 시내가 있고 - 이만하면 나는 무슨 풍경을 탐하는 사람같이 보이지마는, 그 실은 병病을 위하여 살기를 위하여 이런 집을 택한 것이다. 홈이라 하면 '스위트홈'을 연상하지마는 나의 홈은 병원이요 요양소요 고민실이었다. 칼슘 팩톨 구보진 등 주사를 놓고 약을 달이고 일광욕을 하고 물찜질을 하고 수하정와樹下靜臥를 하고, 갖은 지랄을 다 피우는 것이다. 더욱이 여름 한 철은 나무 아래 침상을 놓고 가만히 누워 하늘이나 치어다보며 공기욕空氣浴을 하고 지내는 것이다.

이리하면 철모르는 이 동리 사람들은 나를 보고 저 사람은 천주학天主學을 하느니 정신병이 들었느니 하고 웃고 지나간다. 더욱이 어린아이들은 "저 사람은 바보야, 밤낮 누워서 하늘만 보고 -"하고, 나중에는 "하늘에서 떡 떨어지우?" 하며 소리를 치고 지나간다. 생각하면 우습기도 하려니와 나는 천주학쟁이도 아니요. 정신병자도 아니다. 혹은 바보일는지 모르거니와 나는 눈에 보이지 않는 결핵이란 작은 벌레와 부단不斷의 전쟁을 하는 것이다. 벌레는 나의 생명줄을 끊으려고 밤낮 공격의 손을 늦추지 아니한다. 그러

---

17) 1935년 노자영이 주재하던 《신인문학》지에서는 '나는 이 S사를 떠났다. 그리고 S사 어귀에 있는 S촌에……'라고 표기되어 있는데, 이는 착오로 보인다.

면 나도 '너에게 패배할 내가 아니다'하고 역습과 반격의 싸움을 멈추지 않는 것이다. 그러나 밤낮 이 모양으로 오고 오는 긴 세월을 보내려니 어떤 때에는 너무도 심사가 어지러워질 때가 많다. 이름 없는 징역^{懲役} - 언제나 풀려나갈지 그때조차 알 수 없는 이 무기^{無期}의 감옥^{監獄} - 운명의 사슬이 나를 이렇게도 단단히 얽어매어 저주의 무저갱^{無低坑: 바닥이 없이 깊은 구멍이} 속에 던져줄 줄을 누가 뜻하였으랴! 어떤 때는 수하^{樹下}에 팔자 좋게 누워서,

> 천 가지 행복이 지나간 뒤에
> 한가지 탄식이 오히려 무겁다.
> 아, 어여쁜 옛날의 나의 장미여!
> 아, 흰 눈 같은 옛날의 나의 산비둘기여!
> 너는 지금 어디서 피나!
> 너는 지금 어디서 우나?

이러한 누구의 시나 생각하고 소년 같은 감격으로써 한 방울 눈물을 흘려본다. 그리고 내 마음의 비둘기는 날개를 치며 성한 몸으로 즐겁게 돌아다니던 옛날의 때를 생각해보는 것이다. 그러나 소용이 무엇이냐? 옛날의 만 가지 행복이 있었다 한들 한가지 오늘날의 고민이 더 무거운 것을 어찌하랴. 눈을 감고 입을 다물면 오늘이 가고 내일이 가고 이지러졌던 달이 다시 둥글고 - 한 달 두 달 세월은 망아지같이 달아난다. 그러나 누구 하나 별로 찾

아 주는 사람 없고 - 다만 북악의 봉우리에 구름이 왔다 갔다 하는 것만이 보일 뿐이다. 사람이라고는 "두부 사려" 하고 아침저녁으로 오는 털보 영감 하나뿐이다.

> 오늘의 해도 진다.
> 희망을 잃은 저녁놀이
> 무거운 발자국으로 나의 가슴을 밟고
> 밤의 길다란 한탄의 보자기를
> 내 머리에 덮어놓고 가는 것이다.

뮈세의 이러한 시를 나는 가끔 생각해보는 것이다. 그리고 밤이 되면 희미한 등불 아래서 영촛이의 얼굴이나 바라보며 깊은 밤을 기다린다. 콜콜 자는 혜늄[시히]을 하고는 배를 내라고 억지 쓰는 세 살잡이 어린애 - 어떤 때에는 춤을 추고는 춤을 추었으니 과자를 내라고 하고 또는 공연히 우는 혜늄을 하고 - 병든 나에게 심심치 않은 장난장이인 것이다. 그러나 이따금 슬픈 눈으로 나를 지키고 있는 아내의 검은 눈을 보면 그네들이 심히 불쌍한 것 같다. 무슨 인연으로 병든 나와[18] 그네들은 아들이니 아내니 하는 이름을 맺어 가지고 이 산촌에서 외로운 그날그날을 보내고 있는가? 운명의 할아버지는 심술이 궂다 하지만 너무도 궂은 것이 아닐는지! 아,

---

18) 1931년 《동아일보》 원문에서는 '병든 나'로 표기되었는데, 1935년 《신인문학》에소는 '병든 그'라고 표기되어 있다.

이름 없는 이 무기의 징역!

8. 흰 닭

내가 이 집에 온 후에 앵두[櫻桃]를 따 먹고 흰 눈이 날리는 것을 보고 … 그리하여 해가 다시 바뀌고 봄이 왔다. 그동안에 나는 몸이 조금 회복이 되어 우리 집 동산을 움직움직 거닐게 되었다. 살구꽃이 피고 새들이 울고 아름다운 봄이었었다. 그러나 병든 나는 문밖에 1리[里]를 나가보지 못하고 항상 집에 있어서 애꿎은 공상을 하거나 그렇지 않으면 어린애처럼 장난이나 하고 그날그날을 보내는 것이다.

그 언제인가 하루는 우리 집 고양이가 뒷산에 갔다가 토끼 한 마리를 잡아 가지고 왔다. 잿빛과 흰빛이 도는 알록알록한 어여쁜 토끼였다. 그러나 고양이에게 물려 가슴이 찢어졌었다. 나는 불쌍한 생각이 나서 그 상처에 반창고를 바르고 솜으로 싸매어 잘 간호하여주었다. 며칠이 지난 후에 어여쁜 토끼는 그 상처가 나았다. 그리하여 밥 두부 비지 아카시아 잎사귀 등 사료를 잘 받아먹고 포동포동하였다. 나는 자미[滋味: 재미]가 나서 아침저녁으로 먹이를 주고 콩을 주고 아주 정을 붙이었었다.

심심해도 토끼를 보고 오로지 토끼가 나의 다정한 벗이었었다. 그러나 어느 날 아침에 어멈이 먹이를 주고 문을 열어놓은 까닭에 어여쁜 토끼는 그만 산으로 달아나버렸다. 나를 버리고 그만 간

것이다. 나는 마음이 섭섭하였었다. 그러나 나를 버리고 달아나는 그를 생각한들 무엇하랴.

나는 토끼가 달아난 후에 다시 동리 애들에게 꾀꼬리 새끼 한 마리를 사서 기르기를 시작하였다. 그야말로 금빛이 나는 어여쁜 꾀꼬리였었다. 나는 무슨 지식이나 있는 것처럼 노상 새를 기르는 책을 사다가 읽어가면서 정성껏 그 꾀꼬리를 길렀었다. 얼마 후에 그 새는 어여쁜 금빛 처녀가 되어서 꾀꼴꾀꼴! 내 방에서 울기를 시작하였다. 나는 그 새에게 퍽이나 반하여 '만돌린'의 줄을 뜯어 가면서 그 소리에 '애컴패니'를 하여 주었다. 그러나 그 새도 무정 하였던 것이다. 아내가 물을 주려고 농문籠門을 여는 사이에 그만 푸드등 공중으로 날아가 버렸다. 나는 토끼를 잃은 때보다도 더욱 이 섭섭하여서 그날은 점심 먹기도 싫었다.

토끼가 달아나고 꾀꼬리가 날아가고 - 그러나 내가 기르는 눈빛같이 고운 흰 닭 '레그혼' 열 마리는 달아날 생각을 아니 한다. 나의 목소리만 들어도 달려오고 혹은 내가 밖에 나갔다 들어 오면 반가운 듯이 억개[날개]를 치며 달려들고 또는 나를 못 잊는 듯이 항상 쫓아다니고 - 나는 어떤 때에는 눈에 눈물이 날만치 그들에 게 인정과 사랑을 느끼었다. 세상에 나를 반가워하는 사람이 별로 없고, 어찌 그뿐이랴, 나를 찾아주는 사람도 없고 나를 위로해주는 사람도 없고 모두 나를 버리고 나를 싫어하거늘, 그 열 마리 흰 닭만은 어찌 그리 나를 못 잊어 반가워하고 쫓아다니는가?

아, 어여쁜 나의 흰 닭! 나의 사랑의 새여! 나는 그 닭들만 보

면 공연히 마음이 즐거워지고 마음이 유쾌愉快해진다. 아, 모든 사
람아 - 우리는 눈물과 인정에 살자. 에덴의 무화과는 다시 그곳에
서 피는 것이다.

(1931년)

평설

출전 : 《동아일보》(1931.3.14.~28)

　1931년 《동아일보》에 실린 후 춘성이 야심 차게 준비하여 발간한 《신
인문학》(1935.8)에도 재수록한 글이다.
　작가로서 가장 열정적으로 살 황금기인 20대 후반부터 30대 초까지 약
5년간을, 치명적인 불치병이라 여겼던 시대인 1920년대 말, 폐결핵으로
앓았던 투병기.
　전업 작가 겸 출판인으로 1924년부터 베스트셀러 작가로 등극하여 당
시 수만 부를 판매하여 거금을 만지고, 자신의 출판사 '청조사'와 책 유통
을 위해 '미모사서점'도 설립하여 아내 이준숙에게 맡기고 니혼대학에 유
학했다가 1927년 귀국, 그리고 시름시름 앓다가 긴 투병 생활에 들어간
다.

1920년대 편지글 스타일의 산문집으로 베스트셀러 작가로 등극하여, 당시 춘원을 필적할만한 작가로 명성이 높았던 춘성^{春城} 노자영.

"어느 때 나는 경부선 차중에서 한 놀나운 현상을 보게 되엿다. … 백 여명이나 되는 학생들이 일제히 버들 '빠스켓' 속에서 연분홍색의 책을 한 권씩 꺼내들고 읽기 시작하얏다. …그것은 각각 제명^{題名}은 다를망정 거의 다 노자영군의 작품이었던 것… 시내에 있는 남여 학생 중에 옥편은 한 권 업슬망정 노자영군의 작품 한권식은 거의 다 잇다.…"(조선일보 1926 년 8월 12일 자)

1926년 8월 조선일보 학예면에 나오는 당시 베스트셀러 작가 춘성의 인기에 대한 설명이다.

《백조》 동인으로 활동하다가 신문에 발표한 시 〈잠〉과 잡지에 발표한 단편소설 한편이 외국 작품의 표절 시비에 걸려 동인에서 제명을 당하 고19) 홀로서기를 시작한 춘성, 그리고 기자 생활과 전업 작가로 독립하면 서 발표한 소설 『반항』, 『무한애의 금상』, 서간집 『사랑의 불꽃: 연애서 간』 등으로 춘성의 작품들은 젊은이들에게 폭발적 인기를 얻었고, 특히 연애 편지집인 『사랑의 불꽃』은 하루 평균 30~40부가 팔려 '서적 시장 판매 최고기록'을 세울 때였다.

---

19) 박영희 『한국문단의 역사와 측면사』, 126쪽. "노자영 글이 너무 속 정적인 연문에 기울어지기 때문에 다소 동인들의 비난을 받아 오다가 《백조》 4호에 〈반항〉이 일본 작가의 모방 시비에 걸려 동인에서 사 퇴를…".

그러나 춘성의 작품에 문단은 '저급' 딱지를, 작가에게는 '문사文士'라는[20] 조롱을 붙였다. 그리고 갑자기 사그라진 작가로서의 문명文名.

또한 지나친 혹사의 탓일까, 1927년부터 병으로 사형선고를 받고 5년 동안 요양을 하며 치열한 자기 점검과 재기의 시간을 갖고 일어선다.

본문은 그 처절한 생존 투쟁기의 흔적이다.

노자영盧子泳. 1898~1940. 황해도 장연 출생. 시인. 수필가. 소설가. 호는 춘성. 평양 숭실중학교를 졸업하고 교사를 하다가 출판사 및 신문사 기자 생활, 그리고 1924년 전업 작가로 청조사 출판사 경영자로 베스트셀러 작가로 경제적인 안정을 찾고 1925년경 도일하여 니혼대학에서 수학하고 귀국하여 1934년 《신인문학》을 간행하고 1937년 조선일보 편집기자를 하다가 1940년 10월 6일 갑자기 사망함.
작품 활동은 1919년 《기독신보》에 장시 〈무화과 잎같이 떨어지는 생명〉을 연재하고, 8월 《매일신보》에 시 〈월하의 몽〉, 11월에 〈파몽〉, 〈낙목〉 등이 계속 2등으로 당선됨. 1921년 《장미촌》, 1922년 《백조》 창간 동인으로 가담하여 시를 발표함. 시집 『처녀의 화환』(1924), 『내 혼이 불탈 때』(1928)과 소설집 『반항』(1923), 『무한애의 금상』(1924) 등을 간행하고, 기타 저서로 『사랑의 불꽃: 연애서간』(1923), 『나의 화환 – 문예미문서간집』(1939) 수필집 『인생안내』(1938) 등이 있음.

20) 조중곤, 〈노자영군을 박함〉, 《동아일보》, 1926.8.22.~26.

조선의 영웅

심훈(소설가 · 영화인)

우리집과 등성이 하나를 격한 야학당에서 종치는 소리가 들린
다. 우리집 편으로 바람이 불어오는 저녁에는 아이들이 떼를 지어
모여가는 소리와, 아홉 시 반이면 파해서 흩어져 가며 재깔거리는
소리가 들린다.

이틀에 한 번쯤은 보던 책이나 들었던 붓을 던지고 야학당으로
가서 둘러보고 오는데, 금년에는 토담으로 쌓은 것이나마 새로 지
은 야학당에 남녀 아동들이 80명이나 들어와서 세 반에 나누어 가
르친다.

물론 5리 밖에 있는 보통 학교에도 입학하지 못하는 극빈자의
자녀들인데, 선생들도 또한 보교^{普校: 보통학교의 준말, 초등학교를 예전에 이르는}
^말를 졸업한 정도의 청년들로, 밤에 가마때기라도 치지 않으면 잔
돈 푼 구경도 할 수 없는 처지에 있는 사람들이다. 그러나 그네들
은 시간과 집안 살림을 희생하고 하루 저녁도 빠지지 않고 와서는
교편을 잡고 아이들과 저녁 내 입씨름을 한다. 그 가운데에는 겨

울철에 보리밥을 먹고 보리도 떨어지면 시래기죽을 끓여 먹고 와서는 이팝[이밥]이나 두둑이 먹고 온 듯이 목소리를 높여 글을 가르친다. 서너 시간 동안이나 칠판 밑에 꼿꼿이 서서 선머슴 아이들과 소견 좁은 계집애들과 아귀다툼을 하고 나면 상체의 피가 다리로 내려 몰리고 허기가 심해져서 나중에는 아이들의 얼굴이 돋보기 안경을 쓰고 보는 듯하다고 한다. 그러한 술회를 들을 때, 그네들을 직접으로 도와줄 시간과 자유가 아울러 없는 나로서는 양심의 고통을 느낄 때가 많다.

표면에 나서서 행동하지 못하고 배후에서 동정자나 후원자 노릇을 할 수밖에 없는 처지에 놓여 있기 때문에 곁의 사람이 엿보지 못할 고민이 있다. 그네들의 속으로 벗고 뛰어 들어서 동고동락을 하지 못하는 곳에 시대의 기형아인 창백한 인텔리로서의 탄식이 있다.

나는 농촌을 제재로 한 작품을 두어 편이나 썼다. 그러나 나 자신은 농민도 아니요, 농촌 운동자도 아니다. 이른바, 작가는 자연과 인물을 보고 느낀 대로 스케치판에 옮기는 화가와 같이, 아무것에도 구애되지 않는 자유로운 처지에 몸을 두어 오직 관조觀照: 조용한 마음으로 대상의 본질을 바라봄의 세계에만 살아야 하는 종류의 인간인지는 모른다. 또는 눈에 보이는 그대로의 현실 세계에 입각해서 전적 존재의 의의를 방불케 하는 재주가 예술일는지도 모른다.

그러나 물 위의 기름처럼 떠돌아다니는 예술가의 무리는, 실사회에 있어서 한 군데도 쓸모가 없는 부유[하루살이]층에 속한다. 너무나 고답적高踏的이요 비생산적이어서 몹시 거추장스러운 존재이다. 시각의 어느 한 모퉁이에서 호의로 바라다본다면 세속의 누累를 떨어 버리고 오색구름을 타고서 고왕독맥孤往獨驀: 외로이 가고 홀로 달림하려는 기개가 부러울 것도 같으나 기실은 단 하루도 입에 거미줄을 치고는 살지 못하는 유약한 인간이다. "귀족들이 좀더 잰 체하고 뽐내지 못하는 것은 저희들도 측간廁間에 오르기 때문이다."라고 뾰족한 소리를 한 아쿠다가와芥川 龍之介, 1892~1927, 일본의 근대 소설가의 말이 생각나거니와 예술가라고 결코 특수 부락의 백성도 아니요, 태평성대의 일민逸民: 학문·덕행이 있으면서도 세상에 나서지 않고 파묻혀 지내는 사람.도 아닌 것이다.

적지않이 탈선이 되었지만 백 가지 천 가지 골이 아픈 이론보다도 한 가지나마 실행하는 사람을 숭앙하고 싶다. 살살 입살 발림만 하고 턱 밑의 먼지만 톡톡 털고 앉은 백 명의 이론가, 천 명의 예술가보다도 우리에게는 단 한 사람의 농촌 청년이 소중하다. 시래기죽을 먹고 겨우내 '가갸 거겨'를 가르치는 것을 천직이나 의무로 여기는 순진한 계몽 운동자는 히틀러, 무솔리니만 못지않은 조선의 영웅이다.

나는 영웅을 숭배하기는커녕 그 얼굴에 침을 뱉고자 하는 자이다. 그러나 이 농촌의 소 영웅들 앞에서는 머리를 들지 못한다.

그네들을 쳐다볼 면목이 없기 때문이다.

(1932년)

창작 시기 : 1932년.

출전 : 유고 시집 『시와 수필 그날이 오면』(한성도서, 1949)

원래 이 작품집은 1932년에 간행하려고 하였으나 조선총독부의 검열 때문에 좌절되어 심훈 사후 해방 후인 1949년 한성도서에서 출판한다.

본문에는 3·1운동에 가담하였다가 붙잡혀 서대문형무소에 있을 때 어머니에게 쓴 〈감옥에서 어머님께 올린 글월〉과 〈어머님께〉로 시작하여 시 〈그날이 오면〉 등 자유시 47편, 시조 10편, 그리고 산문 〈조선의 영웅〉, 〈적권세심기〉 등 7편이 실려 있다.

심훈沈熏, 1901~1936. 서울 출생. 시인. 소설가. 영화인. 언론인. 본명은 심대섭. 호는 해풍. 아명은 삼준 또는 삼보. 경성제일고보에 다니던 1919년 3·1운동에 가담하여 투옥 · 퇴학당함. 1920년 중국으로 망명하여 1921년 항저우 치장대학에서 공부함. 1923년 귀국하여 동아일보사에 입사하고. 1925년 영화 《장한몽》에서 이수일역으로 출연. 우리나라 최초 영화소설 「탈춤」1926을 《동아일보》에 연재하기도 함. 1927년 영화 《먼동이 틀 때》를 원작·집필·각색·감독으로 제작하여 단성사에서 개봉하여 큰 성공을 거둠. 신문사에(1928년), 경성방송국에서(1931년) 근무하다가 사상 문제로 바로 퇴직함. 1932년 고향인 충남 당진으로 낙향하여 집필에 전념하다가 이듬해 상경하여 조선중앙일보사에 입사하였으나 다시 낙향함. 1936년 장티푸스로 요절함.

장편소설 『동방의 애인』(1930)과 『불사조』(1930)를 신문에 연재하다가 일제 검열로 중단을 당함. 1932년 향리에서 시집 『그날이 오면』을 출간하려다 검열로 인하여 무산됨. 장편소설 『영원의 미소』(1933)와 『직녀성』(1934)을 《조선중앙일보》에 연재하고 1935년 장편 「상록수」가 《동아일보》창간 15주년 기념 장편소설 특별공모에 당선. 사후에 『(시와 수필) 그날이 오면』(1949), 『심훈전집1-3』(1953), 『심훈문학전집(3권)』(1966), 『심훈: 한국근대문학전집』(2013), 『심훈전집: 우리가 알아야할 해풍의 모든 것』(2016)

등이 출간됨.

2005년 7월 경기고등학교에서 명예졸업장을 추서하기로 결정. 심훈 가의 장손인 심천보 씨가 심훈 선생 관련 유품 등 가문유물 414점을 당진시에 2013년 7월 16일 기증. 당진시에서는 2014년 3월, 심훈기념관을 준공하였음. 1977년 당진시에서 시작된 심훈 상록문화제는 심훈 선생을 기리는 복합문화예술 행사로 시작하여 오늘날까지 '(사)심훈 상록문화제 집행위원회'가 당진시의 후원을 받아 그 정신을 이어가고 있음.

심훈의 문학적 업적을 기려 1997년 심훈문학상 제정을 시작으로 2015년에는 심훈문학대상을 제정하여 기성작가를 대상으로 문학 업적과 발전 공로를 치하하는 등 각계각층을 대상으로 한 문학상을 제정하여 시상하고 있음.

창窓
김진섭(수필가)

───────────

창窓을 해방解放의 도道에 있어서 잠시 생각하여본다. 이것은 즉 내 생활의 권태에 못 이겨 창측窓側에 기운 없이 몸을 기대었을 때 한 갈래 두 갈래 내 머리로부터 흐르려던 사상의 가난한 묶음이다.

철학자 게오르크 지멜은 일개 화병花甁의 손잡이로부터 놀랄 만치 매력 있는 하나의 세계관을 도출하였다. 이것은 적어도 하나의 유명한 사실임을 잃지 않는다. 이 예에 따라 나는 여기 한 개의 창을 관찰의 대상으로 삼으려 한다. 그러나 이것이 과연 하나의 버젓한 세계관이 될지 또는 하나의 '명색수포철학名色水泡哲學'에 귀歸하고 말지는 보증保證의 한限이 아니다. 그 어떠한 것에 이 '창측의 사상'이 속하게 되는 물론 이것은 그 나쁘지 않은 기도企圖에도 불구하고 아직은 오히려 하나의 미숙한 소묘에 그칠 따름이다.

창은 우리에게 광명光明을 가져오는 자이다. 창이란 흔히 우리의 태양임을 의미한다.

사람은 눈이 그 창이고 집은 그 창이 눈이다. 오직 사람과 가옥에 멈출 뿐이랴. 자세히 점검하면 모든 물체는 그 어떠한 것으로 의하여서든지 반드시 그 통로를 가지고 있음은 두말할 것도 없다. 우리는 그 사람의 눈에 매력을 느낌과 같이 집집의 창과 창에 한없는 고혹蠱惑을 느낀다. 우리를 이와 같이 견인하여 놓으려 하지 않는 창측에 우리가 앉아 한가히 보는 것은 그러므로 하나의 헛된 연극에 비교될 성질의 것은 아니다. 우리가 여기서 볼 수 있는 것은 너무나 많은 것 - 즉 그것은 자연과 인생의 무진장한 풍일豊溢이다. 혹은 경우에 의하여서는 세계 자체일 수도 있는 것 같다. 창 밑에 창이 있을 뿐 아니라. 창 옆에 창이 있고, 창 위에 또 창은 있어 - 눈은 눈을 통하여 창은 창에 의하여 이제 온 세상이 하나의 완전한 투명체透明體임을 볼 때가 일찍이 여러분에게는 없었던가?

우리는 언제든지 될수록이면 창 옆에 머물러 있으려 한다. 사람의 보려 하는 욕망은 너무나 크다. 이리하여 사람으로부터 보려 하는 욕망을 거절하는 것같이 큰 형벌은 없다.

그러므로 그를 통하여 세태를 엿볼 수 있는 유일한 기회를 주는 창을 사람으로부터 빼앗는 감옥은 참으로 잘도 토구討究: 사물의 이치를 따져 가며 연구함된 결과로서의 암흑暗黑한 건물이라 할 수 있다.

그러나 우리는 우리가 창을 통하여 보려는 것이 과연 무엇일까를 알지 못한다. 그럼에도 불구하고 우리는 그것 보기를 무서워하면서까지 그것을 보려는 호기심好奇心에 드디어 복종하고야 만다. 그

러므로 우리는 창을 한없이 그리워하면서도 동시에 이 창에 나타
날 터인 것에 대한 가벼운 공포를 갖는 것이다. 문^門은 어떠한 악
마를 우리에게 소개할지 사실 알 수 없는 까닭이다.

나라와 나라 사이에 고을과 고을 사이에 도로, 산천을 뚫고 우
리와 우리에 속한 것을 운반하기 위하여 주야로 달음질치는 기차
혹은 알기도 하고 혹은 모르기도 한 번화한 거리와 거리에 질구^疾
^{驅: 빨리 달림}하는 전차, 자동차 – 그것은 단지 목적지에 감으로써만
의미가 있는 것일까?

아니다 적어도 나에겐 그것이 이 세계의 생활에 직접으로 통하
고 있는 하나의 변화무쌍한 창으로서 더욱 의미가 있는 듯싶다.
그러므로 우리는 항상 기차를 탈 때면 조망^{眺望}이 좋은 창을 선택하
려는 것이다. 그러하므로 의^依하여 우리는 흔히 하나의 풍토학^{風土學},
하나의 사회학에 참여하는 기회를 잃지는 않으려는 것이다. 여행
자가 잘 이용하는 유람 자동차라는 것이 요새는 서울의 거리에도
서서히 조종^{操縱}되고 있는 것을 나는 가끔 길 위에서 보지만, 그것
을 볼 때 나는 이것이 흥미에 찬 외래자의 큰 눈동자로서 밖에는
느끼어지지 않는다. 모르는 땅의 교통과 풍속이 이러한 달아나는
차창에 의하여 얻을 수 없다면 여행자의 극명한 노력은 지둔^{遲鈍: 굼}
^{뜨고 미련함}한 다리와 발에 언제까지든지 지불^{支拂}되어야 할 것이다.

여기 가령 비행기가 떴다 하자, 여기 가령 어디서 불이 났다 하
자, 그러면 그때에 우리는 가장 가까운 창에 부산하게 몰린다. 그
때 우리가 신사 체면에 서로 머리를 부닥침이 좀 창피하다 하더라

도 관觀할 바이랴! 밀고 헤쳐서까지 우리는 조망이 편한 창측의 관찰자가 되려 하는 것이다. 점잔스럽게 창과는 먼 곳에 앉아 세간의 구구한 동태에 무관심을 표방標榜하고 있는 인사가 결코 없지 않으나 알고 보면 그인들 별수가 없는 것이다. 비행기의 프로펠러에 그의 조화調和는 완전히 파괴되어 있는 것이다.

우리로 하여금 항상 창측의 좌석에 있게 하는 감정을 사람은 하나의 헛된 호기심이라고 단정하여 버릴지도 모른다. 그러나 사람의 보려 하는 참을 수 없는 충동衝動은 이를 헛된 호기심으로써 지적하기에는 너무도 심각한 것 같다. 참으로 사람이란 자기 혼자만으로는 도저히 살 수가 없는 것이고 그보다는 다른 사람의 생활에 의하여 또는 다른 사람의 생활을 봄으로 의하여 오직 살 수가 있는 엄숙한 사실에 우리가 한번 상도相到하여 보면 얼마나 많이 이 창측의 좌석이 이 위급한 욕망에 영양營養을 제공하고 있는가를 용이하게 알 수가 있다. 이리하여 우리가 가령 달아나는 전차에 몸을 싣는다는 것은 우리가 어떠한 목적지를 지향하고 있는 구실 밑에 달아나는 가로街路에 있어 구제하기 어려운 이 욕망의 충족을 꾀함을 의미하는 것이다. 많은 사람 사람의 무리21) 은성殷盛한 상점의 '쇼윈도' - 우리가 흔히 거리의 동화童話에 가슴의 환영幻影을 여러 가지로 추리하는 기회를 여기서 가짐이 무엇이 나쁘랴? 도시의 가로는 그만큼 충분, 풍부하다. 달아나는 창은 무엇보다도 그것을 또 잘 보여 준다.

(1934년)

---

21) 원문대로임

출전 : 《문학》 (1934.1)

　박성룡이 주재한 《문학》지 창간호에 실린 글로, 《문학》지 편집은 1933년 12월, 발행일은 이듬해 1월로 되어 있다.

　단행본에는 『인생예찬』(동방문화사, 1947)에 처음 수록되었으며, 1949년 판 213쪽 짜리 『생활인의 철학』(선문사, 1949) 에는 이 글이 없고 18년 후 『생활인의 철학』(문예출판사, 1967) 304쪽 짜리에는 〈창〉이 처음으로 수록되어, 이후 『생활인의 철학』에 기본으로 편집되어 나왔다.

　김진섭은 우리나라에서 처음으로 본격적인 수필을 개척한 작가로 인정받고 있다.

김진섭金晉燮, 1903~?. 전남 목포 출생. 시인, 문학 평론가, 수필가, 방송인, 독문학자. 대학 교수, 호는 청천, 일본 호세 대학 독문과를 졸업하고 손우성, 이하윤, 정인섭 등과 《해외문학연구회》를 조직하고 1927년 잡지 《해외문학》 창간에 참여함. 창간호에 평론 〈표현주의 문학론〉 외에 만(Mann,H)의 소설 〈문전門前의 일보一步〉 등 독일의 소설과 시를 번역 소개함. 귀국 후 경성제국대학 도서관 촉탁의 일을 보면서 1931년 윤백남, 홍해성, 유치진 등과 극예술연구회를 조직하는 등 연극 운동에 참여함. 1945년 경성방송국 근무, 1946년 서울대학교 중앙도서관장 및 서울대학교와 성균관대학교 교수를 역임하다가 1950년 한국전쟁 때 납북당함.

1925년 문학평론가로 등단했지만 수필가로 더 이름이 알려짐. 1929년 《동아일보》에 〈수필의 문학적 영역〉을 발표하여 수필의 문학적 정립을 시도하면서, 수필 〈백설부〉, 〈생활인의 철학〉, 〈주부송〉 등을 발표하여 당시 이양하와 함께 우리 수필 문단의 쌍벽을 이루었음.

수필집으로 『인생예찬』(1947)과 『생활인의 철학』(1949)이 있으며 『교양의 문학』(1950), 『청천수필평론집』(1958) 등의 평론집을 남김.

행복幸福
이상(시인·소설가)

달이 천심天心: 하늘 한가운데에 왔으니 이만하면 족足: 충분함하다. 물
潮22)은 아직 좀 덜 들어온 것 같다. 축은[축축한] 모래와 마른 모래의
경계선境界線이 월광月光 아래 멀리 아득하다. 찰락찰락 - 한 여남은
미터는 되나 보다. 단애斷涯: 깎아 지른 듯한 낭떠러지 바위 위에 우리 둘
은 걸터앉아 그 한순간을 기다리고 있다.

"자 인제 일어나요"

마흔아홉 개 꽁초가 내 앞에 무슨 푸성귀 싹처럼 헤어져 있다.
나머지 담배가 한 대 탄다. 요것이 다 타는 동안에 내가 최후의
결심을 할 수 있어야 한단다.

"자 어서 일어나요"

선山 이도 일어났고 인제는 정말 기다리던 그 순간이라는 것이
닥쳐왔나 보다. 나는 선이 머리를 걷어치켜주면서

---

22) 원문에서 물은 일반적인 물水이 아니라, 조潮라는 한자를 병기 한 것
으로 보아, 조수潮水 곧 아침에 밀려들었다가 나가는 바닷물. 해조海潮
를 가리키는 것을 짐작할 수 있다.

"겁이 나나"

"아 – 뇨"

"좀 춥지?"

"어떤가요"

입술이 뜨겁다. 쉰 개째 담배가 다 탄 까닭이다. 인제는 아무리 하여도 피할 도리가 없다.

"자 그럼 꼭 붙들어요"

"꼭 붙드세요"

행복^{幸福}의 절정^{絶頂}을 그냥 육안^{肉眼: 안경없이 맨눈으로 봄}으로 넘긴다는 것이 내게는 공포^{恐怖}였다. 이 순간 이후 내 몸을 이 지상^{地上}에 살려둘 수 없다. 그렇다고 선이를 두고 가는 수도 없다.

그러나 –

뜻밖에도 파도가 높았다. 이런 파도 속에서도 우리 둘은 떨어지지 않았다. 떨어지지 않고 어느 만큼이나 우리는 떠돌아다녔는지 드디어 피로^{疲勞}가 왔다 –

죽기 전^{前.}

이렇게 해서 죽나 보다. 우선, 선이 팔이 내 목에서부터, 풀려 나갔다. 동시에 내 팔은 선이 허리를 놓쳤다. 그 순간 물먹은 내 귀가 들은 선이 단말마^{斷末魔: 숨이 끊어질 때 나는 짧은 비명}의 부르짖음,

"××씨!"

이것은 과연 내 이름은 아니다.

나는 순간 그 파도 속에서도 정신이 번쩍 났다. 오냐 그렇다면 —

나는 죽어서는 안 된다.

나는 마지막 힘을 내어 뒷발을 한 번 탕 굴러 보았다. 몸이 소스라친다. 목이 수면 밖으로 나왔을 때 아까 우리 둘이 앉았던 바위가 눈앞에 보였다. 파도는 밀물이라 해안을 향해 친다. 그래 얼마 안 가서 나는 바위 위로 기어오를 수 있었다. 나는 그냥 뒤도 안 돌아보고 걸어가 버리려다가 문득

선이를 살려야 하느니라

하는 악마의 묵시를 받지 않을 수 없었다. 월광月光에 오르내리는 검은 한 점點, 내가 척 늘어진 선이를 안아 올렸을 때 선이 몸은 아직 따뜻하였다.

오 호 너로구나.

너는 네 평생을 두고 내 형상 없는 형벌 속에서 불행하리라. 해서 우리 둘은 결혼하였던 것이다.

규방閨房에서 나는 신부에게, 행형行刑: 형을 집행함하였다. 어떻게?

가지가지 행복의 길을 가지가지 교재를 가지고 가르쳤다. 물론 내 포옹의 다정한 맛도.

그러나 선이가 한 번 미엽媚靨: 보조개을 보이려 드는 순간 나는 영상嶺上: 산봉우리 꼭대기의 고목처럼 냉담하곤 하는 것이다. 규방에는

늘 추풍이 소조^{蕭條: 고요하고 쓸쓸히}히 불었다.

나는 이런 과로 때문에 무척 야위었다. 그러면서도 내, 눈이 충혈한 채 무엇인가를 찾는다. 나는 가끔 내게 물어본다.

'너는 무엇을 원하느냐? 복수? 천천히 천천히 하여라. 네 운명^{殞命: 사람의 목숨이 끊어짐}하는 날이야 끝날 일이니까.'

'아니야! 나는 지금 나만을 사랑할 동정^{童貞}을 찾고 있지 한 남자 혹^或 두 남자를 사랑한 일이 있는 여자를 나는 사랑할 수 없어서 왜? 그럼 나더러 먹다 남은 형해^{形骸: 사람의 몸과 뼈. 또는 생명이 없는 육체}에 만족하란 말이람?'

'허 - 너는 잊었구나? 네 복수가 필^{畢: 일정한 의무나 과정을 마침}하는 것이 네 낙명^{落命}의 날이라는 것을. 네 일생은 이미 네가 부활하던 순간부터 제단 위에 올려 놓여 있는 것을 어쩌누?'

그만해도 석 달이 지났다. 형리^{刑吏}의 심경에도 권태^{倦怠}가 왔다.

"싫다. 귀찮아졌다. 나는 한 번만 평민으로 살아보고 싶구나. 내게 정말 애인을 다고"

마호메트 것은 마호메트에게로 돌려보내야 할 것이다. 일생을 희생하겠다던 장도^{壯圖: 큰 계획이나 포부}를 나는 석 달 동안에 이렇게 탕진하고, 말았다.

당신처럼 사랑한 일은 없습니다 라든가 당신만을 사랑하겠습니다 라든가 하는 그 여자의 말은 첫사랑 이외의 어떤 남자에게 있어서도 '인사'

정도^{程度}에 지나지 않는다. 는 것을 잊어서는 안 된다.

"내 만났지"

"누구를요"

"××"

"네 -. 그래 결혼^{結婚}했대요?"

그것이 이렇게까지 선이에게는 몹시 걱정이 된다. 될 것이다. 나는 사실^{事實}

"아 - 니 혼자던데, 여관^{旅館}에 있다던데."

"그럼 결혼 아직 안 했군 그래. 왜 안 했을까."

슬픈 선이의 독백^{獨白}이여 -

"추물^{醜物}이야, 살이 띵 띵 찐 게."

"네? 거 그렇게까지 조소^{嘲笑}하려 들진 마세요. 그래두 당신네들 (? 이 들 짜야말로 선이 천려^{千慮}의 일실^{一失}이다)²³⁾ 보다는 얼마나 인간미가 있는데 그래요. 그저 좀 인간이 부족하다 뿐이지."

나는 거기서 더 입이 떨어지지 않았다. 그만 후회도, 났다.

물론 선이는 내 선이가 아니다. 아닐 뿐만 아니라 ××를 사랑 하고 그 다음 ×를 사랑하고 그다음 …….

그다음에 지금 나를 사랑한다. 는 체하여 보고 있는 모양같다. 그런데 나는 선이만을 사랑한다. 그러니까 우리는 -

어떻게 해야만 좋을까 까지 발전한 환술^{幻術: 남의 눈을 속이는 기술}이

---

23) 원문 그대로임

뚝 천정을 새어 떨어지는 물방울에 와르르 무너져 버렸다. 창밖에서는 빗소리가 내 나태懶怠를 이러니, 저러니 하고 시비하는 것 같은 벌써 새벽이다.

(1936년)

평설

출전 : 《여성》 (1936.10)

　그렇게나 행복幸福하고 싶었던 시인 이상은 행복했을까?

　이상의 문학적 연보에는 여성이 많이 등장한다. 그렇다면 이글에서 나오는 선세이는 누굴까? 1933년 백천 온천에서 만나 종로에서 다방 '제비'를 경영하며 함께 살다가 사라진 금홍(연심이), 1935년 문을 연 카페 '학'에서 만난 여급이던 권순희 – 동거를 준비하다가 짝사랑으로 자살소동을 벌여 병원에 입원한 소설가 정인택을 위해 자신을 자제하고, 설득하여 두 사람을 연결하여 결혼에 이르게 한다.

　1936년 친구 이순석이 경영하던 '낙랑 파라'에서 디스크 플레이어를 하다가 만난 이화여전 문과 출신의 변동림 – 이상의 친구인 화가 구본웅의 서모가 낳은 배다른 동생이자, 친구 변동욱의 여동생, 후일 수필가로 활동하는 김향안의 그 시절 이름이다. 둘은 1936년 6월 결혼한다.

당시 발표하는 작품 〈산발〉, 〈실화^{失火}〉, 〈동해^{童骸}〉에도 두 사람의 복잡 미묘한 갈등 심리가 자주 나타나는데, 선^仙이가 본문 속의 그 선이가 아닐까?

수필가로서 이상은 권태^{倦怠}라는 단어가 이곳에서도 나오고 여러 작품에서 출몰^{出沒}하는 것처럼 /권/태/롭/다/ 딱, 그 단어가 느낌이다.

본문을 적을 때 이상의 작품 특성상 한자어를 많이 쓰고 있는 것을 알 수 있다. 그러나 되도록 한자어를 빼고 편집을 하도록 하였지만, 이상이 작품 쓰던 그 1930년대 뒷방 책상(?)이 자꾸 떠올라서 ……

다시 처음 생각으로 들어가서, 이상은 행/복/ 했을까?
이 의문^{疑問}으로 찾은 산문이 여기 〈행복〉인데, 독자 여러분의 판단은?

이상^{李箱}, 1910~1937. 서울 출생. 시인. 소설가. 본명 김해경. 경성고등공업학교 건축과 졸업. 1929년 12월 조선건축회지 《조선과 건축》 표지 도안 현상 모집에 1등과 3등으로 당선. 의주통 전매지청 청사 설계 및 준공. 1930년 《조선》에 첫 장편소설 「12월 12일」을 발표함. 1932년 《조선과 건축》 표지 디자인 현상 모집에 선외 가작 4위 선정. 그러나 건강에 이상이 생겨 퇴직하고 생계를 위해 다방 '제비'를 시작함. 1934년에 구인회에 참가. 같은 해 6월 《조선중앙일보》에 연재 중인 박태원의 소설 〈소설가 구보씨의 일일〉에 하융^{河戎}이라는 이름으로 삽화를 그림. 1936년 6월 일본 동경으로 건너갔으나 1937년 사상 불온혐의로 구속되었고 건강이 더욱 악화하여 그해 4월 동경대학 부속병원에서 사망함. 1933년 《가톨릭청년》에 시 〈1933년 6월 1일〉, 〈거울〉 등을, 1934년 《조선중앙일보》에 국문시 〈오감도〉 등 다수의 시작품을 발표함. 특히, 〈오감도)는 난해시로 당시 문학계에 큰 충격을 일으켜 독자들의 강력한 항의로 연재를 중단함. 시뿐만 아니라 〈날개〉(1936), 〈지주회시〉(1936), 〈봉별기〉(1936), 〈종생기〉(1937), 〈동해〉(1937) 등의 소설도 발표함. 수필 〈권태〉(1937), 〈산촌여정〉(1935) 등과, 사후에 『이상전집1-3』(1956), 『이상전집1-3』(1966), 『이상전집1-2』(2004), 『이상전집1-4』(2009), 『이상전집1-4』(2014), 『이상전집』(2016)이 간행됨.

나의 자전거^{自轉車}

김교신(교육자 · 종교인)

자전거를 잃고 나니 자전거가 나의 팔다리의 한 부분이었던 것을 절실히 깨달았다. 별안간에 다리를 찍힌 자의 불편을 참으면서 통학하려니 자전거 있었을 때에 그가 나에게 준바 모든 영향이 실마리처럼 풀려 나온다.

두어 차례 교통 순사에게 괄시를 받았음으로 인하여, 네거리의 교통신호를 판독할 줄 알게 된 것도 자전거의 혜택이었다. 신호 중에 '행^行'과 '지^止'는 문제 될 것 없지마는 '회^{廻: 돌아가시오}'의 이해가 어렵고, 종로와 광화문통 같은 십자로는 쉬우나 남대문과 경성역전^{서울역앞} 같은 사행로^{斜行路: 비스듬한 길}가 어렵다.

무릇 경쟁에 졸렬한 나로 하여금 매일 버스 전차에 타는 경쟁을 피하여 마음의 고통을 면케 한 것도 나의 자전거의 덕이었다. 전차와 버스 안에서 교만한 부녀와 무례한 남정^{男丁: 남자}과 눈허리 마치는^{마주치는} 모든 남녀 청소년들을 보고 참을 필요 없는 것도 물론 나의 자전거의 공이었다.

자전거에 타면 떠날 때에 우리 집이 있음을 알 뿐이요 도착한 데가 우리 학교인 것을 알았을 뿐이다. 매일 아침저녁으로 대경성의 '도심'을 통과하나 서울 장안은 나에게 있어서 일대 터널에 불과한 존재이다. 서울을 상징하는 온갖 인물과 건축과 상품들이 좌우에 성처럼 우거져 있더라도 내가 좌우를 돌아 살필 필요도 없고 할 수도 없었다. 자전거 위에서는 오직 앞길을 직시하는 수밖에 별도別途가 없다. 눈이 단순하므로 생각도 따라서 단순하다. 혹시 변화가 있다면 질주하는 자전거 앞길을 교통신호가 가로막는 일이 있으나 이때는 전주의력全注意力이 더욱 한 점으로 집주集注: 집중된다. 서울에 살면서도 서울의 모든 추잡한 것 악착스러운 것 부허浮虛: 헛되이 떠도는 한 것, 괴이한 것들을 보지 않을뿐더러, '실망'이 아니면 '취생醉生: 술에 취하여 아무런 보람도 없이 삶'이라는 낙인을 이마에 찍어 붙인 노인과 청년들의 면상을 바라볼 여유 없이 한줄기 '터널' 속으로 왕반往返: 왕복하게 하였으니 자전거가 고마웠다.

도보 - 버스 - 전차의 연락聯絡으로 1시간 10분을 요하는 길을 35분에 닿게 하니 하루 왕복에 1시간 넘는 시간을 나에게 보조하여 주는 것은 오직 나의 자전거만이 능히 할 수 있는 일이요, 잘하여 주는 일이다.

자전거는 현대의 여마驢馬: 당나귀다. 경성부京城府 내의 교통정리 정책으로 보아도, 전차에 궤도가 있고 자동차에 지정 노폭이 있고 하마차荷下馬: 짐마차가 또한 지정 노상을 행하되 오직 자전거만은 이쪽저쪽으로 여지餘地: 남은 땅에 몰리는 무시를 당하고 있다. 또한 자전거꾼의 대다수는 사회에 봉사하는 계급의 미천한 사람들이다. 타는 것 중에 가장 겸비^{謙卑: 자신을 겸손하게 낮춤}한 것을 타고, 심부름꾼 배달부들과 반열^{班列}을 같이 하여 달음질하려면 여마로 입성^{入城}하시던 주^主 그리스도를 자주 생각하게 된다. 나의 자전거는 나로 하여금 한층 더 넓은 사회에 호흡^{呼吸}하게 하였다.

(1937년)

평설

출전 : 《성서조선》 제96호 (1937.1)

자전거에 대한 교육자 김교신 선생의 찬가.
기독교를 통한 민족구원의 소망으로 선생이 주필로 1인 출판하던 잡지 《성서조선^{聖書朝鮮}》(1937년 1월호)에 실은 글이다. 지금 이 시각 국립중앙도서관 웹사이트에서 〈나의 자전거〉를 두드리면 1쪽으로 편집되었던 1937년 원문 글을 내려받을 수 있는 축복이 생긴다.

12년 동안 교사로 근무했던 양정고보 학교까지 매일 자전거로 출근하였다고 하며, 이 시절 마라톤의 영웅 손기정을 직접 지도한 마라톤부의 코치로. 1935년 일본 도쿄에서 열린 베를린올림픽 국가대표 선발전에서 손기정 선수의 요청에 따라 자동차로 앞서 달렸던 일화는 유명하다.

손기정 선수는 "선생님 얼굴을 보면서 뛰겠다"라고 했다 하고.

김교신金教臣, 1901~1945. 함경남도 함흥 출생. 교육자. 종교인. 1919년 3월 3일 함흥 만세 시위에 참여해 체포됨. 같은 해 도일하여 세이소쿠 영어학교에 입학. 기독교에 입교한 후 무교회주의자 우치무라 간조의 문하에 들어감. 1922년 도쿄고등사범학교 영문과에 입학하여 지리·박물과로 졸업. 1927년 새로운 기독교를 통한 민족구원의 소망으로 《성서조선》을 발간. 1942년 3월 권두언 〈조와弔蛙〉가 민족을 찬양했다는 '성서조선 사건'으로 옥고를 치루고 잡지는 폐간당함. 1945년 4월 해방을 앞두고 과로가 겹쳐 44세의 나이로 요절함.
사후에 제자이며 무교회 신앙의 3세대 지도자였던 노평구(출판인, 독립유공자) 선생이 편집한 『김교신전집(전6권)』(1975), 『김교신전집(전7권)』(2001) 이 있음.

여인도 女人都
이선희(소설가)

[상]

어느 날 희한히 맑은 정오!

나는 방 안이 좀 우중충한 듯하여 커튼을 걷어 올리고 의자를 당겨 창 앞으로 갔다.

정오의 태양은 호박색으로 투명한데 미미강은 오늘도 흰 모래로 선을 두르고 야청빛으로 푸르러 늘어지게 흐르고 있다.

바람이 하도 시원하고 풀 위에 그늘이 하도 짙게 어른거리기에 나는 턱을 고이고 한없이 강심을 내려다보았더니 썩 유쾌하다.

그러한데 멀리 배 한 척이 미끄러지듯 빠르게 강 허리를 넘는 것이 보인다. 그 배는 별로 '로헨그린(Rohengrin)24)'의 배처럼 아름다운 것 같지도 않고 그저 감빛의 붉은 돛이 바람을 받아 배가 불룩할 뿐이다.

---

24) 중세 전설에서 원탁의 기사로 유명한 파르지팔의 아들로 백조의 기사

나는 아무리 보아야 그것이 우리의 배와 같이 생각되지 않았다. 혹시 적의 배가 아닌가 하는 불안이 일어났으나 미간을 찡그릴 정도로 의심스럽지는 않았다.

시장 각하! 각하의 영역인 미미강에 적함 일 척이 들어왔삽고 그 배로부터는 한 사람의 흉악스런 사나이가 내렸는데 우리들은 힘을 합하여 그놈을 잡아 단단히 묶어 놓았습니다.

"적함이 침입했어! 그리고 흉악스런 사나이 도적이 들어왔어? 그 포로를 즉시 재판정으로 불러들이시오."

갑자기 우리의 성은 난리를 만난 것처럼 소란하고 살풍경이 되었다. 나는 분노로 인해서 몇 번이나 치맛자락을 헛디디며 재판정으로 나가 자리를 잡았다.

이윽고 재판정 정문이 활짝 열리며 수없는 병졸이 포로 하나를 끌고 들어오는데 얼핏 보기에 우리 훈련받은 병졸들은 포로를 끌고 들어오는 것이 아니라 포로가 병졸들을 줄레줄레 매달고 들어오는 것 같은 진풍경이다.

나는 심문을 시작했다.

"포로는 어디로부터 왔으며 무엇을 도적하려 이 성에 침입하였는가?"

"시장 각하와 및 존경하는 시민 제위에게 영원한 즐거움이 있어지이다."

그는 내 심문에는 대답지 않고 이렇게 길게 인사를 하고는 나를 바라보고 빙긋 웃는다. 그 태도가 너무도 부드럽고 한가하여

도무지 나를 무서워하는 기색이 보이지 않는다. 이때 나는 그 포로의 넓은 가슴과 기다란 다리와 둥그런 머리를 보았다. 더구나 그 얼굴은 턱 밑에 수염이 약간 거칠게 났으나 그것이 도리어 거무스름한 힘과 정열을 이야기하고 빛나는 눈동자는 너무 커서 그 속에 빠져 버리기가 쉽겠다.

나는 새로운 위의를 갖추어 상설 같은 호령을 내렸다.

"왜 묻는 말에 대답이 없는가?"

"각하! 각하께서 아무리 호령을 하셔도 본인은 도무지 무섭지 않고 다만 각하의 그 분노로 말미암아 세모가 진 눈초리를 바라보면 그 위에 더한 행복은 없습니다.

각하! 본인에게 굳이 조국을 말하라 하십니까. 아아! 본인의 조국은 사나이만 사는 나라로 이건 지옥 이하의 지옥이요, 딱딱하고 수고스러운 현실만이 미친개 모양으로 자빠져 있는 무서운 곳입니다."

"그러한 곳에서 왔다 하니 더욱이 약탈을 목적하고 온 것이 아닌가?"

"천만의 말씀이 올시다. 본인은 각하와 및 각하의 경애하는 시민에게 최대의 경의를 표합니다."

"그러면 그대 배의 나침반이 깨여지거나 그대의 항해술이 부족해 물길을 잃고 이리저리 헤매다가 우연히 이곳에 이르렀음인가?"

"각하의 도성을 찾아 항구에서 항구로 헤매기에 보시는 바와 같이 턱 밑에 무성한 수염 깎기도 잊었거늘 어찌 우연히 이르렀다

하오리까"

"그러면 필시 무슨 소원이라도 있을 터인데 어서 실토를 해야지 재판을 진행할 것이 아닌가"

"각하와 및 각하의 경애하는 시민의 노예가 되기를 희망하는 바이 올시다."

"노예? 무엇을 의미하는 것인가?"

"본시 저이 사나이들은 우주의 창조가 있을 때부터 노예로 태어나지 않았습니까. 그 증거로는 각하께서 지금 앉아 계신 이 대리석 궁전이나 각하께서 신으신 은빛 구두나 손톱에 '매니큐어'를 하신 법랑질琺瑯質25)의 약품이나 어느 것 하나라도 저희 노예의 손으로 되지 않은 것이 있겠사오리까. 그러므로 저희들은 각하와 및 각하의 경애하는 시민보다 엄청나게 많은 뇌장腦漿26)을 이 두개골 속에 담아 가지고 모든 발명과 창작을 하고 이렇게 튼튼한 돌 같은 근육을 가지고 모든 공장의 기계를 운전합니다."

"이제 심문은 끝났으니 나는 이 도성의 엄격한 법률을 받들어 그대에게 총살을 선언하노라."

"시장 각하! 총은 각하의 무기가 아닌가 하옵는데 목숨만 살려 주시면 종신토록 노예로 섬기겠나이다."

나는 여러 가지로 생각한 바 있어 사형에서 한 등 감하여 종신의 금고를 선언하고 폐정하니 때는 오후 네 시 십오 분.

---

25) 이齒의 표면을 덮어 상아질을 보호하고 있는 단단한 물질 [유] 사기질, 에나멜질
26) 뇌척수액腦脊髓液, 뇌실 및 척추의 중심관을 채우고 있는 액체

[중]

그 후 일 년 -

노예가 우리에게 잡혀 있은 지도 벌써 일 년이 되었다. 우리는 그동안 그의 허리에 채웠던 쇠줄을 끄르고 그에게 일을 시켰다. 밤낮으로 눈코 뜰 사이가 없이 그의 소원대로 부렸다.

그가 작은 배를 타고 밤이 새도록 미미강에 그물을 던져서 고기를 낚으면 이튿날 아침 그물을 걷어 올릴 때는 은빛의 고기비늘이 아침 햇빛에 번쩍거렸다.

우리는 또 그에게 우리의 과수원을 맡겼다. 이 과수원은 '에덴'의 동산과 같이 아름답고 풍성한 것으로 항상 초록의 무성한 가지가 하늘을 덮고 있었다.

그는 이 과수원에서 아담과 같이 자유스럽고 유쾌하여 철나지 않은 사슴과 같이 뛰어다녔다.

우리의 도성은 전에 없이 태양이 금빛보다 더 노랗고 찬란한 것 같다. 내 경애하는 시민들이 딸기를 우유에 적시어 먹을 때 그 옥같이 흰 잇속이 즐거움으로 조개 속보다 더 빛났다. 그들의 사지들은 엷은 옷 속에서 미꾸라지 빠지듯 잘도 놀았다.

그들은 노예에게 시중을 들려 가며 즐겁게 일을 했다. 붉은 초를 만들고 옥수숫가루를 빻고 실과즙을 내어 병에 넣고는 밀로 주둥이를 봉했다.

금요일 오후다.

나는 샘가로 내려가 시원히 발이나 씻으리라 생각하고 혼자서 동산의 좁은 길로 들어섰다. 이 길로 조금 올라가면 두 갈래 길이 있는데 왼편은 목책으로 둘린 과수원으로 가는 길이요. 또 다른 한 길은 샘으로 가는 길이다. 그 샘가에 서서 올려다보면 거기는 대리석으로 쌓은 고성古城이 넝쿨에 덮이어 있다.

샘물엔 지금도 유리 같은 물이 철철 넘는다. 나는 '슬리퍼'를 벗어 던지고 물 한 바가지를 떠서 발을 씻었더니 어찌도 뼈가 저리게 찬지 두 발을 동동 구르며 돌아갔다.

벌써 석양이 되어서 저녁볕이 눈이 부시게 숲과 샘터를 비춘다. 나는 돌아오려고 신을 신다가 문득 성 있는 데로 머리를 돌렸다.

노예가 성 밑에 붙어 서서 무엇인지 열심히 하고 있다. 나는 깜짝 놀래 줄 생각으로 작은 돌멩이 하나를 집어서 팔을 두어 번 휘휘 내저어가지고 노예의 등을 향하여 던졌다. 노예는 맞지 않았다. 나는 다행하게 생각했다. 시장의 체면으로 노예와 장난하는 것은 위신상 재미없다고 곧 후회했기 때문이다.

그러나 그가 하고 있는 일이 무엇인지 호기심이 나서 나는 그의 등 뒤에까지 올라갔을 때 그는 깜짝 놀라 휙 돌아선다.

광선 관계인지 그의 눈은 자줏빛을 쏟으며 나를 바라보고 있다. 그는 머리를 숙여 인사하기도 잊어버리고 정신 나간 것처럼 우뚝하게 서 있다.

나는 우선 그가 무엇을 하고 있는지 살펴보았다. 이상하게도 등 넝쿨 덮인 성벽에 무엇인지 가득히 쓰여 있다. 나는 한참 서서 읽다가 한 손으로 그 글들을 가리키며 노예에게 물었다.

"이것이 무엇이오?"

"온갖 아름다운 것을 적어 놓은 주문 이온데 이름하여 시라 합니다."

"시라는 게 뭣인데 이다지 고약스럽소?"

나는 몹시 못마땅해서 동산을 내려왔으나 현기증이 날만치 기분이 좋지 못하고 머릿속에는 성벽에 쓰여 있던 무수한 시구들이 못된 버러지처럼 꿈지럭거렸다.

그날 밤 초가 두 자루나 다 타서 없어지기까지 나는 괴로워서 방속을 거닐었다. 아마도 그 시라는 것이 내게 마술을 걸었나 보다고 생각했다.

나는 또 한 가지 새 사실을 발견하고 놀랐다. 그것은 우리 도시의 화장품의 수입액이 전에 없이 많은데, 그 까닭도 필경 이 시에 있는 것이나 아닌가 하고 생각했다.

'그 노예 때문에 나의 시민의 화장품 소비량이 배가한다.'

이튿날 아침, 나는 종을 울려 전 시민을 공회당 마당에 불러놓고 이렇게 연설했다.

"경애하는 시민 제군! 제군은 제군의 마음을 도적하는 저 노예 저 시인을 어떻게 처치할 총명한 방법을 나에게 주기를 바란다. 이제 나는 저를 이 도시에서 추방할 의사를 제군에게 제공하노니 여기에 가하다고 생각하는 자는 손을 들어 표하라."

그러나 한 사람도 손을 드는 자가 없고 모두 그 긴 속눈썹을 아래로 떨어뜨리고 뾰로통해서 섰을 뿐이다.

나는 위정자로서 시민의 행복을 위하여 단연히 이 노예를 추방할 것을 결정하고 그날로 배를 태워 미미강 위에 띄웠다.

[하]

　노예가 떠나간 지도 한 달이나 되었다.

　오늘도 시민 가운데는 한 사람의 웃는 자도 없다는 보고가 들어왔다. 머리도 빗지 않고 옷매무시도 하지 않고 검은 포도알을 씹지도 않고 왈츠도 추지 않는 실의失意의 인人이 50퍼센트 - 꿀벌이만 날아도 눈물을 흘리고 바람에 거미줄만 흔들려도 탄식을 하는 비극의 인이 45퍼센트 - 이러한 상태로 노예가 떠나간 우리의 성은 '트로이' 성보다 비참했다.

　나는 노예를 쫓아낸 것을 거듭 후회했으나 이제는 어찌할 수 없고, 오직 이 재난을 방지하기 위하여 내 온갖 지혜의 주머니를 짜냈으나 나는 가엾게 실패만 한다. 이대로 더 계속하면 이 도시는 '소돔'의 성27)과 같이 멸망할 것을 예언자는 말한다.

　나는 최후의 일책으로 예언자의 앞에 무릎을 꿇고 그 교시를 빌었다. 예언자는 제비를 뽑으라고 한다. 내가 떨리는 손으로 제비를 뽑았을 때 거기에는 '전쟁'이라고 쓰여 있었다.

　"전쟁을 하여 그 노예와 또 다른 노예들을 이 도시로 잡아 오

---

27) 구약성경 《창세기》에 나오는 타락한 성城, 성안에 의인 다섯 명이 없어 하나님의 심판을 받아 멸망한 도시로 유명하다.

는 것이다."

나는 거리거리에 아래와 같은 방을 내붙이고 일변 우리의 정예 병을 총동원시켰다.

"경애하는 시민 제군에게 잃어버린 노예를 반환하는 것은 나의 신성한 직무이다. 이제 이것을 실천하는 데는 제군과 내가 힘을 합하여 저 노예의 나라를 정복하는 것이다."

이러한 선전포고가 한번 발표되자 우리의 도시는 갑자기 활기를 띠고 장터와 같이 와자지껄하였다.

저마다 용기가 백배하여 치마꼬리에서 회리바람이 쌩쌩 일며 얼굴의 표정은 셀룰로이드 인형보다 야무졌다. 비록 싸움은 하러 갈 지언정 노예의 나라로 가는 것이 이처럼 즐거운 모양이다.

나는 이번 원정에 기어이 우리에게 개선이 돌아와서 사나이들이 수없이 사로잡혀 올 것을 장담하여 마지않는 바이다.

우리는 이번 삼 일 내로 출정할 것을 결정하고 착착 그 준비에 분망할 새 어찌도 바쁘던지 오전 두 시 이전에 취침하는 자가 없었다.

그런데 시민 가운데는 몹시 지껄이기를 좋아하여 전화를 쓸 필요도 없이 이 말 저 말을 이 집 저 집으로 다니며 퍼뜨려 놓는 자가 태반인데 이러한 버릇을 고치기 위하여 여러 가지 엄혹한 처벌을 했건만 별반 특효를 보지 못했다.

나는 이 버릇이 이러한 비상시기에는 더욱 심하여 일에 방해가 됨이 크므로 그런 분자는 미리 예비 검속을 하여 당분간 구류에 처하기로 했다.

X

우리는 미미강 위에 군함 열다섯 척을 띄웠다. 이 군함들은 말쑥하게 치장을 하고 모두 눈같이 흰 돛을 달았다. 강 언덕에는 군수품이 산더미같이 쌓였다. 나는 어서 이것들을 배에 실으라고 성화같이 독촉했다.

우선 군함 다섯 척에는 화약 기관총 장총 단총 청룡도 활 철퇴 등의 예리한 무기를 만재하고, 또 다섯 척에는 온갖 고귀한 화장품과 무지개같이 화려한 야회복과 진주 목걸이와 무용용의 구두와 – 이러한 것들을 싣고, 그 밖에 다섯 척에는 군량을 싣고 또 군인들의 침실을 만들었다.

총만 가지고 가지 않으면 어느 공작부인의 방문과 같이 화려하고 아름다운 일행이다.

이렇게 만반의 준비가 다 된 후 전 시민의 격려와 환호 속에 우리의 배는 북을 향하고 일제히 돛을 달았다. 그리고 뱀장어 열광이 숭어 연어 황어가 꼬리치는 강물 위로 흰 물길을 그으며 물새같이 달아났다.

그 밤에는 달빛이 유난히도 노예가 쓴 글자들을 환하게 비추었다.

(1937년)

출전 : 《조선일보》(1937.6.22.~24)

케잌을 포크로 쿡 찔러 먹었다. 갑자기 내가 몹시 올라가는 것
같다. 김치를 젓가락으로 먹는 것보다 한층 더 문화적임에 쾌감을
느낀다. 한 푼에 두 개짜리 값싼 인텔리, 그중에도 팔자에 없는 허
영을 찾는 나 같은 계집애 - 그 머릿속이란 대중을 잡을 수 없는
것이다.

- 〈다당여인茶黨女人〉 중, 《별건곤》(1934.1) -

스스로 '허영과 향락을 추구하는 도회의 딸 아스팔트의 딸이다' 선언했
던 이선희 소설가, 감각적이고 이국적인 문장 〈여인도〉로 현대 문학사 해
방공간에서 사라진 이선희 작가를 소환한다.

연극으로 무대에 올리면 어떨까? 남자 주인공은, 여자 주인공은 누가
했으면 멋질까 하는 생각이 드는 작품이다.

여류 소설가 이선희는 1930년대에 최정희, 모윤숙, 노천명과 함께 여
류 4인방으로 불리었고, 당시로서는 드물게 여성 기자로 소설가로 큰 활
약을 하였다. 또한 이선희는 '조선의용대 마지막 분대장'이라 불렸던 김학
철과 어린 시절 아는 사이여서. 김학철이 보성고보 재학 중 상해 임시정
부를 찾아가려 마음먹었을 때 그에게 당시 쌀 한 가마값인 10원을 건네
주었다는 일화가 전해지고 있다.

동향 출신의 극작가 박영호와 결혼하면서 당시 대중가요 작사가로도
활동하였으며, 작품으로는 〈유선형 만세〉, 〈생초목 사랑〉, 〈미운 사랑 고

운 사랑〉, 〈눈물의 탄원서〉 등이 확인되고 있다.

이선희李善熙. 1911~?. 함경남도 함흥 출생. 소설가. 기자. 작사가. 성장기 대부분을 원산에서 보냈고 1928년 원산 루씨여고보 졸업 후 서울로 상경해 이화여전 음악과에 입학하였다가 문과로 전과해 다님. 1933년부터 1년간 잡지 《개벽》의 기자 생활을 하였으며, 1934년 12월 《중앙》에 단편소설 〈불야여인不夜女人-가등街燈〉을 발표하고 1936년 『신가정』 6월호에 〈오후 11시〉를 발표하면서 소설가로 활동을 시작함. 1938년 조선일보에 입사하였으며, 1946년 북한의 토지개혁을 비판한 소설 〈창〉을 《서울신문》에 연재한 후 남편을 따라 월북함. 월북 이후 이선희의 사망 연도에 대해 김사량은 1947년으로, 최정희는 1950년으로 회고하고 있어 확실하지 않음.
발표한 소설작품은 1934년 〈가등〉, 1936년 〈오후 11시〉, 1937년 〈도장〉, 〈계산서〉, 〈여인도〉, 〈숫장수의 처〉, 〈여인 명령〉, 1938년 〈이별기〉, 〈매소부〉, 〈연지〉, 〈돌아가는 길〉, 1940년 〈탕자〉, 〈처의 설계〉, 1941년 〈춘우〉, 1943년 〈승리〉, 1946년 〈창〉, 작품집으로는 월북 작가 해금 이후 『월북작가대표문학. 5, 이선희 김사량』(1989)와 『이선희 소설 선집』(2009)이 있음.

서왕록^{徐往錄}

정지용(시인)

1. 상

성^城안에 들어갈 만한 일이 있음에도 집에 그대로 배기기가 무슨 행복과 같이 여기어지는 일요일 – 하루 종일 비가 와도 좋다고 하였다.

보릿가을 철답게 산산한 아침에 하늘이 끄므레하긴 하나 구름이 포기기를 엷게 하고 빗날이 듣기는 할지라도 그대로 맞고 나가는 것이 촉촉하여 좋을 것 같다.

오늘은 약현^{藥峴} 성당에 아침 일곱 시 미사를 대여 갔다. 돌아오는 길에는 제법 빗발이 보인다. 아주 짙어 어울어진 녹음에 비추어 비껴 흐르는 빗발이야말로 실실이 모조리 볼 수가 있다. 깁실 같이 투명하고 고운 비가 푸른 바탕에 수놓이는 듯하다.

비도 치근하게 구주레 오기가 싫어 조찰히 잠깐 밟고 가기가 원이라, 소리가 있다면 녹음이 수런거리는 것으로 밖에 아니 들린다.

장끼 목쉰 소리에 뻐꾸기도 울었다.

별로 아침 생각이 나지 않고 부엌 연기 마당에 돌고 도마 똑딱거리는 울안으로 들고 싶지 않다. 내친 걸음에 잔능이 하나를 넘고 싶다. 퍼어런 속으로 뛰어다니면 밤자고 난 빈 위도 다시 청결히 물들어질듯하다.

그러나 내게는 밀려 나려온 잠이 있다. 늘어지게 자야 한숨이면 갚을 잠이 남아 있다.

생애에 비애가 있다면 그러한 것은 어떻게든지 처치하기에 곤란한 것도 아니겠으나 피로와 수면 같은 것이 도리어 마음대로 해결되지 못할 것이 무엇일까 모르겠다.

다시 눕기 전에 미리 집사람보고 단단히 부탁하여 두었더니 한밤처럼 자고 일도록 깨우지도 않았던 것이다.

캘린더는 토요일 푸른 페이지대로 걸려 있다. 그대로 두기로소니 나의 '일요일'에 모두 지장이 있을 리 없다.

아까운 이름이야 가리워 둠직도 하지 아니한가. 일요일도 한나절이 기울고 보니 토요土曜가 일요日曜보다 혹은 더 나은 날이었던 것일지도 모른다.

강진康津 벗 영랑永郞으로부터 편지가 왔다. 그동안에 날씨는 씻은 듯 개였다.

…… 그 이튿날 바로 집으로 왔으나 몸도 고단하고 하여 이제사두어 자 적습니다. 시비詩碑와 유고집遺稿集 내일 것은 그날 산상山上에

서 박군^{朴君}28)의 춘부장께 잠깐 여쭈었더니 좋게 여기시는 것이었고 시비는 소촌^{素村} 앞 알맞은 곳을 보아두었으나 경비^{經費}가 불소^{不少}할 모양이오며 하여간 유고집만은 원고를 가을까지는 정리하시도록 일보^{一步}29)와 잘 상의하여 하시기 바랍니다. …… 여름에는 한라산^{漢拏山}까지 배낭 지고 꼭 함께 동행하실 줄 믿습니다 …….

그날 영등포까지 영구차 뒤를 따라가서 말 한마디 바꿀 수 없는 영별^{永別}을 한 후로 반우^{反虞; 장례 지낸 뒤에 신주를 집으로 모셔 오는 일}에도 가보지 않은 채 이내 보름이 넘었다. 그러자 영랑의 편지를 받고 보니 심사^{心思}의 한구석 빈터를 채울 수가 없다.

인사 겸사 홀홀히 일어나 가볼까 한 것이 어쩐지 오늘은 문 안에 아니 들어가기로 결심이나 해야 할 날이나 되는 듯이 의관을 채리고 나서기가 싫었다.

사나이가 삼십이 훨석 넘어서 만일 상처^{喪妻}를 한 달 것이면 다시 새로운 행복을 기대하기가 매우 어려울 것이리라. 친구를 잃은 것과 아내를 여읜다는 것을 한갈로 비길 것은 아니로되 삼십 평생에 정든 친구를 잃고 보면, 다시 새로운 우정의 기쁨을 얻는다는 것은 진정 어려운 노릇에 틀림없다.

남녀 간의 애정이란 의외에 속히 불붙는 것이요. 상규^{常規}를 벗는 경우에는 그야말로 전광석화의 보람을 내일 수도 있는 노릇이

---

28) 시인 용아 박용철^{1904~1938}을 가리킴.
29) 신극 운동가, 소설가로 살았던 함대훈^{1896~1949}를 가리키는 듯하다.

나 우정이란 그렇게 쉽사리 얻어질 수야 있으랴! 적어도 십 년은 갖은 곡절을 겪은 후라야 서로 사랑한다기보다도 서로 존경할 만한 데까지 갈 수 있는 것이 아니랴.

우정이란 대체 어떻게 이루어지는 것인지 알 수가 없다. 그러나 우정이란 연정도 아니요. 동호자同好者끼리 즐길 수 있는 취미에서 반드시 오는 것도 아니요 또는 동지同志라고 반드시30) 친구가 될 수 있는 것도 아니요. 서령 정견政見이 다를지라도 극진한 벗이 될 수 있는 것이 아니었던가. 더군다나 기질이나 이해로 우정이 설 수 없는 것은 너무도 밝은 사실이다.

그러한 것으로 미루어 보면 친구는 아내와 흡사하다. 부부애와 우정이란 나이가 일러서 비롯하여 낮살이 든 뒤에야 둥글어지는 것이 아닐까?

2. 하

"선인善人과 선인善人의 사이가 아니면 우의友誼: 친구사이의 정의가 있을 수 없다. ― 키케로"

내가 어찌 감히 선인의 짝이 될 수 있었으랴.

"악인惡人도 때로는 기호嗜好를 같이할 수 있고 증오를 같이할 수 있고 공외恐畏를 같이할 수 있는 것을 보아오는 바이나, 그러나 선

---

30) [원문에서 살려낸 문장] 오는 것도 아니요 또는 동지同志라고 반드시

인과 선인 사이의 우의라고 일컬으는 바는 악인과 악인 사이에서는 붕당^{朋黨}: 뜻을 같이 한 사람끼리 모인 무리이다. - 키케로"

내가 스스로 악인인 것을 고백할 수도 없다.

스스로 악인인 것을 느끼고 말할 만한 것은 그것은 선인의 일이기 때문에!

"사람의 일이란 하잘것 없는 것이요 또한 허탄한 것이므로 우리는 사랑하고 사랑받는 그 누구를 항시 구하지 않을 수 없다. 그 연고는 인애와 친절을 제거하여 버리면 무릇 희열이 인생에서 제거되고 말음이다. - 키케로"

이 논파^{論破}로써 내자신을 장식하기에 주저하지 아니하겠다. 이 장식에서도 내가 제거된다면 대체 나는 어느 헌 누더기를 골라 입으란 말이냐!

"그의 덕이 우의^{友誼}를 낳고 또한 지탱하는도다. 그리하여 덕이 없으면 우의가 결코 있을 수 없으니, 우인^{友人}: 벗을 화합시키고 또한 보존하는 밧자는 덕인저! 덕인저! - 세네카"

고인^{故人}이 세상에 젊어 있을 때 그의 덕을 그에게 돌리지 못하였거니 이제 이것을 흰 종이쪽에 옮기어 쓰기도 슬픈 일이 아닐 수 없다.

고인의 부음^{訃音}을 들었던 인사^{人士}들을 만날 때마다 나는 고인의 형제나 근친^{近親}이 받아야 할 만한 조위^{弔慰}: 죽은 사람을 조상^{弔喪}하고 유족을 위문함의 말씀을 들었던 것이다.

그의 덕을 조금도 따르지 못하였고 우의에 충실치 못하였음에도 고인의 지우知友: 서로 마음을 아는 친한 벗가 그를 아까워할 때 내가 그와 함께 기억記憶된 줄을 생각하니 두려운 일이다. 한편으로는 도적盜賊도 처妻는 누릴 수 있으나 오직 선인에게만 허락되었던 우의에 내가 십년을 포용包容: 남을 너그럽게 감싸거나 받아들임 되었음을 깨달았을 적에 나는 한 일이 없이 자랑스럽다. 나의 반생半生이 모르는 동안에 보람이 있었던 것이로구나!

짙은 꽃에 숨어 보이지 않하노니
높은 가지에 소리 홀연 새로워라.

花密藏難見화밀장난견
枝高廳轉新지고청전신

- 두보杜甫 -

법국이[뻐꾸기] 어디서 저다지 슬프고 맑은소리를 울어 보내는 것일까. 법국이 우는 철이 길지 못하여 내가 서령 세상에서 다시 삼십 생애生涯: 평생를 되풀이 한다 할지라도 법국이 슬픈 소리로 헤일 수 밖에 없지 아니하랴! 아아 애닯은지고! 고인은 덕의 소리와 향기를 끼치고 길이 갔도다.

(1938년)

출전 : 《조선일보》 (1938.6.6.~ 6.7)

문단에서 절친한 사이로 우정이 남달라 단둘이 금강산 여행까지 다녀온 것이 겨우 1년 전 일인데, 시인 박용철이 지병으로 35세의 젊은 나이로 요절한다. 1938년 5월 12일에 …, 그리고 하늘이 무너지는 듯한 벗의 죽음에 이 글을 써서 애도한다.

1929년 봄, 사재를 털어 문학지 《시문학》 출판을 준비하던 박용철은 유학 중에 만나 문학 동지가 된 김영랑과 수시로 만나면서, 자신들의 순수시문학 창작 방향에 알맞은 동인들을 규합하기 위해 고민 중이었다.

> 梁柱東 君의 《문예공론》을 평양에서 발행한다고 말하면 이에 방해가 될듯싶네. 그러나 通俗 위주일 게고 教授 품위를 발휘할 모양인가 보니 길이 다르이. 하여간 芝溶·樹州 중 得其一이면 시작하지. 劉玄德이가 伏龍·鳳鶴에 得其一이면 天下可定이라더니 나는 芝溶이가 더 좋으이. 《문예공론》과 특별한 관계나 맺지 않았는지 모르지. 서울 걸음을 해보아야 알지. 31)

양주동이 주재한 《문예공론》은 예상대로 서울에서 인쇄하고 출판은 평양에서 1929년 5월에 창간호가 나온다. 시, 소설, 평론 부문으로 40명의 문인이 대거 참여하여 출발 모양이 좋아 보였다.

박용철은 당시 문단에서 핫한 이슈인 《문예공론》 창간에 정지용이 관여

31) 박용철, 『박용철 전집·2』, 동광당서점, 1940, 319면

하고 있는지에 관심을 기울인다. 문단에서 위치나 시적 위상 등으로 당대 관심의 대상이었을 정지용과 함께 동인 활동하기를 바라고 있었다.

이런 박용철의 고민에 대한 해결사가 바로 김영랑이었다. 1903년생인 김영랑은 1917년 휘문의숙에 입학하여 1918년 휘문고보로 입학한 정지용의 1년 선배로 두 사람을 연결할 고리가 충분하였다.

정지용은 사실 1902년생으로 나이가 더 많았지만, 고향 옥천에서 학교를 마치고 경제적 어려움에 상급학교 진학을 못 하고, 서울 친척 집에서 몇 년 한학을 수학하다가 영랑의 1년 후배로 입학하여 공부한 뒤 학교의 지원으로 유학을 다녀온 후, 1929년 2학기부터 모교 영어 교사로 근무 중이었다.

영랑의 주선으로 1929년 10월 25일, 세 사람의 만남이 성사되었다.

당초 《시문학》 창간호는 1929년 연말을 넘기 전에 세상에 나오기로 했는데, 그해를 넘기고 1930년 3월 창간호가 나온다.

박용철, 김영랑, 정지용, 변영로, 이하윤, 김현구, 허보, 신석정, 정인보 이들이 시문학 동인들이다.

박용철은 계속 사재를 탈탈 더 털어 《시문학》지 3호까지, 1931년 《문예월간》지 4호까지, 1934년 《문학》지 3호까지, 당시 문학잡지 1권을 출판하려면 잘 지은 기와집 한 채가 날아간다던 1930년대에 문학전문 잡지 10권을 출판하여 한국문학사에 헌정(?)하는 기록을 세운다.

또한 세 사람의 우정은 박용철이 경영하던 시문학사에서 김영랑의 시집 『영랑시집』과 정지용의 시집 『정지용시집』을 출판하여 주었고 박용철은 애정을 듬뿍 담아 정지용 시의 발문跋文을 쓸 정도로 서로에게 인간적 신의가 깊은 우정을 나누고 있었다.

또한 정지용과 박용철은 문단에서 남다른 친분으로 두 사람만의 금강산

여행을 다녀와 이 경험을 문학작품으로 승화시키고 기행문으로도 남긴다.[32]

박용철과의 우정이 결혼생활 20년[정지용은 12세에 결혼했음]을 한 부부애와 견줄 만큼 깊었음을 박용철 사망 후 새삼 깨달았던 시인 정지용의 절절한 우정 고백 글이다.

아울러 세 사람의 생몰 날짜를 덧붙여본다.

정지용 1902.6.20.~1950.9.25.

김영랑 1903.1.16.~1950.9.29.

박용철 1904.6.21.~1938.5.12.

어째 느낌이 쎄~하여진다.

정지용鄭芝溶, 1903~1950. 충청북도 옥천 출생, 시인. 휘문고보와 일본 도시샤대학 영문학과를 졸업. 광복 후 이화여자대학교 문학부 교수. 경향신문사의 주간을 역임함. 6·25 때 납북되어 동두천 부근에서 비행기 폭격에 의해 사망함. 문학 활동은 휘문고보 학생 시절에《요람》동인으로 활동한 것을 비롯하여 김영랑과 박용철을 만나《시문학》동인을 결성하였고, 유학 시절《학조》,《조선지광》,《문예시대》등과 도시샤대학 내 동인지에 여러 작품을 발표함. 1940년대 이태준과 함께《문장》지의 시부문 심사위원이 되어 많은 역량 있는 신인을 배출하기도 하는데, 박두진, 조지훈, 박목월 등 청록파와 이한직, 박남수 등이 그들임. 저서로『정지용시집』(1935),『백록담』(1941) 등 두 권의 시집과『문학독본』(1948),『산문』(1949) 등 두 권의 산문집이 있음. 사후『정지용시전집』(1987),『정지용전집 (전3권)』(1988),『정지용전집 (전3권)』(2015) 등이 간행되었음. 정지용 문학을 기리는 행사로, 1988년 5월부터 시작한 지용제라는 문학 축제와 1989년부터 시작한 정지용문학상 시상식, 그리고 옥천 생가 옆에 건립한 정지용문학관은 2005년 5월 15일 생일에 맞추어 개관하여 오늘에 이르고 있음.

---

32) 〈내금강소묘 1.2〉《조선일보》 1937.2.10.~16, 〈수수어愁誰語〉.

달을 쏘다

윤동주(시인)

번거롭던 사위^{四圍: 사방의 둘레}가 잠잠해지고 시계 소리가 또렷하나 보니 밤은 적이 깊을 대로 깊은 모양이다. 보던 책자^{冊子33)}를 책상 머리에 밀어 놓고 잠자리를 수습한 다음 잠옷을 걸치는 것이다. '딱' 스위치 소리와 함께 전등을 끄고 창 옆의 침대에 드러누우니 이때까지 밖은 휘양찬 달밤이었던 것을 감각치 못하였댔다. 이것도 밝은 전등의 혜택이었을까.

   나의 누추한 방이 달빛에 잠겨 아름다운 그림이 된다는 것보다도 오히려 슬픈 선창^{船窓}이 되는 것이다. 창살이 이마로부터 콧마루, 입술 이렇게 하여 가슴에 여민 손등에까지 어른거려 나의 마음을 간질이는 것이다. 옆에 누운 분의 숨소리에 방은 무시무시해진다. 아이처럼 황황해지는 가슴에 눈을 치떠서 밖을 내다보니 가을 하늘은 역시 맑고 우거진 송림은 한 폭의 묵화^{墨畵}다. 달빛은 솔가지에 쏟아져 바람인 양 쏴 - 소리가 날 듯하다. 들리는 것은 시

---

33) 일정한 목적, 내용, 체재에 맞추어 사상, 감정, 지식 따위를 글이나 그림으로 표현해 적거나 인쇄하여 묶어 놓은 것

계 소리와 숨소리와 귀뚜라미 울음뿐 벅적대던 기숙사도 절간보다 더한층 고요한 것이 아니냐?

나는 깊은 사념에 잠기우기 한창이다. 딴은 사랑스런 아가씨를 사유私有할 수 있는 아름다운 상화想華도 좋고, 어릴 적 미련을 두고 온 고향에의 향수鄕愁도 좋거니와 그보단 손쉽게 표현 못할 심각한 그 무엇이 있다.

바다를 건너온 H군의 편지 사연을 곰곰 생각할수록 사람과 사람 사이의 감정이란 미묘한 것이다. 감상적인 그에게도 필연코 가을은 왔나보다.

편지는 너무나 지나치지 않았던가. 그중 한 토막,

"군아! 나는 지금 울며울며 이 글을 쓴다. 이 밤도 달이 뜨고, 바람이 불고, 인간인 까닭에 가을이란 흙냄새도 안다. 정情의 눈물 따뜻한 예술학도였던 정의 눈물도 이 밤이 마지막이다"

또 마지막 켠으로 이런 구절이 있다.

"당신은 나를 영원히 쫓아버리는 것이 정직할 것이오"

나는 이 글의 뉘앙스를 해득解得할 수 있다. 그러나 사실 나는 그에게 아픈 소리 한마디 한 일이 없고 서러운 글 한쪽 보낸 일이 없지 아니한가. 생각컨대 이 죄는 다만 가을에게 지워 보낼 수밖에 없다.

홍안서생紅顏書生: 학업에 정진하는 젊은이으로 이런 단안을 내리는 것은 외람한 일이나 동무란 한낱 괴로운 존재요 우정이란 진정코 위태 로운 잔에 떠놓은 물이다. 이 말을 반대할 자 누구랴, 그러나 지기

^{知己} 하나 얻기 힘들다 하거늘 알뜰한 동무하나 잃어버린다는 것이 살을 베어내는 아픔이다.

나는 나를 정원에서 발견하고 창을 넘어 나왔다든가 방문을 열고 나왔다든가 왜 나왔느냐 하는 어리석은 생각에 두뇌를 괴롭게 할 필요는 없는 것이다. 다만 귀뚜라미 울음에도 수줍어지는 코스모스 아가씨 앞에 그윽히 서서 닥터 빌링스^{Bliss W. Billings, 1881~1969, 미국 감리교회 선교사, 한국명 변영서(邊永瑞)} 의 동상 그림자처럼 슬퍼지면 그만이다. 나는 이 마음을 아무에게나 전가^{轉嫁}시킬 심보는 없다. 옷깃은 민감이어서 달빛에도 싸늘히 추워지고 가을 이슬이란 선득선득하여서 서러운 사나이의 눈물인 것이다.

발걸음은 몸뚱이를 옮겨 못가에 세워줄 때 못 속에도 역시 가을이 있고, 삼경^{三更}이 있고 나무가 있고, 달이 있다.

그 찰나^{刹那} 가을이 원망스럽고 달이 미워진다. 더듬어 돌을 찾아 달을 향하여 죽어라고 팔매질을 하였다. 통쾌^{痛快}! 달은 산산히 부서지고 말았다. 그러나 놀랐던 물결이 잦아들 때 오래잖아 달은 도로 살아난 것이 아니냐 문득 하늘을 쳐다보니 얄미운 달은 머리 위에서 빈정대는 것을 -

나는 꼿꼿한 나뭇가지를 골라 띠를 째서 줄을 매어 훌륭한 활을 만들었다. 그리고 좀 탄탄한 갈대로 화살을 삼아 무사^{武士}의 마음을 먹고 달을 쏘다.

(1938년)

출전 : 《조선일보》(1939.1.23.) 석간 4면.
단행본 : 증보판 『하늘과 바람과 별과 시』(정음사, 1955)

1938년 4월 연희전문학교에 입학하여 1학기 문학개론 수업 시간에 글쓰기 과제로 〈달을 쏘다〉라는 제목의 보고서를 8, 9월경에 제출한다. 그리고 이를 더 수정하여 그해 10월에 《조선일보》학생란에 투고하여 이듬해 1월에 〈달을 쏘다〉 라는 제목으로 글이 발표된다. 이를 더 수정하여 1939년 9월 저 유명한 시 〈자화상〉으로 완성된 것으로 윤동주 문학 연구자들은 보고 있다.

시 19편을 수록하여 1941년에 자필본으로 발표하려던 시집 『하늘과 바람과 별과 시』를 기초로 1948년 31편을 담은 『하늘과 바람과 별과 시』 초간본이 발행되는데, 이 산문 〈달을 쏘다〉는 거기에 수록하지 못했고 다음에 1955년 서거 10주년 증보판 『하늘과 바람과 별과 시』에 들어간다.

원래 시로 유명한 터라 시인이 쓴 산문散文은 아무래도 대중적인 관심 밖에 서 있었던 게 사실로, 시인이 남긴 산문은 〈달을 쏘다〉, 〈별똥 떨어진 데〉, 〈화원에 꽃이 핀다〉, 〈종시〉 등 4편이다.

특히 〈달을 쏘다〉는 2016년에 뮤지컬로 제작되어 많은 관심을 받았다.

1992년 9월 모교인 용정 중학교에 〈서시〉를 새긴 시비가 건립되었고, 1995년 일본 도시샤 대학에 친필 〈서시〉와 일본어 번역본이 새겨진 시비가, 또한 윤동주가 가장 좋아했던 시인 정지용의 시비가 2005년에 그 옆에 건립되었다. 그리고 2016년 영화 《동주》가 제작되어 많은 관심을 끌었다.

　최근 들어 중국이 윤동주를 역사 문화 침탈 동북공정 대상으로 삼고 북간도 용정 윤동주 생가 입구 경계석에 '중국 조선족 애국 시인 윤동주'로, 대표작 〈서시〉를 한자로 번역한 조형물을 설치하는 등 역사를 왜곡하고 있어, 의식 있는 단체들이 이를 고치기 위해 노력 중이다.

윤동주尹東柱. 1917~1945. 북간도 명동촌 출생. 시인, 독립운동가. 아명은 해환海煥. 명동학교에서 수학하였고, 평양 숭실중학교와 연희전문학교 졸업. 연희전문학교 2학년 재학 중 《소년》지에 시를 발표하며 정식으로 문단에 등단함.
1942년 교토 도시샤 대학에 입학, 1943년 항일운동을 했다는 혐의로 일본 경찰에 체포되어 후쿠오카 형무소 투옥, 120여 편의 시를 남기고 27세의 나이에 옥중에서 요절함. 사후에 시집 『하늘과 바람과 별과 시』가 출간됨.
1990년 대한민국 정부에서 그의 공훈을 기리어 건국공로훈장 독립장을 추서함. 1999년 한국예술평론가협의회에서 20세기를 빛낸 한국의 예술인으로 선정함.
윤동주의 연희전문학교 재학 당시 학생 기숙사로 이용되었던 연세대학교 핀슨홀 일부가 윤동주 기념관으로 꾸며져 있고, 종로문화재단에서 서울특별시 종로구 청운동에 윤동주문학관을 운영 중임. 1985년부터 《월간문학》지에서 그를 기념한 「윤동주문학상」 수상자를 매년 선정·수상하고 있음.

애서 취미^{愛書趣味}

오장환(시인)

    상심루^{賞心樓} 주인34)께서 애서 취미에 관한 이야기를 적어《문장^{文章}》에 실어보는 게 어떻냐 하시기에 이 이야기의 초^草를 잡았습니다. 이 글은 애서 취미에 초심이신 분을 위하여 될 수 있는 대로 노트와 연구 같은 것은 빼고 평이한 소개에 일화쯤 넣는 것으로 그쳤습니다. ─ 필자^{筆者}

○

    흔히 세상에는 서치^{書痴 35)}라고 불리는 사람이 있습니다. 심취^{心醉}나 혹은 도락^{道樂}이 심하여지면 할 수는 없는 일이나 필자는 동경 있을 때 어느 애서가에게서 이러한 이야기를 들었습니다. 아내와

---

34) 상심루^{賞心樓} 주인은 상허 이태준을 가리키는 듯하다. 소설가 이태준은 성북동에 집을 짓고 3채의 건물에 각기 죽향루, 문향루, 상심루로 이름을 짓고 살았으며 상심루는 1950년 한국전쟁 때 소실되었다.
35) 글 읽기에만 온 정신을 쏟고 다른 일은 돌아보지 않는 어리석음. 또는 그런 사람

자식은 며칠씩 안 보아도 견디나 책은 잠시라도 곁에서 떼 놀 수 없다는 것입니다.

그러면 그 애서가는 그렇게 독서를 많이 하느냐 하면 그런 것도 아닙니다. 다점茶店에 들어가 앉으면 월간잡지를 두 페이지도 못 읽고 싫증이 난다는 사람입니다. 누구나 서적을 사는 사람에는 독서가와 애서가의 두 타입이 있다고 하였지만 진실로 이러한 사람을 비블리오마니아(Bibliomania) 라고 합니다.

○

독서도 않는 사람이 책을 사랑하고 책에 대하여서는 치골이 된다는 것이 일견 미친 일과도 같지만, 서양에서는 이러한 괴벽怪癖: 괴이한 버릇을 가진 사람들 때문에 도리어 고대 문헌에 관한 큰 참고가 되는 수도 있고 어느 사적史的인 발견을 하는 수도 있습니다.

대개 이 애서가가 되기 시작하는 증세는 같은 책에서도 특제特製를 살려고 하는 데에서 시작되어 세상에서 흔하지 않은 책 한정본, 혹은 초판본, 나중에는 남이 안 가진 책을 가지려고 하고 또한 갖는 데에 쾌감을 느끼는 것이 경지를 넓혀 남의 사본私本, 원고, 서명본署名本, 필적筆跡, 서간書簡, 일기 같은 것을 모으는 데에 이르게 됩니다.

그리하여 이러한 책들을 모으는 데에 갖은 고심과 노력을 다하는 사람이 많은 고로 이 방면에 자미滋味: 재미난 일화도 많이 남았습니다마는 왕왕히 경도제대京都帝大의 교수요 민족학 연구의 권위인

기요노淸野 박사와 같이 자기가 갖고 싶은 책이면 훔치기까지 하는 미안未安한 일이 생기기도 합니다.

으레 서적 이야기를 하자면 장정裝幀: 제본에서, 책을 매어 꾸밈 이야기가 나오게 됩니다. 장정이라면 조선 출판상들은 그저 덮어놓고 화가의 그림이나 한 장 얻어다 표지에 붙여놓고 모모의 장정이라 하지만 사실은 그런 것이 아니라 책의 체재와 활자의 배치라든가 제본 양식에 이르기까지 한 사람의 취미로만 만들어서야 누구누구의 장정이라고 할 수가 있는 것입니다. 책의 멋은 역시 표지에 있어 좋은 책을 장정함에는 대개 가죽을 쓰게 됩니다. 가죽의 종류는 무슨 가죽으로든지 무방하나 고양이 가죽, 심지어는 뱀 가죽에 이르기까지 쓰고 중세기 구라파에서는 어느 사형수의 등가죽을 벗기어 인피人皮로 장정을 한 책이 지금도 남아 있으나 아무래도 고급으로 치기는 양피입니다. 그리고 그 중에도 흰 빛깔을 세우게 됩니다.

○

자연히 이것저것 장정이 좋은 책에 손을 대이기 시작하면 사람이란 수집의 심리가 동하는 고로 이 길을 밟게 되는 것입니다. 아직 조선에는 한정판이나 혹은 특제본 같은 것을 별砌로 만든 적도 없고 또 그러한 책이나 초판본 같은 것을 애써 구하는 이들이 드물으나 동경만 하여도 일류 출판사에서 이런 독자에 유의하는 외에 호화본이나 한정본을 전문으로 간행하는 서점이 몇 군데나 있고 애서 취미에 관한 잡지가 다달이 나오며 애서가들이 구락부를 모아 자기네들의 좋아하는 책을 출판하여 회원만이 나눠 갖도록 하는 곳도 있습니다.

○

이것은 불란서의 이야깁니다 마는 법제원의 멤버에도 의자를 놓고 언어학자로도 큰 권위를 가졌던 고故 브레아르 씨는 또한 애서가로도 유명하여 노경老境에는 그가 몇 해 안으로 산 것만도 5동棟이나 되는 집 안에 가득 찼었다고 합니다. 그는 매일 1미터가량 되는 단장을 가지고 다니며 책을 사는데 아무리 못 사도 그 단장 높이만큼은 사야 집으로 돌아왔다고 합니다. 부인은 그 남편이 하도 책 사는 것밖에는 모르는 것을 딱하게 여기어 책을 사지 못하게 하였더니 과연 그것이 원인으로 신경쇠약에 걸리어 심히 열이 생기는 고로 남편이 책을 얼마나 좋아한다는 데에 다시 놀라며 마음대로 하도록 하였더니 또 전과 같이 책을 사들이는데 하루는 어찌 책을 많이 샀던지 마차에서도 태워주지를 않아 노인이 땀을 흠뻑 흘리며 그것을 짊어지고 오다가 넘어진 것이 원인이 되어 급기야는 늑막염에 걸리어 이 세상을 떠났습니다.

역유애서亦有愛書라는 것은 가장 호화로운 실내의 오락이다. 시간과 금액이 굉장히 많이 드는 고로 조선에서는 앞으로도 애서 취미가 보급되기는 어려우나 개인으로는 필자가 아는 사람으로 초보정도의 서치書痴로는 몇 명이 있습니다.

흔히 진본珍本, 진본 하지만 진본에는 귀중품으로서의 진본이 있고 호화판으로서의 진본이 있는데 전자가 사화史話 같은 것이 수위首位에 있는 대신 재미있는 일로는 후자는 문학 서적이 단연 독점을 할 것입니다. 요 근래에 유명한 한정판으로는 뉴욕에서 발행한 초서(영국 16세기 시인)의 『안나가랑가』라는 책인데 처음 예약 가격은 백오십 불이요 한 7, 8년 전에는 책이 나온 지 10년가량에 고본古本 시장에서 시세가 2천 불대에 올랐었다는 것입니다.

○

될 수 있으면 조선에도 한정판限定版 구락부倶樂部 같은 것을 만들어 『춘향전春香傳』이라든가 『용비어천가龍飛御天歌』 같은 고전 혹은 현대 작가들의 시집이나 소설집 같은 것을 만들고 싶습니다. 매수 마감 제한이 있사와 일단 이야기는 그칩니다마는 기회가 있으면 또 재미있는 이야기를 많이 하여보겠습니다.

(1939년)

출전 : 《문장》 (1939.3)

  책을 좋아하는 사람들은 다 그렇지 않은가? 구해서 읽다가 쌓아 놓고 또 필요한 부분을 찾는다고 밤늦게 일어나 책장 앞에 서성거리다가 꺼내 읽고 어루만지며 사는 것을 홀로(?) 좋아하는 … 그러다가 어느 날 갑자기 어려운 발걸음으로 방문한 지인이 화들짝 놀라며 "저 책들 다 읽었니?" 이런 우문友問에[우문愚問이 아니고] "당연, 다 읽었지?" 하면, 어린 시절이었고, "언젠가 읽겠지 …" 하면, 하도 그런 말을 반복해서 들어 이젠 뻔한 질문을 대하는 여유가 생겼다는 것이 이즈음의 연륜이라는 것을 ….

  그들은 아는지 모르겠다. 우리 책에 환장換腸한 사유하는 청춘(?)들은 책을 만나면 그날 저녁잠 눈꺼풀을 닫기 전에 어떤 일이 있어도, 설령 저녁밥을 굶었더라도 책은, 그날 손에 들어온 책은 다 읽어 치운다(?)는 심리적 강박감을 ….

  그리고 무한의 거절을 무릅쓰고 빌려 가신 지인들이여, 절대로 책이 되돌아오는 날까지 우리는 밤을 뒤척이고 있다는 사실을 …, 김형, 42년 전 시골 우리 집에 놀러 와 반드시 돌려주마… 하면서 빌려 간 가스통 바슐라르의 그 '불 …' 어쩌구 하던 제목의 책 아직도 기억하니 보내주시구려.

  일제강점기 친일문학 활동을 거부하고 꼿꼿하게 살았던 오장환 시인, 평소 아주 절친이던 미당 시인이 변절하여 친일시들을 자르르 뽑아내면서 자칭 타칭 한국 시단에서 시성詩聖의 면류관을 걸어찰 때, 일제와 함께 앞으로 100년은 더 세상에서 잘 먹고 살 줄 알고 하늘로부터 받은 영감靈感

을 오명汚名으로 똥칠할 때, 오장환 시인은 관계를 끊고 평생 다시 만나지 않았다 한다.

오장환은 자신이 운영하던 출판사 '남만서방'에서 김광균의 『와사등』을 출판하고 자신의 두 번째 시집 『헌사』를 낼 때도 수수하게 편집했지만, 친구 미당의 첫 시집 『화사집』은 초호화판으로 만들 정도로 절친 사이였는데도 말이다.

월북 시인이지만 고향 충북 보은군에 문학관이 세워졌고 문학제가 열려 한국문학사에서 친일의 꼬인 역사에 추상같은 기개를 보여 준 민족시인을 기리고 있다.

오장환吳章煥, 1918~1951. 충청북도 보은 출생. 시인, 휘문고등보통학교를 거쳐 일본 메이지 대학 전문부를 중퇴함. 1933년 휘문고보 재학 중학교 문예지 《휘문》 임시호에 〈아침〉, 〈화염〉 등의 시를 발표하고 같은 해 《조선문학》지에 〈목욕간〉을 발표함. 1936년 서정주, 김동리, 여상현, 함형수 등과 『시인부락』 동인으로 참여하면서 본격적인 시작 활동을 전개함. 이듬해인 1938년 아버지가 별세하자 급하게 메이지대학을 중퇴하고 귀국함. 귀국 후에는 아버지의 유산으로 남만서방南蠻書房이라는 출판사 겸 서점을 개업하고 여러 문인과 교류하기 시작함.
1940년 동경에 가서 1941년까지 사자업寫字業에 종사했으나, 평소 술을 좋아하던 성품 탓에 신장병 등 여러 질병으로 투병하다 병상에서 8.15 광복을 맞아 귀국함. 1946년 임화, 김남천과 조선문학가동맹에 가담하여 활동하던 중 1947년 10월에서 1948년 2월 월북하여 남포병원에 입원했으며, 치료를 위해 러시아 모스크바로 가서 볼킨병원에 입원하기도 했음. 1949년 귀국한 그는 계속 투병 생활을 하다가 1951년 지병인 신장 결핵으로 별세함. 2006년 시인의 고향 충북 보은군 회인면에 오장환문학관이 개관됨.
발표작품은 평론으로 「백석론」(1937), 「자아의 형벌」(1948) 등과, 『성벽』(1937), 『헌사』(1939), 『병든 서울』(1946), 『나 사는 곳』(1947) 등 네 권의 시집과 번역시집 『에세닌 시집』(1946)을 남김.

살구꽃

현덕(소설가 · 아동문학가)

마당 한가운데 늙은 살구나무 한 주가 섰다. 대여섯 평 남짓한 척박한 터전에 한 채를 잡고 있어 거추장스럽지 않은 바 아니나, 운치韻致로 여겨 그대로 둔다. 우리가 이 집에 들기 이전에도 여러 차례 주인이 바뀌었을 터인데, 이제껏 남아 있을 때엔 아마 운치를 사랑하는 마음은 너나 다름이 없나 보다. 일전에도 모처럼 한 벗이 나를 찾아왔다가, 이 늙은 살구나무를 아래에서 위로 거듭 훑어보며 감탄感歎해 주었다. 먼저 벗은 마당 한가운데 살구나무가 선 것을 매우 신기新奇해하고 그리고 이 나무에도 꽃이 피느냐고 물었다. 제때가 되면 여느 살구나무나 다름없이 꽃이 핀다고 하니까, 벗은 그럼 열매도 여느냐고 한다. 물론 꽃이 피었으면 열매가 여는 것이 당연한 질서로 우리 살구나무도 그 질서에 어그러지지 않는다는 뜻을 말하자, 벗은 허어 하고 적지않이 감탄하는 것이다. 마치 꽃은 피되 열매는 열지 않는다는 이理에 어그러진 대답을 기대하기나 한 듯싶은 얼굴이었다.

하긴 내 집 꼬락서니란 벗이 마당 가운데 이 보잘것없는 살구나무를 크게 감탄해 주는 외엔 다른 것이 없는 초라한 것으로, 나도 벗의 그 속을 알아차리고, 얼른 그의 호장한 얼굴에 같이하여, 꽃이 피고 열매가 여는 일종 당연한 그 일에 당연 이상의 일인 듯 자랑하였다. 그리고 어느 때고 이 나무에 꽃 피거든 꼭 한 번 와서 보아달라고 담배 한 개 대접한 것 없이 돌려보내는 섭섭한 정情을 이렇게 말했다.

그러나 나는 그 벗을 기다리는 마음으로 이 살구나무의 꽃이 필 날을 고대하던 것은 아니다. 어느 날 어머니가 마당에서 고개를 들어 살구나무를 쳐다보시며, 벌써 봉오리가 영글어졌다는 것으로 방 안의 나를 불러내시었다. 딴은 거의 파 알맹이만큼이나 영글었다. 아직 바람이 쌀쌀해 목 뒤가 서늘한 한데서 모르는 동안에 이만큼 영글어진 사실에 놀랍기도 하려니와, 보다는 꽃봉오리가 이만큼이나 자라도록 한 마당 안에 두고 무시로 대하면서 전연 몰랐다는 것이 무릇 자연 그것에 그만큼 소홀疏忽하였던 것만 같아 다시 보아졌다. 그리고 그 뉘우침으로 나는 매일 살구나무 아래 서서 가지가지 봉오리를 쳐다보게 되었고 또 하나의 새로운 희망을 얻은 감感으로 그 봉오리가 완전히 열려질 날을 기다렸다.

나의 이 다심한 소망이 통해진 바 있어 우리 늙은 살구나무는 근처 여느 살구나무보다 오륙일이나 그만큼은 일찍이 봉오리를 열어주는 치경稚景: 아름다운 경치을 보여 주었다. 오늘 아침 아직 내가 버릇인 늦잠에 잠겨 있을 때 영창 덧문을 요만한 소리로 열어젖히며

호통스런 누이동생의 음성이 나를 단잠에서 깨어 놓았다.

"오빠, 살구꽃 피었수. 살구꽃 피었어."

나는 그 누이동생의 반색을 하는 음성에 따라.

"뭐"

하고, 기급한 형세로 상체를 일으켜 앉았으나, 그러나 그것이 다만 살구꽃이 피었다는 사실 이상이 아닌 것을 깨닫자, 이번엔 반대로 먼 데 것이 가까이 온 기쁨으로 천천히 얼굴에 미소를 지었다. 그리고 천천히 몸을 움직여 옷을 주워 입고 마루로 나가

"어디 말이냐"

하고, 또 좀 새로운 미소로 누이동생의 얼굴에서 그가 가리키는 처마 끝 살구나무 가지로 눈을 옮기었다. 딴은 바람이 가리고 양지가 바른쪽으로 여남은 송이 봉오리가 활짝 열리었다. 그러나 누이동생과 어깨를 나란히 그 꽃을 쳐다보는 나는 누이동생이 그처럼 생생한 기쁨으로 얼굴을 빛내는 그 반분의 감흥^{感興}도 일지 않는다. 그 반분의 것도 말하면 누이동생의 얼굴에서 받는 그것으로 살구꽃 그것에서는 단지 하나의 기대를 잃은 실망을 느낄 따름이다. 젊은 여인의 미^美는 앞으로 보는 때보다 뒤로 좀 떨어져 보는 때에 한층 빛나는 것으로 뒤로 보고 감탄하던 사람을 앞으로 보고는 실망하는 수가 많은데, 아마 살구꽃도 봉오리를 보는 때만 같지 못한 것이 그가 가진 특색^{特色}인지도 모르겠다. 그러나

"너 보기 좋냐."

"그럼 좋지 않구."

누이동생은 여전히 같은 얼굴로 도리어 내 씁쓸한 표정을 의아해하는 것이다. 그럼 누이가 감정을 과장하는 것인가, 내가 살구꽃을 살구꽃대로 받아들이지 못하도록 감성^{感性}이 소박하지 못함인가. 혹은 많이 얻으려거든 많이 기대치 말라는 말이 옳아 나는 너무 기대함이 컸던 까닭으로 이렇고, 누이는 그것이 적었던 까닭으로 저런가 싶기도 하고, 나는 분명히 그 흑백을 가리기 위하여 어머니를 불러내어 그 꽃을 보시게 하였다. 그러나 꽃을 쳐다보는 여인의 마음이나, 얼굴은 같은 것인가 싶어 누이동생과 똑같은 표정으로

　　"그 꽃 좋다."

하지만 나 홀로 그 꽃이 좋은 줄을 모르겠으니, 병은 내게 있음이 분명하고, 동시에 꽃에서 느낀 그것으로 말미암아 봉오리에게 가졌던 기대조차 잃고 말아 봄 전체에 대한 흥미를 잃은 듯, 씁쓸하기 이를 데 없다.

　　이런 때 전일^{前日: 전날} 이 늙은 살구나무에 꽃이 피는 날 나를 찾아 주기를 기약하고 간 벗이 방문해 주었으면, 그러면 이 살구꽃을 보는 마음이 동감이라면 적이 위안이 되련만, 그러나 내 집 꼴이 마당 가운데 늙은 살구나무만이 돋보이지 않을 만치 윤택되지 못할진댄 벗은 덮어놓고 좋다고 감탄해 줄 것이니, 그것도 믿을 수 없다.

(1939년)

출전 : 《문장》 (1939.6)

《조광》지 1939년 2월호 〈신진작가 좌담회〉에 참석한 현덕에게 소설가 박노갑은 "김유정의 작품과 상통한다는 말이 있는데, 그에 대해 어떻게 생각하느냐"고 묻자 현덕은 "있을 것입니다. 영향도 많이 받았으니까요!" 라고 대답한다.

아동문학가 현덕을 생각할 때 춘천 실레마을의 소설가 김유정이 떠오른다. 생활고가 힘들어 생계를 위해 원고료라도 받으려고 아동문학을 쓸 수밖에 없었던 김유정이 아동 잡지 《소년》지에 전래동화 모티프를 차용한 〈두포전〉을 연재하기 시작한다.

그러나 건강이 좋지 않았던 김유정은 10장까지 연재를 계획하고 써 내려간 〈두포전〉을 6장에서 멈춘다. 1937년 3월 초, 생의 마지막 희망을 염원하며 경기도 광주로 요양을 떠날 때 차부에 나와 배웅하던 것이 현덕과 그의 동생 현재덕[화개] 이었는데, 고비를 넘기지 못하고 3월 29일 김유정의 부고가 뜬 것이다.

그러나 〈두포전〉은 미완성으로 끝날 수가 없었다. 1936년 새로운 희망을 찾아 동경으로 떠나면서 김유정에게 "함께 죽자고 제안했던" 절친 시인 이상의 빈자리를 채워준 문학적 동지이자 인생의 마지막 시절을 함께해 준 현덕이 있었기 때문이다. 자주 만나면서 글쓰기와 인생을 논하던 김유정은 당시 구상 중인 〈두포전〉의 스토리를 노래처럼 불렀고, 6장에서 멈춘 이야기를 이어받아 7장부터 10장까지 채워 〈두포전〉을 완성해 발표하였다.36).

〈두포전〉은 그렇게 해서 김유정, 현덕 공동 저자로 한국문학사에 기록을 남게 된다.

현덕과 김유정의 만남은 1932년 동아일보에 현덕의 동화 〈고무신〉이 가작으로 뽑히면서 문단 내에서 김유정, 김기림, 이석훈, 박태원, 안회남, 이상 등과 교유하던 습작 기간에 시작된 것으로 보이며, '조선의 집시 - 들병이 철학'을 쓰며 남다른 들병이 문학을 남긴 김유정의 문학을 관심 있게 탐구했던 현덕의 문학적 호기심이 두 사람의 우정을 깊게 만들었다.

그 결과 김유정의 들병이 철학이 담긴 소설 〈솥〉의 오마쥬(?) 같은 현덕의 〈남생이〉가 1938년 조선일보 신춘문예에 당선된다.

물론 1936년 김유정의 〈밤이 조금만 짤렸드면〉에서 동무의 편지를 받아 감격의 눈물을 흘리는데, 이 동무가 바로 현덕이고, 자신을 문학으로 이끈 것이 김유정이었다고 밝힌 바 있으니 두 사람의 우정은 남다른 것으로 보인다.

가난한 현덕의 집에 방문하여 마당 한가운데 자리를 차지하고 있는 늙은 살구나무를 바라보며 거듭 감탄했던 그 벗, 늙은 살구나무에 꽃이 피는 날 찾아 주기를 기약하였지만, 다시는 만나지 못하는 그 벗이 1937년 3월 먼저 세상을 떠난 김유정이 아닌가 하고 편집자는 여러 날 생각을 해 보았다.

현덕玄德 1909 ~ ?. 서울 출생. 소설가, 시인, 아동문학가. 본명은 현경윤. 경성 제1 고등 보통학교 중퇴함. 1927년 조선일보 신춘문예 동화 부문에 〈달에서 떨어진 토끼〉가 1 등으로 당선. 1932년 《동아일보》에 동화 〈고무신〉이 가작 입선하고, 1938년 《조선일 보》 신춘문예에 〈남생이〉가 당선되면서 '밀도 있는 문장과 치밀한 묘사력'의 작가로 주

---

36) 《소년》 1939.1-55회 완 1~3월호 김유정, 4~5월호 현덕 저자.

목받음. '노마'를 주인공으로 등장하는 동화를 《소년조선일보》와 어린이 잡지 《소년》에
꾸준히 발표하여 아동문학에 커다란 활동을 남김.

한때 조선 문학가 동맹에 참여하여 출판 부장을 맡기도 했으며 6·25전쟁 중 월북하여
활동하다가 1962년 한설야 일파로 분류되어 숙청당한 것으로 알려져 있으며, 그 이후
행방은 알 수 없음.

〈나비를 잡은 아버지〉가 2007년 검인정 국어 교과서에 수록됨.

작품집으로『포도와 구슬』(1946),『집을 나간 소년』(1946),『토끼 삼 형제』(1947),『남
생이』(1947),『집을 나간 소년』(1993)『나비를 잡는 아버지』(1993).『너하고 안 놀아』
(1995).『현덕 전집』(2009) 등이 있음.

손

계용묵(소설가)

종이에 손을 베었다.

보던 책을 접어서 책꽂이 위에 던진다는 게 책꽂이 뒤로 넘어 가는 것 같아, 넘어가기 전에 그것을 붙잡으려 저도 모르게 냅다 나가는 손이 그만 책꽂이 위에 널려져 있던 원고지原稿紙 조각의 가 장자리에 힘껏 부딪혀 스치었던 모양이다. 산듯하기에 보니 장 손 가락[가운뎃손가락의 방언]의 둘째 마디 위에 새빨간 피가 비죽이 스미어 나온다. 알알하고 아프다. 마음과 같이 아프다.

차라리 칼에 베었던들, 그리고 상처가 조금 크게 났던들, 마음 좋아야 이렇게 피를 보는 듯이 아프지는 않을 것이다.

나는 칼 장난을 좋아해서 가끔 손을 벤다. 내가 살아오는 40년 가까운 동안 칼로 손을 베어 보기 무릇 기백회幾百回는 넘었으리라 짐작한다. 그러나 그때 그때마다 그 상처에의 아픔을 느꼈었을 뿐 마음에 동요動搖를 받아본 적은 없다.

그렇던 것이 칼로도 아니고 종이로 손을 베인 이제, 그리고 그 상처가 겨우 피를 내어 모를 만치 그렇게 미미한 상처에 지나지 않는 것이언만 오히려 마음은 아프다. 종이에 손을 베이다니! 종이보다도 약한 손, 그 손이 내 손임을 깨달을 때 내 마음은 처량^{凄凉}하게 슬펐던 것이다.

내 일찍이 내 손으로 밥을 먹어 보지 못했다. 선조^{先祖}가 물려준 논밭이 나를 키워 주기 때문에 내 손은 놀고 있어도 족했다. 다만 내 손이 필요했던 것은 펜을 잡기 위한 데 있었을 뿐이다. 실로 나는 이제껏 내 손이 펜을 잡을 줄 알아 내 마음의 사자^{使者}가 되어주는 데만 감사를 드리고 있었다. 그리고 그 펜이 바른 손의 장손가락 끝마디의 외인모에 작은 팥알만 한 멍울을 만들어 놓은 것을 자랑으로 알고 있었다. 글 같은 글 한 줄 이미 써놓은 것은 없어도 그것을 쓰기 위한 것이 만들어 준 멍울이라서 그 멍울을 나는 내 생명이 담기운 재산같이 귀하게 여겼다. 그리고 그것은 온갖 불안과 우울^{憂鬱}까지도 잊게 하는 내 마음의 위안^{慰安}이기도 했다.

그러나 그 멍울 한점만을 가질 수 있는 그 손은 인제 확실히 불안과 우울을 가져다준다. 내 손으로 정복해야 할 그 원고지에 도리어 상처를 입었다는 것은 네가 그 멍울의 자랑만으로 능히 살아갈 수가 있느냐 하는 그 무슨 힘찬 훈계^{訓戒}도 같았던 것이다.

아닌 게 아니라 내 손은 불쏘시개의 장작 한 개비도 못 팬다. 서울로 이사^{移徙}를 온 다음부터는 불쏘시개의 장작 같은 것은 내 손으로 패여야 할 사세^{事勢: 일이 되어가는 형세}인데 한번 그것을 시험하다 도낏자루에 손이 부풀어 본 후부터는 영^永 마음이 없다. 그것이 부풀어서 튀어지고 또 튀어져서 그렇게 자꾸 단련鍛鍊이 되어서 펜의 단련에 멍울이 장 손가락에 들듯, 손 전체에 굳은살이 쫙 퍼질 때에야 위안慰安이든 불안은 다시 마음의 위안이 될 수 있을 것이련만 그 장 손가락의 멍울을 기르는 동안에 그러할 능력을 이미 빼앗기었으니 전체의 멍울을 길러보긴 인젠 장히 힘든 일일 것 같다.

그러나 역시 그 손가락의 멍울에 불안은 있을지언정 그것이 내 생명이기는 하다. 그것에 애착愛着을 느끼지 못하게 되는 때 나라는 존재의 생명은 없다. 나는 그것을 스스로 자처自處하고도 싶다.

하지만 원고지를 정복할 만한 그러한 손을 못 가지고 그 원고지 위에다 생명을 수繡놓아 보겠다는 데는 원고지가 웃을 노릇 같아 손을 베인 후부터는 그게 잊히지 아니하고 원고지를 대하기가 두려워진다. 손이 부푼 후부터는 도낏자루를 잡기가 두려워지듯이 ……

(1940년)

출전 : 《문장》 (1940.10)

종이에 손을 베이는 징크스 같은 실수를 자주 하는 편집자에게 공감이 많이 가는 산문이다.

계용묵을 소개할 때 과작過作의 작가로 자주 언급한다. 발표한 작품이 적다는 말이다. 이는 작가 개인 성향의 차이도 있지만, 최근 연구자에 의하면 자신이 태어난 고향 평북지방 방언을 작품 속에 녹여내기 위한 작가의 노력과, 지방 언어에 대한 경계심(?)이 작용한 중앙 문단과 심리적 거리감, 이런 부분도 영향을 받은 듯한 생각이 든다.

> 나의 소설 수업은 《창조》 지에서 이동원의 〈몽영의 비애〉를 읽으므로 시작이 된다. 그때 내 나이 16, 보통학교를 졸업하고 서당에서 「대학」을 펴 놓고 '대학지도재명명덕지어지선大學之道在明明德至於至善'을 찾고 있을 때다. 〈치악산〉이니 〈심청전〉이니 하는 구소설을 보아오다 그 〈몽영의 비애〉에서 조금도 헛놓으려고 하지 않은 진실한 묘사, 산뜻한 표현에 그때는 그렇게 보였다. 크게 감동을 받고 나도 소설을 한 번 써본다는 엉뚱한 마음이 생긴 것이다.37)

1925년 5월 《조선문단》 제8호에 단편 〈상환〉을 발표하며 등단한 계용묵. 그러나 심사평에서 염상섭 나도향 등이 "아모 감흥을 늣기지는 못하얏"다고 말한 것에 충격을 받고 독서에 열중하며 실력을 기른다.

---

37) 계용묵, 〈나의 소설수업〉, 《문장》, 제2권 2호, 1940.2, p.210.

1927년 5월 《조선문단》에 〈최서방〉을 응모하여 당선하였으나 선후언을 몇 년 전 자신과 같은 처지였던 최서해가 쓴 것에 모욕을 느낀다. 또한 1928년 2월 《조선지광》에 〈인두지주〉를 투고했더니 편집자가 작품 내용을 마음대로 고친 것을 알고, 다시는 문예지에 투고하지 않기로 결심하고 도일하여 동양대학 동양문과를 다니다가 1931년 집안 사정으로 중퇴하고 귀국한다.

고향에서 홀로 글을 쓰며 보낸 1930년대 전반기는 내적으로 충만하여 후일 문제작으로 손꼽히는 여러 작품을 창작하며 보낸다.

1935년 석인해로부터 동인지를 만들어보자는 권유를 받게 된다. 계용묵이 승낙하자 석인해는 정비석을 데리고 그를 찾아왔고, 세 사람은 인근의 문학청년들을 모아 선천에서 회합을 가진다. 이렇게 시도된 동인지 《해조》에는 계용묵, 석인해, 정비석, 허윤석, 김우철, 채정근, 장일익이 참여하여 편집 책임은 계용묵이 맡기로 했고 원고 의뢰까지 끝이 난 상태였다. 그러나 출자 책임자의 배신으로 이 동인지는 준비 도중 무산이 되고 만다.

하지만 《해조》에 들어가기로 했던 〈백치아다다〉가 《조선문단》의 원고요청으로 1935년 5월에 실리면서 중앙 문단에 관심을 받게 된다. 등단 후 약 10년 동안 단 4편의 소설만 발표했던 계용묵이 고향 평북의 방언을 마음껏 담아 창작한 〈백치아다다〉는 한국문단사에서 명작의 반열에 오르고 이후 40여 편의 작품을 한국문학사에 남긴다.

계용묵桂鎔默. 1904~1961. 평안북도 선천 출생. 소설가. 일본 도요대학에서 수학하다가 중퇴하고 조선일보사 등에서 근무함. 1925년 5월 《조선문단》 제8호에 단편 〈상환〉으로 등단하고 유학을 떠남. 1935년 《조선문단》에 〈백치아다다〉를 발표하고 이후 40여 편의 단편을 남김. 1945년 정비석과 함께 잡지 《대조》를 발행하고, 1948년 김억과 백인제와 함께 출판사 수선사修繕社를 창립하기도 하였으며 1952년 제주도로 피난을 가 그곳에서 잡지 《신문화》와 《흑산호》를 펴내면서 제주도 문학을 재활성화하는 데 기여함. 1954년 다시 서울로 돌아와 주로 수필 쓰기와 번역에 몰두하며 성실한 작가 생활로 생애를 보냄.

작품집으로 『병풍에 그린 닭이』(1944), 『백치아다다』(1945), 『별을 헨다』(1950) 외에 수필집 『상아탑』(1955) 등과 사후에 『계용묵전집 (전2권)』(2004) 이 있음.

뚫어진 모자帽子
김동석(시인·비평가)

배호裵澔[38] 군이 삼청동 비탈길을 올라가다가 발바닥이 근지럽기에 구두를 벗어서 들고 보았더니 창에 구멍이 뚫려 있고 그 구멍으로 별이 보이었다. 그래서 〈구두의 천문학天文學〉이라는 자미滋味: 재미있는 수필이 생겼다.

그런데 나의 모자는 쓰고 벗고 할 때 쥐는 자리가 배 군의 구두창처럼 구멍이 뚫어지고 말았다. 구두라면 창을 박을 수가 있지만, 소프트 햇은 한 번 뚫어지면 고만이다. 또 그때 내 수중手中에는 모자 살 돈이 없었다. 나는 모자 구멍으로 하늘의 별 하나 바라볼 마음의 여유 없이 그대로 눌러 쓰고 다니는 수밖에 없었다. 나는 사람들이 이 구멍으로 '나'를 들여다보는 것을 빤히 알면서도 겉으로는 모른 척했다.

하긴 그렇게 곰상스럽고 꼼꼼하게 '의상 철학'을 전개한 토머스

---

38) 배호裵澔 1915~1950? 경성제대 중문과 출신의 중국문학 연구자. 김철수 김동석 등과 3인 수필집 『토끼와 시계와 회심곡』(서울출판사, 1946)을 출판했으며, 1950년 북으로 떠난 후 소식을 모름.

칼라일도 그가 쓰고 다니던 모자는 내 모자만큼이나 가관이었기에 사람들이 보고 박장대소拍掌大笑를 하였을 것이다.

"웃지들 마소 저래 뵈도 저 모자 속엔 우주가 들어 있다오."

대체 이 말을 어떻게 해석했으면 좋을지 시방 나는 망설인다. 내가 처음 어떤 책에서 이 칼라일의 일화를 읽었을 때는 이 말의 의미는 지극히 단순했다. 또 교훈적이었다. 즉 칼라일은 헌 모자를 쓰고 다니었을망정 그의 머릿속에는 우주에 견줄 만한 넓고 찬란한 지식이 들어 있다는 의미였다.

그러나 내 자신이 칼라일에 지지 않게시리 헐고 뚫어진 모자를 쓰고 다니는 오늘날 나의 생각은 적이 비뚤지 않을 수 없다. 머리로는 우주도 능히 사념하지만 실제로는 그 머리에 올려놓은 모자 하나도 마음대로 못하지 않느냐, 이렇게만 해석이 된다. 사실 칼라일은 철두철미徹頭徹尾 관념론자였다. 그러기에 그는 그런 모자를 쓰고도 태연할 수가 있었을 게다.

하지만 나는 뚫어진 모자를 쓰고 거리를 걷기가 불안스럽다. 잠시도 모자가 뚫어졌다는 의식을 버리지 못한다. 그러한 내가 어저께 월급을 타가지고 모자를 사러 가다가 악기점에 들어가서 모자를 살 돈으로 레코드를 사버렸으니 문제는 크다.

모자점이 악기점보다 가까웠던들 나는 우선 급한 대로 모자를 샀겠는데 우연히 악기점에 먼저 눈에 띄어서 일이 공교롭게 되고 말았다. 물론 내가 음악을 좋아하지 않는다면 문제가 애초에 생기지 않았겠으나 다른 사람들이 담배를 좋아하는 만치나 음악을 좋아하는 나다. 그런데 내가 산 레코드는 바흐의 〈48서곡과 둔주곡^遁走曲〉이다. 맘껏 기뻐하고 맘껏 괴로워하다가 죽는 인생 - 그러한 행복된 생의 표현이며 '무한'의 경지에까지 들어갔다는 이른바 '피아노의 성전^{聖典}'. 이렇게 쓰여 있는 음악사를 읽은 기억이 빌미가 되어 피셔가 연주한 빅터 반^盤 7매를 사게 된 것이었다.

본래 나는 바흐를 좋아한다. 가지고 있는 스무나무 장 레코드 중에 〈브란덴부르크 협주곡〉 이십사 매를 점령하고 있었던 것만 보아도 알 것이다.

그러나 〈48서곡〉을 들어도 모자가 내 염두^{念頭}를 떠나지 않으니 탈이다. 살고 죽는 법까지 가르쳐 준다는 이 곡이 뚫어진 중절모 하나 어쩌지 못하는 것은 오로지 내가 소시민 근성을 벗어나지 못하기 때문이리라. 모자면 모자, 음악이면 음악, 둘 중의 하나를 취하지 못하는 나 - 하긴 혼자 집에 있을 땐 음악을 즐길 수 있지만, 선생이라는 체면 많은 직업을 가지고 세상을 나다닐 땐[39] 모자를 쓰지 않을 수 없다. 뚫어진 모자라도 써야 한다. 생각건댄 모자란 본시 머리를 보호하기 위해서 썼던 것이나 점점 사회화하고 관습화하여 드디어 장식물이 되어 버린 것이리라. 오늘날 얼굴이 창백한 월급쟁이들에겐 모자보다 일광^{日光}이 더 필요하다. 또 탈모^脫帽[40]는 경제적이다. 그러나 내가 이렇게 말하는 것은 뻔한 아전인

---

39) [원문에서 살려낸 문장] 음악을 즐길 수 있지만, 선생이라는 체면 많은 직업을 가지고 세상을 나다닐 땐

40) 모자를 벗음. 일부 책에서는 탈모^{脫毛}: 털이 빠짐라고 한자를 넣고 있는 데 원문도 다르고, 글 문맥상도 맞지 않는다.

수다. 시방 내 모자가 뚫어졌고 또 모자 살 돈으로 좋아하는 레코드판을 사버렸으니까 이런 소리를 하지 작년 이맘때 이 모자가 아직도 그럴듯할 때만 해도 생각이 달랐었고 더군다나 재작년 모자가 새로웠을 땐 쓰지 않아도 될 때도 여보란듯이 쓰고 다니지 않았던가.

결국 모자와 레코드를 둘 다 살 돈이 있으면 문제는 해소된다. 하지만 하나밖에 살 수 없는 것이 그때 내가 처한 현실이었다. 앞으로도 양말을 사느냐 책을 사느냐 하는 문제가 있을 게다. 그때에도 나는 책을 살리라 단단히 맘먹고 있다. 허나 밥이냐 예술이냐 할 때 나는 밥을 취하지 않을 수 없다. 아니 문제를 그렇게 막다른 골목으로 끌고 들어갈 것 없이 뚫어진 모자에 제한하기로 하자. 시방 나는 돈을 더 벌어서 새 모자를 사 쓰든지 뚫어진 모자를 그대로 쓰고 다니든지 벗어버리고 맨머리로 다니든지[41] 해야 할 것이다. 공자는 "사지어도 이악의 악식자土志於道而恥惡衣惡食者"[42] 라 하였으니 나처럼 뚫어진 모자를 가지고 어쩔 줄을 모르는 소시민하곤 아예 말도 하지 않을 것이다. 하지만 조선의 유학자들은 나보다도 더 모자에 대해서 소심한 것을 어찌하랴.

(1946년)

---

41) [원문에서 살려낸 문장] 벗어버리고 맨머리로 다니든지
42) 선비로서 도에 뜻을 두고도 나쁜 옷과 나쁜 음식을 부끄럽게 여기는 자는 더불어 의논하기에 좋아하지 못하느니라

출전 : 《서울신문》 (1946.6.30)

아마도 저자는 남들보다 탈모脫毛 증상에 고민이 많은 처지에 있는 것 같다.

남 앞에서 가르치는 직업으로 출근을 위해 (반드시) 뚫어진 모자를 대신할 새 모자를 살까 하여, 월급봉투를 받아 들고 모자를 사러 가는데 하필 악기점이 먼저 보일 게 뭐람……. 작은 망설임도 없이 '피아노의 성전聖典'이라는 바흐의 〈18서곡과 둔주곡遁走曲〉을 폴란드 출신의 피아노 거장 에디 피셔의 음반으로 득템한 작가, 그러나 자꾸 모자 생각이 머릿속을 떠나지 않는다. 그래도 작가는 양말과 책을 두고 선택할 일이 생기면 단연코 책을 고르리라 다짐한다.

1940년대 문학사에서 김동리 소설가와 순수문학 논쟁으로 맞짱 뜨던 당당한 비평가 김동석의 문장이 그립다.

김동석金東錫, 1913~?. 인천 출생. 문예비평가. 인천상업학교를 거쳐 경성제국대학 영문과에서 수학. 대학원 과정에 입학하여 매슈 아널드와 셰익스피어를 연구함. 중앙고등보통학교 영어 교사를 거쳐서 광복될 때까지 보성전문학교 교수로 재직, 1944년에는 연극협회 상무이사를 역임. 광복 이후에는 조선문학가동맹에 가담하여 비평가로 활동하고, 주간 『상아탑象牙塔』을 간행함. 1946년 문학대중화운동위원회 위원을 역임. 1950년에 가족과 함께 월북함. 평론집으로 『예술과 생활』(1947), 『부르조아의 인간상』(1949), 시집으로 『길』(1946), 『해변의 시』(1946)가 있음.

마음의 절제^{節制}

정인보(국문학자)

　세상에 제 일을 남이 알까 봐서 능청스럽게 속이려는 무리가 많다. 남을 속이려 하는 그것이 벌써 제게 용납^{容納}되지 못한 증거다. 철인^{哲人}이 별사람이 아니라 나 혼자만 아는 속에 부끄러울 것 없는 분이다.

　이퇴계^{李退溪} 선생이 젊었을 때 종로 거리를 지나가다 관기^{官妓} 한 패가 '보교바탕'을 타고 지나가는 것을 한동안 바라보았다. 그러다가 고개를 푹 숙이면서 혼잣말로, "이 마음이 나를 죽이는구나." 하였다고 한다. 다른 말이 아니다. 저기를 보고 마음을 그리 끌리니 내가 나를 주장^{主張}하지 못한 것이요, 잠깐이라도 내가 스스로 서지 못하게 되면 내가 없다, 내가 없어지도록 되고 보면 죽은 이나 다르지 아니하므로, 이 마음이 나를 죽인다고까지 한 것이다. 철인^{哲人}일수록 작은 외유^{外誘: 외부 유혹}에 대하여서도 큰 도적^{盜賊}같이 보이는 법이다.

　남이 모르고 나 혼자만이 아는 이것이 수행^{修行}하는 추요지대^{樞要}

地帶: 가장 중요한 부분다. 아무리 잘 속이는 무리라도 저는 못 속인다. 속일 길이 없는 이 한자리가 사람으로서 사람 노릇하는 학문^{學問}을 하는 다시 없는 외길목이다. 퇴계 선생 같은 어른은 지나가는 관기를 바라본 것을 곧 민란^{民亂}이나 막지 못한 것같이 알았으니 모르는 사람에게는 귀에도 아니 들어갈 이야기일지도 모르나 내가 나를 아무것도 아니게 안다면 말할 것이 없거니와 그렇지 아니하면 내 속이 외물^{外物}에 끌리어 스스로 서지 못하는 것을 관계치 아니한다고 하지 못할 것이다. 털끝만 한 일에도 저같이 삼엄^{森嚴}한 것을 보라. 과히 용렬^{庸劣}하지 아니한 사람일진대 옷자락에 쌓여 있는 먼지를 한 번 떨어 버리고 일어서 볼 만도 하리라.

중국 북송^{北宋} 때 조변^{趙抃}은 외방장관^{外方長官}으로 있을 때, 연회^{宴會}에서 가희^{歌姬} 하나를 마음에 두어 저녁에 하졸^{下卒}을 시켜 불러오라 하고, 이내 내심상^{內心上} 절제^{節制}가 풀어진 것이 한편으로 편치 못하여 얼마 동안 방^房 안을 돌더니 와락 큰 소리로, "조변아, 네가 어찌 예^禮가 없느냐" 하면서 아까 보낸 그 사람을 급히 쫓아가서 도로 부르라 하였다. 이러할 즈음에 아까 보낸 그 사람이 장막 뒤에서 나와서, "소인^{小人} 여기 있습니다." 하였다. "어찌하여 아니 갔더냐" 하니까, "평일에 하시던 바를 미루어 보건대 얼마 아니하면 도로 부르라 하실 것 같기로 애초에 가지 아니하였습니다."고 하였다 한다. 이분의 이 일이 또한 너무 심한 것 같기도 하나, 그러나 수행^{修行}이 무엇인 줄 모르는 유속인^{流俗人}으로 보면 심하고, 뜻있는 이로써 보면 좋은 자취의 하나이다.

지금으로부터 1백 4, 50년 전 영조^{英祖} 때 명상^{名相} 서문청공^{徐文淸} 公: 지수(志修)은 수상^{首相}으로 있을 때 여러 대신들과 궐내^{闕內}에 모여서 집에서 해 드려온 점심상들을 받는데 서문청공의 집에서는 겨우 호박죽 한 그릇이 들어왔었다고 한다. 그 집이 가난할수록 이 마음은 넉넉하였을 것이다.

나라가 이지[脂: 기름짐]고 내 몸이 여위[瘠]면 여윈 속에 광휘^{光輝}가 있다. 이러한 분들은 일생에 유쾌^{愉快}만이 있을 것이다. 온몸에 더러운 것만 잔뜩 채워가지고 그래도 남의 눈을 가리려는 무리야말로 살아도 산 것이 아니다. 그러니 제 일을 남이 알까 보아서 속이려 하는 것도 오히려 실낱만 한 무엇이 있는 연고다. 지금으로 보면 알까 보아하는 그것조차 아울러 옛날 일이 아닌가 한다.

(1948년경)

평설

창작 시기 : 1948년경

이글의 창작 시기는 여러 설이 분분하다.

담원 정인보 선생의 연보를 집대성한 3녀 정양완의 자세한 연보에도 〈마음의 절제〉에 대한 일체의 언급이 없다. 그러나 일부 연구자들은 1948년 이승만 정부의 초대 감찰위원장(현 감사원장)으로 근무했던 시절에 다짐의 글로 〈마음의 절제〉를 집필하지 않았나 추정하기도 한다.

담원은 이승만 정부의 삼고초려로 입각해서 1년 초대 감찰위원장을 지냈다. 이때 유명한 〈나는 이렇게 하고 싶다〉라는 글을 8월에 발표한다. 그러나 대통령이 총애하던 모 여성 장관이 독직 사건에 연루되자 이승만과 마찰을 빚고 결국 사직한다.

담원은 자녀들에게도 "공무원이 되면 담뱃불도 빌리지 말고 차 한 잔도 얻어 마시지 말라."고 가르쳤다.43)

담원은 8·15해방 이후 '3·1절'·'광복절'·'개천절'·'제헌절' 등 4대 국경절 노래와 겨레의 '얼'을 고취하는 기념문 및 여러 학교의 '교가' 등을 썼다.

공립 여학교에서 학급 명을 매반梅班, 국반菊班, 난반蘭班, 근반槿班으로 지었다가 종로서 고등계 형사에게 연행되었던 일도 있었다.

담원의 존경하는 스승과 제자의 태도에 대한 일화도 유명하다. '비 오는 어느 날 남대문 역 앞에서 스승인 난곡을 만나자 진흙탕 바닥에서 무릎을 꿇고 절했다'라거나, '스승 난곡이 제자를 위해 차가운 한밤중 숭례문 밖까지 배웅했다.' 그리고 '스승 경재耕齋 이건승李建昇이 망명하여 고달픈 생활 중에도 열흘이 멀다 하고 편지로 제자의 공부하는 과정을 물어, 보고를 받고 격려하고 기뻐했으며, 제자에게 받은 편지를 표구하여 걸 정도로 끔찍이 사랑했었다'라는 일화가 전해온다. 44)

또한 담원이 어린 자녀들에게 책에 대한 바른 자세와 태도를 가르쳐준 에피소드도 자녀 정양완의 회고담을 통해 전해진다.

---

43) 최효찬, 『현대 명문가의 자녀교육』, 예담, 2012, pp.313-314.
44) 정인보, 『담원문록薝園文錄』 발문, 정양완 옮김, 태학사, 2006, pp.532-535

"귀가 접힌 헌 책을 손수 다리시고 다시 매셨고, 아버지가 특히 좋아하시던 책 몇 권은 어머니가 비단으로 싸드리기까지 하셨으니까요. 그렇게 아끼시던 책이었건만 아버지는 곧잘 친구나 제자에게 주시곤 했어요. 책이란 가장 요긴하게 읽는 이가 그 임자라나요. 싸인을 하거나 도장을 찍는 일은 무슨 부끄러운 짓같이 여기셨어요. 교과서 이외의 책에 우리는 이름을 못 썼거든요. 아버진 책을 곱게 보는 버릇을 들여주시려 애쓰셨지요. 너덧살만 되면 사랑에서 책 젖히는 법을 배운 일이 생각납니다. 아무리 급해도 이내 책장을 침칠해서 마구 넘기지 못하는 것은 어릴 때 배운 버릇이지만, 글을 소중히 하고 책을 아끼는 그 마음이 또한 살아가는데 정성을 다하게 하는 그 어느 힘이 되는지도 모를 일이지요."[45]

정인보鄭寅普, 1893~1950.9.7. ? 서울 출생. 유명幼名은 정경시鄭景施. 자는 경업經業, 호는 담원薝園, 미소산인薇蘇山人. 아호는 위당爲堂. 한학자, 역사학자, 언론인, 정치인. 작가, 어려서 아버지로부터 한문을 배우고, 13세 때부터 이건방李建芳을 사사함. 을사늑약乙巳勒約이 체결되자 부모와 더불어 진천 등지에 은거하며 학문에 전념함. 1910년 일제가 무력으로 한반도를 강점하자 중국 상해로 망명, 국제 정세를 살피다가 얼마 후 귀국함. 1912년 다시 상해로 건너가 신채호, 박은식, 신규식, 김규식 등과 함께 동제사同濟社를 조직, 교포의 정치적·문화적 계몽 활동을 주도하며 광복 운동에 종사함. 귀국 후 국내에서 비밀리에 독립운동을 펴다 여러 차례 일본 경찰에 붙잡혀 옥고를 치름. 서울로 이사한 뒤 연희전문학교, 협성학교, 불교중앙학림 등에서 한학과 역사학을 강의함.

《동아일보》, 《시대일보》의 논설위원으로 민족의 정기를 고무하는 논설을 펴며 민족계몽운동을 주도함. 1935년 정약용 사후 100주년을 맞아 조선 후기의 실학연구를 주도하고, 조선 양명학에 관심을 가지고 일련의 양명학자들의 학문을 추적하여, 1933년 66회에 걸쳐 《동아일보》에 「양명학연론」을 연재해 많은 호응을 얻음.

1936년 연희전문학교 교수로 재직하다가 태평양전쟁이 일어난 뒤 일제의 탄압이 거세지자 1943년 창씨개명을 피해 가솔을 이끌고 전라북도 익산군 산중에 은거함. 1946년

45) 정양완, 어느 서민의 전기②: 납북된 국학자 정인보씨, 《여원》 1960년 6월호, 학원사,

9월 『조선사연구』를 간행하고, 1947년 설립된 국학대학 학장에 취임함. 1948년 대한
민국 정부 수립 시 무임소 장관실 초대 감찰위원장을 지냄. 1950년 한국전쟁 때 납북
됨. 1990년 건국훈장 독립장이 추서됨.

저서로 『조선사연구(전2권)』(1946-47)와 『담원시조집』(1948), 『담원국학산고』(1955),
『담원문록』(1967), 『양명학연론』(1972) 등이 있음.

2장

느낌은 그리움처럼,
아무튼 산문

독립문 건설소^{獨立門建設疏}

이상재(독립운동가)

엎드려 아뢰건대 신^臣 등이 생각하기에 국가가 국가답게 되는 것이 두 가지가 있다고 하는데, 그 하나는 자립^{自立}하여 남의 나라에 의지하지 않는 것이요, 또 하나는 스스로 닦아서 일국의 정치를 시행하는 것으로 생각합니다.

이 두 가지는 상천^{上天: 하느님}께서 폐하에게 부여한 대권^{大權}인데, 이 대권이 없으면 곧 국가도 없는 것입니다.

그러므로 독립문^{獨立門}을 건축하고 독립회^{獨立會}를 설치하여, 위로는 황상^{皇上1)}의 보위를 높이고 아래로는 백성의 뜻을 굳게 하여 억만년의 끝이 없는 기초를 확립하는 일입니다.

그런데 요즈음 국가 형편을 살펴보면 위태롭게도 시행하는 모든 조치가 백성들이 바라는 것과 크게 어긋나 있습니다.

자립에 대하여 말씀드리면 재정^{財政: 경제활동}은 남에게 양보하여서는 아니 될 일인데 양보하고, 병권^{兵權}은 마땅히 스스로 잡고 해야

---

1) 고종임금을 가리킴

할 것을 남의 조종을 받고 있습니다.

심지어 신하들의 출척^{黜陟2)} 또한 자유롭게 할 수 없는 심한 지경에 이르고 있습니다.

이것은 간사한 무리가 권력에 아부하여 기회를 엿보아 중간에서 사욕을 채우려고 하며, 혹은 외국 세력에 기대어 지존^{至尊}을 위협하기도 하며, 혹은 풍설^{風說}을 퍼뜨려 성총^{聖聰: 임금의 총명}을 현혹^{眩惑: 어지럽게 홀림}해서 그렇게 되는 것이 아니겠습니까?

서리가 내리기 시작하면 반드시 굳은 얼음이 얼 때가 닥친다는 것은 필연의 이치인데, 나날이 일마다 이렇게 점점 되어간다면, 몇 날이 못 가서 국권 전부를 남에게 양보하게 되고, 태아^{太阿: 중국 고대 유명한 보검3)}의 보검을 거꾸로 날을 쥐고 자루를 적에게 주는 어리석음을 후회하는 일이 생기지 않을지 어떻게 알겠습니까?

다시 자립에 대하여 말씀드리면, 국가라는 명칭은 전장^{典章: 국법4)}과 법률이 있음으로써 있는 것인데, 현재 우리나라에 전장이 있으며 법률이 있다고 하겠습니까? 구식 법은 폐지되었다 하여 행하지 않고, 신법^{新法}은 비록 제정되었다 하나 시행되고 있지 아니하니, 행하지 않으면 이는 있어도 없는 것과 마찬가지입니다.

전장과 법률이 없으면 국가가 아니니 국가가 국가 되지 못하면 사람들의 마음이 자연히 타국에 의지하게 되며, 타국 또한 기약

---

2) 못된 사람을 내쫓고 착한 사람을 올려 씀
3) 중국 초나라 보검^{寶劍}의 하나. 구야자^{歐冶子}와 간장^{干將}이 함께 만든 것으로 용연^{龍淵}, 공포^{工布}와 더불어 명검으로 불린다.
4) 법칙이나 규칙을 적은 글. 국법, 장전^{章典}.

없이 자연스럽게 내정內政에 간섭하게 될 것입니다.

아! 이것이 어찌 된 까닭입니까? 삼천리 강토에 사는 1천 5백만 인구가 어찌 감히 우리 대황제 폐하의 적자赤子: 백성5)라고 말할 수 있겠습니까?

황실을 보호하고 국권을 유지함은 적자들의 직분인데, 강력한 이웃 국가가 밖에서 모핍侮逼: 업신여기고 핍박함하여, 위로는 황상을 외롭고 위태롭게 계시도록 만들었으니 이는 신 등이 다만 자신의 작은 사정만을 살피고 국가의 큰 것을 알지 못한 채 구차하게 우물 쭈물하며 오늘에 이르렀기 때문입니다.

말과 생각이 이에 미치매, 첫째도 신 등의 죄이오며, 둘째도 신 등의 죄이므로 부앙천지俯仰天地: 하늘을 우러러보고 땅을 굽어봄에 몸 둘 바를 모르겠습니다.

오늘날 폐하의 적자가 되는 자마다 구차하게 잔명을 유지하여 군부君父: 임금 아버지6)께서 괴로움을 받으시는 것을 보고 있기보다는 차라리 가슴과 배를 찔러, 파란 하늘 밝은 태양 아래 죽음으로써 더는 보지도 듣지도 못하는 것이 상쾌하겠습니다.

이에 감히 엄명嚴明하신 폐하께 한목소리로 일제히 호소드립니다.

엎드려 바라건대, 폐하께서는 성충聖衷: 임금의 뜻을 굳게 잡으시어 삼천리 1천 5백만 적자[백성]들의 마음으로 위안을 삼으시고 분한 마음과 근심을 함께 하셔서, 안으로는 정한 국법을 시행하시고 밖

---

5) 임금이 '갓난아이'처럼 여겨 사랑한다는 뜻에서, 백성을 가리킴
6) 임금을 아버지에 비유하여 이르는 말

으로는 타국에 의지함이 없이,

폐하의 황권^{皇權}을 자주^{自主} 하시옵고, 우리나라 국권을 스스로 세우시면, 비록 열 개, 백 개의 강적이 있다 할지라도 누가 감히 제멋대로 간섭할 수 있겠습니까?

하늘이 밝게 내려다보고 계시거니와 신 등은 오늘 맹세를 절대로 변하지 않을 것입니다.

엎드려 바라건대 성명^{聖明: 임금의 밝은 지혜}께서는 굽어 살펴주시옵소서.

(1898년)

평설

상소문 올린 때 : 1898년 2월(고종 35년, 광무 2년)
출전 : 『대한계년사^{大韓季年史}』(국사편찬위원회, 1957년)

1898년 2월 친로수구파 정부가 러시아에게 절영도^{絶影島: 현재 부산 영도} 조차^{租借: 다른 나라 땅을 일정 기간 통치하는 일}를 허락하려 하자 이를 반대하는 구국

선언 상소를 올리고, 독립협회 회원들과 함께 종로에서 만민공동회를 개최해 러시아의 내정간섭과 이권 침탈을 물리치는 데 성공한, 그 당시 감격스러운 상소문이다.

한국사 데이터베이스시스템은 정교^{鄭喬, 1856~1925}7) 의 『대한계년사^{大韓季年史}』를 바탕으로 하여 상소문 제출자에 이상재 이름을 공동 명시했지만, 국사편찬위원회 조선왕조실록 자료^[https://sillok.history.go.kr/id/kza_13502022_008]는 독립협회 초대회장인 '중추원 1등의관^{中樞院一等議官} 안경수^{安駉壽} 등이 올린 상소'라고만 적고 있다.

그러나 독립협회의 실제 업무에서 중추적인 부분을 담당했던 상소문 원저자를 찾다가, 최근에 입수한 『월남 이상재 민족운동자료집』(독립기념관 독립운동사연구소, 2021)에서 깔끔하게 원문을 찾아 우리말과 비교 음미하도록 올려놓는다.

獨立門建設疏

伏以臣等 以爲國之爲國 有二焉. 曰自立而不倚賴於他國也, 曰自修而行政法於一國也.

此二者, 上天所以 畀付我陛下之一大權也. 無是權, 則無其國也.

所以建獨立之門, 設獨立之會, 上而尊皇上之位, 下以固人民之志, 確立億萬年無疆之基礎.

---

7) 조선 후기의 문신, 애국계몽운동가^{1856~1925}. 호는 추인^{秋人}. 만민공동회를 개최하였다. 독립협회 간부로 정부의 개혁을 직언하였다. 저서로 『대동역사』, 『홍경래전』, 『가곡선』, 『대한계년사』, 『동언고략』 등이 있다.

而竊觀近日國勢, 殆乎岌嶪. 凡百施措, 大違民望. 以言乎自立. 則財權焉不宜讓人, 而讓之於人 兵權焉宜其自操, 而操之在人.

甚至於臣子之黜陟, 亦或有不能自由者焉.

是無乃奸細輩夤緣機會, 從中逞私, 或藉挾外權, 而威脅至尊, 或濤張風說, 而眩惑聖聰而然歟.

履霜堅氷至, 理之必然也. 一日二日, 一事二事, 駸駸然若此不已, 則幾日幾月之間, 安知不以全國之權, 俱讓於人, 太阿倒持之悔乎

以言乎自修. 則邦國之稱, 以其有典章法度也.

現今我國可曰, 有典章乎 有法度乎 舊式焉謂之廢止, 而不行 新式則雖有所定, 而亦不行 不行 則是有而無也.

無典章法度, 則是非國也. 國旣非國, 則人心自然倚賴於他國, 他國亦不期然, 而干預於內政也.

噫是曷故焉 三千里一千五百萬人口, 皆我大皇帝陛下之赤子也.

保護皇室, 維持國權, 是赤子之職. 而乃使强隣侮逼於外, 聖躬孤危於上者, 祇緣臣等只知一縷之微, 不顧全國之大, 苟且因循, 以至于今日也.

言念及此, 一是臣等之罪, 二是臣等之罪也. 俯仰穹壤例所容措.

凡百今日之爲赤子於陛下者, 與其苟活殘命, 而忍見君父之受困, 無寧砲其胸戟其腹,

而一死於青天白日之下, 不睹不聞之爲快也.

玆敢齊聲一籲於嚴明之下.

伏願皇上確執聖衷, 以三千里一千五百萬赤子之心爲心, 共其愼而同其憂.

內而實踐定章, 外而無倚他國, 自主我皇上之權, 自立我一國之權. 則雖有十百强敵, 孰敢擅與也哉.

天鑑孔昭, 臣等誓不改今日之心矣. 伏乞聖明垂察.[8]

158 │ 불멸의 문장들

구국의 일념으로 올린 상소문에 대한 황상의 비답^{批答: 상소에 대한 임금의 답글}이 실록에는 이렇게 사료^{史料}로 남아있다.

批曰: "知言之言, 要在行之而已."

(하니, 비답하기를, "도리에 맞는 말은 요컨대 그것을 행하는 데 달려 있을 뿐이다." 하였다).

이상재^{李商在. 1850~1927}. 충남 서천 출생. 본명 계호^{季皓}, 호는 월남^{月南}. 독립운동가. 일제강점기 YMCA 전국연합회회장, 신간회 창립회장.

1881년 신사유람단 수행원으로 유길준, 윤치호, 안종수, 고영희 등 26명과 함께 일본에 다녀옴. 1887년 6월 박정양이 초대주미공사로 갈 때 2등서기관으로 채용됨.

1894년 갑오개혁 후 학무아문참의를 지냈고, 그 뒤 내각총서 및 중추원 1등의관 등을 지냄. 1896년 서재필과 독립협회를 조직하여 부회장이 되었고, 1898년 만민공동회를 개최함. 1902년에는 개혁당 사건으로 아들과 3년 동안 복역함. 1923년 보이스카우트 초대 총재, 이듬해 조선일보사 사장으로 취임. 1927년 신간회 초대 회장에 추대되었으나, 3월 29일 병으로 별세함. 1927년 4월 7일 장례는 한국 최초의 사회장^{社會葬}으로 집행됨. 1962년 건국훈장 대통령장이 추서됨.

저술 활동으로 논문집 『청년이여』(1926)를 비롯하여 〈청년위국가지기초^{青年爲國家之基礎}〉(1905)과 〈상정부서^{上政府書}1〉(1898), 〈독립문건설소^{獨立門建設疏}〉(1898), 〈상정부서^{上政府書}2〉(1904) 등 다수가 있음. 최근 『월남 이상재 민족운동자료집』(2021)이 나옴.

---

8) 원문은 쉼표도 마침표도 없는, 어떠한 문장기호도 없이 모든 한자어가 비연체로 붙어있는, 흡사 이상의 오감도처럼 띄어쓰기 없는 낯선 형태라, 조선왕록 실록 자료들을 활자화한 애국계몽가 추인^{秋人} 정교^{鄭喬} 선생의 『대한계년사^{大韓季年史}』를 참고하여 한자 띄어쓰기와 단락을 나누었다.

가명인假明人 두상頭上에 일봉一棒

권덕규(국어학자 · 역사가)

1

하도 적적하니 장난이나 좀 하여볼까.

세계라는 우스운 무대니까 별 희극이 다 나오거니와 나도 이속에 사는 사람이라. 배우의 한 자리를 차지하여 총망悤忙한 가운데에 이런 장난을 하는 것이다. 하시何時: 어느 때인지 가로街路에 나가니까 희희嬉戲: 희롱하는 아동들이 기생의 의상에다 황토물을 뿌리고 가가呵呵: 깔깔거리면서 웃음 하더라. 이것은 발육성이 발랄한 아동의 장난이라 과히 책망할 수 없도다.

또 하일何日: 어느 날인지 어느 광장에서 일군一群: 한 떼의 아동이 대隊: 무리를 작作하여 서고 적敵인 듯한 일아一兒가 자기의 말[馬]이 그중에 입入하였다고 통솔한 자와 힐난하는데 자기의 말은 그 형모가 여하如何: 어떠함 하고 그 성질이 여하如何하다고 [어떻다고] 모년모시某年某時: 어느 날 어느 때에 실失: 잃어버림 하였는데 금今: 지금에 견見하니 차중此中:

160 | 불멸의 문장들

이중에 개介: 끼어 있음 하였다 함을 견튯호라. 차此: 이는 전래일 아동 유희로 고대의 상무常武의 풍風을 상견想見할 수 있는지라 아주 불용不用이라 하여 제지할 것은 아니러라.

여하하던지 장난도 인생의 일이니까 장난을 장난으로만 돌려보낼 것은 아니니 나의 이 장난도 없지 못할 것인가 하노라.

안명眼明: 눈 밝은한 자로 맹인을 희롱함이 어찌 장난이 아니랴. 이완耳完: 귀가 멀쩡한한 자로 농자聾者: 귀머거리를 대적함이 어찌 장난이 아니랴. 나의 지금 하고자 하는 바 이러한 장난이로라. 20세기 이 시대를 그야말로 호랑이 담배 먹을 시절로 알아 천둥벌거숭이의 짓을 하는 자 있으니 가로대 누구뇨. 곧 아양我瘍: 내 부스럼에 인각人脚: 남의 다리을 소搔: 긁음하고 기출己出이란 사捨하고 인人의 전田을 운耘하는9) 좀 상언詳言하면 양주楊洲 밥 먹고 고양高陽 구실 하는10) 일부 유학자 그분네러라.

그네들의 항용하는 말에 충효니 춘추의리春秋義理니 하는 말이 있도다. 그리하여 그들은 어버이에게 효하고 임금에게 충忠하며 신골身骨들이 분쇄될지라도 의義 아니면 굴치 아니하여 그들의 입에서는 '님이 한다 하고 의義 아니거든 좇지 마라'가 나오고 남한南漢의 옛일을 생각하여 선배유광쟁일월先輩有光爭日月 11) 하되 후인무지독춘추後人

---

9) 자기가 난 자식은 버리고, 자기 밭 버리고 남의 밭 가는
10) 밥은 양주에서 먹고 구실은 고양에 가서 한다는 뜻으로, ① 이쪽에서 보수를 받고 아무 상관 없는 저쪽의 일을 해 주는 경우를 비유적으로 이르는 말. ② 자기에게 당한 일은 처리도 못하는 주제에 남의 일을 한다고 나서는 것
11) 앞 사람은 빛이 있어 해달을 다투고

無地讀春秋[12]'라 하였도다. 잠깐 그의 대표를 사상史上에 뽑을진대 목도木島에 소살燒殺: 불태워져 죽임을 당하던 박제상朴堤上[13]으로부터 차철此鐵: 이철이 냉冷하니 경작래更灼來: 다시 불에 달궈오라 하라 하던 육신六臣: 사육신도 그 사람이요, 희빈장喜嬪張 씨의 사事에 단근斷筋[14]질을 당하던 박정재朴定齋 기인其人: 그 사람까지 미상불수未嘗不首를 부俯하고[15] 우러러야만 할 그런 분이 적지 아니하였도다.

차신此身: 이몸이 일백 번 죽을지라도 옳은 뜻이야 고치며 먹은 맘이야 바꾸랴.

"이 몸이 똥개천에 가 떨어질지언정 그는 아니 해."

이것이라 옳다고만 하면 그만이라 하거늘 이 주의主義를 그 땅과 그 몸뚱이에 쓰지 아니하고 옮겨다가 피육불관皮肉不關: 자기와 아무 관계 없는한 다른 놈에게다가 들이 바치나니 그 더러운 소갈머리야 참으로 개도 아니 먹겠다. 다른 말은 다를 수가 없거니와 제일 춘추의 리春秋義理가 무엇인고.

나는 이렇게 해석하노라.

첫째 시비를 가르는 것이며 또한 인아人我: 남과 나를 구별하는 것이며 더욱 저를 자존自尊 하는 것이라.

---

12) 뒷사람은 땅이 없어 춘추를 읽노라
13) 신라 눌지왕 때의 충신(?~?). 고구려에 볼모로 가 있던 왕제王弟 복호卜好를 데려왔으며, 왜倭에 볼모로 간 왕제 미사흔未斯欣을 돌려보내고 자신은 체포되었는데, 왜의 협박과 회유에도 굴하지 않고 충절을 지키다가 피살되었다. 부인은 그를 기다리다 망부석이 되었다는 전설이 있다.
14) 조선 시대, 도둑질을 세 번 이상, 한 자에게 손이나 발 따위의 힘줄을 끊던 형벌. 형전刑典에 없는 형벌로, 일시적으로 행하다가 중종 때 없앰
15) 아닌 게 아니라 머리를 숙이고

보라, 한족漢族이 아직 중원中原 본토에 들어오기 전부터 조선 민족이 요하遼河 황하黃河의 간間: 사이과 발해渤海 황해의 안岸에 진거進去하여 양유良兪, 발發, 고죽孤竹, 간竿, 우于, 방方, 남藍, 청구靑丘, 주두周頭 등 기다幾多의 고착固著한 방가邦家 건建하고16) 다시 산동반도 부근에 포고浦姑, 암庵, 모牟, 내萊, 개거介莒 등 국國을 개開하고 지나支那: 한족, 차이나 내륙으로 들어가 회대淮岱의 간에 회서국淮徐國을 건하고 은주殷周 천여 년간에 강대한 무력을 가져 자주 대활약을 시試 할새 주목왕周穆王 때에 대군을 책려策勵하여 피彼: 그들의 도성을 직충直衝: 곧바로 들이침하니 목왕穆王이 성하城下: 성아래의 맹盟을 결結함으로부터17) 제후국이 36[국]에 지至: 도달함하고 더욱 그 여왕厲王의 시時에 대거大擧하여 그 무도無道를 죄 하며 왕이 출분出奔하고 제위帝位가 공空한 등,

정치로뿐 아니라 모든 방면의 아인我人: 우리나라 사람들 활동 아래 한족漢族 그네들의 자기의 세력 행사는 고사하고 생활이 무유無由: 자유가 없음하매 이[齒]를 절切: 갊하고 담膽: 쓸개을 상嘗: 맛봄하며 자제를 교육하여 만대萬代의 수羞: 수치를 설雪: 설욕함하려 할새.

기중其中: 그중에 공구孔丘: 공자의 본명 같은 인은 무상의 역사 교육자라, 국성國姓을 발하고 가성家聲: 한 집안의 명성 보保하는 수단으로 《춘추春秋》를 작作 할새 종주宗周를 주主 하며 저들 한족은 화華요, 사국四國의 타족은 만蠻이라 하여18) 민족적 자존심을 고취하며 연후然後: 그

16) 중국 한족이 지금 중국 본토에 뿌리내리기 이미 오래전부터 조선 민족의 여러 부족 국가들이 단단히 뿌리내린 나라邦國를 세우고
17) 주 목왕이 성 아래 내려와 항복하고 충성을 맹세함. 성하지맹城下之盟
18) 저들 중국 한족은 우수한 민족 화華라 주장하고, 그 주변 4방향(동서남북) 타민족들은 모두 미개한 오랑캐蠻라 하며 멸시하더라

^뒤에야 한족 저들도 인아^{人我}의 구별이 생^生하고 시비를 변^辯하며 경쟁장리^{競爭場裡: 경쟁속에서} 인^{人: 남}과 각축^{角逐}하여 생^生하였겠다. 인과 같이 생하여야겠다는 일념이 확립하여 이것이 한족사천재^{漢族四川載: 한족 사천년}의 사활^{死活} 운명을 지지한 것이 아닌가.

2

생각하라, 개인이나 전체로나 저를 주장하지 아니하고 하나나 수립된 것이 있느뇨. 개인으로는 천상천하에 유아독존이라한 석가^{釋迦}나 야소^{耶蘇: 예수}가 그러하였고, 전체로는 제가 오직 화^華요, 제가 오직 세계의 중심이라 한 지나나 유태^{猶太: 유태인}가 그러하였도다.

이와 같이 조선의 흥한 날은 천족^{天族}이라고 자존 하던 그때요, 결단^{決斷}난 날이 이를 그친 날이라. 수^{誰: 누구}가 유하야 생을 염^{厭: 비관함} 하더뇨. 아마 없으리라. 연^{然: 그러나}이나 차^此에 생의 역^域을 이^離하여 사^死의 갱^坑으로 입^入하는[19] 자가 있으니 이곳 조선의 특산인 유학자 더욱 주자학파의 유학자, 그중에도 대명의리^{大明義理}의 일파^派 학자라.

그들의 생각은 어디서 배운 것인지 조선에 낳아 조선의식^{朝鮮衣食}으로 조선에 살면서 생각에 오직 대명^{大明}이 있을 뿐이요, 조선은 없나니 좀 풀어 말하면 단군선조 적부터 계승하여온 사상 감정과 생활양식을 내어버리고 공맹^{孔孟}이나 주자^{朱子}만 존숭하는 것이 아니

---

19) 그러나 이에 삶의 구역을 떠나 죽음의 굴로 들어가는

라, 그네의 출생한 지나와 및 그네의 동족인 지나인까지 본받아 그로부터 그네는 '어버이시어' 할 것을 '부모^{父母}시어' 하고 불렀고 '아이고 아파'하지 아니하고 '오호통재^{嗚呼痛哉}' 하여야 만족하였으며, 그네의 눈에는 백두산보다 태산이 높았으며 흙탕의 경수^{涇水: 중국 황하의 한 지류}가 맑고 맑은 청천강보다 아름다웠도다.

무심무장^{無心無腸}한 그네들은 우^愚하게도 지나 사상의 노예가 되어 타^他를 기^己에게 동화시키는 대신에 기를 타에 동화하여[20) 명^名은 조선인이로되 그 실^實은 지나인의 일모형^{一模型}에 불과하며 신^身이 차토^{此土}에 생한 것이 철천^{徹天}의 한이 되어 남은 원생고려국^{願生高麗國}을 부르건마는 저는 가재강남인목지^{家在江南人牧之}를 읊으며[21) 만일 그네의 입에 자랑이 있다 하면 대궁인^{大弓人}이요, 군자국^{君子國}보다 소중화^{小中華}요 금자광록대부^{金紫光祿大夫22)}가 유일의 출품^{出品}이며, 팽우비문^{彭虞碑文}이나 제석경자^{帝釋經者23)}보다 태평송^{太平頌}과 만동묘^{萬東廟}가 무쌍^{無雙}의 광보^{光寶}라.

---

20) 심장도 창자 없는 그들은 어리석게도 중국 사대주의 사상의 노예가 되어 남을 자기에게 동화시키는 것 대신해 자기를 남에게 동화하여

21) 몸이 이 땅에 태어난 것이 철천의 한이 되어 남은 '고려국에 태어나기를 원함'을 부르건마는 저는 중국 당나라 시인 두목^{杜牧}의 시처럼 '중국 강남 집으로 가기'를 읊으며

22) 금자광록대부는 고려 문종~공민왕 때 문관 종2품 벼슬이었지만, 원래 중국 진한대^{秦漢代}에는 상국, 승상이 사용하였고 진대^{晉代}에는 광록대부^{光祿大夫}도 사용하여, 남제^{南齊} 이래 금자광록대부의 명칭이 있게 되었다. 그런데 더 살펴보면 당 고종이 백제 멸망 후 의자왕이 죽자 금자광록대부위위경을 추증하였다는 기록도 있는바, 중국 사대주의에 빠진 이들의 좋은 먹잇감이 될 용어로 작가는 인용하지 않았을까? 금자^{金紫}는 금인자수^{金印紫綬}의 준말

23) 단군조선 시절의 대신 팽우^{彭虞}의 글씨나 신품사현^{神品四賢}으로 유명한 신라시대 명필가 김생의 제석경 서체

무슨 운인지 용사龍蛇의 변[임진왜란]이 생기어 촌리寸利: 조그마한 이득는 있을 법하되 척해尺害: 크나큰 해를 끼친 명의 원병이 다녀가자 '찰거머리' 같은 모화慕華24)의 신神은 우리에게 이내 떠나지 아니하여 마음으로만 명明을 고마워하는 것이 아니라 물건으로 선사를 하며 이를 지나 다시 지나支那의 신을 터주처럼 위하게 되니,

명明의 일편一偏: 일개 장진인將陳寅: 장수 진인이 운장雲長의 신을 몽배夢拜: 꿈속에서 만남하였다는 구설口舌로 인왕산 비탈에 성황당만치 관우신당關羽神堂을 지어 그 신을 제祭함으로부터 모방에 장長한 우리 선인들은 대규모의 관우묘關羽廟를 동서남북에 세웠으며 일방으로 공구를 향享하는 관교舘敎가 일어나고, (일시一時: 한 때로는 삼국三國 적에도 있었고 고려 최충崔沖 이후로 계속하여 있었지마는) 가뜩이나 모화慕華의 열이 도를 가하는 중에 명이 망하고 그 말왕末王이 순국하매,

의자왕義慈王의 향사享祀: 제사 지냄는 궐闕: 빠뜨림하면서 북지왕감北地王堪은 높여도 나왕자전羅王子佺은 모르는 그네가 동맹국으로 상애想愛하던 관계를 옮기어 노주奴主: 종과 상전의 의誼: 정의를 만들어 만동묘萬東廟라는 신의양종神毅兩宗: 명나라 황제 신종과 의종을 일간모우一間茅宇: 한 칸 띠 집에 봉사奉祀: 제사하기에 이르니 이날이 조선祖先: 조상을 잊고 조선朝鮮 혼을 닦아 내버리는 수업일修業日: 배우는 날이라. 그만 조선인은 보기 좋게 곯아 죽었도다.

이렇게 정신상의 망국亡國 졸업생 조선인은 행보개주行步皆走25) 하던

---

24) 중국의 문물이나 사상을 우러러 사모함

삼국의 활발한 성질은 없애고 족용지足容止하는 골임보 한노漢奴 짓을 하고, 남다른 좌임복左衽服: 왼쪽 옷섶으로 여미는 옷 26)을 입고 찬란한 문명을 가져 우내宇內: 온 세계, 천하를 활보할 때, 저 지나인의 입짓으로 동이東夷니 북적北狄이니 하는 조선족의 못 견디게 굴음을 겨우 면하여 소강小康을 얻으면27) 거국擧國: 온 나라이 거의 좌임인左衽人이 될 뻔하였다고 대서특서大書特書하게 하던 우리가 도리어 좌임을 오랑캐라 하며 신라의 문화혈文化血을 이은 영남인이 한학으로 빼어난 점이 있으면 추로鄒魯: 공자와 맹자28)의 향鄕: 촌뜨기이라는 아니꼬운 명칭을 붙이며 기껏 자기를 자랑한다 하여 문화 모의 중국文化侔擬中國이라고 써 단조檀祖: 단군임금의 신정神政이 아무리 혁혁한들 누구나 찬사 하나 드리며, 부여의 지치至治가 아무리 찬란한들 누구나 일별一瞥: 한번 흘낏 봄의 시간을 벼르며, 삼국의 문예가 만장의 광휘가 있은들 하등의 가치를 얻느뇨.

후무後無: 뒤에 없는의 성시盛時: 태평성대인 남북조南北朝: 발해와 신라는 명자名字: 이름 조차 무유無有: 없어짐하고 발해의 계체繼體: 계승체인 여진女眞은 송사宋史의 일엽一葉에 방주傍註되었으며, 고려의 자기는 고물상의 싸구려 품品에 지나지 못하며 문명화文明花인 정음正音: 훈민정음이 하급 사회의 장난 건件이 되지 않았는가.

연후然後: 그 뒤에는 한껏 저를 자존하고 더욱이 우리를 모욕한 춘

25) 걸어 다니는 것이 모두 달리듯 빠르던
26) 기마민족의 복장 특색
27) 소란하거나 혼란하던 상태가 가라앉아 잠정적인 평화 상태를 얻으면
28) 추나라는 맹자의 출생지이고, 노나라는 공자의 출생인 데서 공자와 맹자를 달리 이르는 말

추^{春秋}를 대항하는 서기^{書記}, 유기^{留記}가 다시 나지 아니하고 한무제^{漢武帝} - 토멸지^{討滅之: 위만 조선을 토벌하다} 하시고29) 하는 노예적 문자가 무더기로 쏟아지니 일조청류^{一條清流}의 똑똑한 학자가 있은들 이로 광란을 돌 수 있으며, 여간 천품^{天稟}이 청혜^{清惠}한 자 - 아니면 자타를 도치 아닐 수 없는지라. 소위 '사문난적^{斯文亂賊}30)'의 독한 어금니가 무는 곳과 '척사식정^{斥邪植正}'의 모진 방비가 서는 곳에 아마 누가 고개를 드는 자이더뇨.

아아, 조선의 유학자여, 한 말을 들으라. 언제던가 일본에 이러한 문제가 일어났다. 무엇인고 하니 일본이 유교를 준봉^{峻峯}하니 만일 공구^{孔丘}가 원수^{元帥}가 되고 70 제자를 데리고 지나의 4만만^{萬萬: 4억} 무리를 거느려 일본을 침범한다하면 어찌할까 하는 것이라. 내, 대신 말하노라, 그대 너 같으면 으레 "후래^{後來} 하시니 어찌고" 하던지 단사호장^{簞食壺漿: 백성들이 음식을 차려놓고 군대를 환영함}31)으로 맞아들이며 "성인이 오시도다. 그 어째 더디던가." 하리라.

그러나 이와는 아주 딴판의 해답이어서 선참공구^{先斬孔丘}하고 후문기죄^{後問其罪}하며32) 그 무리에게는 일본도를 선사하겠다 하였다. 아

---

29) 조선 시대 아동교육서 《동몽선습^{童蒙先習}》에 나옴. '한나라 무제께서 (위만) 조선을 토벌하시고'의 뜻
30) 교리를 어지럽히고 사상에 어긋나는 언행을 하는 사람을 이르는 말
31) 도시락에 담은 밥과 병에 넣은 음료수, 즉 백성들이 음식을 차려놓고 군대를 환영한다는 뜻.
32) 먼저 공자의 목을 베고 그 뒤에 그 죄를 물으며

아 보라, 그들이 얼마나 똑똑하뇨, 자타를 식별함이여, 여기에 부사^{父師}가 작척^{作隻}하여 수구^{讐仇}하거늘33) 설령 그 부^父가 그르다 한들 제가 중립할 것이냐, 하물며 그 사^師를 따를 것이랴. 더구나 그 부^父가 비^非한 것도 아님에랴.

아아 자타를 도치한 유학자야, 단군을 버리고 요우^{堯禹}를 존숭하며 천군^{天君}을 등지고 공맹을 섬김이여, 이것이 부사작척^{父師作隻: 아버지}와 스승이 서로 원수가 됨에 그 부^父를 저버림과 무엇이 다르리오. 그런고로 내 너희를 명명하여 가명인^{假明人: 가짜 중국인}이라 하라. 이따위는 참으로 북지어 주리 돌려야 할 것이, 그대로 두는 관계가 어디까지 미치는고 하니, 저들은 그다지 생각지 않겠지마는 끝내는 도적을 부^父로 섬기는 폐단이 생길 것임일지니라.

사람의 습관이란 괴이한 것이라 처음에는 겁내는 마음으로 적^賊을 호^{呼: 부름}하여 부^父여 부^父여 하던 것이 한 번 하고 두 번 하여 습^{習: 습관}이 성^{成: 됨}하면 참으로 적을 부^父로 여기는 천성이 성할지니라. 춘추 어느 대문^{大文}에 적을 사^{事: 섬김}하라 하였더뇨. 괜한 방증^{傍證}이 너무 길었다.

경^{頃: 요즘}에 만동묘에 제^祭 한다는 광고를 신문으로 보았더니 우연히 어느 인쇄소에 들르니 마침 그 제하는 통지를 박이더라. 그 사의^{辭意}에 만절필동^{萬折必憧: 만 번 꺾여도 반드시 그리워함}34)의 구^句가 있고

---

33) 부모와 스승이 서로 척을 지어 서로 원수가 되거늘
34) 황허^{黃河}는 아무리 굽이가 많아도 반드시 동쪽으로 흘러간다는 뜻으로, 충신의 절개는 꺾을 수 없음을 이르는 말

그 끝에 숭정기원후^{崇禎紀元後35)}라 기정^{記正} 하였더라.

만동묘의 약력을 잠깐 말하건대 만절필동이란 좋은 뜻을 더럽게 응용하여 굉대한 옥우^{屋宇: 옥으로 장식한 화려한 집}를 세우고 화양동^{華陽洞} 깨끗한 수석으로 대명건곤^{大明乾坤}을 삼고 이를 등대어 대명의리니 무엇이니 허명^{虛名}하에 엄연히 관신^{冠神: 관쓴 벼슬아치} 한 도적놈의 소굴이 되더니 하행^{何幸: 하마 다행}으로 거룩한 신풍조가 들어오자 대보단^{大報壇}과 함께 그 이름을 보존치 못하였더라.

그리하여 그들의 토호^{土豪}와 협잡^{挾雜}의 길이 막히매 세상을 원망하는 귀추^{鬼啾}의 성^聲만 그 근처에 어리었더니 귀망^{鬼魍: 귀선과 도깨비}의 세^勢도 적지 않은 것이라. 어디로서 다시 나아와 만절필동이란 축문^{祝文}으로 숭정기원후월일^{崇禎紀元後月日}에 제^祭한다 하니 세상은 참 괴이한 세상이라. 망량^{魍魎: 도깨비}은 기름 묻은 음식을 흠^{歆: 대접받음}하러 다니는 것이거늘, 이 망량은 도리어 타에게 제^祭하니 가위 진화한 망량이로다.

너희 무리야, 백주^{白晝: 대낮}도 무섭지 아니하며 옥추경^{玉樞經36)}도 두렵지 않느뇨. 전제^{前提: 어떤 사물이나 상황이 이루어지도록 먼저 내세우는 것}로 누누^{屢屢}한 언^言을 베풀었거니와 다시 충언으로 이르노니, 웬 아양^{我攘}에 인각^{人脚}을 소^搔 하나뇨.

기전^{己田: 자기의 밭}으란 사^{捨: 버림}하고 인人의 전^田을 경^耕하나뇨. 욕^辱이라

---

35) 명나라가 멸망 후 조선의 선비들이 명나라 마지막 황제 연호를 따서 '숭정기원후'라 함
36) 맹인이 외는 도가^{道家} 경문^{經文}의 하나

하지 마라 내 천근淺近한 예로 너의 완악頑惡한 대가리를 깨이고져 하노니, 너희로 하여금 저 포전병문布廛屏門의 한고漢賈 들을 부사지父事之 하며 제여재祭如在 하라하면37) 권拳을 미摩하며 사死를 도賭하여 형抗하리라38).

연然: 그러함 하든 자가 그와 분촌分寸의 차差가 별무別無한 한고漢賈의 조상 곧 송명宋明의 누구, 더 올라가 주한周漢의 누구를 제祭함이 어찌 가하리오.

은恩을 사謝함이라 발명發明하지 마라39). 자기가 죽은 후에 어찌 은혜를 알리오. 인人의 은恩을 보報하려도 자기는 자기로 살아야 할지니라.40)

당당한 조선의 겨레가 어찌 가명인假明人: 가짜 중국인이 되랴.

이후로는 지주蜘蛛: 거미를 견見 하며 주자朱子를 추상追想하고 명태明太를 구口하며 대명大明을 예사例思 함을 본받아41) 계화도桂花島를 계화도繼華島라 고치는 무리가 나지 말게 하자42).

바라건대 너의 생각은 이 글에 장사葬事하여라.

(1920년)

---

37) 골목 어귀 길가의 가게 중국인 장사치들을 부모처럼 섬기며 바로 옆에 계신 것처럼 제사하라 하면
38) 주먹을 들어 올리며 죽음을 무릅쓰고 대들 것이다.
39) 은혜를 감사함이라 변명하지 마라.
40) 남의 은혜를 갚으려 해도 자기는 자기로 살아야 할지니라.
41) 주자를 추억하고 명태를 먹으며 대명을 예를 들어 생각함을 본받아
42) 구한말 유학자 중 한 사람인 전간재田艮齋, 1841~1922, 본명 전우田愚가 일제에 나라가 망했음에도 학문의 보존을 핑계로 전북 계화도에 칩거하며 구차하게 목숨을 유지한 것을 빗대어 풍자한 것.

출전 : 《동아일보》 (1920.5.8~9)

이 글을 신문에 발표할 당시 필명은 환민桓民 한별이라고 적었다. 여기서 환인桓因 이란 단군 신화에 나오는 천제天帝. 환웅의 아버지이며, 단군의 할아버지. 세상으로 내려가기를 원하는 아들 환웅에게 천부인 세 개를 주어 세상을 다스리게 했다고 전한다.

애류 선생은 일제강점기 〈한글맞춤법통일안〉의 원안을 작성한 국어학자로 1933년 조선어학회 18인 위원이기도 하며 1930년대 경성방송국 라디오 제2 방송에서 '조선어강좌' 프로그램을 진행하기도 한 재주꾼이다.

이 칼럼의 제목은 〈가짜 명나라중국인 머리에 몽둥이 한 대〉라는 뜻으로 조선의 유학자들이 자주정신을 잃고 중국만 추종하는 지나친 사대주의에 빠져 있음을 통렬하게 비판한 글로, 당시 동아일보 독자들 가운데 유림儒林들의 엄청난 반발을 사게 된 일은 지금도 유명한 사건으로 회자膾炙된다.

유림의 반발이 커지자 동아일보는 해명 사설을 냈으나 그래도 진정되지 않아, 신문사 대표 박영효가 사과문을 게재할 것을 지시했지만 신문사 사원 회의에서 받아들여지지 않았고, 이에 격분한 박영효는 '자리에만 앉아 있는 이런 바지사장을 하고 있을 이유가 없다'라며 사장 자리에서 사임했다고 한다.

이 글을 편집하면서 고민이 많았던 게 사실이다. 1920년 한자투성이 글로 조선 시대 홍길동전보다 해독이 어려운 글이어서, 원문대로 하자니 고루한 유학자(?) 스타일로 보일 것 같고, 윤문潤文을 하자니 애류 선생의 톡 쏘는 맛깔스러운 문맥이 사라져 물렁물렁한 글이 되어, 이도 저도 아닌 애매한 글이 될 것이 뻔하므로 최근에 확보한 『조선유기략』(2009)의 매끄러운 글은 피하고, 1920년 5월 8일 자와 9일 자 동아일보 지면의 날 것(?) 같은 생생한 102년 전 텍스트 원문을 일일이 자판에 적기로 하였다.

또한 읽을 때 시선의 순행에 걸림돌이 될 것 같아 요즘 피해야 한다는 각주 스타일의 편집을 두려워하지 않기로 했다.

2022년 사대주의 청산의 기치를 올리는 애류 선생의 자주정신 외침의 글을 읽으면서, 꼿꼿하게 결기 곧은 선생의 가르침을 되새겨본다.

권덕규權惠奎, 1891~1950. 경기도 김포 출생. 국어학자. 역사가. 호는 애류崖溜. 1913년 서울 휘문의숙을 졸업하고 모교와 중앙학교, 중동학교에서 국어 및 국사를 가르침. 주시경의 뒤를 잇는 몇 학자들 가운데 한 사람으로 1913~1916년 조선광문회의 《말모이》 편찬에 협력하고, 1921년 12월 3일 조선어연구회 창립에 참여함.

그 뒤 조선어학회의 역사적인 사업이라 할 수 있는 『조선어큰사전』 편찬에 참여하여 1932년 12월 「한글마춤법통일안」의 원안을 작성함. 또한 《한글》지에 「정음正音 이전의 조선글」을 비롯하여 신문·잡지 등에 수많은 논문·논술·수상 등을 발표하며, 한글 순회 강습 등에 온 힘을 기울임.

1944년 조선어학회 사건으로 구속 대상이었으나 3년 전 중풍으로 쓰러진 이후 신병 사유로 불구속 입건되고 이듬해 4월에 기소중지 됨.

권덕규는 호주가로도 유명하여 많은 일화를 남기기도 했으며 항상 일제에 대한 비판으로 폭음이 잦아 만년에 몸이 많이 상했고, 해방 뒤 1949년 여름 서울 흑석동 자택에서 나간 뒤 실종되어 그 이후 행적은 미상으로 1950년 10월 24일 사망신고 됨. 2019년 건국훈장 애국장이 추서됨.

저서로는 『조선어문경위』(1923), 『조선유기상·중』(1924~1926), 『조선어강좌』(1933), 『조선사』(1945) 및 『을지문덕』(1946) 등이 있음.

실패자의 신성^{神聖}

신채호(언론인 · 독립운동가)

1

나무에 잘 오르는 놈은 나무에 떨어져 죽고, 물 헤엄을 잘 치는 놈은 물에 빠져 죽는다 하니, 무슨 소리뇨.

두 손을 비비고 방안에 앉았으면 아무런 실패가 없을지나, 다만 그리하면 인류 사회가 적막한 총묘^{塚墓: 무덤}와 같으리니, 나무에 떨어져 죽을지언정, 물에 빠져 죽을지언정, 앉은뱅이의 죽음은 안 할지니라.

실패자를 웃고 성공자를 노래함도 또한 우부^{愚夫: 어리석은 남자}의 벽견^{僻見: 한편으로 치우친 의견}이라. 성공자는 앉은뱅이같이 방 안에서 늙는 자는 아니나, 그러나 약은 사람이 되어 쉽고 만만한 일에 착수하므로 성공하거늘, 이를 위인^{偉人}이라 칭하여 화공^{畫工}이 그 얼굴을 그리며, 시인^{詩人}이 그 자취를 꿈꾸며, 역사가가 그 언행을 적으니, 어찌 가소^{可笑}한 일이 아니냐. 지어 불에 들면 불과 싸우며, 물에 들면 물과 싸우며, 쌍수雙手로 범을 잡고 적신赤身: 벌거숭이 빈 몸으로 탄알과 겨루는 인물들은 그 십十의 구九가 거의 실패자가 되고 마나니, 왜 그러냐 하면, 그 담膽의 웅雄과 역力의 대大와 관찰觀察의 명쾌明快와 의기의 성장盛壯이 남보다 백배 우승하므로, 남의 생의生意도 못하는 일을 하다가 실패자 되니, 그러므로 실패자와 성공자를 비하면 실패자는 백보百步나 되는 큰물을 건너뛰던 자이요, 성공자는 일보一步의 물을 건너뛰던 자이어늘, 이제 성공자를 노래하고 실패자는 웃으니, 인세人世의 전도轉倒가 또한 심甚하도다.

2

이와같이 실패자를 비웃음은 동서양의 도도한 사필史筆: 역사가들이 역사를 기록하던 필법들이 거의 그러하지만 수백 년래의 조선이 더욱 심하였으며, 조선 수백 년래에 이따위 벽견을 가진 이가 적지 않으나, 김부식金富軾 같은 자가 또한 없었도다.

김부식의 『삼국사기三國史記』는 일부 노예성의 산출물이라. 그 인물관이 더욱 창피하여 영웅인 애국자 - 곧 동서 만고에도 그 비류比類: 비슷한 종류가 많지 않할 부여扶餘 복신福信을 전기에서 빼고, 백제사 말엽에 12구句뿐 부록附錄함이 벌써 그에 대한 모멸侮蔑: 업신여기고 얕잡아 봄인데, 게다가 또 사실을 무誣: 속임하여 면목面目: 체면을 오손汚損: 더럽히고 손상함하였으며, 연개소문淵蓋蘇文이 비록 야심가이나 정치사상의 가치로는 또한 천재千載 희유稀有의 기물奇物이어늘, 다만 그 2세 만에 멸망하였으므로 오직 《신·구당서新舊唐書》를 초록抄錄: 베낌하여 개소문전蓋蘇文傳이라 칭할 뿐이요, 본국의 전설과 기록으로 쓴 것은 한 자를 볼 수 없을뿐더러 또 그를 신완肉頑하다 지척指斥: 웃어른의 말과 행동을 지적해 탓함하였으며, 궁예와 견훤이 비록 중도에 패망하였으나 또한 신라의 혼군昏君을 항抗하고, 의기義旗를 거擧하여 수십 년을 일방一方: 어느 한 곳에 패覇: 으뜸이 됨하였거늘, 이제 초망草莽의 소추小醜라 매욕罵辱하였으며, 정치계의 인물뿐 아니라 학술이나 문예에도 곧 이러한 논법으로 인물을 취사取捨: 취할 것은 취하고 버릴 것은 버림하여, 독립적 창조적 설원薛原, 영랑永郎, 원효元曉 등은 일필一筆로 도말塗抹: 발라서 가림하고, 오직 지나사상支那思想: 중국사상의 노예인 최치원을 코가 깨어지도록, 이마가 터지도록, 손이 발이 되도록 절하며 기리며, 뛰며, 노래하면서 기리었다.

그리하여 김부식이 자기의 옹유擁有: 끌어 안음한 정치상 세력으로 자기의 의견과 다른 사람은 죽이며, 자기의 지은 『삼국사기』와 다른 의론議論을 쓴 서적은 불에 넣었도다.

그리하여 후생의 조선 사람은 귀로 듣는 바와 눈으로 보는 바가 김부식의 것밖에 없으므로, 모두 김부식의 제자가 되고 말았으며, 모두 김부식과 같은 논법에 같은 인물관을 가졌도다.

하늘과 다투며, 사람과 싸워 자기의 성격을 발휘하여, 진취, 분투, 강의剛毅, 불굴 등의 문자로써 인간에 교훈을 끼침이거늘, 우리 조선은 그만 김부식의 인물관이 후인後人에게 전염하여, 고금의 실패자는 모두 배척하고 성공자를 숭배하게 되니, 성공자는 아까 말

한바 매양 약은 사람이라. 이제 창졸倉卒: 갑작스러움히 '약'의 정의는 낼 수 없으나, 세상에서 매양 '약은 사람'의 별명을 '쥐새끼'라 하니, 약은 사람의 성질은 이에서 얼마큼 추상推想: 앞으로 올 일을 미루어 생각함. 또는 그런 생각 할 수 있도다.

(1) 엄청나는 큰 일을 생의生意치 안하며

(2) 남의 눈치를 잘 보며

(3) 죽을 고[고비]를 잘 피하며

(4) 제 입벌이를 자작自作만 하여 그 기민機敏함이 쥐와 같은 고로 쥐새끼라 함이라.

아으, 수백 년래의 인물에, 어찌 범이나 곰이나 사자 같은 사람들이 없었으리오마는 대개 쥐새끼들이 주저呪咀와 휼계譎計: 남을 속이는, 간사하고 능청스러운 꾀에 병축屛逐: 가리거나 내쫓음 되거나 참살慘殺: 참혹하게 죽임되고, 일군一群의 쥐새끼들이 사회의 위권威權: 위세와 권력을 장악掌握하여 학술은 독창을 금하고, 정程, 주朱 등 고인古人의 종됨을 사랑하며, 정치는 독립을 기忌: 꺼림하고 일보一步 일보 물러가 쇠망衰亡: 쇠퇴하여 멸망함의 구렁에 빠짐이라.

실패는 이같이 싫어하였는데, 어찌 실패보다 참악慘惡한 쇠망에 빠짐은 무슨 연고緣故: 사유이뇨, 이는 나의 전언前言: 앞에 한 말에 벌써 그 이유의 설명이 명백하니라.

(1920년대)

집필 시기 : 1920년대 전반기로 추정.

출전 : 『단재신채호전집: 보유』(단재신채호전집 간행위원회, 1976)

'내가 죽으면 나의 시체를 왜놈들이 밟지 못하도록 화장해서 바다에 뿌려달라'[43]고 했던 단재 신채호 선생의 글이다.

독립운동가로서 평생을 비바람 몰아치는 산과 들에서 달리신 단재 선생은 민족혼을 일깨우는 방법으로 틈틈이 많은 글을 남기셨다. 〈꿈하늘〉, 〈용과 용의 대격돌〉 등 소설 8편, 〈나의 것〉, 〈한나라 생각〉 등 시작품 시조, 한시 등 24편, 〈차라리 괴물을 취하리라〉, 〈실패자의 신성〉 등 수필, 정론 15편, 〈아방윤리경〉, 〈이괄〉 등 사화 8편, 〈홍벽초에게〉 등 편지글 5편, 〈강역고〉, 〈고구려사〉 등 사학론저 10편의 저작들을 남겼다.

1928년 대련에서 일제에 체포되어 10년 형을 선고받고 뤼순 감옥에서 매일 강제 노역 중 10분 휴식 시간에도 책을 읽는 의욕적인 생활을 한다. 또한 출감 후에는 『조선 사색 당쟁사』와 『육가야사』 등의 집필을 구상하였다고 한다. 이 와중에 국내에서는 안재홍과 신백우의 주선으로 《조선일보》 학예란에 〈조선사〉(1931년 6월 10일~10월 14일)와 〈조선상고문화사〉(1931년 10월 15일~12월 3일 및 1932년 5월 27~31일)가 각각 연재되고 있었다. 단재는 옥중에서 이와 같은 사실을 알고, 면회 간 《조선일보》 기자 신영우에게 원고의 보완과 수정의 필요성을 들어 연재를 중지할

---

43) 김월배, 주우진 『단재 신채호, 중국에 역사를 묻다』 걸음, 2021, 151쪽

것을 요구하였다 한다[44]. 후일 단재 연구자들은 왜 신문연재를 중지했을까에 의문을 품고 연구했는데, 그것은 그 신문이 일말의 부끄럼 없이(?) 일본의 연호를 쓰는 게 꼴 보기 싫었던 것으로 해석을 찾았다. 역시 단재 선생은 그런 분이셨다.

신채호 申采浩, 1880~1936. 충청남도 대덕 출생. 충청북도 청원에서 성장함. 독립운동가. 민족주의 사학자. 언론인. 소설가. 호는 단재丹齋, 일편단생一片丹生, 단생丹生. 필명은 금협산인, 무애생, 열혈생, 한놈, 검심, 적심, 연시몽인 등이 있고, 유맹원, 박철, 옥조숭, 윤인원 등을 가명으로 사용함.

구한말부터 언론 계몽운동을 하다 망명, 1919년 대한민국 임시정부에 참여하였으나 백범 김구와 공산주의에 대한 견해 차로 임정을 탈퇴, 국민대표자회의 소집과 무정부주의 단체에 가담하여 활동했으며, 사서 연구에 몰두함. 김규식과 함께 신한청년단을 조직하고 박달학원을 설립하여 한인 청년들의 단결과 교육에 힘씀.

1936년 2월 21일 만주국 뤼순 감옥에서 뇌졸중과 동상, 영양실조 및 고문 후유증 등의 합병증으로 인해 순국함.

1962년 3월 건국공로훈장 대통령장을 추서함.

또한 정부는 2008년 신채호를 비롯한 무국적 독립운동가들도 '가족관계등록부'에 등재될 수 있도록 하는 관련 법률을 개정. 서울가정법원이 "국가보훈처의 신청을 받아들여 신채호 선생 등 60여 명의 독립유공자에 대한 가족관계등록부 창설을 허가함.

저서로 소설 〈꿈하늘〉(1916), 〈용과용의대격전〉(1928), 수필 〈낭객의 신년 만필〉(1925), 그리고 『조선상고사』(1931 발표; 1948 간행), 『조선상고문화사』(1931) 등과 《조선사통론》, 《조선사문화편》, 《사상변천편》, 《강역고》, 《인물고》 등을 집필함.

사후 『단재신채호전집(전3권)』(1976), 『개정판단재신채호전집(전9권)』(2018) 이 출판됨.

〈노라〉의 출현을 축祝하야

윤백남(소설가 · 영화감독)

모든 위선의 탈바가지를 벗어 내던지고 참을 구하러 나가려던 우리들에게 가장 두려운 장애가 그 무엇인가. 굳센 믿음이 없음이 그것이다. 믿음이 있어야 비로소 용기가 있을지며 용기가 있은 후이라야 굿기지[일에 헤살이 들거나 장애가 생기어 잘되지 않음] 않는 실행 있을 것이다.

사람이 있은 후에 도덕이 있을 것인데 완전한 인간이 된 후이라야 완전한 도의를 깨달을 수 있을 것이다.

우리가 어느 때까지든지 도덕이란 선이란 이름 아래에서 모든 불평과 불만과 고통을 엄벙거려 넘긴다 하면 그는 곧 자아自我에 충실치 못한 자이며 자아를 속이는 자이며 자아를 죽이는 자일지라. 자아에게 충실치 못한 자 – 어찌 타他에게 충실할 수 있으며 자아를 속이는 자 – 어찌 남에게 바를 수 있으랴. 그보다 더 충실치 아니하고 보다 더 많이 자아를 속이고 보다 더 자아를 죽이는 자를 가리켜 군자라 하였고 독행篤行: 부지런하고 친절한 행실이라 하였다. 아아 군자이었던 독행자이었던 그네들의 가슴속에 그 얼마나 쓰림이 있었으며 그 얼마나 현실폭로의 쓰린 웃음이 고개를 쏙쏙 내밀었으랴. 참으로 불행한 자가 그네들이었고 참으로 가민可憫: 가엾게 여길만한할 자 - 그네들이었다. 그러면 그러한 현실폭로의 쓰린 웃음의 야정['인정人情'을 낮잡아 이르는 말 없는 비꼬음을 받은자 - 홀로 그네들이었으랴. 그러한 심리와 도의라 규구規矩: 일상생활에서 지켜야 할 법도를 의미하는 '규구준승規矩準繩'의 준말 아래에 제정된 병신교육45)을 받은 모든 우리들은 의식하고서나 무의식이고서나 때와 마당을 가리지 않고 쏙쏙 내미는 자아 본연의 욕구를 '말지어다' 주의로 덮어 눌러버렸었다. 그리고 그것이 거의 제2의 천성을 지어서 고통도 그리 고통으로 여기지 아니하고 비애도 그리 비애로 여기지 아니하게 되었다.

'세상은 그러한 것'인 줄로만 단념해버렸다.

성욕 문제, 여자해방, 결혼 문제, 그러한 우리 인생이 일찌거니 깊은 연구를 하지 아니하지 못할 거리에 대해서 이즈음 와서야 그것을 떠드는 자 - 있게 되었다. 가사假使: 가령 이제 노골露骨: 숨기지 않고 모두 있는 그대로 드러냄하게 남녀의 성욕을 말하는 자 - 있다 하자. 만인이 알아야만 할 것이오, 들어야만 할 것이건만 이를 숭엄崇嚴한 태도로 신성히 논하며 들을 자 - 과연 그 몇 사람이겠느냐. 사랑이 없어서 속마음으로는 서로 원수같이 생각하고 있는 내외로되 이를 색色에 현現: 나타남하지 아니하고, 구口에 올리지 아니하면 세상에서는 '평화한 가정'이란 난외欄外: 울타리 바깥쪽에 틀어박아 버린다.

---

45) 원문대로임

그래서 두 고깃덩이의 시는 시체를 늘려 논다.

부창부수^{夫唱婦隨}이니 칠거지악^{七去之惡}이니 하는 남자에게는 극히 편리한 도율^{道律}을 지어가지고 여성은 남성의 노예와 같이 대접을 하였다. 더구나 우리 조선에서는 아니 조선뿐이랴마는 아내가 일보라도 남편의 지위에 범^犯치 못함은 물론이거니와 '계집'이라는 대명사가 일종의 업신여김의 대명사가 되어서 사람의 자격을 주지 아니하였다.

참으로 노라가 "인^人의 처가 되기 전에 사람이 되어야 하겠다"는 비상한 부르짖음을 남기고 남편의 집을 떠남이야말로 인생 본연의 외침이었다. 혁명의 봉화이었다. 모든 위축하고 얼빠진 여자에게 경이의 종소리이었다. 자각의 기쁨과 쓰림에 느끼는 여자에게 다시 얻지 못할 옥조^{玉條}가 되었다. 문호 '입센'의 영필^{靈筆}은 『인형의 가^家』[46) 노라로써 인순고식^{因循姑息}[47)의 여자계에 그 얼마나 신송^{辛悚:} ^{독하고 두려움}한 자극을 주었던가. 여자해방의 성^聖 『인형의 가』는 1879년에 세상에 출^出한 이후로 구주^{歐洲: 유럽} 각지의 극장에 상연되어 소위 도학자^{道學者}들의 여론을 비등^{沸騰: 물 끓듯 떠들썩함}시키었던 문제극이니 오늘에 이르기까지 독자의 폐부를 찌름이 있음은 이곧 진리가 있음인 까닭이라. 이제 양형백화^{梁兄白樺}의 난숙^{爛熟}한 필치로써 〈노라〉의 전역^{全譯: 전편 번역}이 출현 됨은 나날이 새로운 기운이

---

46) 『인형의 집^{Et dukkehjem}』, 아내나 어머니 이전에 한 인간으로서 자신을 찾아 '인형의 집'을 떠나려는 노라. 노르웨이 근대극의 선구자 헨리크 입센이 '노라이즘'을 탄생시킨 최초의 페미니즘 희곡. 초연은 1879년.
47) 낡은 관습이나 폐단을 벗어나지 못하고 당장 편안함만을 취함.

일고 여명기에 달한 우리 여자계를 위하여 적지 않은 공헌이 될 줄로 믿으며 충심으로 이를 기뻐한다.

(1922년)

평설

출전 : 《시사평론》 (1922.7)

헨리크 입센의 『인형의 집 ^{A Doll's House}』이 근대극의 출발이라는 것은 연극사의 정설. 초창기 자연주의 근대극의 대표작으로 노라(Nora)를 통하여 남성 중심의 보수적인 당대 사회에 경종을 울린 작품이다. 발표되자마자 유럽에서는 노라의 가출을 두고 논란이 크게 일어 유럽 각국에서는 공연 금지 결정이 내려졌고, 어떤 곳에서는 노라가 아이들 때문에 가출을 포기하는 결말의 공연도 생겨나기도 하였다.

우리나라에서는 작품이 번역되어 소개되기 전에 먼저 공연이 이루어져 1920년에 갈돕회에서 첫 공연을 하였다. 비전문가의 축소판 공연 때문인지 유럽이나 일본과 비교해서 사회적 충격이 크지 않았다 한다.

1921년 《매일신보》에 양백화 박계강의 공역으로 『人形の 家』가 연재 (1921.1.25.~4.3) 되었고, 단행본으로는 1922년에 이상수 번역으로 한성도서에서 간행되어 독자들에게 소개된다.

그러나 『인형의 집』이 무대 오르기에는 가장 큰 난제가 식민지 조선 땅에서 지배정책의 하나로 틀어쥐고 있던 일제의 검열이었다.

1925년 8월 현철이 무대에 올린 《인형의 가》와, 1926년 근화여학교의 후원으로 상연이 있었으며, 1929년 잡지사 《중성衆聲》사의 창간기념 공연이 우리나라에서 본격적인 《인형의 집》 연극의 시작으로 보인다.

김우진의 〈두데기 시인의 환멸〉(1926), 유치진의 〈당나귀〉(1935), 함세덕의 〈해연〉(1940) 등이 '노라의 영향'을 받은 작품으로 분류할 수 있다.

평생 새로운 분야의 도전자로 살았던 수많은 한국 최초 타이틀 전천후 인문학 개척자 윤백남 – 신문기자, 연극배우, 영화배우, 영화감독, 소설가, 교육자, 방송인, 야담野談 저술 연구가 ······.

윤백남尹白南. 1888~1954. 충청남도 공주 출생. 본명은 교중教重, 작가, 극작가, 소설가, 영화감독. 도일하여 와세다대학 정경과로 진학했다가 도쿄고등상업학교에 전학후 졸업. 졸업 후 관립 한성수형조합에 근무하면서 보성전문학교 강사로 활동. 한일강제병합 이후에는 매일신보 기자로 활동하며 문필생활을 시작했고, 1912년에는 작가 조일재와 함께 신파극단 문수성을 창단해 배우로도 활약하는 등 연극 활동을 겸함. 1913년 매일신보 편집국장을 거쳐 잡지사인 반도문예사를 세우고 월간잡지 《예원》을 발간. 1916년 이기세와 함께 신파극단 예성좌를 조직했으며, 1917년 백남프로덕션을 창립해 몇 편의 영화를 제작, 감독하기도 했음. 1918년 김해 합성학교 교장을 거쳐 동아일보에 입사함. 이 시기에 단편소설 〈몽금〉을 발표하고 「수호지」를 번역했으며, 1919년 한국 최초의 대중소설인 「대도전」을 연재하며 인기 작가 반열에 오름. 1920년 동아일보에 신극사 최초의 연극론인 논문 「연극과 사회」를 발표함. 그는 소설창작에 이어 희곡 「국경」과 「운명」을 발표. 「운명」은 1921년 이기세가 주재하는 예술협회의 제1회 공연으로 상연됨. 1922년 민중극단을 조직해 자신의 희곡 「등대지기」, 「기연」, 「제야의 종소리」 등과 번안·번역극 등을 상연. 1923년 한국 최초의 극영화인 《월하^{月下}의 맹서》의 각본과 감독을 맡음. 이후 조선키네마에 입사해 《운영전》을 감독했고, 1925년 윤백남프로덕션을 만들어 《심청전》을 제작함. 1930년 연극으로 눈을 돌려 경성소극장 창립동인, 1931년 창립된 신극단체 극예술연구회의 창립동인이었으나 1920년대 중엽 이후로는 실제로 연극 일선에는 거의 나서지 않음.

1934년 잡지 《월간 야담》을 창간하여 편집인 겸 발행인으로 활동하며 의욕적으로 『조선야사전집』을 출판했으나 빚더미에 빠져, 1934년 만주로 떠남. 만주에서 역사소설 「미수^{眉叟}」와 「낙조의 노래」 등을 집필함.(발표는 각각 1935년과 1953년 신문에 연재함)

해방 후 귀국해 1946년 국민대학교 이사 겸 교수, 1953년 서라벌예술대학을 세우고 초대학장, 1954년 초대예술원회원을 역임. 주요 소설로는 「추풍령」(1933), 「사변 전후」(1938) 등이 있고, 희곡집으로는 『운명』(1924)이 있음.

첫 무대를 밟고서

윤심덕(성악가)

서기 1926년 2월 6일 하오 8시경에 동부 아세아亞細亞 조선의 수도 경성京城: 서울 한복판에서 한바탕에 중대 사건이 돌발突發하였으니 그것을 사람들이 떠들어 윤리다尹理多의 무대 출연이라 합니다.

참 우스운 일야요. 그리 굉장히 떠들 일이 무엇이야요. 너무도 세상이 좁은 까닭이 아닌지요.

이 몸이 무대에 오르며 처음으로 제일 어렵게 배운 것은 춥고 떨리는 버릇이야요. 누가 말하기를 무대는 사람을 창조하는 곳이라 하였다더니 그럭저럭 나도 떠는 사람으로 개조改造가 되어진 모양이야요. 어쩌면 이리도 추웁니까. 바로 엄동설한嚴冬雪寒 이상이어서 시베리아의 바람도 찬 것으로는 명함名啣도 못 드릴 지경이야요. 삼십 년 이래에 처음 당하는 추위올시다.

옷을 겹겹이 입고 화로火爐 불을 쪼여도 떨리기만 합니다그려. 참 조화야요. 얼굴은 모닥불을 피우는 듯하면서도 가슴은 속으로 사시나무 떨리듯 하니 대체 이게 어쩐 일이냐 말이야. 그런데 달고

치면[일을 사정없이 몰아감[48] 안 맞는 이가 없다는 세음[셈]49)으로 무대라는 그곳이 그렇게 무섭고 어려운 곳이언마는 떨리는 가슴을 부여안고서 무대에만 나아가면은 하는 수 없이 재주껏 정성껏 하기는 합니다.

처음에는 아무것도 모르는 바보였어요. 모든 것이 서투르고 놀라울 뿐이겠지요. 여하간如何間 이 생활이 그리 쉬운 것은 아닌 입디다. 이 몸이 무대에 나온 동기나 사정이나 또는 감상을 묻는 이가 더러 계셔도 아직은 절대로 대답치 않겠습니다. 아무쪼록 묻지 말아 주세요. 이제 고만 그치려 합니다. 더 하면 잔소리가 될 듯하니까요. 일후日後: 뒷날에 또다시 기회가 있으면 세세사연細細事緣: 매우 자세한 일의 앞뒤 사정과 까닭을 모두 풀어 말씀하겠습니다. 그때에 꼭 들어 주세요. 네? 아이 추워. 1926년 2월 10일 광무대光武臺에서

부기付記: 덧붙임.

이것은 토월 뉴스에 게재揭載되었던 것을 전재轉載: 다시 옮겨 실음50) 한 것이다

(1926년)

---

48) [북한어] 달아매고 친다는 뜻으로, 사정없이 마구 때림을 이르는 말. [강원도 방언] 달구치다.
49) 세음細音 : 수를 세는 일. '셈'을 한자를 빌려서 쓴 말이다.
50) 어떤 곳에 이미 발표되었던 글을 다른 곳에 그대로 옮겨 실음.

출전 : 월간 《문예시대》 창간호 (1926.11)

특별대공연 토월회
特別大公演 土月會

　작년 겨울에 디방 순회를 마치고 그후 휴연중에 있든 토월회^{土月會}에서 금류일밤부터 시내 황금명광 무대에서 특별 대공연을 할터이라는데 이번 에는 특히 조선악단에서 그 명성이 놉흔 성악가 윤심덕^{尹心悳}양이 새로히 가입해 가지고 밤바다 포부를 다하여 출연할 터이라하며 금번예예는 미국 "띄떠불유키리피쓰"씨 원작 리경손^{李慶孫}씨 각색의 동도^{東道} 전세막과 "노코 나온모자"한막과 "밤손님" 한막을 상연할터이라는데 전보다도 모든 설비도 새로히 하엿스며 배우들의 긔술도 더욱 련마도엿슴으로 매우 자미 잇스리 라더라.

　동아일보 1926년 2월 6일자 기사. 미국 T.W 크리스피 원작 영화를 《동도^{東道: 동쪽으로 가는 길}》를 극작가 이경손이 각색 번안극 전 3막으로, 창작 극 〈놓고 나온 모자〉(1막), 〈밤손님〉(1막)과 함께 무대에 올린다는 연극 홍보 기사다.

　영화에서 여주인공 '안나'는 번안극에서 연실^{蓮實}이라는 이름으로 바꾸 고, 토월회의 수장 춘강 박승희는 여러 날 동안 새로운 여성 주인공 배우 를 찾아다닌다.

　이때 소프라노 성악가 윤심덕이 연극배우로 진로를 변경하고 야심 차게

188 ｜ 불멸의 문장들

윤리다^{尹理多}라는 예명을 쓰면서 토월회 주연 배우로 등장을 한 것이다.

동생들의 유학비 마련 및 가장으로서 경제적인 문제들을 고민하다가 춘강의 권유를 받아들여 단성사 사주 박승필이 운영하는 광무대에서 화려하게 출발한다.

본문에서 윤심덕 자신을 윤리다라고 말했는데, 연극단 대표 춘강에게 제출한 일종의 예명이다. 당시 연극배우나 가수 등을 천시했던 사회 풍조에 굴하지 않고 예명을 쓰면서 본격적으로 활동하겠다는 윤심덕의 당찬 포부로 짐작을 한다. '리다'는 편집자의 생각인데, 영어 leader처럼 탑이 되겠다는 의도가 아니었을까?

그럼 윤리다와 토월회는 성공했을까 ……. 그랬다면 정확히 여섯 달 후 김우진과의 현해탄 사건은 생기지 않았을 걸로 ……. 전적으로 편집자의 생각이다.

이 글은 1926년 2월 토월 뉴스에 게재^{揭載}되었던 것을 월간 《문예시대》 창간호(1926년 11월)에 재수록한 글이다.

문학지 《문예시대》는 문학에 관심이 높았던 언론인 염파^{念坡} 정인익^{鄭寅翼}이 발행한 잡지로, '월간 문예 취미 잡지'라는 부제를 붙일 만큼 취미 성향이 강한 문예지의 성격을 갖고 있었다.

주로 수필을 중심으로 창간호를 편집하였는데, 판매할 잡지의 홍보 화제성을 위해서 1926년 8월 동아시아를 발칵 뒤집은 최고의 스캔들인 '현해탄 사건(?)'을 재조명(?)하면서 그해 11월 창간호에 게재한 것이 아닐까 짐작한다. 《문예시대》는 이듬해 1월 제2호를 내고 종간한다.

윤심덕尹心悳, 1897~1926. 평양 출생, 여성 성악가. 배우. 호는 수선水仙이며 평양여자고등보통학교를 거쳐 경성여자고등보통학교 사범과를 졸업하였으며, 강원도 원주와 횡성 춘천에서 1년여 동안 소학교 교원을 한 뒤 관비 유학생으로 일본 도쿄음악학교 성악과 졸업. 1921년 동우회 등의 순회극단에 참가하면서 극작가 김우진과 친교를 맺음.

1922년 음악학교를 졸업하고 조교 생활 1년을 마친 뒤, 1923년 6월 귀국하자마자 종로 중앙청년회관에서 독창회를 열어 성악가로 데뷔함. 이때부터 서울에서 열리는 모든 음악회 프로에는 항상 윤심덕을 넣을 만큼 일약 스타가 됨. 그러나 정통음악을 가지고서는 생계를 유지할 수 없었기 때문에 강사 생활과 함께 경성방송국에 출연하여 세미클래식으로 방향을 선회하기도 함. 한때 극단 토월회 주역 배우로 무대에 서기도 하였으나 연기력이 없어서 실패함.

1926년 여동생 윤성덕의 유학길 배웅을 위하여 일본으로 가 닛토 레코드회사에서 24곡을 취입한 뒤, 8월 4일 새벽 4시 쓰시마섬을 지나던 중 김우진과 함께 현해탄 바다에 뛰어내려 스스로 이 땅에서 삶을 끝냄. 그녀가 불러서 남긴 〈사의 찬미〉는 오늘날까지 널리 사랑받고 있음.

해아밀사海牙密使 이준李儁 씨 부인 이일정李一貞 여사 방문기

송계월(소설가 · 독립운동가)

회색빛으로 짙어진 하늘에서는 부슬비가 가만가만히 대지 위를 뿌리고 있으며 다만 창경원 높은 담 속에서 흘러나오는 가을벌레들의 멜로디만 한가한 하늘에 휘날리고 있었다. 술냇골이란 좁디좁은 골목을 지나 봉익동 이일정李一貞 씨 집을 찾았을 때는 아침 열한 시 경이었었다. 실없이 내리는 비는 길 걷는 나그네의 옷깃을 적실뿐이었고 이따금 신산하게 불어오는 가을바람의 애처로운 울음소리만 귀를 스칠 뿐.

기자는 대문 밖에서 빙빙 돌면서 문안을 살피었으나 텅 빈 집처럼 아무도 나오지 않고 사람 있는 기척도 보이지 않는다. 얼마 후에 노인 한 분이 나오더니 온 뜻을 묻는다. 기자의 명함名刺을 들여보내자 그 노인은,

"누구를 찾는지는 모르지마는 늙으신 마나님은 아랫목에 누워 계시니 들어가 만나려면 만나우 저쪽 안방에 계시니" 이 노인의

지시대로 기자가 마루에 올라섰을 때는 아랫목 방문이 비슷이 열리면서

"오- 어서 오시오. 어디서 많이 본 듯하구면. 어서 들어오시오." 얼굴의 광채조차 희미한 부인은 친절히 맞아 주었다.

안방에는 머릿장 하나와 의거리[옷거리]로 방안을 장식하였고 안 끝에 가득히 싸놓은 자부동[방석을 뜻하는 일본어]이 더욱 이채였었다. 씨氏의 머리맡에는 미롱지[미농지: 닥나무 껍질로 만든 썩 질기고 얇은 종이의 하나]에 길게 쓴 붓글씨가 수십 장이 접혀서 걸리어 있었다. 그리고 바로 뜰 앞에(장독 앞)는 비에 젖은 코스모스가 두어 송이 나란히 심어있고 백일홍이 몇 송이 비를 맞아 꼿꼿이 머리를 들고 생긋 웃고 있었다. 사방을 휘 둘러보는 기자의 행동이 수상한지,

"이야기 좀 하시우. 오호호호" 기자는 큰 무안이나 당한 듯이 얼굴이 붉어진 듯 확 달았으나 저널리즘의 곱지 못한 심정이 굳이 태연하라 - 명령받은 나는,

"저 – 벽에 걸린 글씨는 누구의 글씨인가요?"

"내 딸이 썼소. 얼마 전에는 꽤 쓰더니 붓을 놓은 후부터는 아주 망나니가 되었구면, 그 아이는 동경여자대학 영문과를 졸업하고 서울서 중학교 교편을 잡고 있다가 지금은 어린애를 낳고 하니 불편하여 집에 파묻혀 있지요".

씨는 이어서,

"고향이 어디요. 말씨가 익숙하구려 ……"

"함경도예요 ……"

"아이 우리 영감하고 한 고향이구려. 우리 영감이 바로 북청北靑 인데 어째 말이 구절구절에 가서 약간 사투리가 드는 것을 보니! 함경도 사람 같아 반갑구려"

몇 해 전에 돌아가신 이 씨를 생각하는 듯이 멍히 바깥을 쳐다 보는 씨의 얼굴의 모습 모습이 몹시도 위엄이 잠겨 있었다. 그 눈 그 코 그 입 어디 하나 빼잘 곳 없이 점잖고 아담하였다. 비록 늙 으신 그의 이마에 주름살이 어리었다 할지라도 그 아담한 그 자태 는 아직도 미인이었다.

"금년에 연세는 얼마나 되십니까"

"인제는 죽을 때만 바라죠, 조그만 낙도 없이 살아 있으면 무엇 하오. 더구나 오랫동안 가슴을 놀랜 병이 질려서는 말도 잘 못하 지 않소? 그러니 영감의 뒤를 이어서 속히 가는 것이 내 희망이 요. 내 나이는 예순셋이요."

아직도 까맣고 광채 나는 두 눈을 반짝이면서 미소를 띠우신다. 과연 미인이시구나! 하는 생각이 머리 한끝을 꼭 찌르자 옛날에 이준李儁 씨와의 결혼이 어떠한 동기에서 성립된 것인지 물어보니 씨는 곧,

"그것도 알고 싶소, 호호호 저 - 우리 어머님이 지금 나처럼 과 부로 계시면서 단 하나인 나를 옛날이니까 가정에서 귀엽게 기른 셈이지요. 그런데 우리 사랑에 지금 우리 영감이 늘 - 놀러 다니 시고 또 풍채 좋고 똑똑하고 활발하고 하니 우리 아저씨 되는 분 이 권유하여서 결혼하게 된 것이요. 그러나 결혼한 지 석 달도 못

되어서 주인은 나랏일을 위하여 동분서주하다가 붙잡혀 고문당하는 것을 근 삼십 년 동안이나 겪었으니 나의 그동안의 걱정이야 얼마나 컸겠소. 그저 지금도 조용히 앉으면 그때 일이 생각나고 가슴이 두근두근하고 심장이 확 뒤집히는 것처럼 내리 뚜들기고 한다우. 내 병이래 딴 병이요. 그저 심장이 뛰노는 병뿐이지요"

─ 괴로운 듯이 머리를 기웃기웃하시면서 담뱃대를 털고 앉으신 씨에게 기자는,

"괴로우신데 미안하지만 ─ 이준 씨께서 그때 당시에 활동하시던 이야기를 좀 들려주시면 대단히 고맙겠는데요"

"아이구, 그 아찔아찔하고 뼛속이 쑤시는 이야기를 언제 다 ─ 한담. 아무리 대략 이야기한다 하여도 사흘은 걸릴 텐데, 그러고 오랜 역사 이야기고 해서 그나마 얼마 전까지도 주인의 일기책이 있고 하여서 그것만 있으면 이야기하지 않고도 알 수 있을 텐데, 그것마저 빼앗기고 또 사진도 책도 전부 잃어버렸소구려." 귀찮은 듯이 고개를 흔드시면서 기자를 쳐다본다.

"괜찮아요, 이력을 대략만 ─"

"언제 다 ─"

또 머리를 숙이고 계시다가 굳이 묻는 말에 못 이기는 듯이,

"영감이 바로 서른여섯 때에 일이요. 일본에 가서 법관양성소에서 법률 공부를 여섯 달 동안을 하고 돌아 나와서 한성재판소 검사로 계시다가 을미년乙未年에 다시 일본에 건너가서 변호사 공부를 한 것이지요. 그 후 조선에 다시 돌아와서 윤치호尹致昊 씨하고 독립

협회獨立協會라는 것을 조직하고 이어 독립신문을 발간하다 나라에서 반동 신문이니 무엇이니 죄를 붙여서는 리태왕李太王: 고종황제, 1910년 일제가 을사늑약을 체결하고 강제로 격하시켰음이 조직한 황국협회라는 파들봇짐장수 항아리 장수 짚신 장수 등의 하류 인간을 시켜 독립협회를 모조리 때려죽이게 되자 윤치호 씨는 바삐 미국으로 망명하고 이승만李承晩씨는 종로 네거리에서 잡히시고 우리 영감은 일본으로 가셨다가 경자년庚子年 삼 년 만에 - 다시 조선에 몰래 오셨지요. 그때 우리는 지금 대학병원 근처에다 가만히 집을 얻고는 숨어서 지냈지요. 그런데 어느 날 새벽에 그냥 쥐도 새도 모르게 달려들어 꼼짝 못 하게 묶어갔답니다. 바로 우리 영감을 잡아간 이는 리근택李根澤이라는 사람에게 잡혀갔는데 리근택으로 말하면 리태왕의 사랑을 제일 많이 받던 사람으로 경무사(지금으로 말하면 사법대신)로 있을 때라, 서울 장안을 벌컥 뒤집어 뒤면서 리근택이가 독립협회 거두 이준 씨를 잡았느니 나라의 역적을 잡았느니 오늘 사형에 처하느니 …… 아이고 그때 간장을 떨리던 이야기야 어디 다 - 하겠소"

머리가 무거운 듯이 낯색을 찡그리시는 씨가 몹시도 애처롭게 보였다. 그러나 딴은 그 뒷말이 더욱 알고 싶어서

"그 뒤에는 …… "

"그래서 리근택의 부인을 붙들고 밤낮 울고 빌었더니 스무사흘 만에 다 - 돌아가시게 된 것을 데려 내왔지요. 한참 치료하고 계시었는데 그때 또 리근택의 비밀을 나라에 보고한 일이 있어서 혐

의로 또 잡혀들어갔지요. 그때 일을 말마우. 아주다 - 죽었으니 사
형대에 올라선 것을 보았으니 하나, 나는 그날 아침부터 헌 옷을
입고는 서울 너른 장안을 탐색하여서 석 달 만에 우리 주인 잡아
넣은 놈을 내 손으로 끌고 감옥까지 가서 우리 주인을 끌어냈지
요. 그때는 아주 볼 형편이 없었어요. 그래 석 달 동안을 집에서
고쳐서는 겨우 발걸음이나 떼게 만들었더니 또 박용만 씨와 이승
만 씨 등이 적십자사赤十字社라는 것을 새로 조직하자 곧 리태왕李太王
의 귀에 들리게 되어 또 붙잡혔지요. 그때 겨우 어떻게 풀려 나와
서는, 아이구 또 일진회라는 회를 조직하고 그 회 회장으로 계시
다가 반동분자가 모인 회니 무엇이니 또 나라에서 말썽을 일으키
자 드디어 황해도 해주로 정배[귀양살이] 간 일까지 있습니다. 그 후
을사년乙巳年 조약 때에 우리 주인은 평의원 검사로 권리를 잡고 나
랏일을 보게 될 때인데 그때 마침 병오년丙午年 비상도패가 일어나
서 조선 사람이 애매히도 일본사람들에게 많이 총살을 당하였을
때 거기 분개하여 전 시민이 떠들고 야단을 하였으나 결국 리태왕
은 조선 사람을 삼백여섯이나 감옥에 집어넣었습니다. 바로 잡힌
날이 섣달그믐날이었습니다. 그래서 우리 영감은 죄도 없는 백성
을 무고히 감옥에 잡아 넣는 법이 어디 있느냐고 하면서 대로하였
으나, 어디 나라에서는 꿈쩍이나 해요? 그래 그때 서울 장안사람
들은 전부 점방 문을 일제히 닫고는 평의원 문 앞에 쇄도하여 이
준 씨를 내어 놓아라 - 하고 외쳤으나 자진하여 자기가 감방문을
열고 들어가신 이가 어디 나와야지요. 나라에서는 할 수 없으니까

바로 열흘 만에 내어놓았어요. 아이구 하도 하도 오랜 일이라 어디 생각이 잘 나야지, 그 후 소위 47개국이 참례하였던 해아사건海牙事件: 1907년 때 모욕이 심하매 그 참석한 자리에서 배를 가르셔서 돌아가시었어요".

- 씨의 말에는 가끔가끔 굵은 어조가 떠돌 뿐이었다. 가끔 무표정하게 멍히 앉은 것이 그의 특색이라면 특색이요 병이었다. 가끔 감았다가 떴다 하는 눈이 옛일을 생각하고 가슴 아파하심이 완연하였다. 씨는 가끔 한숨도 많이 쉬었다. 기자도 씨의 기운 없는 얼굴빛에 미안함이 많았다. 얼마 후에 기자는 다시 입을 열었다.

"그때 어떻게 돌아가신 줄을 아셨어요"

"호호호 참 기막히지. 내가 생명보험에 들었는데 이 회사에서 자꾸만 와서 돈을 찾아가라고 함으로 나는 타살인 줄 알았소구려. 그러나 타살은 할 리 없다고 생각하고는, 아직 돈 안 받을 말을 하고 나는 곧 우리 아들[전실 아들]을 데리고 떠났지요. 그때는 구식으로 자라난 무지한 인물이요 노국[러시아] 말 한마디 못 하나 아들과 같이 굳게 마음을 먹고 떠났는데, 그때 죽었다고 남의 타살이라고 하여도 나는 어쩐지 그럴 리는 없다고 생각하니 마음만 더 ……………………"

(이하 10행 생략省略)

"나오신 후 여자교육협회女子教育協會를 조직하시던 이야기를 ……"

"그때 이야기는 고만두지, 나는 내 이야기는 하기 싫어하오. 우리 영감의 이야기나 해달라면야 …………"

"그러면 부인상회라고 처음 여자들이 모이어 조직한 상점이 있었지요. 그때 부인들의 생각을 이야기하여주세요"

"그때 내가 회계로 있었는데 그때 부인들의 사상은 아주 고귀하고 뜻있었지. 한 닢만 모아도 이것을 모아 나라의 빚을 갚자 두 닢만 모아도 그랬고 다리 하나 추려도 이것을 나랏빚 갚으라 하고는 입을 것 먹을 것 못 입고는 전부 우리 집에 갖다 쌓았는데 지금으로 말하면 아마 크나큰 창고에 한집은 될 것이야요. 그래 모인 것을 팔아서 바치고 바치고 했지요"

"그때 회원은 지식 있는 분도 많이 있었지요?"

"천만에 그 회가 생긴 후 오륙 년 후에 숙명 진명이 생겼으니까, 그리고 그때 부인들은 회를 모아도 처네 장옷51) 쓰고 모았지만, 단결은 아주 굳었지요. 비록 단상壇上에 올라서서 말을 못 하나 회에 대한 관념은 굳었죠. 그리고 물건을 사도 꼭 단결하고 조선 상점에서 샀지요"

"그런데 아드님은 어디 계신가요"

"지금 남경中國南京에 있습니다. 일 년에 한 번은 편지가 오나 편지만 오면 수색이 심해서 …… "

"지금 가정생활은 어떻게 보장하셔요"

"겨우겨우 살아가죠"

"돌아가신 이준 씨 나이가 얼마지요?"

---

51) 처네는 조선 후기 서민층 부녀자들이 방한을 겸하여 쓰던 내외용 쓰개치마의 일종이며, 장옷은 여성들이 착용했던 얼굴을 가리려 했던 의복이다.

"일흔셋이요"

기침에 못 이겨 겨우 대답하시는 씨를 대하여 근 한 시간이나 이야기하였다.

인사 마치고 밖으로 나왔을 때는 해님도 목을 남실하고 내밀고 있을 때였다.

(1931년)

평설

출전 : 《신여성》 5권 9호 (1931.10)

1930년대 여기자로 이름이 높았던 소설가 송계월이 헤이그 특사 사건으로 목숨을 잃은 독립운동가 이준 열사의 부인 이일정 여사의 집을 방문하는 것이 본문의 내용이다.

해아밀사사건海牙密使事件, 헤이그특사사건은 1907년 고종이 네덜란드의 헤이그에서 열린 제2회 만국평화회의에 특사를 파견해, 일제에 의해 강제 체결된 을사늑약乙巳勒約의 불법성을 폭로하고 한국의 주권 회복을 열강에게 호소한 외교 활동이다.

일제는 1905년 11월 고종과 대신들을 위협하여 외교권과 통치권을 박탈해 '보호국'으로 삼는다는 을사늑약을 강제 체결하였다.

그러나 이때 고종은 만일의 사태를 대비하여 국가문서에 임금의 사인私印: 개인 도장을 추가 날인하는 방법을 도입하여 사인을 숨겨 놓고 끝까지 이 조약을 인준하지 않는다. 고심 끝에 일제는 가짜 사인을 제작하여 조약문서에 찍고 위조한 문서를 진짜인 양 퍼뜨린다. 역사는 1980년대로 들어와 이 을사늑약 문서에 찍혔다는 사인과 광복 후 다시 찾은 실제 고종 사인을 대조하여 도장에 찍힌 삐침 등이 위조된 것임을 다큐멘터리 기록물에서 확인·방송하여 세상 사람의 조롱거리가 된 적이 있었다.

고종은 기회만 있으면 을사늑약에 반대하는 친서를 국외로 내보내 세상에 알리려 애쓴다.

1906년 6월 평화회의의 주창자인 러시아 황제 니콜라스 2세가 극비리에 고종에게 제2회 만국평화회의 초청장을 보내왔다. 고종은 일제의 폭력적 침략을 호소하고 을사늑약의 무효를 주장하기 위해 이 회의에 특사를 파견하였다.

헤이그에 밀파된 특사는 이상설, 이준과 이위종 등 3인이다. 세 특사 외에도 헐버트가 처음부터 사절단을 도왔고 박용만과 윤병구, 송헌주도 특사 일행을 도왔다.

세 특사는 1907년 6월 25일 헤이그에 도착하였다. 이들은 도착 즉시 시내의 '융' 호텔에 숙소를 정하고 활동을 시작한다.

그러나 평화회의 의장인 러시아 대표 넬리도프는 형식상 초청국인 네덜란드에 그 책임을 미루었고, 네덜란드 외무대신 후온데스는 각국 정부가 이미 을사늑약을 승인한 이상 한국 정부의 자주적인 외교권을 인정할 수가 없다는 이유를 들어 회의 참석과 발언권을 거부한다.

특사 일행은 미국, 프랑스, 중국, 독일 등 각국 대표들에게도 협조를 구했지만 모두 실패하고 만다. 하는 수없이 비공식 경로를 통해 일제의 침략상과 한국의 입장을 담은 공고사控告詞를 각국 대표들에게 보내고, 그 전문을 『평화회의보』에 발표하였다. 또 7월 9일 영국의 저명한 언론인 스테드Stead, W. T.가 주관한 각국 신문기자단의 국제협회에 참석하여 발언할 기회를 얻었다.

이 자리에서 5개 국어에 능통한 이위종이 세계의 언론인들에게 한국의 비참한 실정을 알리고 주권 회복에 원조를 청하는 〈한국의 호소 A Plea For Korea〉를 절규하여 청중의 공감을 산다. 또한 즉석에서 한국의 처지를 동정하는 결의안을 만장일치로 의결하기까지 하였다.

그러나 끝내 회의 참석이 거부되자 격분한 특사 이준이 7월 14일 순국하게 되었다. 특사 일행은 만국평화회의가 끝난 뒤에도 구미 각국을 순방하면서 국권 회복을 위한 외교 활동을 펼쳤다.

이 사건이 뉴스화되어 전 세계의 비난이 들끓자 통감 이토 히로부미는 7월 18일 외무대신 하야시 다다스를 서울로 불러들여 그와 함께 고종에게 특사파견의 책임을 강력하게 추궁한다,

결국 고종 황제를 강제로 퇴위시키고 순종을 등극시킨다. 또한 7월 24일에 정미칠조약을 체결하고, 27일에 언론탄압을 위한 「신문지법」을, 29일에 집회·결사를 금지하는 「보안법」을 연이어 공포하였다. 31일에 군대해산령을 내려 대한제국을 무력화시키며 식민지 건설에 박차를 가하게 된다.52)

---

52) 참고 : 한국민족문화대백과 https://terms.naver.com/entry.naver?docId=527625&cid=46623&categoryId=46623

송계월宋桂月. 1911~1933. 함경남도 북청 출생, 언론인, 항일운동가, 소설가, 평론가. 1927년 4월 경성여상에 입학하여 재학 중 교장의 친인척 교사 채용, 한국인 교사의 부당 해임·학교 설비 미비라는 학교의 불법행위에 저항해 3차례 동맹휴교를 주도. 이로 인해 서대문형무소에 두 번이나 구류됨. 또한 1929년에 일어난 광주학생운동의 후발적 성격을 지닌 1930년 서울여학생 만세운동을 이끎. 보안법 위반으로 검사국에 송치되어 서대문형무소에 갇히어 2개월가량 투옥된 뒤 징역 6개월 집행유예 2년의 선고를 받고 출소함.

1931년 4월 개벽사의 기자 제의를 받고 잡지 《신여성》의 기자로 활동하면서 《혜성》, 《별건곤》, 《어린이》 등의 개벽사 발간 잡지에도 글을 씀. 사회주의 여성해방론에 공명하며 현실의 여성 차별 문제를 날카롭게 포착하는 기사를 씀. 발표한 소설로 〈가두 연락의 첫날〉, 〈공장 소식〉, 〈젊은 어머니〉, 〈신창 바닷가〉 등이 있음. 여성 차별과 해방에 관한 많은 글을 썼음. 1933년 5월 31일 23세의 젊은 나이에 고향에서 장결핵으로 요절.

사후에 『송계월 전집. (전2권)』(2013)이 출판됨.

만근輓近의 골동수집骨董蒐集

고유섭(미술사학자)

1. 빈번頻繁한 부장품副葬品의 도굴盜掘

천하를 기유覬覦하던 초장왕楚莊王이 주실周室의 전세 보정傳世寶鼎: 대대로 전해 내려온 보물의 경중輕重을 물었다 하여 '문정지경중問鼎之輕重'이라는 한 개의 술어가 정권혁계政權革繼의 야심에 대한 숙어로 사용케 되었다 하는데, 이 고사를 이렇게 해석하지 말고 관점을 고쳐서, 초장왕이 일찍부터 골동벽骨董癖이 있던 이로, 보정寶鼎에 탐이 나서 그 보정을 얻기 위하여, 또는 될 수 있으면 훔쳐만 내오려고 경중을 물었으나 훔쳐 내오기에는 너무 무거웠던 까닭에, 조그만치 보정만 훔치려던 것이 변하여 크게 천하를 뺏으려는 마음으로 되었는지도 알 수 없는 일이다. 이렇게 보면 애오라지 보정 하나를 귀히 여기다가 군도群盜가 봉기하는 춘추전국의 시대를 현출現出시킨 주실周室의 골동벽도 상당한 것이었다고 할 만하다.

노자老子가 "불귀난득지화不貴難得之貨하여 사민불위도使民不爲盜"[53]하라

---

53) 얻기 어려운 재물을 귀중히 여기지 않으면, 백성들은 도둑질하는 일이 없을 것이다

고 경구를 발發하게 된 것도 주실의 이러한 골동벽이 밉살스러워서 시정時政을 감히 노골露骨로 비난할 수 없으니까 비꼬아 말한 것인지도 알 수 없는 일이다. 근자에 장중정蔣中正[54])이 골동을 영국엔가 전질典質하고서 수백만 원의 차금借金으로 정권의 신로新路를 개척하련다는 소식이 떠돈 지도 오래였다.

골동이라면 일본에서는 아악다雅樂多라 번역하고 조선에서는 어른의 장난감으로 아는 모양인데, 장난감으로 말미암아 사직社稷이 좌우되고 정권이 오락가락한다면 장난감도 수월한 장난감이 아니요, 특히 상술한 바와 같이 상하上下 4, 5천 재載를 두고 골동열骨董熱이 변치 않고 뇌고牢固히 유행되고 있다면 그곳에 무슨 필연적 이설理說이 있어야 할 것 같지만, 필자를 골동의 하나로 취급하려 드는 편집자로부터 골동설의 과제를 받기까지 생각도 없이 지났다면 우활迂闊: 사리에 어둡고 세상 물정을 잘 모름도 적지 않은 우활이다.

하여간 초장왕, 장중정의 영향만도 아니겠지만, 조선에도 근자에 골동열이 상당히 올라서 도처에 이야깃거리가 생기는 모양이다. 한번은 경북 선산善山서 자동차를 타려고 그 정류장인 모 일본 내지인內地人 상점에서 시간을 기다리고 있다가, 그 집 주인과 말이 어우러져 내 눈치를 보아 가며 하나둘 꺼내 보이는데, 모두 고古 신라의 부장품들로 옥류玉類, 마형대구馬形帶鉤, 금은 장식품, 기타 수월치 않은 물건이 족히 있었다. 묻지 않은 말에 조선 농민이 얻어 온 것을 사서 모은 것이라 변명을 하지만, 눈치가 자작自作 도굴盜掘까

---

54) 중국의 근현대 정치가인 장개석蔣介石: 1887~1975

지는 아니 한다 하더라도 사주嗾嗾는 시켜 모을 듯한 자이었다. 그
자의 말이, 선산의 고분은 흑판黑板: 구로이타 가쓰미 박사가 도굴을 사
주시킨 것이라는 것이다. 어느 날 흑판 박사가 선산에 와서 고분
을 발굴한 것이 기연起緣이 되어서 고물열古物熱이 늘어 도굴이 성행
케 되었다는 것이니, 일견 춘추필법에 근사한 논리이나 죄상罪狀의
전가轉嫁가 가증스럽기도 하였다.

조선에 있어서의 고분 도굴은 이미 삼국 말기에 있었으니, 오늘
날 고구려 백제 대 고분이 하나도 성치 못한 것은 나당연합군 유
린蹂躙의 결과로 추측되고, 고분의 도굴이란 것은 지나[중국] 민병民兵
의 전위專爲 특색같이 말하나 『고려사』를 보면, 익산 무강왕릉의 도
굴이라든지 무릉武陵, 순릉純陵, 후릉厚陵, 예릉睿陵, 고릉高陵 등 기타 제
릉諸陵의 피해가 여인麗人의 손으로, 또는 몽고, 왜구 등으로 말미암
아 적지 않게 도굴되었다. 근자에는 개성, 해주, 강화 등지의 고려
고분에 여지없이 파멸되었으나, 옛적에는 오직 금은만 훔치려는
도굴이었으나 일청전쟁日淸戰爭 이후로부터는 도자기의 골동열이 눈
뜨기 시작하여, 작금昨今: 요즘 오륙 년 동안은 전산全山이 벌집같이
파헤쳐졌다.

봉분封墳의 형태가 조금이라도 남은 것은 벌써 초기에 다 파먹은
것이요, 지금은 평토平土가 되어 보통 사람은 그것이 분묘墳墓인지
무엇인지 분간치 못할 만한 것까지 '사도斯道의 전문가'(?)는 놓치지
않고 잡아낸다고 한다. 그들에게 무슨 식자識字가 있어 그런 것이
아니요, 철장鐵杖 하나 부삽 하나면 편답천하遍踏天下가 아니라 편답분

롱遍路填塋을 하게 되는데, 철장은 의사의 청진기 같은 역할을 하는 것이요, 부삽은 수술도手術刀 같은 역할을 하는 것인데, 철장으로 평지라도 찔러 보면 장중掌中에 향응響應 되는 촉감만으로도 그 속의 광실壙室의 유무는 물론이거니와 기명器皿의 유무 종류, 기타 내용을 역력세세歷歷細細히 알 수 있다 하며, 심한 자는 남총男塚인지 여총인지 노년총인지 장년총인지 소년총인지까지 알게 된다 하니, 듣기에는 입신의 묘기 같기도 하나 예까지는 눈썹을 뽑아 가며 들어야 할 것이다. 하여튼 청진聽診의 결과 할개割開의 요要가 있다고 인정되는 때는 부삽으로 흙만 긁어내면 보물은 벌써 장중에서 놀게 되고, 요행히 몇날 좋은 물건이 나면 최저 기십 원으로부터 기백 원, 기천 원까지는 자본 안 들이고 낭탁囊橐 하게 되니 이렇게 수월한 장사도 없을 것이다. 그러나 가엾게도 조선의 '슐리만' 들은 발굴에 계획이 없을뿐더러 발굴품發掘品의 처분에도 난잡한 흠이 적지 않다.

우선 그것이 정당한 발굴이 아니요 도굴인 만치 속히 처분해야 겠다는 겁념怯念도 있고, 속히 체전替錢: 돈으로 바꿈 하려는 욕심도 있어, 돈 될 만한 것은 금시에 처분하되 그렇지 않은 것은 파괴유기破壞遺棄하여 후에 문제 될 만한 증거품을 인멸湮滅시킨다. 혹 동철기銅鐵器 같은 것은 금이나 은이나 아닐까 하여 갈아 보고, 금은金銀으로 만든 것은 금은 상점으로 가서 금은 값으로 처분코 마는 모양이다. 도자陶磁 같은 것은 정통인 것만 돈 될 줄 알고, 학술상으로 보아 가치가 있다든지 골동적骨董的으로 특히 자미滋味: 재미있을 것 같은 것은 모르고 파기하는 수가 많다.

2. 위조偽造의 기술技術과 그 감별법鑑別法

이리하여 귀중한 자료가 소실되는 반면에 갓 나온 고물도굴상古物盗掘商 중에는 몹쓸 물건까지도 고물이면 귀중한 것인 줄 알고 터무니없는 호가呼價를 하는 우졸愚拙도 적지 않다. 이러한 사람들 손에 발굴되는 유물이야 어찌 가엾지 아니하랴마는, 덕택에 과거 삼사십 년까지도 고분에서 나온 것이라면 귀신이 붙는다 하여 집안에 들이기커녕 돌보지도 않던 이 땅의 미신가들이 자기네 신주神主 이상으로 애지중지케 된 것은 무엇보다 치사致謝할 노릇이요, 이곳에 예술신藝術神의 은총보다도 골동으로 말미암아 생겨나는 재화財貨의 위세를 한층 더 거룩히 쳐다보지 아니할 수 없다.

이 점에서만도 맑스K.Marx를 기다리지 않고라도 '경제가 사상을 지배한다.'는 진리를 발견할 수 있다. 더욱이 골동에 대하여는 완전한 문외한이었던 사람들도 한번 그 매매에 간섭되어 맛 들이기만 하면 골동에 대한 탐닉이 기하급수적으로 늘게 된다. 이런 기맥氣脈에 눈치 빠른 브로커는 이러한 기세를 악용하여 발발勃發케 된다. 근일 경성에는 불상, 고동철기古銅鐵器들이 많이 도는 모양인데, 조금 주의해 보면 1930년대를 넘었을 고물古物이 없다. 기물器物의 형形이라든지 양식으로써 식별하라면 이것은 요구하는 편이 무리일 는지 모르지만, 동철銅鐵의 질이라든지 수창銹鏽의 색소 등으로 분간

한다면 웬만한 상식만 있으면 될 만한 것을 번연히 속는다.

우선 알기 쉬운 감별법을 들자면 동철기에는 전세고색^{傳世古色}과 토중고색^{土中古色}과 수중고색^{水中古色}의 세 가지를 구^區 개^[나누는데] 토중고색이 있을 뿐이요, 전세고색이나 수중고색은 없다 하여도 가^可하다. 전세고색이라는 것은 세전^{世傳}하여 사용하는 가운데 자연히 생겨난 고색이니, 속칭 오동색^{烏銅色}이라는 색소에 근사^{近似}하여 불구류^{佛具類}에서 다소 볼 수 있을 뿐이요, 토중고색이라는 것은 토중^{土中}에서 생긴 고색인데, 심청색^{深靑色}을 띤 것이 보통인데 위조하는 것들은 흔히 후자 토중고색의 수창^{銹錆}이 많으나, 그러나 단시일 간에 창색^{錆色}을 내느라고 유산^{硫酸} 같은 것을 뿌린다든지 오줌독에 담가 둔다든지 시궁창에 묻어 둔다고 하여, 대개는 소금버캐 같은 백유^{白乳}가 둔탁하게 붙어있고 동철^{銅鐵}의 음향도 청려^{淸麗}치 못하다. 특히 불상 같은 것에는 순금은^{純金銀}으로 조성된 것이 지금은 절대로 없는 것으로 알고 있는 것이 가할 것이요. 동표^{銅表}에 그윽이 보이는 도금의 흔적만 가지고 갈아 본다든지 깎아 본다든지 하여 모처럼 얻은 귀물^{貴物}을 손상하지 말 것이며, 혹 기명^{記銘}이 있는 예도 있으나 대개는 의심하고 들어 덤비는 것이 가장 안전한 편이다.

특히 용모라도 좀 얌전하고 의문^{衣紋}도 명랑히 되었거든 대판^{大反: 오사카}, 내양^{奈良: 나라}, 경도^{京都: 교토} 등지의 미술학생의 조작인 줄 알 것이며, 조선서 위조된 것 중에는 진유^{眞鍮} 덩어리에 마려^{磨鑢}의 흔적이 임류^{淋溜}한 것이 많고, 아주 남작^{濫作}에 속하는 것으로는 아연^{亞鉛}으로 주조된 것이 있다. 뿐만 아니라 일반이 미술사적으로 말하더라도 지금 돌아다니는 종류의 불상들은 대개 척촌^{尺寸}에 지나지 않는 소금상^{小金像} 들인데, 조선에 있어서 소금상으로 미술적 가치가 있는 것은 삼국시대와 신라 시대의 불상에 한^限하였다고 하여도 가하다. 그런데 삼국시대의 불상은 원체 많지 못한 것이며, 신라 시대의 불상이라도 우수한 작품은 거개^{擧皆: 거의 모두} 박물관에 수장되어 있어 가히 볼 만한 것은 민간에 돌게 되지 아니한다. 경성의 누구는 현재 창경원박물관^{昌慶苑博物館}에 진열되어있는 삼국기^{三國期} 미륵상의 모조품을 사가지고 하는 말이 "어느 날 믿을 만한 사람한테서 다시 나오지를 아니하는 것을 보니까 저것이 진자^{眞者}임이 틀림없겠지요" 한다. 이런 사람을 '포아출도인^{*芽出度イ人}'라 하는데, 백발이 성성한 자가 그런 소리를 하는 것을 보니까 한편 가엾기도 하였다. 어떤 놈이 몹시도 골려 먹었구나 하였지만, 오히려 이러한 숙맥^{菽麥}의 부옹^{富翁}이 있는 덕택에 없는 사람이 살게 되는지도 알수 없다. 이러니저러니 하여도 사는 사람은 돈 있는 사람이요 파는 사람은 돈 없는 사람이니, 그 돈 있는 자가 하나님의 아들 같은 자가 아니요. XX를 건너와서 별짓을 다 하여 축적한 돈이니, 이오보악^{以惡報惡}으로 그런 자의 욕안^{慾眼}을 속여서 구복^{口腹}을 채우기로 유태인 배척하듯 그리 미워할 것도 없다. 이러한 것은 오히려 나은 편이요, 개성 지방에는 도자기열^{陶瓷器熱}로 말미암아 위조기매^{僞造欺賣}도 그럴듯하게 연극이 꾸며진다.

3. 기만欺瞞과 횡재橫財의 골동세계骨董世界

어스름한 저녁때, 농군같이 생긴 자가 망태에 무엇을 지고 누구에게 쫓겨 드는 듯이 들어와 주인을 찾으면 누구나 묻지 않아도 고기古器를 도굴하여 팔러 온 자로 직각直覺하게 된다. 궐자厥者: '그 사람·그'를 낮잡아 이르는 말가 주인을 찾아서 가장 은근한 태도로 신문지에 아무렇게나 꾸린 물건을 꺼내 보이니 갈데없이 고총古塚에서 갓 꺼내 온 듯이 진흙이 섞인 청자靑瓷 산예狻猊의 향로! 일견 시가 수천 원은 될 것인데 호가를 물어보니 불과 사오백 원! 이미 욕심에 눈이 어두운지라 관상觀相을 하니까 궐자가 꽤 어리석게 보이므로 절가折價하기를 오할五割, 궐자도 그럴듯하게 승강이를 하다가 못 이기는 체하고 이삼백 원에 팔고 달아나니 근자에 드문 횡재라고 혀를 차고 기뻐하던 것도 불과 하룻밤 사이! 밝은 날에 다시 닦고 보니 진남포 부전공장鎭南浦富田工場의 산물과 유사품! 가슴은 쓰리고 아프나 세상에서는 이미 골동 감정鑑定 대가大家로 자타가 공인하게 된 지 기구己久에 면목이 창피스러워 감히 발설도 못 하나 막현어은莫顯於隱 격으로 이런 일은 불과 수일에 세상에 짝자그르하니 호소무처呼訴無處, 고물이라면 진자라도 이제는 손을 못 대겠다는 무의식중에 자백이 나오는 예例, 이러한 것이 비일비재하게 소식강消息綱을 통하여 들어오는 한편, 호의로 위조니 사지 말라 지시하여도 부득이 사서 좋아하는 사람, 이러한 예는 한이 없다.

심한 자는 우동집의 간장 독구리, 이쑤시개 집 같은 것을 가져와서 진위를 묻는다. 원래가 진위는 보는 사람에게 있는 것이요 물건

자체에는 신고新古가 있을 뿐이다. 신고를 묻는다면 대답할 수도 있으나, 진위를 묻게 되면 문의問意를 제일 몰라 대답할 수 없다. 진위의 문제와 신고의 구별을 세워 물을 만하면 그러한 물건을 가지고 다니지도 아니할 것이니까, 문제問題 하는 편이 이것도 무물건無物件은 꺼내어 보이지도 않고 우선 물건의 설명을 가장 아는 듯이 하고 나서 결국 꺼내어 보이는 것이 신조新造, 그렇던 사람도 이력履歷이 나기 시작하면 불과 사오 개월에 근 만 원을 벌었다는 소식이 도니, 알 수 없는 것은 이 골동 세계의 변화이다. 이러한 소식이 한번 돌고 보면 너도나도 허욕에 떠도는 무리가 우후의 죽순처럼 고물 고물古物古物 하고 충혈이 되어 돌아다니니 실패와 성공, 기만과 획리獲利는 양극삼파兩極三巴의 현황眩煌한 파문을 그리게 된다.

□

예술품에 정가定價가 없다 하지만 골동 쳐 놓고 가격을 묻는 것은 우극愚極한 일이다. 일 전이고 천 원이고 흥정 되는 것이 값이고 보니 취리取利의 묘妙는 오직 방매放賣 기술에 달렸지만, 적어도 골동을 사려는 자가 평가를 묻는다는 것은 격에 차지 않는 일이다, 요사이 신문에도 보였지만, 박물관에서 감정한 것이라 하여 석연石硯 하나에 기만 원이라는 데 속아서 수백 원을 견탈見奪한 자가 식자계급에 있다 하니, 그 역시 제 욕심에 어두워 빼앗긴 것으로 속인 자를 나무랄 수 없는 일이다. 박물관에서는 결코 장사치의 물건을 감정도 해 주지 않지마는, 감정을 해 준다손 치더라도 수천, 수만

원짜리를 그렇게 명문明文 한쪽 없이 구설口說로만 증명하여 줄 리가
없다. 물건 가진 자가 제 물건 팔기 위하여 무슨 조언작설造言作設을
못하랴.

□

그것을 그대로 믿고 속아 사는 자가 가엾은 우자愚者가 아니고
무엇이랴. 물건을 기매欺賣 하는 자는 오죽한 자이랴만 그것을 속아
대접하는 것은 요컨대 제 욕심에 제가 빠져들어 간 자작얼自作孽에
지나지 않는 것이니, 수원수수誰怨誰讎이지, 오히려 속았거든 속히 단
념체관斷念諦觀 하는 것이 달자경역達者境域에 조금이라도 가까워질 것
이다. 그러므로 누구는 애당초에 물건의 유래를 따지지 않고, 신고
新古를 가리지 않고, 물건 그 자체의 호불호를 순전히 미적 판단에
입각하여 사는 사람이 있다. 이것이 오히려 현명한 편이다. 애오라
지 유래를 찾고 신고를 가리고 하는 데서 파 찾고 신고를 차리자
면 자기 자신이 그만한 식견을 갖고 있어야 물건도 비로소 품격이
높아지는 것이요, 골동의 의의도 이곳에 비로소 살게 되는 것이다.
남의 판단과 남의 품평品評은 오히려 법정에 선 변호사의 역할에
지나지 않는 것이다. 자기가 항상 주석판사主席判事가 될 만한 식견
이 없다면 골동에 손을 대지 마는 것이 옳은 일이다. 골동이라 하
면 단지 서양 말의 '큐리오[curio]'라든지 '셀텐하이트[Seltenheit]'라든지
'쁘릭카-쁘릭[bric-à-brac]'과 글자도 다를뿐더러 발음도 다르고 내용
까지도 다른 것이다. 골동은 '비빔밥'이 아니요 '아악다雅樂多'뿐이

아니다. 그러한 반면의 성질도 있기는 하나 동양에서의 골동 정의를 정당하게 내리자면 "역사와 식견과 인격을 요하는 취미 판단의 완상^{玩賞} 대상이라"고 할 것이다. 그것은 역사 즉 전통을 요하는 것으로, 소위 상서^{箱書: 유서(由緖): 예로부터 전하여 내려오는 까닭과 내력}라는 것이 중요시되는 것이며, 식견을 요하는 것임으로 고귀난득^{高貴難得}의 귀족적 긍시^{矜恃}를 발휘하게 되는 것이며 인격을 요하는 것이므로 개인주의적 윤리성을 띠고 있는 것이다.

천리구^{千里駒}도 백락^{伯樂}을 기다려 비로소 준특^{駿特} 하여지고 용문^{龍門}의 오금^{梧琴}도 백아^{伯牙}를 기다려 비로소 소리 나듯이, 골동도 그 사람을 만나지 못하면 가치와 의의가 발휘되지 못하는 것이다.

□

반면에 골동의 폐해는 또한 이러한 특성에 동존^{同存}하여 있다. 전통을 중요시하므로 완고^{頑固}에 흐르기 쉽고, 식견을 중요시하므로 여인동락^{與人同樂}의 아량이 없고, 인격을 중요시하므로 명분에 너무 얽매게 된다. 고만^{高慢}하고 편벽^{偏僻}되고 고집된 것이 골동이다. 가질 만한 사람이 아닌 곳에 물건이 있는 것을 보면 조만간 누가 찾아갈 입질물건^{入質物件}, 또는 찾지 못하고 유질^{流質}된 물건으로밖에 아니 보인다. 따라서 가지고 있는 사람까지도 전당포 수전노^{守錢奴}의 전주^{錢主}로밖에는 더 보이지 않는다. 요사이 이러한 전당 포주가 경향^{京鄕}에 매일같이 늘어 간다. 이곳에도 통제의 필요가 없을는지?

(1936년)

출전 : 《동아일보》 (1936.4.14.~16)

우현又玄 고유섭. 일제강점기에 국내에서 우리 미술사와 미학을 본격적으로 수학한 학자이자 우리 미술을 처음으로 학문화한 학자로서 높이 평가받고 있다.

〈금동미륵반가상의 고찰〉(1931), 〈조선 탑파 개설〉(1932), 〈우리의 미술과 공예〉(1934), 〈고려 화적에 대하여〉(1935), 〈고구려 쌍영총〉(1936), 〈조선 탑파의 연구〉(1936), 〈조선의 청자〉(1939), 〈조선 미술 문화의 몇 낱 성격〉(1940), 〈한국의 조각〉(1940), 〈인재 강희안 소고〉(1940), 〈인왕제색도 정겸재 소고〉(1940), 〈고려 도자와 조선 도자〉(1941), 〈조선 고대 미술의 특색과 그 전승 문제〉(1941), 〈조선 탑파의 양식 변천〉(1943).

이렇게 우리 미술사 전반에 대한 역작을 꾸준히 발표하면서 미술사 기초자료 수집에 남다른 열의를 보인 우현 고유섭, 그러나 1944년 40세의 젊은 나이에 유명을 달리한다.

그가 세상을 떠난 30주기를 기념하여 1974년 문무대왕의 해중릉이 바라보이는 경주 감포에 추모비를 세웠고, 1992년 새얼문화재단에서 인천시립박물관 마당에 동상을 건립하였다.

고유섭高裕燮, 1905~1944. 경기도 인천 출생. 미술사학자. 호는 우현又玄. 경성제국대학에서 미학·미술사 졸업. 1933년부터 10여 년간 개성부립박물관 관장을 지냈고, 1934년 진단학회의 발기인으로 참여. 1936년에 연희전문과 이화여전 교수를 역임. 그의 미술사 연구의 관심은 전국에 분포하고 있는 석탑으로 삼국 중 백제와 신라, 통일신라 때의 석탑들을 양식론에 입각하여 체계화함. 또한 불교미술, 불교 조각 분야, 고려 시대 회화에 관한 연구, 조선시대 회화사연구, 고려청자를 중심으로 한 도자기 연구에도 뛰어난 논문을 발표함. 그가 생전에 신문이나 잡지에 발표한 글들은 사후에, 제자이던 황수영과 진홍섭이 『한국미술사급미학논고』(1963년), 『조선화론집성』(1965년), 『한국미술문화사논총』(1966년), 『송도의 고적』(1977년) 등으로 간행함. 『고유섭전집(전4권)』(통문관, 1947)이 있음. 1992년 인천시립박물관 정원에 우현 선생의 동상이 세워졌고, 2006년 인천시립박물관 앞마당을 '우현마당'으로 명명함. 아울러 우리 미술사에서 업적을 기리는 의미에서 '우현상又玄賞'을 제정하여 오늘에 이르고 있음.

무희^{舞姬}의 봄을 찾아서

- 박외선^{朴外仙} 양 방문기

이육사(시인 · 독립운동가)

　동경을 가거든 무용 조선의 어여쁜 기사^{騎士}들을 만나 보아 달라는 것이 《창공^{蒼空}》 편집인들의 간절한 부탁이었다.

　그러나 내가 동경에 왔을 때는 정에 끌려 거절하지 못한 것을 얼마나 후회했는지 모른다. 그 이유로는 나같이 무용에 대해서 문외한인 사람이 그들을 만나서 무엇을 어떻게 인터뷰할까 하는 것과, 동경에 있는 조선의 무용가가 몇 사람이나 되는가 하는 것이었다.

　그래서 우선 내 기억에 있는 『무용 인명사전』을 뒤져 보아도 15만 불의 개런티를 받고 아메리카로 간다는 최승희^{崔承喜} 여사는 예^例의 경도^{京都} 공연 무대에서 불의의 기화^{奇禍}를 당했을 때이므로 동경에 있지도 않았을 뿐 아니라, 그는 자신이 《나의 자서전》이란 것을 써서 세상이 다 아는 판이니 내가 새로이 붓을 들 것도 없고, 동대 미술과를 나온 박 씨는 구주^{歐洲}로 무용 행각을 떠난 지

십여 일이 되었으며, 김민자金敏子 양은 그 선생인 최 여사를 따라 순연巡演 중에 있었으므로 만날 도리가 없고, 다만 남아있는 한 분이 내가 이에 쓰려는 박계자朴桂子 양이다. 그러나 박 양을 만나는 일순 전까지도 나는 여간 불안을 느낀 것이 아니었다. 박 양은 다까다 세이꼬 여사의 문하에서 수업한 지 만 5개년인 금년 5월 5일에는 자기 자신이 당당한 일개 무용가로서 무용 조선의 처녀지를 개척할 무희라면 박 양에게 너무나 과대한 짐일지는 모르나, 하여간 그 길을 걷고 있는 박 양은 봄의 시즌을 앞두고 자기의 공연 준비와 그 선생인 다까다 여사의 공연에도 없어서는 안 될 중요한 임무를 가지는 모양이었다.

내가 처음 만나던 전날 전화를 3, 4차나 걸었을 때 그 연구소 사무실의 대답에 의하면 일간 공연에 쓸 의상 준비로 외출하고 없다는 것이다. 그래서 나는 경성에서 온 사람인데 전할 말이 있으니 박 양이 들어오는 대로 전화를 걸어 달라는 부탁을 하여 두었으나, 종시 아무런 통지도 그날은 받지 못했다.

그 다음 날 아침 아홉 시, 박 양의 전화를 받은 나는 12시에 만날 것을 약속하고 정각이 30분을 지난 후 명함을 받아 든 박 양은 나를 응접실로 맞아들였다. 간단한 인사말이 끝나고 곧 내의 來意를 말하니 어디까지나 명랑한 박 양이면서도 "아직 무엇을 알아야지요"하는 것은 처녀다운 겸양이었었다.

"처음 배우기는 17세! 글쎄, 거기 무슨 동기라든지 이유랄 거야 있나요. 소학교 시대부터 무용이 좋아서 시작했지요!" 하는 대답에 나는 '이 작은 아씨는 자기가 좋아하는 일을 끝까지 해보는 행복한 아씨로구나' 하고 속으로 한번 생각해보는 것이 유쾌하였다.

"제일 처음 무대에 선 시일은 5년 전 10월이고, 베토벤의 《학대받는 자에게 영광 있으라》와 《가을》이었지요" 하는 박 양의 눈은 무슨 광영을 꿈꾸는 듯도 하였다.

"독자적으로 공연을 한 것은 어느 때쯤 됩니까?"

"그것이 아마 재작년 봄이라고 생각합니다. 그때 창작이라고 발표한 것이 《사랑의 꿈》입니다" 하고는 이어서 "글쎄요! 조선의 고전 무용이라고 해도 저는 생각하기를 어떤 의상이라든지 그런 형식에 제약되려고 하지는 않습니다. 가령 옷이야 어떤 것을 입었든지 새로운 발레를 춤추려는 노력뿐입니다. 내가 이태리 무용이 된다거나 러시아 무용이라고는 할 수 없지 않아요? 다만 소박한 조선의 고전 무용에 현대적인 감각을 담아서 신흥 무용을 완성한다는 것은 조선의 문화적 정신과 전통에서 자라난 사람들이니만큼 결국 그 이데올로기에 있으리라고 밖에 아직은 더 생각지 못했습니다." 하는 박 양은 어디까지나 남국적인 정열의 주인공이었다.

"무용과 리얼리즘은?"

나는 이렇게 한 번 물어보았다.

"선생님은 이론 방면은 무용 비평가에게 맡길 일이고 무용가는 실지에 숙련만 하라고 해요" 하면서 연막탄을 한 개 터뜨리고는, "무용이라고 리얼리즘을 전혀 부정할 수야 있나요? 그렇다고 해서 로맨티시즘도 영영 부정하긴 싫어요."

이때 하녀가 홍차와 케이크를 가져왔다. "차가 식기 전에 ……"
하는 박 양의 서비스도 그만하면 만점에 가깝고, 따라서 말은 다
른 길로 들어가는 것이었다.

"처음 발표한 《사랑의 꿈》이란 어떤 무용이었던가요?"

"그건 무어 한 개 환상의 세계를 그려 보았지요" 하고 웃어 버
리면서도 자기의 첫 작품인 만큼 상당한 애착을 가진 듯하였다.

"한 개 무용을 제일 많이 춘 것은?"

"글쎄요, 《카프리스》, 《사死의 도피》 그런 것이에요. 그러나 선생
과 같이 출연을 하게 되면 다른 동창들도 있고 때로는 제가 나갈
때도 있으나 대개 솔로는 선생이 나가지요. 처음 발표한 뒤의 감
상이라고 하여도 제가 알 수가 있습니까? 그저 무용에만 열중했을
뿐이지요. 나중 혹 음악 신문 같은 데서 비평을 보면 매우 명랑한
춤이라고 한 것을 볼 때마다 얼굴이 홧홧해요" 하며 겸손은 하나
상당한 자신은 가지는 모양! 창작은 연구소에 들어와 3년째 되는
해부터 전부 자기가 하게 되었다 하며, 무용 연구소의 시스템에
대해서 한참 동안 얘기가 계속되고 어떤 연구소는 소질만 있으면
막 뽑아 들이는 데도 있으나 다까다 연구소는 5년이란 기한을 채
워야 된다는 것과 박 양 자신이 5, 6명의 개인 교수를 하고 있다
는 것이었다.

"올해부터는 저절로 독립을 하여야 될 터인데 어트랙션을 가질
필요는?"

이렇게 속사포의 탄알 같은 질문을 해보았는데, 박 양은 유유히

한참 웃고 나서 "결국은 조선에 가야지요. 그러나 아직 부족한 게 많으니 더 준비를 해야지요. 성공을 빨리하려고 초조하지는 않으렵니다"고 질문과는 아주 정반대로 착 까라지는 것이었다.

"조선에 와서 첫 공연을 언제 하느냐고요? 글쎄요, 금년 안으로 하겠지요마는 동경서 한 번 공연을 먼저 할 것 같습니다."

"지방 순연巡演은 몇 번이나 다닙니까?"

"매년 춘추 2회이고 때로는 4, 5회도 되나 그것은 특별한 경우입니다. 작년 여름엔 대만에 갔다 왔는데, 요전에 대만에서 공연해 달라는 교섭이 있었어요."

"그래, 대만은 가시나요?"

"글쎄요, 될 수 있으면 조선 공연을 하고 갈까 해요. 음악은 무엇을 하느냐구요? 피아노 외에는 …… " 하고 한참 웃다가, "글쎄요, 무용과 일반 예술에서 제일 관계가 깊은 것은 시"라고 말하는 것이다. 그리고 박 양의 무용은 공간에 그리는 박 양의 깨끗한 환상의 시인 것이다. 그리고 얘기가 극으로 옮겨 갔을 때,

"참, 무용극을 한번 한 일이 있어요. 그것은 물론 선생과 같이 출연했는데 그 극은 《전쟁》이란 것이었어요. 공연 날이 3일 남아서 전쟁보다 더 바쁜 중에 할머니가 돌아가셨다는 문부聞訃를 하고 선생에게 집으로 가겠다고 하였더니, 그것이 잘 되진 않고 전쟁하는 셈 치고 출연을 하였더니 결과가 나쁘지 않고 재미도 있었어요" 하는 박 양의 오늘이 있기 위해서는 이러한 눈물겨운 무용전도 있었던 것이었다.

"영화는 자주 구경을 다닙니다. 좋아는 하면서도 자주는 못 가요. 장래에 영화배우가 되고 싶은 생각은 없느냐고요? 그런 것을 생각한 일은 없어요"

"그래도 '오야게 아가하지'라는 유구琉球의 《토민의 영웅》을 동경 발성發聲에서 영화화할 때 로케이션에 갔다 오지 않았겠어요."

"글쎄요, 그것은 춤추는 장면이었는데 다까다 무용 연구소에 교섭이 있어서 선생이 저를 가라니 갔을 뿐이었지요."

"문학에 대한 취미는?"

"시는 좋아해요. 괴테나 …… " 하는 것을 보면 〈들장미〉를 콧노래 삼아 부를 듯한 아가씨였다.

"일본 시인으로는?"

"이꾸다 슌게쓰生田春月의 시는 좋아요" 하고 몇 번이나 '이꾸다'란 말을 거듭하였다.

"장래의 가정은?" 하고 묻고 어떤 대답이 나오나 하고 이 아가씨의 얼굴을 옆눈으로 잠깐 보았다. "역시 예술가다운 ……" 하며 말끝은 웃음으로 흐리고 가벼운 부끄러움으로 얼굴을 붉히는 것이었다. 그리고 머리를 약간 앞으로 숙이는데 검은 드레스에 검향빛 목수건과 자줏빛 오버의 품위 있는 장속裝束: 차림새이었다. 단, 그날의 응접실은 좀 추워서 나도 오버를 입었다.

"유행에 대해서는?" 하니까,

"직업 관계로 또는 젊은 마음에 화려한 것은 좋아요. 그러나 모드라고 해서 빛깔이 조화되지 않는 것이나 상없는 첨단은 즐겨하지 않아요. 숭배하는 예술가라고 특정한 것은 없어요. 말하자면 훌륭한 예술가는 모두 숭배하지요. 그러나 역시 무용을 하니까 크로이스베르크는 좋아요" 하며 독일이 낳은 이 세계적 무용가의 약전略傳과 그 무용에 대해 간단한 소개를 하는 박 양은 완전히 명랑한 정열을 발로하는 것이었다.

"위인으로는?" 하고 물어보면 창졸간에 누구를 말할지 곤란한 듯이 "난 몰라요" 하며 웃어 버렸다.

"독서는 많이 못 합니다. 하루에도 3, 4시간은 꼭 하려고 노력은 하나 공연에 바쁘면 뜻대론 안 돼요. 스포츠 말입니까? 전 이래두 학생 시대엔 발레 선수였답니다. 좋아하긴 럭비가 좋아요."

그러나 구경할 시간을 갖지 못한다는 것이 처녀다운 가벼운 한숨이었다. '이 명랑한 무희를 어떻게 한번 곤란케 할까?' 하고 생각하다가 문득 한 수를 깨달았다.

그래서 눈으로는 보면서도 시침을 떼고, "연애에 대한 경험을 하나 들려주시오."

"글쎄요, 동무들이 말하기를 저는 연애에는 저능하다고 해요" 하며 새빨간 흥분을 남의 말같이 싹 돌리고 말은 계속되는 것이었다.

"조선에는 무용을 하는 사람이 몇이나 됩니까? 책임 있는 몸인 듯해서 경솔하게는 연애를 해보려는 생각도 않을뿐더러 아직은 그렇게 급한 문제도 아니니까요" 하며 교묘하게 말끝을 돌리는 박 양의 두 뺨에 홍조가 살그머니 돌고 맞은편 유리창 바깥을 지나 멀리 보이는 푸른 하늘을 바라보는 샘물 같은 그 눈동자는 조금도 우울을 모르는 듯하였다. 마치 그 푸른 하늘의 한없이 높고 깊어 보이는 거기에 그 예술의 인스피레이션이 생겨나는 것도 같이! 이때 벌써 오후 두 시 반! 세 시부터는 그다음 날 히비야 공회당에 공연이 있어 공부가 시작된다기에 그만 그곳을 떠나기로 하고, 영화 배우로는 조엘 메크리나 프레더릭 마치도 좋으나 가르보의 신비적인 연기에는 말할 수 없는 애착을 갖는다는데 나는 그만 나와 버렸다.

12일 오후 7시 반, 봄비가 시름없이 내리는데도 나는 히비야로 갔다. 벌써 박 양의 출연 시간이었다. 《포도》는 거의 끝이 나고 《카네이션》이 시작되려는 때였다.

그날은 다까다 세이꼬, 이시이 바꾸石井漢, 우찌다 에이이찌內田榮一, 시미즈 시즈꼬淸水靜子 등등 그 방면에 동경에서도 유수한 이들이 모두 공동 출연을 하였으며, 나는 밤 열한 시 차로 동경을 떠나며 곱게 피어오른 카네이션의 맑은 향기를 머릿속에 그려도 보았다.

(1937년)

출전 : 《창공》 창간호 (1937.4)

1937년 잡지 《창공》 편집진의 부탁을 받고 일본으로 건너가 당시 스물
세 살이었던 무용가 박외선 씨를 인터뷰한 내용이다.

박외선^{朴外仙}, 1915~2011, 예명 박계자 씨는 한국 현대무용의 개척자로 무용가
겸 수필가이다. 경남 진영에서 태어나 마산여고 3학년 때 마산극장에서
열린 최승희 무용을 접하고, 무대 뒤로 찾아가 무용가가 되고 싶다는 꿈
을 이야기했고, 최승희로부터 서울 주소를 받는다. 1930년 여름방학 때
박외선은 서울로 최승희를 직접 찾아 나섰다. 당시 '최승희 무용연구소'에
서는 가을무용 발표회 준비가 한창이었다. 최승희는 박외선을 테스트한
뒤, 재능을 인정하고 가을무용 발표회 무대에 세웠다. 가슴 벅찬 무대였으
나 단 하루밖에 출연할 수 없었다.

무용에 대한 열망으로 일본에 가서 불문학을 공부하겠다는 주장으로 부
모를 설득하고, 일본으로 가서 최승희의 문하생으로 입문하여 그의 추천
으로 일본 도쿄의 세이코무용소에 들어가 4년간 발레와 현대무용을 배운
다. 1937년에는 도쿄 청년회관에서 첫 무용 발표회를 열기도 했다. 같은
해 일본에서 월간지 《모던 닛폰》 사장 겸 문예지 《분게이슌주^{文藝春秋}》편집
장으로 활동하던 마해송^{馬海松} 선생을 만나 결혼한다.

그런데 언론에서 박외선을 검색하면 아동문학가 마해송의 2번째 부인
이라 뜨는데 어감이 불편하여(?) 자세히 언급해야 할 것 같다. 마해송은
이혼 후 재혼한 것이다.

아동문학가 마해송은 창작에 매진하다가 1927년 폐 건강을 해쳐 11개

월간 요양하고 회복하여 본격적인 창작에 전념하기 위하여, 조혼^{早婚}했으나 부부관계와 애정이 없었던 첫 부인 문씨와 1929년 이혼했었다.

그런데 싱글남 마해송이 박외선을 만나 첫눈에 반했다는 것이다. 당시 일본에서 신무용가 조택원의 춤 파트너로 활동했는데 그의 소개로 당대 최고의 문화 지성으로 불리던 아동문학가 마해송을 만나게 된 것이다.

1944년 귀국한 고인은 1962년부터 1977년까지 이화여대 무용과에 재직하며 현대무용가로 전후 불모지나 다름없던 대한민국 무용계에 현대무용을 전파한 선각자라 평가받는다.

무용가 김복희 정승희 정소영 남정호 정귀인 정의숙 씨 등이 고인의 제자다. 퇴직해서는 퇴직금 전액을 이화여대에 장학금으로 기탁했으며, 1978년 미국으로 건너간 뒤에도 무용 강습회 등을 열며 후학을 키웠다.

고인은 1960년대 초반 미국 무용가 마사 그레이엄의 무용 기술을 우리나라에 처음 소개했으며, 김수영 시인의 시 〈풀〉을 소재로 한 《대지의 무리들》 등 무용 작품을 창작했다. 우리나라 최초 무용 이론서인 『무용개론』을 비롯해 『현대무용창작론』, 『중등 새 무용』 등의 저서를 펴내기도 했다.

방사선영상의학과 전문의로 의대 교수이면서 시를 쓰는 마종기^{馬鍾基} 시인이 아들이고, 2003년 한국 정부로부터 보관문화훈장을 받았다.

이육사^{李陸史, 1904~1944}. 시인. 독립운동가. 경북 안동 출생. 본명은 이원록 또는 이원삼, 개명은 이활. 자는 태경. 아호는 육사. 북경 조선군관학교 및 베이징대학 사회학과에서 공부함. 1925년에 형 이원기 아우 이원유와 함께 대구에서 의열단에 가입. 1927년에는 조선은행 대구지점 폭파사건에 연루되어 대구형무소에 투옥됨. 이 밖에도 1929년 광주학생운동, 1930년 대구 격문사건 등에 연루되어 모두 17차에 걸쳐서 옥고를 치름. 중국을 자주 내왕하면서 독립운동을 하다가 1943년 가을 잠시 서울에 왔을 때 일본 관헌에게 붙잡혀, 베이징으로 송치되어 1944년 1월 감옥에서 순국함.

문단 활동은 1930년 1월 3일자 《조선일보》에 시작품 〈말〉과 《별건곤》에 평문 〈대구사회단체개관〉 등을 발표하면서부터 시작됨. 1935년 《신조선》에 〈춘수삼제〉, 〈황혼〉 등을 발표. 생존시에는 작품집이 발간되지 않았고, 1946년 아우 이원조에 의하여 서울출판사에서 『육사시집』 초판본이 간행됨. 대표작으로는 〈황혼〉, 〈청포도〉, 〈절정〉, 〈광야〉, 〈꽃〉 등을 꼽을 수 있음. 1968년 시비가 안동에 건립되었고, 사후에 『육사시집』 외에 유고 재첨가본 『광야』(1971), 『이육사전집』(1975), 『광야에서 부르리라』(1981), 『이육사전집』(1986), 『(원본)이육사전집』(1986), 『이육사 수상·시전집』(1987), 『이육사: 이육사연구, 이육사전집』(1992), 『이육사전집』(2004), 『(원전주해)이육사시전집』(2008), 『광야에서 부르리라 : 이육사시전집』(2010) 등이 있음.

조선 과물果物 예찬禮讚

문일평(사학자)

과물점果物店: 과일가게을 지날 때 감귤柑橘의 향기가 후각을 찌른다. 보기만 해도 식욕을 자아내는 과실의 왕 둥글둥글한 수박을 비롯하여, 비취 같은 평과苹果: 사과와 황금 같은 비파枇杷와 황옥 같은 복숭아, 루비 같은 자두, 자수정 같은 포도, 하얀 백사과, 기타 알롱알롱한 개구리참외, 얼마 전까지도 흔하던 파초과芭蕉科: 바나나, 봉리鳳梨: 파인애플 등등 이들의 과물은 완연히 청, 황, 적, 백, 흑의 온갖 오색 보옥을 일장一場: 한곳에 진열해놓은 듯이 그 찬란한 광채가 보는 이의 시각을 어리게 한다.

감귤과 비파는 녹아도鹿兒島: 일본 가고시마에서 오고 파초과와 봉리는 대만臺灣에서 온다.

경성[서울] 근방에는 안양 포도가 유명하나 조선 전반에는 황주黃州 사과가 가장 유명하다. 연하고도 달고, 달고도 향기로와 풍미가 제일이다. 들은즉 당지當地는 우량雨量이 적고 토질이 짙어서 사과의 품질이 좋다고 한다.

　그러나 조선에 예로부터 흔한 명과는 이梨: 배, 율栗: 밤, 도桃: 복숭아, 행杏: 살구 이다. 시柿: 감는 난지暖地 삼남三南에 다산하고 귤은 제주 일도一島: 한섬에 특산하는데, 대소大小 감산甘酸: 달고 신것이 제각기 달라 그 종류가 무려 4, 50에 달하였으며, 그중 가장 상품의 감귤은 감미와 향수香水: 향기를 겸유하여 선과仙果로서 지존至尊께 진상하였었다. 그러나 제주 감귤은 그 당시 궁정의 고귀한 이가 아니면 도저히 맛볼 수 없는 과물이었었다. 기록에 의하면 궁중에서 문신에게 감귤의 유類를 하사할 때 흔히 시부詩賦의 제정製呈을 명하였었다.

　감귤의 유類는 옛날에 있어서는 참말 얻어보기 어려운 선과이었음에 반하여 이梨: 배, 율栗: 밤, 도桃: 복숭아, 행杏: 살구 및 시柿, 조棗: 대추의 유는 일반인이 누구나 먹을 수 있는 상과常果이었다.

　봉산리梨: 배와 평양율栗: 밤과 울릉도陶陵桃: 울릉도 복숭아와 풍기시柿: 감와 보은 조棗: 대추는 이들의 대표적이었고, 그중에도 봉산리梨와 풍기시柿를 쌍벽으로 꼽게 되었다. 조선에도 열대 각산各産 '망고', '망고스틴' 외엔 온대과溫帶果: 온대과일로 사과, 배, 감귤, 포도 할 것 없이 모두 있다.

　다만 감귤이 극소極小: 아주 적음 할 뿐이고, 그 여餘: 나머지는 전국을 통하여 많이 가꾸는 것이며 조선 것이 각별히 감미甘味: 단맛가 있다고 한다.

　특히 근래 일반 환영을 받는 평양율 같은 것은 그 감미에 있어서는 거의 사계斯界: 해당되는 분야의 독보獨步이지만 평양율에도 성천율成

川栗: 성천밤, 함종율咸從栗: 함종밤 두 종류가 있으니, 감미는 서로 비슷하니 전자는 크고 값이 비싸고, 후자는 작고 값이 얼마쯤 염廉: 싸다므로 전국적으로 퍼지기는 후자인 함종율이다. 요새 기내畿內: 서울 인근 양주楊州에도 율목栗木: 밤나무을 많이 재배하여 양주율이 경성[서울] 등지에서는 거의 명산의 하나로 치게 되었으나, 《고려도경高麗圖經》을 보면 개경開京에 왔던 송나라 사신이 그때 고려율을 '기대여도 감미가애其大如桃 甘美可愛 55)'라고 극구 칭송하였다. 이것이 혹은 개경 부근의 산물이었는지 모른다. 송나라 사신이 하월夏月: 여름에 율이 있음을 기이하게 여겨 저장의 비법을 물었더니, 고려 접반원接伴員이 대답하되, "도기陶器: 질그릇에 담아 땅속에 묻어주면 1년을 지내도 손상하지 아니한다"고 하였다.

그러나 송나라 사신이 율 이외의 과물에 대해서는 불찬성不贊成: 칭찬하지 않음했으니, 이를테면 앵도櫻桃: 앵두는 산미酸味: 신맛가 초酢와 같고, 도桃, 이李: 자두, 이梨, 조棗의 유는 그 미味가 박薄: 엷음하고 그 형形이 소小: 작음하다고 하였다. 조선에 특유한 해송자海松子: 잣에 대해서도 송나라 사신은 먹으면 구역口逆이 난다고 하였다. 이는 개인 식성의 관계도 있겠으나, 잣에 구역 운운한 것은 이해하기 어려운 일이다. 그 후에 송이 망하고 원元이 흥하매 고려에 요구하는 것은 이 해송자이었으며 이 때문에 고려는 큰 두통거리가 되었거니와, 오늘날 와서도 동경東京, 대판大阪의 민첩敏捷: 약삭빠른한 상인들은 이 조선 특산인 잣을 불로약不老藥으로 과송過頌: 지나친 칭찬하여 천만금의

---

55) 그 크기가 복숭아 같고, 단맛이 사랑할 만하다.

부를 이루었다고 한다. 그녀들은 해송자뿐이 아니라 백두산 특산인 야포도^{野葡萄}까지 특허 전매를 하게 되었다.

(1936년)

평설

출전 :《조선일보》(1936.8.22.)

호암^{湖巖}은 2년여를 중앙고보에서 역사 교사로 있다가 조선일보사에 편집 고문으로 1933년 4월 재입사하여 주요한 글들을 대거 집필한다.

자신이 근무하던 신문에 지면을 열어 《소하만필^{銷夏漫筆}》이라는 꼭지 제목을 달고 22개의 글을 연재한다. 〈양계초와 인재평〉, 〈임백호와 임종언〉, 〈예술에도 지벌〉, 〈四 조선인의 염담벽〉, 〈우리 문화적 발굴〉, 〈산수의 이상향〉, 〈사회적중견의 임무〉, 〈천재발휘와 환경〉, 〈세계문화와 연결〉, 〈농촌과 한수재〉, 〈천주교의 순교자〉, 〈담수실의 소화〉, 〈대국보다 소국에게〉, 〈시의 애착과 과학〉, 〈조선 과물 예찬〉, 〈농업국의 유리〉, 〈반일편회구화〉, 〈한시의 감상안〉, 〈조선인과 음식물〉, 〈근교성지육신〉, 〈문묘종사의 시비〉, 〈백화시의 찬성〉.

이 가운데 〈조선 과물 예찬〉은 15번째 글로 1936년 8월 22일에 독자를 만났다.

'조선심^{朝鮮心}'이라는 고유명사로 불리며 평생을 언론을 통한 역사의 대중화에 힘을 기울인 사학자이자 언론인 호암.

자기가 쓴 글이 지상^{紙上}에 발표되기 전에 수없이 쉬운 글로 고치기 위하여 고민하며 애를 썼고, 심지어 신문사의 사환이 읽어 그 뜻을 이해하는가를 점검했다는 일화도 있다.

민중이 읽을 수 있는 글만이 호암의 글이었고 그것이 평생 호암이 추구했던 방향이었기에 제목도 2어절로, 글의 길이도 대부분 5쪽 이내로 정리했으며, 학문적 가치에 대한 평가보다 우리 대중이 읽고 쉽게 이해하는 글이 되기를, 평생의 글쓰기 목표로 두고 조선심을 추구하는 언론인이 호암 선생이었다 한다.

문일평^{文一平, 1888~1939} 평북 의주 출생. 사학자, 언론인. 호는 호암^{湖巖}. 일평은 자^字. 17세까지는 의주에서 주로 한학을 공부함. 18세가 되던 해에 일본 도쿄로 가서 아오야마학원 중학부에 1학년 청강생으로 들어갔지만 곧 그만두고 간이 강습소에 다니면서 공부를 함. 1906년 10월에 <자유론>이란 글을 ≪태극학보≫ 3월호에 처음 발표. 이어서 1907년 7월에는 같은 ≪태극학보≫ 11호에 <진보의 삼단계>를, ≪태극학보≫12호에는 <한국의 장래 문명을 논함> 등을 발표함.
1908년 귀국하여 평양의 대성, 의주의 양실, 서울의 경신학교에서 교편을 잡는 한편, 최남선이 운영하던 광문회에 관여함.
1910년 국권피탈이 되자 1911년에는 다시 일본으로 건너가 와세다대학교 정치학과에 입학해 공부하며 안재홍, 김성수, 장덕수, 윤홍섭 등과 교유함.
1912년 중국 상하이로 가서 신규식 등이 국권 회복을 위해 조직한 단체인 동제사에서 독립운동에 가담. 1919년 3월 12일에 독립 선언서를 만들어 보신각에서 낭독하고 이로 인해 징역 8개월을 선고받고 복역함.
1920년 동아일보에 한시 <삼각산>을 발표하고, 9월에는 <이충무전>을 번역해 잡지 ≪서울≫에 게재함. 1920년대 후반부터는 한국의 역사와 문화를 대중화해 소개하는 글을 집중적으로 쓰기 시작함.

　＜조선인과 국제안＞(1929), ＜천고비극의 주인공 백제 의자왕의 최후＞(1929), ＜여성의 사회적 지위＞(1930), ＜조선사에 나타난 국제적 결혼과 정략＞(1930), ＜조선 문화에 대한 일고찰＞(1930), ＜예술과 로맨스＞(1930), ＜사안으로 본 조선＞(1933), ＜세계문화의 선구＞(1933), ＜사외이문＞(1933), ＜한미 관계 50년사＞(1934), ＜사상에 나타난 예술가의 군상＞(1935), ＜고증학상으로 본 정약산＞(1935), ＜조선 문화사의 별항＞(1938), ＜문화적 발굴＞(1938) 등을 집필함.

열정적으로 집필 활동을 진행하던 중 1939년 4월 3일 갑자기 급성 단독으로 별세함.
1995년 건국훈장 독립장을 추서 받음.

사후 『호암사화집』(1939), 『호암전집, 전3권』(1939), 그리고 『호암전집』(1940)이 재간행되고 『소년 역사 독본』(1940)이 간행됨.

조선^{朝鮮} 나비 이야기

석주명(나비학자)

나비란 것은 봄이나 여름에 흔히 날아다니는 것이고 따라서 나비에 관한 이야기도 봄이나 여름에 할 것으로 생각하는 것이 일반의 경향입니다. 그러나 가을에도 나비는 있고 겨울에도 나비는 있습니다. 가을이나 겨울에 없던 나비가 봄이나 여름에 갑자기 생길 리는 없습니다. 다 아시는 바와 같이 나비는 변태^{變態}를 해서 난^卵, 유충^{幼蟲}, 용^蛹, 성충^{成蟲}으로 변하는 것이니까 추동^{秋冬} 시절에도 어떤 모양으로든지 나비는 있는 것입니다. 세상에서는 나비의 난, 유충, 용, 성충의 4기중 특히 성충만을 나비라 말하는 경향이 많아서 추동에는 나비가 없다고 말합니다. 그러나 자세히 조사해보면 성충 즉 세상에서 말하는 나비도 추동에는 종류와 수는 적지만 있기는 있습니다. 일 년을 통해 보면 성충 소위^{所謂: 이른바} 나비가 많은 시절은 6, 7월이올시다.

그러기에 가장 우리가 채집하기 좋은 시절이라는 것은 6, 7월이고 그 시절에 우리들은 많은 활동을 합니다.

그런데 지금 나비에 대하여 학술적으로 여러분께 조금 말씀 드리는것도 계절에 어그러진 이야기가 아닐까 합니다.

나비가 곤충昆蟲이라는 것은 상식에 속한 것으로 벌써 다른 분네가 신문잡지 라디오 등을 통해서 많이 소개하였을 것으로 생각됨으로 저는 비교적 다른 분네가 벌써 이야기한 일이 없는 혹은 장차도 별로 다른 분네가 이야기할 일이 없을 것만 이야기하겠습니다. 따라서 나비는 연구해서 무엇하나? 곤충은 연구해서 무엇하나? 등의 비교적 초보적 질문에 관한 설명은 전략全略하겠습니다.

나비란 동물은 동물학상 곤충류 중 인시류鱗翅類란 부류에 속하고 그 종류가 전 세계를 통해서 아마 5만은 될 것이외다. 조선말로 나비란 것은 접아蝶蛾 나비와 나방를 합쳐 말하는 것인데 국어나 영어로는 접아가 분명히 구별되었고, 물론 중국에서도 접아란 글자가 있는 이만큼 구별되어 있습니다. 독일어론 조선어와 같이 구별이 없습니다. 에스페란토론 조선어로 나비란 것을 낮 나비蝶와 밤 나비蛾로 구별하여 있어서 편합니다. 우리도 에스어語 식으로 접蝶을 낮 나비, 아蛾를 밤 나비로 구별하는 것이 다소多少의 어폐語弊: 말의 결점는 있지만 편할까 합니다.

제가 주로 연구하고 있는 것은 낮 나비 즉 협의狹意의 나비인데 그 수가 전 세계에 1만이나 된다고 어떤 학자는 말합니다. 그러나 저는 1만 종은 못되리라고 생각합니다. 학자에 따라 종류를 계산하는 데는 상위相違: 높은 위치나 지위가 있는 까닭이겠지요. 한 종류 두 종류 등 동물을 합계하는데 별로 불편이 없겠고 학자 간에 상위가 있을 리가 없지 않겠느냐고도 생각할 수 있습니다. 만은 그렇지가 않아요. 학자간에 종류의 특징을 취급하는 방법에 상이相異: 서로 다름가 있는데 그에 따라 그 결과도 상이합니다. 어떤 학자가 단 한 종류로 취급하는 것을 5종이나 6종으로 세분하는 학자도 있고 혹은 그와 반대의 사실도 있어서 학자 간 연구의 결과가 일치되지 않고 재삼 논의되는 일이 있는 것은 다소 유감의 일이지만 어쩔 수 없는 사실입니다.

그런데 조선의 나비는 몇 종류나 되느냐? 하면 이 역시 학자마다 발표가 다르리다. 제가 몇 종이라고 하는 것은 물론 저의 연구에 의한 것인데 관계 문헌을 전부 참조한 대로 255종류밖에는 안 됩니다.

조선에 나비가 255종류가 있다고 하면 그 수가 많다고 해서 놀랄 사람도 있겠고, 그 반대로 적다고 해서 놀랄 사람도 있겠습니다. 나비라야 호랑나비 흰나비 노랑나비 기생나비 등 꼽아본다면 255종류가 대단히 많은 수지요. 또 곤충의 수가 전세계에서 40여 만종이나 기록되었다고 보면 250종류라야 아주 적은 수겠지요. 그러나 250종류라면 연구하는 점으로 본다면 대단한 수입니다. 한 종류래도 발생하는 시절에 따라 달라서, 봄이나 여름 등 우화羽化: 날개가 돋음 하는 시절에 따라 전혀 다른 것이 있습니다. 그래서 과거에 곤충학이 발달하는 전에는, 같은 종류가 그 발생 시기에 따라 이명異名: 다른 이름으로 불리운 일도 있습니다. 또 같은 종류지만 웅雄: 수컷 은 등색橙色: 붉은빛을 약간 띤 누런색56)이고 자雌: 암컷은 흑색黑色이어서 학계에서 오랫동안 이명 취급을 받다가 후에 실험해서 비로소 동일종同一種으로 취급받게 된 일도 있습니다. 또 어떤 종류에 있어서는 동일시기에 동일 종의 자雌가 2형으로 나오는 것이 있습니다. 중선中鮮 서선西鮮: 평양 신의주 강계 지역에 흔히 있는 노랑나비의 자에는 2형이 있어서 웅은 전부 황색인데 자에는 황색 것과 백색 것이 있어서 특별한 유전학상의 일례가 되어 있습니다. 이와 같이 한 종류에도 많은 변화가 있으니 255종류라면 과연 많은 수라 하지 않겠습니까.

이제 이 조선 나비 255종류가 기록된 문헌을 소개해 드리겠습니다. 조선 나비에 대한 문헌은 일본이나 혹은 타국의 그것에 비해서 대단히 적고 따라서 조선 나비에 대한 학문이 타지의 그것에 비해서 떨어졌지만, 저 같은 사람이 연구하는데 문헌 수집상 곤란은 비교적 적어서 그 점만은 다행입니다.

조선 나비가 처음으로 학술적으로 기록된 것은 1882년 '버틀러[영국인 버틀러A. G. Butler]가 기록한 것인데 '페리[Perry: 영국 해군, 1881년 Iron Duke 호로 내한, 인시류 채집]란 사람이 함관函館, 횡빈橫濱, 신호神戶, 포시엣트, 조선 등지에서 채집해서 대영박물관으로 보낸 것을 기록한 것으로 기재된 38종 중 조선 것만을 정리하면 15종입니다.

그러면 이 '버틀러'의 논문 이전에는 조선 나비가 기록된 문헌이 없느냐 하면 그렇지가 않아요. 학술적 가치는 적다 해도 그전에도

---

56) 귤이나 등자 껍질의 빛깔과 같이 붉은빛을 약간 띤 누런색. 등자색橙子色. 오렌지색

여러 기록이 있는데 그중 자미^{滋味: 재미}있는 것을 몇 개 소개하겠습니다. 《이조실록^{李朝實錄} 광해군일기^{光海君日記}》 광해군 9년(1617) 7월 20일 조목^{條目}에 함경도 갑산부^{甲山府}에서 백접^{白蝶: 흰 나비}이 군^群을 지어서 동북으로 와서 남으로 날아갔는데 그 형상이 긴 뱀과 같고 3일이나 하늘을 덮었고 북청부^{北靑府}에서도 백접이 군을 지어서 북으로부터 와서 남쪽 해변으로 날아갔는데 2일이나 연^連하여 하늘을 덮었다고 기록되어 있으니 아마 갑산에서 온 것이겠습니다. 그래서 남병^{南兵} 변현집^{便玄輯}이란 사람이 이 사실을 궁중에 알리었다고 기록되어 있습니다. 이 문헌에 기록되어 있는 백접이란 것은 저의 채집 경험에 의하면 *Pieris napi L. f. dulcinea Butler* ^[줄흰나비]란 종류로 생각됩니다. 그 후 18, 9세기에 걸쳐 산 사람 중 신작^{申綽: 57)}이란 사람의 『조수충어초목명^{鳥獸蟲魚草木名}』이란 책에는 날개를 모으는 것이 접^{蝶: 나비}이고 날개를 늘어 치는 것이 아^{蛾: 나방}라고 '접아'를 구별한 기록이 있어서 재미있습니다. 또 조재심^{趙在三}이란 사람의 『송남잡식^{宋南雜識}』이란 책에는 호랑나비란 이름의 유래가 기록되어 있습니다. 즉 큰 나비를 봉자^{鳳子}라고 그런다고요. 이 봉자란 것은 지나문헌^{支那文獻: 중국 문헌}에 있는 것인데 강남에서 귤^橘나무 잎을 먹는 벌레가 큰 나비가 되는데 그것을 봉자라고 한다는 것을 그대로 조선에 수입해다가 큰 나비를 봉자, 봉나비라 하다가 범나비로 화^化해진 것을 한자로 호랑접^{虎狼蝶}이라고 기록하고 후에 호랑나비라고 했을 것이라고 기록되어 있어서 아주 재미있습니다. 이 호랑나비,

---

57) 조선 후기 『춘추좌씨전례』, 『역차고』, 『상차고』 등을 저술한 학자

범나비란 정도의 기록은 또 있습니다. 우리가 옛날 몇백 년 전부터 불러오는 시조에도

> 나비야 청산에 가자 '범나비' 너도 가자
> 가다가 저물어진 꽃에 들어 자고 가자
> 꽃에서 푸대접하거든 잎에서나 자고 가자

란 것이 있지 않습니까.

그 후 외국 사람의 문헌 중에도 학술적 논문 외에 조선 나비를 속명俗名으로 기록한 것이 있습니다. 1870년에 나온 '닥터 아담스'란 사람의 『자연과학자의 일본만주여행기日本滿洲旅行記』란 책에 부산서 2종의 나비를 관찰했다는 기록이 있습니다.

이와 같이 1882년 '버틀러'의 학술논문 이전에도 여러 가지 모양으로 조선 나비가 기록되어 있습니다. 조선 나비에 관한 문헌은 근 300에 달하는데 이 '버틀러'의 논문 이후 발표된 학술적 가치가 있는 문헌만은 몇 개냐 하면 176편입니다. 이 176편 중 중요하고 재미있는 것만 몇 개를 소개하겠습니다.

'버틀러'의 논문이 나온 5년 후에 '픽센'이란 사람의 〈조선의 나비〉란 논문이 발표되었는데 이 논문이 되기까지는 또 재미있는 사실이 있습니다.

독일사람 '웃토 헤르츠'란 사람은 '스타우딩겔'이란 사람에게 나비의 학문을 배웠는데 그 후 '페테르스부르구'에 있는 노국露國: 러시

아 '로마노프' 대공 '니코라이, 미카일로윗치'란 사람에게 초빙을 받고 1884년에는 출장 명령을 받아 가지고 극동인 조선까지 채집 온 것입니다. 그해 2월에 '오뎃사 우크라이나 남부에 있는 도시. 오데사주의 주도이며 흑해에 접한 항만 도시'를 출발해서 홍해紅海, 석란錫蘭: 스리랑카, 장기長崎: 일본 나가사키 등지를 경유해서 조선에 왔는데 부산서는 잠깐 하선 해서 채집하는 것처럼 하고는 곧 인천으로 와서 경성[서울]에 온 것 입니다. 당시의 독일 공사는 '폰 멜렌도르프'란 사람인데 이 공사 의 원조를 얻어서 6월에서 9월 중순까지 경원선 방면 김화金化 등 지에서 채집한 것입니다. 이 거대한 채집품은 그 후 '로마노프' 대 공에게 바친 것인데 이것을 학술적으로 연구 발표하는데 대공이 아까 말씀드린 '픽센'을 시켜서 이 큰 논문을 낸 것인데 93종이나 기록되었습니다. 이 '니코라이' 대공은 노국露國 황족으로 거만巨萬의 부를 이 접아수집蝶蛾蒐集에 던졌는데 그 후 대공의 사환 중 불량배 가 있어서 귀한 표본을 많이 도매盜賣: 남의 물건을 훔쳐 팖 한 까닭에 대 공은 아주 낙심하고 흥미도 적어져서 후에 표본 전부를 '페테르스 부르구' 박물관에 기증하였는데 그 후 대공은 노국이露國亞: 러시아 혁 명 때 학살당하고 표본은 지금 '레닌그라드'에 보존되었답니다. 이 렇게 재미도 있고 가장 훌륭한 '픽센'의 논문은 조선접류학상朝鮮蝶類 學上 최대의 문헌으로 볼 수도 있습니다.

그리고 '픽센'의 논문이 나온 같은 해 1887년에 '리 취'란 영국 사람의 논문이 나왔는데 이것은 '리 취' 자신이 1886년에 장기長崎 에 와서 채집을 개시하고, 그 후 구주九州, 조선朝鮮, 본주本州, 북해도

北海道, 천도千島 등 제지諸地: 여러 지역에서 채집한 것을 기재한 것인데 기록된 91종을 지금 우리가 보면 92종입니다. 그 후 연速해서 '리 취'는 조수를 동양에 파견하는 등 막대한 금전을 사용해서 표본을 모아 1893~94년에는 대저大著를 발표했습니다. 기재된 650종 중 조선 것이 114종이나 되는 훌륭한 대저인데 그 책 1권 서론에는 우리 조선 사람으론 불쾌를 느낄 구句가 있습니다. '리 취'가 원산에 왔을 때는 안변安邊 쪽으로 와서 채집한 모양인데 옥외屋外에서 잔 이야기와 조선 사람의 생활이 세상에서 가장 불결하겠더라는 등 사실이 있겠지만 우리에게는 불쾌한 구가 기록되어 있습니다. 저서를 낼 때는 여러 가지 주의해야 할 것이란 것을 느꼈습니다.

그 후 이십 세기에 들어와서 1905년에 비로소 아국인我國人58) 송촌송년松村松年: 쇼넨 마츠 무라, 일본인 곤충학자 박사의 기록이 있는데 그의 목록에 조선에 70종이 난다고 기록되어 있습니다.

지면이 없어 더 이야기하기 어려워서 대개는 생략하겠습니다. 그 많은 학술논문을 다 참조한데도 아까 말 드린 바와 같이 조선산 나비는 255종류밖에는 안 됩니다. 최근 어떤 책에는 조선 나비가 270여 종류가 된다고 기록된 것이 있지만 그 270여 종류란 것은 저의 입장에서 보면 230종류밖에는 못 됩니다.

제 입장에서 보는 조선 나비 255종류 중에는 조선특산의 그것도 있고 전 세계에 널리 분포된 것도 있어서 재미있는 사실이 많

---

58) 우리 조선 출신 사람이라는 뜻은 아니고, 이 글이 발표된 때가 1940년 일제강점기란 점을 생각해서 읽으면 될 듯하다.

지만 지면 관계로 후 기회를 기다려 여기서 각필^{閣筆}합니다.

(1940년)

출전 : 《조광》 6권 4호 (1940.4)

부친은 평양에서 종업원이 100여 명에 달하는 요릿집을 운영할 정도의 부유한 사업가이면서, 사업에서 번 돈으로 독립운동을 지원하는 민족의식이 뚜렷했다고 한다. 그런 집안 출신으로 민족문제와 학문연구에 관심을 두고 자랐고, 모친은 당시에 귀한 신식 타자기를 아들에게 선물할 정도로 여유가 있었다고 한다.

어려서부터 집에서 동물 기르기를 좋아했고, 송도고보 학생 시절에는 한때 음악에 몰두해 공부를 게을리했었다는 일화를 보면, 무엇엔가 한번 빠지면 아주 푹 집중하는 덕후 기질의 성향으로 보인다.

타이완에서 곤충 채집 여행 때 비가 내린 날이지만 홀로 과제 이행을 위해, 비를 맞지 않으려고 나무에 모인 하루살이들을 채집할 만큼 끈기가 있는 학생이었다. 일본 가고시마 고등농림학교 졸업 후에는 송도중학교에서 생물 교사로 일하면서 한반도의 나비에 관해서 연구했다. 이는 학창 시절 지도 교수였던 오카지마 교수의 충고에 따른 것이었다. 학교를 졸업할 즈음 석주명에게 교수는 장래를 물었는데, 석주명은 차별 때문에 학자가 될 수 없다고 하였다. 그러자 교수는 "한 분야에 10년간 집중하면 그 분야의 전문가가 된다"며 한반도에 사는 나비 연구를 권했고, 석주명은 교수의 충고를 받아들여 나비를 연구하였다.

1940년에 발표한 나비에 관한 그의 저서는 현재 영국왕립학회The Royal Society of London for the Improvement of Natural Knowledge 도서관에 소장되어 있다. 전 세계에 30여 명밖에 안 되는 세계나비학회의 회원으로, 전국 방방곡곡을 다니며 75만여 마리나 되는 나비를 채집하여 분류하고 연구했다. 또 그 성과를 모두 정리하여 지도에 표시한 자료인 『한국산 접류 분포도 The Distribution Maps of Butterflies in Korea』는 세계의 걸작으로 손꼽히고 있다.

1947년 한국산악회의 독도 학술 조사에 참여했다.

한국전쟁 도중 1950년 9월 말 서울에 있던 서울과학관이 폭격을 맞으면서 그가 20여 년 동안 75만 마리의 나비를 채집하여 만든 나비 표본이 모두 잿더미가 되고 말았다. 당시 석주명은 너무 상심이 커서 식음을 전폐할 정도였다고 한다.

누이동생 석주선이 한국전쟁 피난 시절 배낭에 넣고 다니며 보존했다가 1973년에 발간한 『한국산 접류 분포도』는 대한민국 나비 250종이 분포하는 지역을 종마다 각각 한국 지도와 세계 지도 한 장씩에 붉은 점으로 표시한 지도 500장으로 편집되어 있다. 석주명의 유품 및 관련 사료 50여 점은 단국대학교 석주선기념박물관에 소장되어 있다.

석주명^{石宙明, 1908~1950}. 평양 출생, 나비 연구가, 생물학자, 곤충학자, 동물학자, 언어학자, 박물학자, 제주도 연구가. 1926년 개성 송도고등 보통학교를 졸업한 뒤 1929년 일본 가고시마 고등농림학교를 졸업. 1930년 모교인 송도중학교 생물 교사로 부임하여 10여 년간 근무하면서 나비 연구에만 전념하여 나비 박사로 불림.

1943년 경성제국대학 부속 제주도생약연구소 소장으로 부임하면서부터는 제주도의 곤충 연구를 계속하는 한편, 『제주도방언집』(1947), 『제주도관계문헌집』(1947), 『제주도의 생명조사서: 제주도 인구론』(1949) 등을 출판함. 8·15광복과 더불어 수원농사시험장 병리곤충부장에 취임하였고 1946년 국립과학박물관 동물학부장으로 재직하면서도 연구생활을 계속하였는데 그간에 제작된 귀중한 표본과 연구업적은 범세계적으로 알려져 있음. 100여 편의 나비 관계 연구논문 중 특히 「흰배추나비의 변이곡선」은 특출한 것으로 인정받고 있음. 1950년 10월 6일 술에 취한 군인들이 쏜 총탄에 맞아 사망함. 단국대학교에 석주선기념박물관이 있음.

유고로 『제주도곤충상』(1970), 『한국산접류의 연구』(1972), 『한국산접류분포도』(1973) 이외에 수필집 『(제주도 수필집) 제주도의 자연과 인문』(1968)과 『제주도자료집』(2008)을 남김.

가배^{咖啡}

김남천(소설가)

요즘 알베르 티보데의 책을 한 권 사서 『소설 독자론』의 첫 혈^{頁: 머리}을 펼치니까 이런 글이 나왔다. 피에르 루이[59]가 어떤 재미스런 콩트 속에서 희랍 문명과 근대 문명이 쾌락(그에 의하면 유일의 가치 있는 것)의 수확으로서 선물한 것을 비교해 보고, 근대인은 새로운 일락^{逸樂: 편안히 놀기를 즐김}을 단 하나밖에는 발명하지 못했다, 그것은 담배다. 라고 결론하였다.

희랍 시대에는 자연^{紫煙: 담배 연기} 의 취미는 없었던 모양이다. 그런데 티보데는 이 담배란 말을 끌어온 다음에, 희랍인에게서는 볼수 없었던 새로운 취미로 '독서'를 하나 더 예로 들고, 이러한 이야기를 통하여 가면서 그의 『소설 독자론』을 전개시키고 있었다.

이런 것을 읽다가 나는 퍼뜩 벽초 선생의 『임꺽정』을 생각했다. 임꺽정과 그의 일당이 두주로 유흥을 하는 장면은 많지마는 담배

---

59) 피에르루이¹⁶⁹⁸⁻¹⁷⁵⁹: 피에르 루이 모로 드 모페르튀이^{Pierre Louis Moreau de Maupertuis}, 프랑스의 수학자, 철학자, 진화생물학자, 문학가. 물리학자.

를 피우는 대목은 본 기억이 없는 것 같다. 이것으로 미루어 보면 이조 명종 전후에도 끽연의 풍속은 없었던 것이 분명하다. 언제부터 우리에게 담배 피우는 습관이 들어왔는지 물론 나 같은 자의 가히 알 바 아니오, 그러니 소설 쓰는 것이 직업이어서 동물에게 약을 먹이듯 하여 겨우 독서의 취미는 약간 붙여놓았지만, 나는 아직 담배의 맛도 모르고, 또 그것을 상습으로 하지도 않으므로, 피에르 루이의 논조로 한다면, 나는 현대인으로 살면서도 저 희랍인이 갖지 못하였던 단 하나의 취미에조차 참여하지 못한 것으로 된다.

담배를 즐겨 피우지 않는 관계로 나는 집에서 머리를 쉬일 때 아무것도 입에 넣는 것이 없다. 글을 읽든가, 무엇을 쓰다가 머리가 무거워지면 사람들은 곧잘 담배를 피워서 피곤을 덜고 정신을 소생시키는 모양인데, 나는 아무것으로도 그런 효과를 낼 취미나 습관을 가지지 못한 것이다. 중학 시대에 시험공부를 할 때엔 커다란 눈깔사탕을 입에다 물고 수학을 풀던 기억이 있으나, 아이들의 눈도 있고 한데, 나이 30이 돼서 눈깔사탕을 끼고 다닐 수도 없는 노릇이다. 술은 겨우 그 맛이나 안다고 할 정도이지만 혈기가 혈기라 한두 잔으로 걷어치지 못하고, 그것도 요즘 같아서야 어디서 일적─滴: 한 방울이라는 뜻으로, 아주 적은 양의 액체를 비유적으로 이르는 말. 이나 손쉽게 구해 올 수가 있는가. 딱히 그래서 먹어 보기 시작한 것은 아니지만, 틈틈이 차를 마시기로 했다.

차라고 하면, 퍽 전에 고 호암[사학자 문일평을 가리킴] 선생의 글에서,

이것이 이 땅에 들어오게 된 유래를 읽었던 것처럼 어렴풋이 생각되기는 하지만 기억이 도무지 확실치가 못하다. 그러니까 차에 대해서도 재미난 이야기는 가지고 있지 못하다. 임꺽정의 일당이 숭늉을 마셨던 것은 확실하지만 …….

차에도 여러 가지가 있는 것은 주지하는 바와 같다. 코코아나 가배도 차라고 할 수 있을는지. 차나 마시러 가자고 나서서도, 소다나 아이스크림을 먹을 수 있으니까, 가배도 차라고 해 두자. 여하튼 나는 흥분제를 약간 필요로 하였던 만큼 가배를 쓰기로 했던 것이다.

게오르그 브란데스가 그 유명한 『19세기 문학 주조사』에서 말한 바에 의하면, 미슐레라는 역사가가 그의 저서 가운데서 이런 말을 하였다고 한다. 불란서의 역사 가운데서 가배의 수입과 함께 국민의 지식 생활에는 새로운 기원이 열렸다고.

브란데스 자신도 이건 좀 허망한 소리라고 말하였다. 그러나 그는, 초기의 작업의 문체에서 술의 향훈을 느낌과 동양^{同樣: 같은 모양}으로, 볼테르의 문체에서는 가배의 향기를 느낄 수 있다고 말하였다. 그러고 보니 우리 조선에서도, 신문학에 있어 불과 30년이지만, 초기 시인의 시에는 술 냄새가 풍기는 것 같고, 요즘 신세대의 시에는 가배 냄새가 풍기는 것 같기도 하다.

그러나 가배를 가장 애음(?)한[60] 사람은 아마 오노레 드 발자크일 것이다. "그는 5만 배杯의 가배로 생활하고, 5만 배의 가배로

---

60) 원문 그대로 문장

죽었다"라는 말도 있다. "나는 야반에 기상한다, 그리고 17시간 동
안 원고를 쓴다." "나는 다섯 시간밖에 자지 않았다, 야반으로 정
오까지는 제작에 소비하고 정오로부터 네 시까지 교정을 본다."

이러한 격렬한 노동 가운데서 그의 의식을 지탱해 준 것은 45
배의 가배였다고 한다. 51세에 드디어 죽었으나 20년 동안 100권
의 소설을 썼다.

물론 우리 따위가 이런 거장을 흉내 내는 것은, 영웅호색이라고
영웅은 못되면서도 호색만은 본뜨려 하는 것이나 진배없는 노릇,
가배를 그렇게 마시고서 단 하루를 견뎌 배길 턱도 없지만, 또 먹
을 수 있다기로니 무슨 작품이 생겨 나올 수 있을 것이냐. 벌써
4, 5년 전에 아내가 신경에 갔다가 우연히 러시아인 상점에서 가
배 한 파운드를 사 들고 왔는데, 이것도 물론 발자크 모양으로 소
설을 잘 쓰라고 그런 것도 아니오, 신혼 출하로 어떤 신식 부인이
커피포트를 하나 선물해서, 이와 그릇이 있으니 한 번 끓여 본다
고 가방 속에다 넣어 가지고 왔던 모양이다.

처음은 끓일 줄도 몰라서 감초국 같이도 만들고, 팥 뜨물처럼도
끓였으나, 2, 3년 지나니까 곧잘 맛있는 모카나 브라질을 먹여
주었다. 물론 나는 체질이 그렇게 생겼는지, 4, 5년 그 본새로 먹
으면서도 담배와 한가지로 인이 박이질 않았다. 얼마간 준비해 두
었던 것이 작금에 다 없어지고 이제 다시 구할 길이 망연해졌다.
그러나 물론 거리의 신식 청년들처럼 겁은 나지 않는다. 그저 심
심할 땐 군입만 쩍 갑 쩍 갑 다시게 된 게 어쩐지 서운하다. 그렇

다고 흥분제는 일적一滴도 안 마신다고, 손님에겐 홍차를 주면서도 자기는 백비탕白沸湯: 아무것도 넣지 않고 맹탕으로 끓인 물을 마시는 장개석의 기질은 또한 나의 본받을 바 못 되고 …….

(1940년)

출전 : 《박문》(1940.7)

평설

세계 최초로 커피가 문학작품에 등장하는 것은 이슬람 신비주의 수피교 Sufism 교도인 잘랄 앗 딘 알 루미Jalal ad-Din ar-Rumi 1207경~1273의 시 〈입술 없는 꽃〉이다.

커피는 우리나라 근대문학사에서 가배珈琲, 가배차珈琲茶, 가비茄菲, 가비차 加比茶, 또는 양탕洋湯 국으로 불렸다.

1895년 유길준의 『서유견문』에서 가비茄菲라 소개하였고, 《독립신문》

1896년 10월 1일 광고란에 볶은 모카커피와 자바커피가 각각 1파운드에 70센트라는 광고가 보인다.

근·현대 문학사에서 커피를 가정에서 쉽게 접하기 어려운 시절이었기에, 문인 예술가 지식인들이 쉽게 접할 수 있는 커피의 소재적 공간인 '다방茶房'과, 커피를 음용飮用하는 행동을 묘사하는 문학작품을 찾아본다.

우리나라에서 커피가 문학에 등장하는 최초의 작품은 《대한민보》에 연재한 이해조의 신소설 〈박정화薄情花〉(1910)로, 뒤를 이어 이광수의 신문연재소설 〈개척자〉(1917)로 보인다.

1918년 12월 동경 유학생 김동인, 주요한 등이 하숙집에서 화로를 끼고 커피를 마시며 문학 이야기를 하다가 동인지를 만들기로 의기투합하여 1919년 2월 18일 나온 것이 《창조》 창간호가 된다.

박영희의 〈백수의 탄식〉(1924), 〈철야〉(1926)

정지용의 〈카페·프란스〉(1926)

김기림의 〈도시풍경〉(1931), 〈커피잔을 들고〉(1933)

이광수의 〈흙〉(1932~1933), 〈난제오亂啼烏〉(1940)

박태원의 〈피로 – 어느 반일半日의 기록〉(1933), 〈소설가 구보씨의 일일〉(1934), 〈방란장 주인〉(1936)

유진오의 〈김강사와 T교수〉(1935), 〈가을〉(1935), 〈나비〉(1939)

이상의 〈날개〉(1936), 〈환시기〉(1936), 〈실화〉(1936), 〈추등잡필-3.예의〉(1936), 〈동해〉(1937)

이태준 〈설중방란기〉(1936), 〈장마〉(1936), 〈다방〉(1940)

이선희 〈가등街燈〉(1934)

나혜석 〈현숙玄淑〉(1936)

김유정 〈따라지〉(1937)

김남천 〈처를 때리고〉(1937), 〈가배〉(1940)

이효석 〈공상구락부〉(1938) 〈장미 병들다〉(1938) 〈낙엽을 태우면서〉(1938)

최정희 〈지맥〉(1939)

백신애 〈아름다운 노을〉(1939~1940)

채만식 〈냉동어〈(1940.4-5), 〈종로의 주민〉(1941), 〈4호 1단〉(1941)

김동리 〈밀다원시대〉(1955)

이들 작품이 서구적 기호품인 커피가 우리 땅 일제 치하 식민지 현실에서 어떻게 조선의 풍속과 연결되고 수용되어 가는지를 보여 주고 있다.

커피가 단순하게 마시는 선택적 식음료가 아니라 제품으로 만들어 팔고, 그것을 제공하는 공간인 다방이나 카페 그리고 일반 대중에게 서비스를 만들어 가는, 여러 직업군의 생존을 위한 파란만장을 여러 작품 속에서 다양하게 묘사하고 있다.

김남천金南天. 1911~1953. 평안남도 성천 출생. 소설가. 문학비평가. 아명은 김효식. 1929년 일본 호세이대학에 재학 중 조선프롤레타리아예술동맹(KAPF) 동경지회에 가입. 이후 국내에서 카프 맹원으로 활동하다가 월북하여 1949년 조선문학예술총동맹 서기장까지 올랐으나 1953년 휴전 직후 숙청당함. 문단 활동은 1931년 희곡 〈파업조정안罷業調停案〉과 소설 〈공장신문工場新聞〉(1931), 〈공우회工友會〉(1932〉 등을 발표하며 활발하게 작품을 썼고, 주요 작품으로 〈남매〉(1937), 〈처를 때리고〉(1937), 〈소년행〉(1938), 〈경영〉(1940), 장편소설 「대하」(1939), 창작집 『맥』(1947) 등이 있음. 영화와 소설 관련 비평집이 다수 있음. 사후에 『김남천전집(전2권)』(2000) 등이 나옴

이성간 우정

이태준(소설가)

 같은 아는 정도라면 남자를 만나는 것보다 여자를 만나는 것이 우리 남성은 늘 더 신선^{新鮮}하다. 왜 그런지 설명을 길게 할 필요는 없지만, 얼른 생각나는 것은 동성^{同性}끼리는 서로 너무나 같기 때문인 듯하다. 다른 데가 너무 없다. 입는 것도 같고, 말소리도 같고, 걸음걸이도 같고, 붙이는 수작도 거의 한 인쇄물이요, 나중에 그의 감정이 은근히 이성을 그리는 것까지 같아 버린다. 동일물^{同一物}의 복수^{複數}, 그것은 늘 단조^{單調}하다,

 남자에게 있어 여자처럼 최대, 그리고 최적의 상이물^{相異物}은 없다. 같은 조선 복색이되 우리 남자에게 있어 여자 의복^{衣服}은 완전히 이국복^{異國服}이다. 우리가 팔 하나 끼어볼 수 없도록 완전한 이국복이다. 같은 조선어^{朝鮮語}이되 우리 남자에게 있어 여자들의 말소리는 또한 먼 거리의 이국어^{異國語}다. 뜻만 서로 통할 뿐, 우리 넥타이를 맨 성대에서는 죽어도 나오지 않는 소리다. 우리가 처음 이성을 알 때, 그 이성에게 같은 농도의 이국감^{異國感}을, 어느 외국인에

게서 느꼈을 것인가.

우리에게 여성은 완전한 이국異國이다. 사막에 흑인과 사자獅子만이 사는 그런 이국은 아니다. 훨씬 아름다운, 기름진, 향기로운 화원의 절도絶島인 것이다. 오롯한 동경憧憬의 낙토樂土인 것이다. 이 절도에의 동경을 견디다 못해 서투른 수영법으로 바다에 뛰어드는 '로빈슨크루소' 들이 시정市井엔 얼마나 많은 것인가.

다른 것끼리가 늘 즐겁다. 돌멩이라도 다른 것끼리는 어느 모서리로든지 마찰이 된다. 마찰에서 열이 생기고 불이 일고 타고 하는 것은 물리학으로만 진리가 아니다. 이성끼리는 쉽사리 열이 생길 수 있다. 쉽사리 탄다. 동성끼리는 돌이던 것이 이성끼리는 곧 잘 석탄이 될 수 있다. 남자끼리의 십 년 정情보다 이성끼리의 일 년 정이 더 도수度數를 올릴 수 있는 것은 석탄화石炭化 작용에서일 것이다. 타는 것은 맹목적盲目的이기 쉽다. 아무리 우정이라 할지라도 불이 일기 전까지이지 한번 한끝이 타기 시작하면 우정은 그야말로 오유烏有: 어찌 있겠느냐의 뜻으로, 있던 사물이 없게 되는 것을 이르는 말가 되고 만다. 그는 내 누이야요, 그는 내 오빠로 정한 이야요 하고 곧잘 우정인 것을 공인을 얻으려고 노력까지 하다가도, 어느 틈에 실화失火를 해서 우애友愛는 그만 화재火災를 당하고 보험 들었다 타오듯 하는 것은 부부이기가 일수一手임을 나는 허다하게 구경한다.

우정이란 정情보다도 의리義理의 것이다. 부자간의 천륜보다도 더

강할 수 있는 것이 우정이다. 인류의 도덕 가운데 가장 아름답고 완고顽固할 수 있는 것이 우정이다. 이런 굉장한 것을 부작용이 그렇게 많은 청춘 남녀끼리 건축해나가기에는 너무나 벅찰 것이 사실이다.

한 우정을 구성하기에 남자와 여자는 적당한 대수對手들이 아니다. 우정보다는 연정에 천연적으로 적재適材들이다. 주택을 위해 마련된 재목으로 사원寺院을 짓는 곤란일 것이다.

구태여 이성간에 우정을 맺을 필요가 없다. 절로 맺어지면 모르거니와 매력이 있다 해서 우정을 계획할 것은 아니다. 매력이 있는데 우정으로 사귀는 것은 가면假面이다. 우정은 연정의 유충幼蟲은 아니다. 연정 이전 상태가 우정이라면, 흔히 그런 경우가 많지마는, 그것은 우정의 유린蹂躪이다. 우정도 정이요, 연정도 정이다. 종이 한 겹을 나와서는 우정과 연정은 그냥 포옹抱擁해버릴 수 있는 동혈형同血型이다. 사실 동성同性 간의, 더욱 여성女性 간의 우정이란, 생리적으로 불화일 뿐, 감정적으로는 거의 부부 상태인 것이 많다. 그러기에 특히 정에 예리한 그들은 친하던 동무가 이성과 연애를 하거나, 결혼을 하면 감정상 여간 큰 타격을 받는 것이 아니다. 그것은 벌써 우정의 경계선을 돌파한 이후인 증거다. 그러기에 동성연애란 명사까지 생긴다. 우정에게 있어 연정은 영구한 적敵이다.

결혼으로 말미암아 파괴破壞되는 우정은 여성간의 우정 뿐 아니다. 남성 간에는 별무한 편이나 남자와 여자 간에는 더 노골적인 편이다.   여자끼리는 결혼 당시에만 결혼 안 하는 한편이 슬퍼할 뿐, 교양 정도를 따라서는 이내 그 우정은 부활할 수 있고, 도리어 과거의 우정에서 불순했던 것을 청산해서 우정은 영구히 우정으로 정화되는 좋은 찬스가 되기도 한다. 그러나 이성간의 우정은 한편이 결혼 후에 부활되거나 나아가 정화되는 것이란 극히 희귀稀貴하다.

그러니까 이성간에는 애초부터 연정의 혼색混色이 없이 순백한 우정이란 발생되기가 어려울 것이다. 아직 우리 사회 상태는 어떤 처소에서나 동성끼리 접촉하기가 더 편리하다. 편리한 데서 굳이 고개를 돌려 불편한 이성 교제를 맺는 것부터 그 불편리不便利에 대가代價될 만한 무엇이 있기 때문이다. 그것은 이성간에 본질적으로 있는 매력이다. 매력은 곧 미美다. 인체에서 육체적으로나 심령적으로나 미를 발견함은 우정의 단서가 되기보다는 연정의 단서가 되기에 더 적절하다. 그런데 연애 관계는 우정 관계보다 훨씬 채색적彩色的이다. 인기人氣와 물론物論이 높아진다. 거기서 대담한 사람끼리는 연애라는 최단 거리를 취하고 소심한 사람끼리는 최장 거리의 우정 코스에 몰리는 듯하다.

아무튼 이성간에 평범한 지면知面 정도라면 몰라, 우정이라고까지 특히 지목할 만한 관계라면, 그것은 일종 연정의 기형아로밖에는 볼 수없을 듯하다. 기형아이기 때문에 이성간의 우정은 늘 감상성感傷性이 붙는다. 늘 일보一步 전에 비밀지대祕密地帶를 바라보는 듯한,

남은 한 페이지를 읽다 그치고 덮어놓은 듯한, 의부진意不盡한 데가 남는다. 우정 건축에 부적한 원료들이기 때문이다. 그 일보 전의 비밀지대, 못다 읽고 덮는 듯한 최후의 페이지, 그것은 피차의 인격보다도 오히려 환경의 지배를 더 받을 것이다. 한 부모를 가진 한 피의 남매간이 아닌 이상, 제삼자의 시력이 불급不及하는 환경에 단둘이 오래 있어 보라. 그 우정은 부부 이상엣 것에라도, 있기만 한다면 돌진突進하고 남을 것이다.

현대 생활은 이성간의 교제가 날로 빈번해진다. 부녀자가 동쪽에서 나타난다고 눈을 서쪽으로 돌이킬 수는 없는 시대다. 그 대신 본질적으로 우정 원료가 아닌 남녀끼리 우정을 계획할 필요는 없다. 알게 되면 요즘 문자로 명랑히 사교할 뿐, 특히 우정이라고 지목될 데까지 깊은 인연을 도모할 바 아니요 또 그다지 서로 매력을 견딜 수 없으면 가장假裝을 할 것 없이 정정 당당히 연애를 정당한 방법에 의해 행동할 것이다.

그러나 이성간의 우정을 절대로 부정否定함은 아니다. 적당한 원료는 아닐망정 집안과 집안 관계로, 혹은 단 두 사람의 사적관계로도, 또는 연령상 서로 현격한 차이로, 수미여일首尾如一한 우정이 생존하지 못하리라고 단언할 수는 없다. 그러니까 동성간이라는, 생리적으로 다른, 피차 적응성適應性을 가졌기 때문에 제삼자의 시력 범위 외에 진출하는 찬스는 의식적으로 피해 나가야 할 것이다. 남녀문제에 있어 열 학식學識이나, 열 인격이 늘 한 찬스보다 약한 것은 영원한   진리이다. 더욱 이성간의 우정, 이것은 흥분한 사상청년^{思想靑年} 이상으로 끝까지   보호 관찰을 필요하는 것이라 생각한다.

(1941년)

평설

출전 : 『무서록』(박문서관, 1941)

1941년 박문서관에서 첫 출판한 『무서록』에 실린 57편은 전통문화에 대한 고완주의를 중심으로 〈역사〉, 〈필묵〉, 〈일분어〉, 〈묵죽과 신부〉, 〈목수들〉, 〈고완〉, 〈고완품과 생활〉 등과 자연현상에 친화적인 수필 〈산〉, 〈바다〉, 〈밤〉, 〈파초〉, 〈매화〉 등 순수문학에 대한 미적 감각으로 표현된 글로 구분된다.

1994년 깊은샘 판 『이태준 문학전집, 제15권, 무서록』은 1941년 박문서관 판의 57편에 증보된 56편 도합 113편을 싣고 있다.

한국의 모파상으로 불리는 상허가 1930년대부터 1953년대까지 30여 년간 집필한 작품은 단편소설 63편, 중편소설 4편, 장편 14편, 콩트 6편, 수필 113편, 희곡, 평론, 동화에 이르기까지 다양한 장르에서 의욕적으로 활동해왔다.

말을 골라 쓰기로는 지용을 따를 자 없겠지만 그는 시인이라 그것이 당연하다 하겠지만 소설가가 말 한마디, 한 줄 글에도 조탁을 게을리하지 않는다는 것은 그리 쉬운 일이 아니다. … 그러기에 세상에서 상허^{이태준}의 글을 문장으로 치는 바이요 누구나 그의 글은 아름답다 한다.[61]

운동으로 피곤한 육체는 다시 가벼운 운동으로 푸는 법이다.

소설 집필에 삐친 머리를 가뜬하게 씻기 위하여 수필이란 붓을 들만한 것이 아닐까. 『무서록』이 혹은 이러한 의미에서 작가 이태준의 경문학적 소창일 것이다.

수필이니 '에세이'니 하고 보면 문학자들이 사설이 많다. 무서록이 구태 여 '에세이'에 가담할 맛이 없을까 한다. '에세이'는 영인^{英人}이어야만 쓸 수 있는 것이라든지 임어당을 쳐들고 위협한다면 박학다식의 풀어 헷드리 고 나서는 자세로서의 일례를 들면 자연과학자의 수필 같은 것의 문학종 이라면, 그러면 『무서록^{無序錄}』은 수필이 아니어도 조타. 무서록은 마침내 그대로 보아도 조타고 할 수박게 업다.

작가 이태준이 단적으로 들어가기는 무서록과 같은 글에서다.

교양이나 학식이란 것이 어떻게 논란될 것일지 논란치 않겠으나 '미술'

---

61) 김동석, 『예술과 문학』, 박문출판사, 1947, 11면.

이 없는 문학자는 결국 시인이나 소설가가 아니되고 마는 것도 보아 온 것이니 태준의 '미술'은 바로 그의 천품이요 문장이다. 동시에 그의 생활이다. 화초에 관한 것, 자기궤연 등 고완에 관한 것, 서도필묵남화에 관한 것, 초가와옥의 양식장정제책에 관한 것, 기생 가곡에 관한 것, 대부분이 문단에 관한 것이 사람의 미술은 상당히 다단하다. 이러한 점에서 태준은 문단에서 희귀하다.

이조미술의 새로운 해석모방실천에서 신인이 둘이 있다. 화단의 김용준이요. 문단의 이태준이니 그쪽 소식이 감상문이 아니라 정선세련된 바로 수필로 기록된 것이 이 『무서록』이다.[62]

이태준李泰俊. 1904~?. 강원도 철원 출생. 소설가. 호는 상허. 본명 이규태李圭泰, 1920년 휘문고보에 입학하였다가 학교의 불합리한 운영에 불만을 품고 동맹휴학을 주도하다가 퇴교를 당함. 1926년 일본 도쿄에 있는 조오치대학 문과에서 수학하다 중퇴하고 귀국함. 1933년 구인회에 참가. 1939년 순수문예지 《문장》을 주재하여 역량 있는 신인들을 발굴하여 문단에 크게 기여함. 광복 후 1946년에 월북함. 단편소설 〈오몽녀〉(1925)를 《시대일보》에 발표하면서 작품 활동을 시작하여 〈아무일도 없소〉(1931), 〈불우선생〉(1932), 〈달밤〉(1933), 〈손거부〉(1935), 〈가마귀〉(1936), 〈복덕방〉(1937), 〈패강냉〉(1938), 〈농군〉(1939), 〈밤길〉(1940), 〈돌다리〉(1943) 등과 중편 「해방전후」(1946), 장편 「사상의 월야」(1946), 수필집 『무서록』(1944)과 문장론 『문장강화』(1946) 등과 사후에 『이태준전집(전9권)』(1988), 『이태준단편전집(전2권)』(2016) 등이 나옴.

---

62) 정지용, 『무서록』을 읽고 나서, 《매일신문》, 1941.4.18

내가 원하는 우리나라

김구(정치인 · 독립운동가)

나는 우리나라가 세계에 가장 아름다운 나라가 되기를 원한다. 가장 부강한 나라가 되기를 원하는 것은 아니다. 내가 남의 침략에 가슴이 아팠으니 내 나라가 남을 침략하는 것을 원치 아니한다. 우리의 부력은 우리의 생활을 풍족히 할 만하고 우리의 강력은 남의 침략을 막을 만하면 족하다. 오직 한없이 가지고 싶은 것은 높은 문화의 힘이다. 문화의 힘은 우리 자신을 행복 되게 하고 나아가서 남에게 행복을 주겠기 때문이다.

지금 인류에게 부족한 것은 무력도 아니요, 경제력도 아니다. 자연과학의 힘은 아무리 많아도 좋으나 인류 전체로 보면 현재의 자연과학만 가지고도 편안히 살아가기에 넉넉하다. 인류가 현재에 불행한 근본 이유는 인의가 부족하고 자비가 부족하고 사랑이 부족한 때문이다. 이 마음만 발달이 되면 현재의 물질력으로 이십억63)이 다 편안히 살아갈 수 있을 것이다. 인류의 이 정신을 배양

---

63) 어떤 책에서는 30억이라고 수정해 놓았는데, 1947년 백범의 원문은 '이십억'으로 표기되어 있다. 2022년 현재 인도는 14억, 중국도 14

하는 것은 오직 문화다.

나는 우리나라가 남의 것을 모방하는 나라가 되지 말고 이러한 높고 새로운 문화의 근원이 되고 목표가 되고 모범이 되기를 원한다. 그래서 진정한 세계의 평화가 우리나라에서, 우리나라로 말미암아서 세계에 실현되기를 원한다. 홍익인간弘益人間: 널리 인간 세계를 이롭게 함이라는 우리 국조 단군의 이상이 이것이라고 믿는다. 또 우리 민족의 재주와 정신과 과거의 단련이 이 사명을 달하기에 넉넉하고 우리 국토의 위치와 기타의 지리적 조선64)이 그러하며 또 일차, 이차의 세계대전을 치른 인류의 요구가 그러하며 이러한 시대에 새로 나라를 고쳐 세우는 우리의 탄 시기가 그러하다고 믿는다. 우리 민족이 주연 배우로 세계의 무대에 등장할 날이 눈앞에 보이지 아니하는가.

이 일을 하기 위하여 우리가 할 일은 사상의 자유를 확보하는 정치 양식의 건립과 국민교육의 완비다. 내가 위에서 자유의 나라를 강조하고 교육의 중요성을 말한 것이 이 때문이다.

최고 문화 건설의 사명을 달할 민족은 일언이폐지하면 모두 성인을 만드는 데 있다. 대한 사람이라면 간 데마다 신용을 받고 대접을 받아야 한다. 우리의 적이 우리를 누르고 있을 때는 미워하고 분해하는 살벌, 투쟁의 정신을 길렀었거니와 적은 이미 물러갔으니 우리는 증오의 투쟁을 버리고 화합의 건설을 일삼을 때다.

억을 넘었다고 함.
64) 원문대로임

집안이 불화하면 망하고 나라 안이 갈려서 싸우면 망한다. 동포간의 증오와 투쟁은 망조다. 우리의 용모에서는 화기가 빛나야 한다. 우리 국토 안에는 춘풍이 태탕[봄날의 바람이나 날씨가 화창함]하여야 한다. 이것은 우리 국민 각자가 한번 마음을 고쳐먹음으로 되고 그러한 정신의 교육으로 영속될 것이다.

최고 문화로 인류의 모범이 되기로 사명을 삼는 우리 민족의 각원은 이기적 개인주의자여서는 안 된다. 우리는 개인의 자유를 극도로 주장하되 그것은 저 짐승들과 같이 저마다 제 배를 채우기에 쓰는 자유가 아니요, 제 가족을, 제 이웃을, 제 국민을 잘살게 하기에 쓰이는 자유다. 공원의 꽃을 꺾는 자유가 아니라, 공원에 꽃을 심는 자유다.

우리는 남의 것을 빼앗거나 남의 덕을 입으려는 사람이 아니라 가족에게, 이웃에게, 동포에게 주는 것으로 낙을 삼는 사람이다. 우리말에 이른바 선비요, 점잖은 사람이다.

그러므로 우리는 게으르지 아니하고 부지런하다. 사랑하는 처자를 가진 가장은 부지런할 수밖에 없다. 한없이 주기 위함이다. 힘드는 일은 내가 앞서 하니 사랑하는 동포를 아낌이요, 즐거운 것은 남에게 권하니 사랑하는 자를 위하기 때문이다. 우리 조상네가 좋아하던 인후지덕이란 것이다.

이러함으로 우리나라의 산에는 삼림이 무성하고 들에는 오곡백과가 풍등하며 촌락과 도시는 깨끗하고 풍성하고 화평할 것이다. 그러나 우리 동포, 즉 대한 사람은 남자나 여자나 얼굴에는 항상 화기가 있고 몸에서는 덕의 향기를 발할 것이다. 이러한 나라는 불행 하례야 불행할 수 없고, 망하려 하여도 망할 수 없는 것이다.

민족의 행복은 결코 계급투쟁에서 오는 것도 아니요, 개인의 행복이 이기심에서 오는 것이 아니다. 계급투쟁은 끝없는 계급투쟁을 낳아서 국토에 피가 마를 날이 없고 내가 이기심으로 남을 해하면 천하가 이기심으로 나를 해할 것이니 이것은 조금 얻고 많이 빼앗기는 법이다. 일본의 이번 당한 보복은 국제적 민족적으로도 그러함을 증명하는 가장 좋은 실례다.

이상에 말한 것은 내가 바라는 새 나라의 용모의 일단을 그린 것이거니와 동포 여러분! 이러한 나라가 될진댄 얼마나 좋겠는가. 우리네 자손을 이러한 나라에 남기고 가면 얼마나 만족하겠는가. 옛날 한토의 기자箕子가 우리나라를 사모하여 왔고 공자께서도 우리 민족 사는 데 오고 싶다고 하셨으며 우리 민족을 인仁을 좋아하는 민족이라 하였으니, 예에도 그러하였거니와 앞으로는 세계 인류가 모두 우리 민족의 문화를 이렇게 사모하도록 하지 아니하려는가.

나는 우리의 힘으로 특히 교육의 힘으로 반드시 이 일이 이루어질 것을 믿는다. 우리나라의 젊은 남녀가 다 이 마음을 가질진댄 아니 이루어지고 어찌하랴.

나도 일찍 황해도에서 교육에 종사하였거니와 내가 교육에서 바라던 것이 이것이었다. 내 나이 이제 칠십이 넘었으니 몸소 국민교육에 종사할 시일이 넉넉지 못하거니와 나는 천하의 교육자와 남녀 학도들이 한번 크게 마음을 고쳐먹기를 빌지 아니할 수 없다.

(1947년)

출전 : 『백범일지 : 자서전』(국사원, 1947)

김구金九의 자서전 『백범일지』 판본은 크게 4가지다. 김구가 1929년과 1942년에 탈고한 친필본과 그것을 옮겨적은 필사본 2종, 1947년에 공식적으로 출간된 국사원 본까지다. 국사원 본은 이광수가 손질한 1947년 책을 말한다. '국사원본 백범일지'는 처음부터 근대문학사 최고의 문장가 손끝을 타고 유려한 문장, 쉽고 간결한 문체로 출발했다. 1994년 백범의 아들 김신이 친필 원본을 공개함으로써 이광수의 윤문潤文과 차이점을 확인할 수 있다.

1947년 12월 15일 국사원에서 처음으로, 아들 김신에 의해 초간 발행을 필두로 오늘날까지 국내·외에서 10여 본이 중간重刊되었다.

출판 기록을 살펴보면 1947년 국사원 판과 같은 해 백범일지 출판사무소에서도 1종이 나왔다.

최고 문화로 인류의 모범이 되기로 사명을 삼는 우리 민족의 각원은

이기적 개인주의자여서는 안 된다. 우리는 개인의 자유를 극도로 주장하되 그것이 저 짐승들과 같이 저마다 제 배를 채우기에 쓰는 자유가 아니요, 제 가족을, 제 이웃을, 제 국민을 잘살게 하기에 쓰이는 자유다. 공원의 꽃을 꺾는 자유가 아니라, 공원에 꽃을 심는 자유다

- 김구 〈내가 원하는 우리나라〉 중 -

-

김구金九. 1876~1949. 황해도 해주 출생. 이명으로 창암, 창수, 두래, 구. 자는 연상蓮上. 호는 백범白凡, 연하蓮下, 독립운동가, 정치인, 남북통일 활동가. 항일비밀 결사인 한인애국단을 이끌었고 한국광복군을 조직하였으며 대한민국 임시 정부 주석을 역임. 1931년 『도왜실기』 출간 중 금서로 일제에 압수당함. 1949년 6월 26일 12시 36분, 서울 자택인 경교장에서 육군 포병 소위 안두희安斗熙의 총격에 74세의 나이로 사망함. 7월 5일 국민장으로 효창공원에 안장됨. 1962년 3월 1일 건국훈장 대한민국장에 추서됨. 1963년 서울특별시 남산에 동상이 세워짐. 1990년 8월 15일 조선민주주의인민공화국에서 조국통일상이 추서됨. 2002년 백범김구기념관이 개관됨. 2009년 6월 26일 소지품인 회중시계, 유묵 작품 3점, 인장印章 3점 및 피살 당시 착용한 혈의血衣가 등록문화재 439~442호로 등록됨.

저서로 『백범일지』(1947)와 사후 『도왜실기』(1989), 『백범김구전집 (전12권)』(1999) 등이 있음.

고^故 백범 김구 선생을 애도함

김규식(독립운동가)

단기 4282년^[1949년] 6월 26일 고 백범 김구 동지는 불의의 흉탄에 비참하게도 최후를 마치었다. 이 비보를 접한 김규식은 잔인무도한 폭력적 실행^{實行}을 무한히 원망하며 우리 국가의 운명과 민족의 장래를 볼 때 한없는 통분을 느끼었다.

이 참혹한 민족적 비애는 3천만 민족으로 하여금 하늘에 애소^哀 ^{訴: 슬프게 하소연함}하고 땅에 발버둥 치며 민족적 통곡으로 국토가 양단된 민족이 너 나 할 것 없이 스스로 일어난 통일적 공분을 억제치 못하였을 뿐 아니라 심지어 직장까지도 포기케 하였다.

오호 동지여! 동지의 최후를 슬퍼서도 울고 우리 자신의 앞날을 위해서도 울고 또 여러 가지로 슬퍼하는 것을 아는가.

동지여! 일생을 바치어 애국애족하였다는 위대한 공적은 약사보고^{略史報告}가 있기 때문에 나는 언급하지 않겠다. 다만 동지가 근 80 평생을 일신의 명예와 이^利를 버리고, 오로지 조국 광복과 반일^{反日} 투쟁^{鬪爭}에 심혈을 경주한 동지가, 이 땅의 왜적^{倭敵}이 물러간 오늘 동족의 손에 쓰러졌다는 것은 동족의 치욕일 뿐 아니라 정녕코 우리 사회의 무질서를 증좌^{證左: 참고가 될 만한 증거}하는 것이며 왜적의 심장을 가진 조선인이 아니면 도저히 감행하지 못할 만행이라 아니할 수 없다. 흉의^{凶意}의 소재가 나변^{奈邊: 어느 곳}에 있었던 간에 동지가 위대한 애국자인 것을 안다.

그러나 동지는 갔다. 다시 돌아오지 못할 길을 분명히 갔다. 민족적 염원인 완전 자주^{完全自主}, 민주 화평 통일^{民主和平統一}의 광휘 있는 새로운 역사를 보지 못한 채 영원히 이 땅을 떠났다. 영결에 임한 이 순간 우정을 논하고 과거를 추억할 정신적 여유조차 없겠지만 공사간^{公私間} 동지에 대한 우리의 애정^{哀情: 구슬픈 심정}은 너무나도 애달프다.

동지여! 1910년 나라가 없어지자 우리는 생명을 홍모^{鴻毛: 기러기의 털이라는 뜻으로, 극히 가벼운 사물을 비유한 말}에 붙이고 국권 회복의 제물이 되려 하였던 것이 아니었던가.

동지여! 그동안 민족 갱생을 위하여 기한과 형장의 고초에 시달린 것이 몇 번이었으며, 외인의 모멸에 나라 없는 치욕과 인간적 비애는 그 얼마나 깊던가. 더욱 8·15 이후 동지는 우리 민족의 본간^{本幹: 근본이 되는 줄기} 아닌 국토가 양단된 마의 38선과 제약된 국내정세를 민족적 단결로써 분쇄하고 진정한 민주 발전과 남북 화평 통일을 위하여 흉변^{凶變}을 당할 순간 전까지 소신을 꺾지 않았던 것이 아닌가.

오호 백범 김구 동지! 우리는 이제 이 자리에서 동지의 불행을 슬퍼할 것은 물론이거니와 일식^{一息}: 잠시 쉼의 정신을 받들어 민족적 당면 과제인 완전 통일 대업 완수에 성심 성력을 다할 것이며 조선 민족을 사랑하고 세계 인류 평화를 협조하려는 모든 애국 애족자로 더불어 동지의 유업에 보답하려 한다.

동지! 이 거룩한 영결식장에는 동지의 유가족을 비롯하여 수많은 친지와 내외 인사들이 동지의 최후의 걸음을 애도하고 있다. 인간 백범을 우는 것보다 애국자며 지도자인 동지를 추모하는 것이며 개인적 감정의 충동이 아니라 이 강산의 보존과 국가사회의 전도^{前途}: 앞으로 나아갈 길를 걱정하는 것이다.

동지여! 이 땅, 이 시간에 동지는 이 민족을 그대로 두고 차마 어이 떠나리오마는 생과 사의 분별이 유할 뿐이니 동지는 고이 가시라.

동지가 실천을 보지 못한 이 국가 건설 과업은 우리가 일층^{一層} 더 용감히 추진하여 이미 간 동지와 및 무수한 선열의 영령을 위안하며 기한^{飢寒}: 굶주리고 헐벗어 배고프고 추움과 만난고초^{萬難苦楚}: 온갖 어려움과 괴로움에 허덕이고 신음하는 민족이 완전한 자유와 평화를 획득하도록 더욱 계속 노력할 것을 동지의 영전에서 삼가 서언^{誓言}: 맹세의 말하노니 동지여 고이 잠드시라.

민족자주연맹주석 김규식.

(1949년)

출전 : 《동아일보》 (1949.7.6.)

　1949년 6월 26일 경교장에서 불의의 총격으로 돌아가신 백범 선생의
장례식 때 조사弔辭 글이다.
　온 국민의 애도 속에 7월 6일 국민장으로 치러진 백범의 마지막 가시
는 길을 우사 전 임시정부 부주석이 쓰고 낭독하였다.

　동지! …… 인간 백범을 우는 것보다 애국자며 지도자인 동지를 추모하
는 것이며 개인적 감정의 충동이 아니라 이 강산의 보존과 국가사회의 전
도前途: 앞으로 나아갈 길를 걱정하는 것이다.

- 〈고 백범 선생을 애도함〉 본문 중 -

김규식金奎植, 1881~1950. 부산 동래 출생. 정치인, 학자. 종교인. 호는 노은, 아호는 우사尤
史. 6세 때 고아가 되어 북장로파 선교사 언더우드의 보살핌으로 성장하여 미국 로노크
대학과 프린스턴대학원에서 영문학 석사학위를 받고 귀국하여, YMCA학교 교사, 연희
전문학교 강사를 역임. 일본의 교회 탄압을 피해 1913년 중국으로 망명하여 화북과
몽골 지방에서 상업에 종사함. 1918년 모스크바 약소민족대회 및 1919년 파리강화회
의에 한국대표로 참석함. 1946년 미소공동위원회 한국 대표, 입법의원 의장, 1947년
민족자주연맹 의장 역임. 교육가 활동은 상해 푸탄대학에서 영문학 강의(1923), 모교인
로노크대학교에서 명예법학박사 학위취득(1923), 톈진북양대학의 생활(1927~1929),
난징중앙정치학원 교수(1933), 쓰촨대학 강의(1936) 등과 같은 강단 생활을 하였으며,
1950년에 6·25전쟁이 일어나면서 납북되어, 그해 12월 10일 만포진 근처에서 일생을
마친 것으로 알려짐. 1989년 건국훈장 대한민국장이 추서됨. 저서로 『엘리자베스시대
의 연극입문』(1940), 『실용영문작법』(1944), 『실용영어』(1945), 그리고 시집으로 『양자
강의 유혹』(1945) 등이 있음.

3장

길 위의 인생,
여행자의 기록

백림白林의 그 새벽

- 이역異域의 신년新年, 새벽

나혜석(화가 · 소설가)

나는 일찍 파리에서 8개월을 지내고, 그 뒤 두 해 동안 구미만유歐美漫遊: 유럽의 여러 지역을 두루 다니며 구경함를 하는 중에, 한 번은 독일 백림伯林: 베를린에서 새해를 맞게 되고, 또 한 번은 미국 뉴욕에서 새해를 맞은 일이 있었습니다.

구미 각국은 크리스마스에 새해 겸한 축하가 있고, 선물이 있어, 크리스마스와 '송구영신送舊迎新'의 구별을 할 수 없을 만치 되어 있었습니다.

그러므로 축하 편지에도 으레 둘을 겸해 쓰는 것입니다. 12월 초순만 되면 각 상점 점두에는 소나무가 늘어서고, 그 속에선 프레센트를 팔고, 프레센트 야시夜市까지 열리어, 부녀들은 덜덜 떨면서도 한 짐씩 사갑니다. 그리하여 그이들로 길이 메이는 것입니다. 과연 그 광경을 볼맘적 합니다.

섣달그믐날 밤입니다. 나 있던 집 주인 부인은 맥주麥酒를 사가지고 들어오더니, 언 손을 화덕에 쪼이며 훌쩍훌쩍 웁니다. 나는 깜짝 놀라 오다가 어디 상했느냐고 물었습니다. 옆에 있던 S군이 눈짓을 합니다. 나는 S곁으로 가서 귓속말로 왜 그러느냐고 물었더니, "죽은 남편을 생각하고 그러니 가만 두시오" 합니다. 나도 어느덧 눈물이 돌았습니다. 그 부인은 우리 세 사람을 위하여 눈물을 멈추고 테이블 위에 꽃을 꽂고 촛불을 켜놓고 맥주와 포도주를 차려놓고 고기를 준비해놓습니다.

우리는 죽 - 둘러앉아서 이런저런 이야기를 하며 그 부인을 웃기며 있었습니다.

그믐날 밤 12시외다. 조용하던 밤은 사방으로부터 울려나오는 성 마리아 교회 종소리로 요란한 채 또한 엄숙해집니다. 주인 부인은 술잔을 듭니다. 우리도 들었습니다. 모두 일어서서 새해 축하를 하였습니다. 주인 부인은 부리나케 부엌으로 달아납니다. 우리는 그 뒤를 쫓아갔습니다. 마침 준비해 놓았던 납을 불에 녹이며, 스푼과 찬물을 가져오더니, 우리들에게 다 각각 한 숟갈씩 그 녹은 납을 떠서 찬물 그릇에 넣으라 합니다.

그랬더니 그는 찬물 속에 굳어지는 납의 모양을 보고, 너는 부자가 되겠다, 너는 애인이 있겠다, 너는 성공을 하겠다 하고 점을 쳐 줍니다. 어찌나 재미스러웠던지요.

이웃집 유리창이 다 열립니다. 사람들은 몸을 창에 걸치고 색지色紙 끈나풀을 던져 이 집에서 저 집에 걸치도록 하고 새해 축하들을 합니다. 악을 꽥꽥 쓰며 깔깔거리고 웃습니다.

나는 S군을 졸라 중앙 시가로 구경을 나갔습니다. 이게 웬일입니까. 발에는 색종이가 퍽퍽 걸려 걸을 수가 없고 사람이 너무나 빽빽하여 지나갈 수가 없습니다. 취한 사람, 고깔 쓴 사람, 꽹과리 두드리는 사람, 북 치는 사람, 이리 닥치고 저리 닥쳐 수라장을 이루었습니다.

　이날은 어떤 남자든지 어떤 여자에게나 키스를 할 특권이 있다 합니다. 그리하여 쫓아가는 남자, 쫓겨가는 여자, 이리 툭 튀어나오고 저리 툭 튀어갑니다. 깜짝깜짝 놀랄 만치 꽥꽥하는 소리가 옆에서 뒤에서 앞에서 납니다. 나는 같이 가던 S군에게,

　"어떻소, 여보 부럽지 않소? 내 특허할 터이니 당신도 한번 실행해보구려"

　"해볼까?"

　어울리지 않는 행동으로 어떤 여자 하나를 쫓아갑니다. 여자는 소리를 지르며 쫓겨갑니다. 그리고 돌아서 오는 그와 나는 마주쳤습니다. 서로 잠깐 서게 되자 S는 깔깔 웃으며,

　"재미있는걸"

　"그래, 어떻게 했소"

　"그년 소리를 지르고 달아나기에, 정말인가 했더니…… 그리고는 떨어져야지"

　두 사람은 깔깔 웃었다. 웬일인지 웃은 죄가 내렸는지. 웬 남자가 내 어깨를 툭 칩니다. 나는 깜짝 놀라 달아났습니다. 쫓아옵니다. 달아납니다. 할 수 없이 붙잡혔습니다. S는

"그것 보, 나를 놀리더니 죄가 내렸지."

그리고 두 사람은 그들의 흥겨워 노는 것을 옆으로 버려두고 집으로 돌아올 때는, 어디서인지 알 수 없는 적막과 애회哀懷: 슬픈 생각을 품음. 또는 그 생각가 머릿속을 채웁니다. 눈을 감고 먼 고국의 쓸쓸한 풍경을 그려 보는 때, 소리 없는 한숨이 목구멍을 감돕니다. 그러는 동안 환락의 밤은 새어버렸습니다.

(1933년)

평설

출전 : 《신가정》 (1933.1)

"짐만 싸면 신이 난다"[《삼천리》1935.2]는 정월 나혜석이 남편과 부부 동반으로 떠난 유럽 여행 중이던 1927년 12월 24일부터 독일 베를린에서 지낸 12일간의 소품이다.

정월의 구미 여행기는 1927년 6월 19일 부산진역에서 출발하는 봉천행 기차로 시작하여 1929년 3월 12일 부산에 도착하는 1년 8개월 23일의 긴 여정이다.

남편 김우영이 일본 외무성 소속으로 만주 안동현 부영사를 지내고 임기를 무사히 마친 것에 대한 포상 차원의 여행이라 정월은 세 아이를 시댁에 맡기고, 러시아, 폴란드, 독일, 프랑스, 영국, 스위스, 벨기에, 덴마크, 네덜란드, 스페인, 이탈리아, 미국 등을 여행한 후, 1929년 3월 12일에 일본을 거쳐 부산으로 귀국한다.

정월의 세계여행은 그가 늘 알고 싶었던 네 가지 질문에 관한 확인으로 보이는데 ① 사람은 어떻게 살아야 잘 사나 ② 남녀 간 어떻게 살아야 평화스럽게 살까 ③ 여자의 지위는 어떠한 것인가 ④ 그림의 요점이 무엇인가.[1] 이들에 대한 점검과 확인은 여행기로 엿볼 수 있다.

여행기는 다음과 같이 총 19편으로 이루어져 있다.

〈쏘비엣 노서아행- 구미유기 기일〉(《삼천리》 1932.12), 〈CCCP- 구미유기 기이〉(《삼천리》 1933.2), 〈백림과 파리〉(《삼천리》 1933.3), 〈꽃의 파리행- 구미 순유기 속〉(《삼천리》 1933.3), 〈백림에서 윤돈倫敦까지- 구미 순유기 속〉(《삼천리》 1933.5), 〈서양 예술과 나체미- 구미 일주기 속〉(《삼천리》 1933.5), 〈정열의 서반아행- 세계일주기 속〉(《삼천리》 1934.5), 〈파리에서 뉴욕紐育으로- 세계일주기(속)〉(《삼천리》 1934.5), 〈태평양 건너서(고국으로)- 구미유기(속)〉(《삼천리》 1934.9), 〈이태리미술관〉(《삼천리》 1934.11), 〈이태리 미술기행(전호 속)〉(《삼천리》 1935.2), 〈아오 추계에게- 나혜석씨 여중소식〉(《조선일보》 1927.7.28.), 〈구미시찰긔- 불란서 가정은 얼마나 다른가〉(《동아일보》 1930.3.28.-29, 3.31-4.2, 4.3-4.10), 〈백림의 그 새벽- 이역의 신년 새벽〉(《신가정》 1933.1), 〈파리의 어머니날〉(《신가정》 1933.5), 〈밤거리의 축하식(구)〉(《중앙》 1934.2), 〈다정하고 실질적인 불란서 부인- 구미 부인의 교양있는 가정생

---

1) 〈쏘비엣 노서아행- 구미유기 기일〉『삼천리』 1932.12,

활)(《중앙》 1934.3), 〈불란서 가정은 얼마나 다른가〉(《삼천리》 1936.4).

나혜석羅蕙錫, 1896~1948. 수원 출생, 서양화가, 소설가. 호는 정월晶月. 진명여자보고 졸업, 일본 동경 여자 미술전문학교 유화과에 유학.

1919년 3·1운동에 적극적으로 가담하고 3월 25일 이화학당 학생 만세 사건에 깊이 관여하여 5개월간 옥고를 치름. 1921년 3월 경성일보사 내청각에서 조선 여성으로서는 처음으로 유화 개인 전람회를 개최하여 대성공을 거둠.

1926년 남편 김우영과 함께 1년 8개월의 유럽 일주 여행을 떠남. 파리 여행 중 만난 최린과의 관계가 이혼으로 이어졌지만, 화가의 삶에 매진함.

1931년 제10회 조선미술전람회에서 〈정원〉으로 특선하고 이 작품으로 일본에서도 제국미술원전람회에 입선함. 1935년 10월 서울 진고개 조선관에서 개최된 소품전의 실패와 아들 선이 폐렴으로 죽은 후 나혜석은 불교에 심취함. 승려 생활에 매력을 느껴 수덕사 아래 수덕여관에 오랫동안 머물지만 불가에 귀의하지는 않음. 나중에 서울로 올라와 한때 청운양로원에 의탁하기도 하였으며 1948년 12월 10일 시립 자제원에서 사망함.

1995년 고향 수원 장안 갤러리에서 '나혜석 탄생 100년 기념전'이 열렸고, 2000년 문화관광부에 주관 '2월의 문화 인물'로 선정됨. 2011년 나혜석 학술상이 제정되고 7월 제1회 수상자를 시상함.

대표적인 회화작품으로는 《나부》(1927), 《선죽교》(1933)가 있으며, 문학가로서는 1914년 도쿄 유학생 잡지 《학지광》에 〈이상적 부인〉을, 1917년 《학지광》에 정월이라는 필명으로 〈잡감〉을, 1918년 3월 《여자계》 2호에 단편소설 〈경희〉를 발표함. 남긴 작품은 시 6편, 소설 5편, 콩트 1편, 희곡 1편, 수필 20편, 여성비평 12편, 페미니스트 산문 11편, 미술비평 19편 등 30편, 구미여행기 19편, 설문 응답 등 기타 12편 총 106편임.

사후 『에미는 선각자였느니라』(1974), 『(나혜석전집) 라혜석 – 날아간 정조』(1980), 『나혜석 전집』(2000), 『(나혜석 평전) 인간으로 살고 싶다』(2000), 『원본 정월 라혜석 전집』(2001), 『정월나혜석기념사업회 학술대회 논문집 1.2』(2003. 2009), 『원본 나혜석 전집』(제2판)(2013) 등이 출판됨.

나의 시베리아 방랑기

백신애(소설가)

나는 어렸을 때 '쟘'이라는 귀여운 이름을 갖고 있었다. 그러나 개구쟁이 오빠는 언제나 "야 잠자리!"하고 나를 불렀다. 호리호리한 몸에 눈만 몹시 컸기 때문에 불린 별명이었다. 나는 속이 상했지만, 오빠한테 싸움을 걸 수도 없어서 혼자 구석에서 홀짝홀짝 울곤 했다. 울고 있으면 어머니는 또 울보라고 놀리셔서 점점 더 옥생각^{옹졸하게 하는 생각}하여 하루 종일 홀짝거리며 구석에 쪼그리고 있었다. 그러다 심심해지면 벽에다 손가락으로 낙서를 하며 무언가 골똘히 생각했다.

내가 홀짝거리던 그 구석 벽에는 세계지도가 붙어 있었다. 나는 언제부터인가 홀짝홀짝 울 때면 마음을 달래기 위해 그 지도 위에 선을 그으며 '여기는 미국! 우리 집은 이런 데 있구나!' 하며 혼자 재미있어했다. 그럴 때 누군가가 러시아를 가리키며

"여기는 북극이라 사람이 살 수 없단다. 낮에도 어두컴컴하지. 그리고 오로라를 볼 수 있단다."

라고 말해주었다. 나는 '북극, 오로라, 낮에도 어둡다'라는 말에 '어머! 멋있는 나라겠다'라고 생각했다. 십삼 세 소녀의 꿈은 끝없이 펼쳐졌다. 그때부터 나의 훌쩍훌쩍 구석에 붙어있는 세계지도는 내 생활의 전부인 듯이 생각되었다. 북극, 오로라만이 아니라 레나강도 찾아내었고 바이칼호도 우랄산도 나의 아름다운 꿈속에서 동경의 대상이 되어버렸다.

"언젠가 꼭 레나강에 조각배를 띄우고 강변에는 자작나무로 된 통나무집을 짓고 눈이 하얗게 덮인 설원을 걸으며 아름다운 오로라를 바라볼 거야! 그리고 초라한 방랑 시인이 되어 우랄산을 넘을 땐 새빨간 보석 루비를 찾아 볼가의 뱃노래를 멀리서 들을 거야."

내 머릿속은 공상의 즐거움으로 가득했다.

어떻게 나 같은 울보 잠자리가 누가 봐도 어울리지 않는 이런 꿈에 젖었는지 조금 이상하다. 정말로 나는 이상한 여자애였다. 이 이상한 여자애에게도 시간은 흐르고 세월은 쌓여 열아홉 살의 봄을, 아니 열아홉 살의 가을을 맞이했다. 드디어 찬스가 왔다. 감상의 오랜 꿈은 빨간 열매로 익어 작은 손가방 하나를 든 소녀 여행자가 된 것이다.

누가 알았을까! 이 소녀가 바로 행복과 애정으로 가득한, 따뜻한 가정을 빠져나온 마음 약한 잠자리란 것을. 게다가 난, 페르시안 고양이처럼 얌전한 모습을 한 채 허용될 수 없는 모험에 가슴을 콩닥거리며, 훌쩍훌쩍 울며 길러온 꿈을 향해 정신없이 달려 나갔다. 밤중에 고향을 나올 때, 병든 친구의 임종을 지키기 위해서라고 난생처음 어머니에게 거짓말을 했다.

원산에서 배로 웅기까지 가는 동안 짧은 단발머리를 볼품없이 틀어 올려 시골 여자애로 변장을 했다. 배가(아마 이천 톤 정도의 상선이었다고 생각한다.) 웅기항으로 들어갈 때 선객은 모두 내릴 준비로 분주했지만 나는 재빨리 몸을 감출 장소를 찾느라 분주했다. 마침내 선객들이 내리기 시작하자 나는 초조한 마음을 견딜 수가 없었다. 그때 옆에서 누가 보았다면 내 눈은 새빨갰을 것이다.

"그렇지." 하선객 속에 섞여 있던 내 눈에 갑자기 뛰어든 것은 변소였다. 그래서 변소 안에 숨어 배가 가는 곳까지 어디라도 가자, 만약 도중에 들키면 그뿐이다, 라고 마음을 정해버렸다. 어떻게 그렇게 대담했을까! 그로부터 다섯 시간, 웅기항에서 닻을 올리기까지 변소 안에 쭈그리고 앉은 채 숨을 죽이고 있었다. 다리가 저려오고, 아니 막대기가 되었다가 돌이 되고, 그리고는 어떻게 됐는지 무엇이 됐는지 알 수 없었다.

수상경찰의 선내 검사가 끝나고 배는 닻을 올리기 시작했다. 다행히 수상경찰의 눈은 벗어날 수가 있었다. 그 날카로운 경찰들도 변소 안에 페르시안 고양이로 변한 잠자리가 숨어 있는 것은 알아차리지 못한 것 같다. 이것으로 첫 난관은 무사히 통과한 셈이지만 앞으로가 문제일 수밖에 없었다. 웅기항을 출발하여 잠시 지난 후 누군가가 변소 안에 들어오는 것 같아 숨을 죽이고 귀를 나팔처럼 벌려 바짝 기울였다.

"으흠."

들어온 사람은 크게 헛기침을 하고 문을 노크했다. 나는 눈을 감고,

"나무아미타불."

일어서려도 뭐가 되어버린 건지 모를 정도로 저린 다리가 말을 듣지 않았다. 문이 확 열렸다. 문짝 뒤로부터 그 사람 가슴속으로 뛰어드는 애인처럼 쓰러져 버렸다. 그 사람은 놀라서 잠시 말도 안 나오는 듯 입을 다물고 있었다.

"부탁입니다. 살려주세요. 내 부모님은 러시아에 있습니다. 제발 러시아에 가게 해주세요."

라고 터무니없는 거짓말을 하고 눈물까지 흘렸다. 눈물은 정말로 나온 것인지도 모른다.

"안 돼요. 밀항하는 걸 들키면 죽어요!"

그 사람은 가장 먼저 이 말을 하고 무서운 얼굴을 했다. 하지만 민첩한 내 눈에 비친 그는 젊은 남자로 아름다울 리 없는 삼등실 보이의 면상이었다. 하지만 그런 사치스러운 생각을 할 때가 아니었다. 다만 무작정 정말로 무작정 한시라도 빨리 구출 받고 싶다는 일심으로, 열심히, 내가 어여쁜 처녀라는 것을 알리고자 안달을 했다. 여자만의 무기! 그것을 가지고 그 남자를 극복하고자 하는 무서운 생각이었다.

'아아, 용맹스러운 세상의 젊은 남성들이여! 이렇게도 약한 인종

인가!'

라고 탄식할 마음의 여유는 없었지만 나는 아무튼 승리를 쟁취
했다.

최후의 장면이 닥친다면 그때는 또 제2의 여자의 무기가 있다.
그래서 나는 두려워하지 않았다.

'유복한 가정의 외동딸, 게다가 청순하고 허위를 모른다. 나한테
반했으니 장래에는 이런 삼등실 보이 따위는 우습지. 당당한 사위
가 되는 거다!'

라고 그가 진심으로 자각하게까지 유도해가는 것……. 이건 그
리 노력하지 않아도 가능한 일이다. 왜냐하면 나는 그때 정말로
순수한 처녀였고 아름다웠으니까. 그는 무지하기 때문에 이런 나
의 본질을 알아도 멍청하게 속아 넘어갈 것이다.

그래서 나는 변소 안에서 선실 아래로 철 계단을 따라 내려가
뱃짐과 함께 밀항 쥐가 되었다. 그는 나를 선녀처럼 대하며 더구
나 사랑을 동경하면서 먹을 것까지 갖다주고 위로해주었다. 그의
뒷모습을 보며 혀를 쏙 내밀 정도로 닳아빠지진 않았지만, 아무튼
재미있어 견딜 수가 없었다. 새까만 선저船底! 귓속에서 부서지는
파도 소리에 심장은 기쁨으로 떨렸다. 시간은 흘러 십여 시간 뒤
드디어 배는 블라디보스토크에 도착하는 것 같았다. 그 보이의 마
지막 경고를 받게 되었다.

"난 모릅니다. 곧 게베우의 군인이 조사하러 올 겁니다. 그때 들
켜도 내 말은 하지 마세요. 들켜도 정말 난 몰라요."

라고 말하는 그의 얼굴이 어둠 속에서도 파랗게 질린 듯이 느껴졌다. 물론 내 간도 콩알만 해졌다. 잠시 후 시끄러운 구두 소리와 함께 게베우 군인이 직접 배 안을 조사하기 시작했다. 나는 각오를 단단히 했다. 총살당하는 것도 그렇게 무의미한 최후라고는 할 수 없어. 푸른 하늘 아래서 몇 발의 총탄을 맞고 퍽 쓰러져 죽는 것도 재미있을 거야! 어쩌면 혹, 총살 오 분 전에 구출된 도스토예프스키의 운명을 이어받지 말라는 법도 없고, 아무튼 될 대로 되라, 라고 생각하며 화물 밑에서 숨을 죽이며 기다리고 있었다.

그러나 나는 한없이 행운아였는지 게베우의 눈에서도 벗어날 수 있었다.

"정말 다행이었어. 오늘 밤 안에 이 배에서 도망가면 돼."

라고 그 보이 씨는 내 옆에 와서 기뻐해 주었다.

그리고 열한 시간이 경과한 한밤중이었다. 갑판에서는 인부들이 화물을 내리려고 몰려들었다. 나는 남자 모습으로 변장하고 인부 속에 섞여 들어가 그 보이 씨에게 일금 삼십 원을 답례로 건네고, 갑판에서 무려 십칠 팔 척 아래에 있는 선창을 향해 두 눈을 꼭 감고 펄쩍 뛰어내렸다. 뛰어내리는 순간 양 귀가 공중을 나는 것도 같고 하늘로 끌어올려지는 것도 같았는데 다음 순간에는 선창 위에 엉덩방아를 찧고 너무나도 비참한 포즈로 내동댕이쳐졌다. 나는 부서진 것처럼 아픈 꼬리뼈를 양손으로 누르며 달아나는 토끼처럼 물건 뒤에 숨었다. 숨는 것까지는 좋았는데 다음 순간 내 심장은 얼음처럼 싸늘해지고 말았다. 번쩍 빛나는 처참한 빛을 띤 총검이 내 옆구리에 바짝 들이대어진 것이다.

아! 한심해라! 그때 나는 잠자리 본성을 다 드러내 부들부들 떨며 으앙, 하고 아기처럼 울부짖었다. 아름답던 꿈! 동경하던 꿈속에 빠져버린 나! 나의 꿈은 현실 세계에서는 너무나도 무서운 모험을 동반하는 것이었다.

'앗!'

나는 무명천을 찢는 듯한 비명을 질렀다. 총검을 내 배에 들이댄 그 러시아 병사의 모습은 철제거인처럼 느껴졌다. 그는 큰 소리로 뭐라 뭐라 외치면서 나에게 서서 걸으라는 몸짓을 해 보였다.

'아이고 살았다!'

총검에 찔려 죽는 일은 면했구나, 하고 눈물을 닦으며 일어서서 병사가 가리키는 대로 걷기 시작했다. 걷다 보니 어느 사이엔지 눈물은 말라버린 듯했다. 조금씩 정신을 차려가며 약간은 대담해지기도 하여 일부러 걸음을 늦춰도 보고, 빨리도 해보고, 때로는 딴 방향으로 걸어보기도 했다. 그러자 병사는 그때마다 고함을 치며 허리 부근에 딱 들이댔던 총검을 옆구리 쪽을 지나 눈앞에 번쩍하고 빛나게 했다.

'엇!'

나도 지지 않고 그때마다 기겁을 했다는 듯이 깜짝 놀란 표정을 지어 보였다. 그렇게 얼마를 걸었는지 모르겠는데 십 리도 넘었겠다고 생각될 무렵 한 채의 큰 건물 안으로 들어갔다. 들어가니 큰 테이블들이 나란히 놓여 있었다. 실내에 루바시카[러시아 남자가 착용하는 블라우스 풍의 상의]를 입은 사람이 한 사람 있었는데 병사와 오랫동안 문답을 하더니 내 옆으로 다가와 몸을 수색한 후 한 의자에 앉게 해 주었다. 그로부터 약 십 분쯤 지나자 다른 병사가 들어와 내게 말을 걸었다. 아주 무섭게 생긴 얼굴이어서 일부러 더 떠는 것처럼 행동했다. 잠시 후 그 병사가 나를 데리고 제7천국과 똑같은 긴 계단을 걸어 마침내 칠 층까지 올라갔다. 확실히 그곳은 내 고향 집보다 하늘의 별들이 가깝게 보였다. 그리고 한 문을 열고는 들어가라는 몸짓을 하기에 나는 젖가슴에서 떼놓으려 할 때의 아기처럼 병사의 가슴팍에 확 달라 붙어버렸다.

"싫어요. 이건 감금이잖아."

하고 떼를 쓰는 아이처럼 발을 동동거렸다.

"안 되겠네. 이년! 왜 아우성이야."

그런 말이겠지! 병사는 점점 더 화를 냈다. 그때 문득 보니 병사의 모자 가장자리에 커다란 빈대가 유유히 산보를 하고 있어, 나는 깜짝 놀라 병사에게서 떨어져 들어가라는 방으로 뛰어 들어가 버렸다. 나중에 안 사실이지만 그 건물이 바로 '게베우 극동본부'인가 뭔가 하는 곳으로 내가 들어간 제7천국, 그것은 유치장이었다.

매일 높은 창문에서 아래 길을 내려다보면 조선옷이나 기모노 모습은 한 사람도 섞여 있지 않았다. 양복을 입은 사람뿐이어서 나는 비로소 조국에서 멀리 떨어져 있는 것을 실감했다. 더구나

철창에 갇힌 몸이라고 하는 잠자리의 공포가 깊어갔다.

만 한 달! 그 후 어느 날 두 사람의 병사에 호송되어 배에 태워진 채 세 시간을 갔다. 끌려 내린 후 보니 산에 둘러싸인 목가적 정서가 넘치는 시베리아풍의 작은 항구였다. 무성한 풀숲 속에 빨간 깃발이 세워진 하얀 건물 안에 다시 갇혀버렸다. 거기서 7일간! 철창은 부러지거나 굽어 있어 밤에 달이 뜨면 철창 밖으로 보이는 설경에 가슴이 어는 것 같았다. 아침과 저녁에 한 번씩 검은 빵을 한 근씩 나누어주고 대소변을 보게 밖으로 데리고 나갔다. 나는 밖에 나가는 것이 좋아서 그때마다 밖으로 나갔다. 넓은 들판에 제각각 자리를 잡고 마음대로 용변을 보는 광경은 세계 어느 나라에서도 맛볼 수 없는 유머이다. 정해진 변소가 없다. 변소를 정해서 냄새를 참아가며 용변을 볼 필요가 없는 것이다. 어차피 넓은 들판이다. 설령 한 아름의 변을 떨어뜨린다 해도 이렇게 거대한 풍경에 무슨 흠이 되랴. 더구나 달밤에 달을 바라보며 총검을 든 보초병을 세워 놓고 천천히 용변을 보고 있노라면 들똥 맛, 이라고 하면 좀 이상하겠지만 일종의 상쾌함을 느끼는 것이었다.

어느 날 새벽! 아마도 영하 이삼십 도는 되는 이른 아침에 나는 끌려 나왔다. 밖에 나와 보니 중국인 네 명이 나란히 서 있고 말을 탄 두 사람의 병사가 나를 기다리고 있었다.

"걸어!"

러시아어 호령 한마디에 네 사람의 중국인 뒤에 줄을 서 나도 걷기 시작했다.

'어디로 가는 거지!'

나는 묵묵히 그저 걸었다.

넓고 넓은 시베리아의…… 라는 노랫말 그대로인 넓고 넓은 설원을 지나 황량한 언덕과 산을 걸어서 넘었다. 말을 탄 두 병사는 목소리를 맞춰 소리 높여 노래를 불렀다. 그 노래는 황량한 풍경과 너무나 잘 어울려 나도 모르게 뚝뚝 눈물이 흘러내렸다. 눈물은 닦지 않아도 거센 찬바람이 가지고 가버렸다. 삼사십 리나 걸었으리라 생각될 무렵 나는 한 언덕 아래 쓰러지고 말았다. 그러자 두 병사가 뛰어내려 뭐라고 서로 외치더니 그중 젊은 쪽이 나를 가볍게 들어 안고 말을 탔다. 나는 어렸을 때 아버지에게 안기어 말을 타본 적은 있지만, 시베리아의 넓은 설원을 러시아 병사에게 안기어, 말을 타고 지나는 느낌은 뭐라 표현할 수가 없다. 한 손에는 말고삐를 한 손에는 나를! 그리고 네 명의 중국인은 병든 노예처럼 뒤를 따른다. 마치 서부활극의 한 장면 같기도 했다. 말만 통했다면 그때 병사와 나는 아주 멋진 말들을 속삭였을지 모른다. 하지만 그는 때때로 나를 꼭 안으며 빙긋 웃어 보였고, 나는 그에 답하여 살짝 흘기는 눈짓을 보일 뿐이었다. 그것은 달콤한 시간이었다. 아! 십수 년간 혼자 훌쩍거리며 깊어간 꿈! 그 꿈이 이뤄진 아름다운 현실이기도 했다. 환락은 짧고 애상은 길다……. 그 말 그대로 짧은 겨울날은 저물어갔다.

"이별할 때가 왔소!"

라고 말하는 듯 병사의 눈은 어두워져 갔다.

넓은 들도, 언덕도, 산도 모두 지났고 지금은 무성한 싸리나무 숲속으로 들어가고 있다. 그곳은 소련과 만주의 국경에 가까운 곳으로 나는 그 국경에서 이 병사의 손에 의해 추방되는 거라는 걸 알았다. 얼마 동안 그 싸리나무 숲길을 가더니 병사는 이렇게 말했다.

"이 숲 동쪽에 강이 흐르고 있소, 그 강을 따라 내려가면 한 채의 조선 농가가 있소, 거기서 도움을 받으시오. 나도 뒤에 가겠소."

라고…….. 러시아어를 몇 마디밖에 모르는 내가 이것을 이해하기까지는 십 분 이상이 걸렸다. 거기서 나는 말에서 내려져 혼자 오도카니 싸리 숲에 남겨지고 다른 사람들은 그대로 전진하여 가 버렸다. 나는 기아와 추위에 떨며 잰걸음으로 마을을 향해 걸어갔다. 손과 얼굴은 싸리나무 가지에 긁혀 벗겨지고 피는 그대로 얼어붙었다.

얼마 안 가 날은 완전히 저물고 공포는 점점 커져 갔다. 공포! 아무것도 무섭지 않았다. 단지 동사에 대한 공포! 그것뿐이었다. 그때 어둠 사이로 하얗게 언 강이 보였다. 나는 그 언 강 위를 마구 달려갔다. 칠전팔기 정도가 아니라 수십 번을 넘어졌다. 갑자기 한 등불이 보였다! 그것은 바로 가까운 곳에 있었다. 그러나 밤의 등불! 그것은 요물처럼 가까이 가면 저만큼 멀어지며 "이리 와, 이리 와" 하고 손짓을 했다.

무서운 것은 인간이다. 이 세상에 도대체 무엇이 인간보다 더 무섭다고 할 수 있을까! 나는 드디어 병사가 가르쳐준 농가에 당도할 수 있었다. 누가 이런 나를 잠자리라고 부를 수 있을까! 그 농가에서는 나를 진심으로 위로해주어 그제야 겨우 살았다는 느낌이 들었다. 몸과 얼굴은 꽁꽁 얼고 긁혀서 까지고 부딪혀 멍이 들어 꼭 문둥이 같았다. 밤은 무시무시한 북풍 소리와 함께 깊어갔다. 나는 온몸이 아파 이리저리 뒤척이며 끙끙댈 뿐 자는 것은 생각도 할 수 없었다.

"또각또각."

바람 소리에 말발굽 소리가 들려왔다.

"그 병사다!"

나는 직감적으로 알아차리고 일어나 다리를 끌며 밖으로 나왔다.

"야!"

틀림없는 그 병사였다. 그는 말에서 내리자 내 어깨를 쓰다듬으며 몹시 기뻐해 주었다. 그는 밀항자를 국외로 추방해야 하는 자신의 임무를 어긴 것이다. 그날 밤 병사는 농가 주인과 보드카를 마시며 재미있게 이야기를 나누고 나를 꼭 잘 부탁한다고 당부를 하고는 새벽에 떠나가 버렸다. 나는 눈물을 흘리며 그에게 감사를 전하고 작별했다.

숲 저편으로 떠오르는 아침 해를 받으며 우물물을 긷고 달을 바라보며 들똥을 누고…… 그러는 사이 한 달이 지나가 버렸다. 농가 주인의 호의로 여권을 얻을 수가 있었다. 나는 '쿠세레야 김'이라는 이름으로 다시 블라디보스토크로 들어갈 수 있었다.

배에서 내려 사람 물결에 휩쓸리며 도시 입구에 서자 양두마차
(이것이 포장마차이리라)가 달려가는 것이 정말로 러시아다운 느낌
이었다.

오늘 밤 어디서 잘지 알 수도 없는데
광활한 사막에 인연마저 끊겼구나
今夜不知何處宿^(금야부지하처숙)
平沙萬里絶人烟^(평사만리절인연)

라는 한시의 심경으로 하염없이 도시 입구에 서 있었다. 내지였
다면 몇 번이나 불심검문을 받았을 텐데 이곳의 순사는 전혀 개의
치 않았다. 초라한 한 여자가 길가에 우두커니 슬픈 얼굴로 서 있
어도 그들 눈에는 다만, 심각한 사상의 '정적' 속에 빠져 있는 것
이겠지, 정도밖에는 생각하지 않는 것 같았다. 계속 서 있던 내 쪽
이 오히려 견딜 수 없어서 걷기 시작했다. 아무리 걸어봐도 갈 곳
은 없다.

'아! 방랑!'

내 눈은 감상적인 눈물에 젖어 이 감상을 한 수의 시에라도 담
고 싶었다. 정말로 나라는 여자애는 어떻게 할 수 없는 무서운 여
자였다. 도대체 어찌할 셈이었던가? 지금 돌이켜보면 몸서리가 쳐
진다. 말도 모르고, 아는 이라곤 강아지 한 마리도 없는 타국의 거

리에서 돈이라곤 종이에 싸서 가지고 있는 십삼 원 육십일 전뿐인데. 아아! 도대체 어찌할 셈이었을까!

(1939년)

평설

출전 : 《국민신보》 (1939.4.23.~30)

백신애가 시베리아 여행을 다녀올 시기는 언제였을까?

백신애는 1924년 3월 25일 경북도립사범학교 강습과 1년을 졸업하고 경상북도 공립보통학교 여교사 제1호 기록을 갖고 4월 모교 영천보통학교 선생님이 되어 부임한다.

당시 사회주의 활동가인 오빠 백기호의 영향을 받아 학교 밖 활동에 열중하여 조선여성동우회 경성 여자청년동맹 임원으로 활동하다가 1926년 1월 22일 학교에서 권고사직을 당한다.

이 조직은 후일 근우회로 통합되는데 백신애는 전국적인 여성활동가로 명성이 있어서 같은 해 8월 14일 시흥 연설, 8월 16일 종로 연설에서 연사로 강단에 오르는 것이 당시 신문 기사에 나타난다. 그리고 1928년 1월 21세 때 고향 영천에서 기거하며 여성단체 영천 근우회 위원장으로 선출된다.

아울러 이듬해 1월 박계화라는 필명으로 조선일보 신춘문예에 단편소설 〈나의 어머니〉로 1등 당선한다. 또한 1930년 5월 문학과 연극을 공부하기 위해 도일, 니혼대학 예술과에 유학을 떠난다.

그러니까 1926년 8월 말부터 1927년 10월 말 사이의 공백기가 백신애의 시베리아 여행 기간으로 볼 수 있다.

그러나 안타깝게도 백신애 연구자들은 이 1927년의 '시베리아 여행'이 인간 백신애에게 커다란 인생의 분기점이 되었을 것이라고 말을 한다. 작가로서야 본문에서도 그랬지만 '죽음까지도 낭만적으로 받아들일' 19세의 이 선택이 그의 삶에 크나큰 흔적을 남긴다. 이때 시베리아 여행을 하지 않았더라면 그 이후 삶은 180도 다른 여성으로 - 모성^{母性}으로도 행복한 삶을 누리지 않았을까 하는 …….

본문에서는 위태로운 장면이 사라진 12세 등급의 순정만화 주인공 일탈처럼 그려지고 있어 읽으면서 나름으로 안도의 한숨을 쉬면서, 1930년대 극동아시아 여행에 관한 막연한 동경과 떠나고 싶은 열정을 이해하지만, 연구자들이 찾아낸 실제 삶은 그렇게 낭만적이질 못했던 것 같다.

시베리아에서 돌아오다 두만강 국경에서 일본 경찰에게 체포돼, 밀정 혐의 - 소련 스파이 혐의와 근우회 활동의 연관성, 비밀 지령을 띠고 잠입한 조직원 - 으로 의심받으며 심한 고문을 당한다. 다행히도 경제력을 가진 아버지의 수완으로 만신창이 몸이지만 풀려나와 고향으로 돌아올 수 있게 된다.

유학 후 결혼과 활발한 작품 활동, 1934년 《신여성》 2월호에 발표한 〈꺼래이〉는 시베리아 여행 체험으로 뽑아낸 백신애 문학의 결정판이 된다. 그러나 1927년 시베리아 방랑 후에 일경으로 받은 고문 때문에 어머니가 되는 축복은 받지 못한 채, 1938년 11월 이혼하고, 이 여행기가 발표된 지 두 달이 채 안 되는 1939년 6월 25일 췌장암으로 병상에서 눈을 감는다.

백신애白信愛. 1908~1939. 소설가. 경상북도 영천 출생. 아명은 무잠. 호적명은 백무동. 대구 사범학교 졸업 후 영천·자인 공립보통학교 교원을 하다가 1929년 《조선일보》 신춘문예에 박계화라는 필명으로 〈나의 어머니〉를 발표하여 당선됨. 1930년 도일하여 니혼대학 예술과를 다님. 1932년 귀국하여 창작에 매진하다가 위장병 등의 악화로 32세에 요절함. 주요 작품으로 〈꺼래이〉(1934), 〈적빈〉(1934) 등 10여 편이 있음. 2007년 고향 영천에서 백신애 탄생 100주년 기념 백신애 문학제가 열림. 사후에 『(원본) 백신애전집』(2015), 『백신애: 한국근대문학전집』(2013), 『혼명에서: 백신애 중단편선』(2019) 등이 나옴.

명사십리明沙十里

한용운(소설가 · 독립운동가)

경성역의 기적일성汽笛一聲, 모든 방면으로 시끄럽고 성가시던 경성을 뒤로 두고 동양적으로 유명한 해수욕장인 명사십리明沙十里를 향하여 떠나게 된 것은 8월 5일 오전 8시 50분이었다.

차 중은 승객의 복잡으로 인하여 주위의 공기가 불결하고 더위도 비교적 더하여 모든 사람은 벌써 우울을 느낀다. 그러나 증염蒸炎, 열뇨熱鬧: 덥고 시끄러움, 번민煩悶, 고뇌苦惱 등등의 도회를 떠나서 만리 창명滄溟: 큰 바다의 서늘한 맛을 한주먹으로 움킬 수 있는 천하명구名區의 명사십리로 해수욕을 가는 나로서는 보일보步一步: 조금씩 기차의 속력을 따라서 일선의 정감이 동해에 가득히 실린 무량한 양미凉味: 서늘한 맛를 통하여 각일각 접근하여지므로 그다지 열뇌熱惱를 느끼지 아니하였다.

그러면 천산만수千山萬水를 격隔하여 있는 천애天涯의 양미를 취하려는 미래의 공상으로 차중의 현실 즉 열뇌를 정복하는 것이 아닌가. 이것이 이른바 일체유심一切唯心이다. 만일 이것이 유심의 표현이 아니라면 유물의 반현^{反現}이라고 할는지도 모른다.

나는 갈마역^{葛麻驛}에서 명사십리로 갔다. 명사십리는 문자와 같이 가늘고 흰 모래가 소만^{小灣}을 연^沿하여 약 10리를 평포^{平鋪: 편평하게 펴놓음}하고, 만내^{灣內}에는 참차부제^{參差不齊}한 대여섯의 작은 섬이 점점이 놓여 있어서 풍경이 명미^{明媚}하고 조망이 극가^{極佳}하며 욕장은 해안으로부터 약 5, 60보 거리, 수심은 대개 균등하여 4척 내외에 불과하고 동해에는 조석^{潮汐}의 출입이 거의 없으므로 모든 점으로 보아 해수욕장으로는 이상적이다.

해안의 남쪽에는 서양인의 별장 수십 호가 있는데 해수욕의 절기에는 조선 내에 있는 사람은 물론 동경, 상해, 북경 등지에 있는 사람들까지 와서 피서를 한다 하니 그로만 미루어 보더라도 명사십리가 얼마나 명구인 것을 알 수가 있다. 허락지 않는 다소의 사정을 불고^{不顧}하고, 반천리^{半千里}의 산하를 일기^{一氣}로 답파하여 만부일적^{萬夫一的} 단순한 해수욕만을 위하여 온 나로서는 명사십리의 소쇄^{瀟灑: 수려함}한 풍물과 해수욕장의 이상적 천자^{天姿}에 만족지 아니할 수 없었다. 목적이 해수욕인지라 옷을 벗고 바다로 들어갔다. 그 상쾌한 것은 말로 형언할 바 아니다. 얼마든지 오래 하고 싶었지마는 욕의^{浴衣}를 입지 아니한지라 나체로 입욕함은 욕장의 예의상 불가하므로 땀만 대강 씻고 나와서 모래 위에 앉았다가 돌아오니 김 군은 욕의, 기타를 사 가지고 돌아와서 나를 기다리고 있다.

7일, 아침 다섯 시에 일어나 보니 일기가 흐리었다.

7시경부터 비가 오기 시작하였으나 계속적으로 오는 것이 대단치 아니하였다. 아침밥을 먹고 나서 바다에 갈 욕심으로 비가 개기를 기다렸으나 용이히 개지 않는다.

11시경 비가 조금 멈추기에 해수욕하는 데는 비를 맞아도 관계치 않겠다는 생각으로 나섰다. 얼마 아니 가서 비가 쏟아지는데 할 수 없이 쫓기어 들어왔다. 신문이 왔기에 대강 보고 나니 원산의 오포午砲 소리가 들린다. 시계를 교정하여 가지고 나서니 비가 개기 시작한다. 맨발에 짚신을 신고 노동모를 쓰고 나섰다. 진 길에 짚신이 붙어서 단단하여지매 발이 아프다. 짚신을 벗어들고 맨발로 가는데, 비가 그쳐서 길이 반이 물이요, 반은 흙이다.

맨발로 밟기에 자연스러운 쾌감을 얻었다. 더구나 명사십리에 들어서서 가늘고 보드라운 모래를 밟기에는 너무도 다정스러워서 맨발이 둘 뿐인 것에 부족하였다.

해수욕장에 다다르니 마침 여러 사람이 나와서 목욕을 하는데 남녀노유男女老幼가 한데 섞여서 활발하게 수영도 하고 유희도 한다. 혼자 온 것은 나 하나뿐이다. 나는 그들 목욕하는 데서 조금 떨어져서 바다에 들어가 실컷 뛰고 놀았다. 여간 상쾌하지 않았다. 조금 쉬기 위하여 나와서 모래 위에 앉았다. 이때 모든 것은 신청新晴의 상징뿐이다.

　쪽같이 푸른 바다는
　잔잔하면서 움직인다.
　돌아오는 돛대들은

개인 빛을 배불리 받아서
젖은 돛폭을 쪼이면서
가벼웁게 돌아온다.

걷히는 구름을 따라서
여기저기 나타나는
조그만씩한 바다 하늘은
어찌도 그리 푸르냐.
멀고 가깝고 작고 큰 섬들은
어디로 날아가려느냐.
발적여 디디고 오똑 서서
쫓다 잡을 수가 없고나.

얼마 동안 앉았다가 다시 바다로 들어가서 할 줄 모르는 헤엄도
쳐 보고 머리를 물속에 거꾸로 잠가도 보고 마음 나는 대로 활발
하게 놀았다. 다시 나와서 몸을 사안^{沙岸}에 의지하고 발을 물에 잠
그었다.

모래를 파서 샘을 만드니
샘 위에는 뫼가 된다.
어여쁜 물결은
소리도 없이 가만히 와서

한 손으로 샘을 메우고
또 한 손으로 뫼를 짓는다.

모래를 모아 뫼를 만드니
뫼 아래에 샘이 된다.
짓궂은 물결은
햇죽햇죽 웃으면서
한 발로 뫼를 차고
한 발로 샘을 짓는다.

다시 목욕을 하고 나서 맨발로 모래를 갈면서 배회하는데 석양
이 가까워서 저녁놀은 물들기 시작한다. 산 그림자는 어촌의 작은
집들에 따뜻이 쪼이는데 바닷물은 푸르러서 돌아오는 돛대를 물들
인다. 흰 고기는 누워서 뛰고 갈매기는 옆으로 난다. 목욕하는 사
람들의 말소리는 높아지고 저녁연기를 지음 친 나무 빛은 옅어진
다. 나도 석양을 따라서 돌아왔다.

9일은 우편국에 소관이 있어서 원산에 갔다. 볼일을 보고 송도
원松濤園으로 갔다. 천연의 풍물로 말하면 명사십리의 비교가 아니나
해수욕장으로서의 시설은 비교적 상당하다. 해수욕을 잠깐 하고
음식점에 가서 점심을 먹고 송림 사이에서 조금 배회하다가 다시
원산을 경유하여 여사旅舍에 돌아와 조금 쉬고 명사십리에 가 또 해
수욕을 하였다. 행보行步를 한 까닭인지 조금 피로한 듯하여 곧 돌

아왔다.

10일엔 신문이 오기를 기다려서 보고 나니 11시 반이 되었다. 곧 해수욕장으로 나가서 목욕을 하고 사장에 누웠으니 풍일風日이 아름답고 바다는 작은 물결이 움직인다. 발을 모래에다 묻었다가 파내고 파내었다가 다시 묻으며 손가락으로 아무 구상이나 목적이 없이 함부로 모래를 긋다가 손바닥으로 지워 버리고 다시 긋는다.

그리하다가 홀연히 명상瞑想에 들어갔다. 멀리 날아오는 해조海鳥의 소리는 나를 깨웠다.

어여쁜 바다새야
너 어디로 날아오나
공중의 어느 곳이
너의 길이 아니련만
길이라 다 못 오리라
잠든 나를 깨워라
갈매기 가는 곳에
나도 같이 가고지고
가다가 못 가거든
달 아래서 자고 가자
둘의 꿈 깊은 때야
네나 내나 다르리.

해수욕장에 범선帆船이 하나 매였다.

그 배 밑에 가서,

나 : "이게 무슨 배요?"

선인船人 : "애들 놀잇배요."

나 : "그러면 이것이 누구의 배요?"

선인 : "아니요, 다른 사람의 배요."

나는 배에 올라가서 자세히 물은즉 그 배는 해수욕하는 데 소용되는 배인데, 배에 올라가서 물에 뛰어 내리기도 하고 혹은 그 배를 타고 선유船遊도 하는 배다. 1개월에 95원을 받고 삯을 파는 배로 매일 오전 9시경에 와서 오후 5시에 가는데, 선원은 다섯 사람이라 한다. 95원을 5인에 분배하면 매인每人 매일 60여 전인데 그 중에서 선세船貰를 제하면 대단히 박한 임금이다. 여기에서도 그들의 생활난을 볼 수가 있다. 오후 4시경에 여사에 돌아왔다.

11일 상오 11시경에 해수욕장으로 나오는데 그 동리 뒤 솔밭 속에 있는 참외 막 아래에 3, 4인의 부로父老들이 앉아서 바람을 쐬며 이야기들을 한다. 나도 그 자리에 참예하였다. 이날이 마침 음력으로 칠석七夕이므로 견우성이 장가를 드느니 직녀성이 시집을 가느니 하였다. 나는 칠석에 대한 토속土俗을 물었는데 별로 지적하여 말할 것이 없다고 한다.

(1941년)

평설

출전 : 『반도산하^{半島山河}』(삼천리사, 1941)

1941년 김동환이 운영하던 삼천리 사에서 펴낸 여행기 『반도산하^{半島山河}』에 수록된 글이다.

「기행 반도산하: 승지 팔경 사적 팔경」으로 290쪽에 16개의 여행 산문을 실었다. 이광수의 '영봉 금강산', 김억의 '약산 동대', 염상섭의 '수원 화홍문', 노천명의 '선경 묘향산', 한용운의 '명사십리', 모윤숙의 '부전고원', 노자영의 '천안 삼거리', 함대훈의 '남원 광한루' 등의 승경지 8곳과 이병기의 '부여 낙화암', 양주동의 '패성 모란봉', 박종화의 '남한산성', 전영택의 '의주 통군정', 이기영의 '합천 해인사', 최정희의 '개성 만월대', 이은상의 '탐라 한라산', 김동환의 '경주 반월성' 등 사적지 8곳에 대한 기행문이다.

1941년 판인데 전국 고서점에서 여러 판본이 보인다. 상태가 아주 양호한 것은 고서점에서 150만 원에 올라 있는 게 보인다. 역시 우리나라 백성들은 책을 사랑하고 활자를 정말로 사랑하는 민족이다.

신문이 왔기에 대강 보고 나니 원산의 오포^{午砲} 소리가 들린다. 시계를 교정하여 가지고 나서니 비가 개기 시작한다. 맨발에 짚신을 신고 노동모를 쓰고 나섰다. 진 길에 짚신이 붙어서 단단하여지매 발이 아프다. 짚신을 벗어들고 맨발로 가는데, 비가 그쳐서 길이 반은 물이요, 반은 흙이다. 맨발로 밟기에 자연스러운 쾌감을 얻었다. 더구나 명사십리에 들어서서 가늘고 보드라운 모래를 밟기에는 너무도 다정스러워서 맨발이 둘 뿐

300 │ 불멸의 문장들

인 것에 부족하였다.

- 〈명사십리〉 본문 중 -

건축할 때 햇볕이 잘 안 드는 북쪽으로는 절대 집을 짓는 게 아닌데 총독부 건물이 꼴 보기 싫어 자신의 집 심우장을 북향으로 지었다.

3·1독립만세운동 때 민족대표 33인 중의 한 사람이고 절친이었던 최린이 변절하여 친일파가 되자 절교를 선언한다.

3·1운동 때 '독립기념선언서'도 썼고 친분이 긴밀한 최남선이 친일파가 된 후 거리에서 인사를 해오자 "내 아는 육당은 이미 죽어 장송했는데 당신 누구냐"고 면박을 주고, 서울 시내 음식점에 지인들을 불러 "이제부터 왜인 종노릇을 자청하러 간 고 최남선의 장례식을 거행하겠습니다" 하고 그날 비분강개 술을 퍼마신 만해는 지방에 부고장을 보내고 최남선에게도 장문의 부고장을 보냈다.

평소 소설 쓸 때 불교 관련 사상 등을 논의하며 친분 깊던 이광수가 변절하여 친일파로 활동 중이다가 만해의 심우장을 방문했는데, "네 이놈! 보기 싫다. 다시는 내 눈앞에 나타나지 마라." 벽력같이 소리를 질러 쫓아 보내고 두 번 다시 만나지 않았다던 만해.

그러나 인간적인 모습을 엿볼 수 있는 여행기는 소박해서 보기 좋다.

한용운 韓龍雲. 1879~1944. 충청남도 홍성 출생. 일제강점기의 시인, 승려, 독립운동가. 호는 만해萬海. 1913년 『조선불교유신론』 발행. 불교학원과 명진학교 교사. 1914년 『불교대전』 저술, 대승불교의 반야사상에 입각하여 종래의 무능한 불교를 개혁하고 불교계의 각성과 현실 참여와 불교사회개혁론을 주장함. 1914년 불교 포교의 보편화 대중화를 선언하고 조선불교청년동맹을 결성하여 불교의 보편화 운동의 실천을 위하여 활동함. 3·1 만세운동 당시 민족대표 33인의 한 사람으로 3년간 서대문 형무소에서 복역함. 독립선언서의 〈공약 3장〉을 추가 보완함. 또한 옥중에서 〈조선 독립의 서朝鮮獨立之書〉를 지어 독립과 자유를 주장함.

1918년 불교잡지 《유심》을 창간하고 시를 발표, 1926년 시집 『님의 침묵』을 출판.

1922년부터 1923년까지 민립대학 설립 운동과 물산장려운동 등의 민족운동에 참여.

1927년 신간회에 참여. 1937년 불교관계 항일단체인 만당사건의 배후자로 검거되어 서대문형무소에 투옥됨. 1938년부터는 중일전쟁, 태평양전쟁에 반대하여 학도병 거부 운동을 벌임. 징용이나 보국대 또는 일본군을 찬양하는 글을 쓰지 않으며 강연도 거부함. 1937년부터 강요된 신사 참배와 일장기 계양을 거부하고, 조선총독부의 일본식 호적에 이름조차 올리지 않음.

소설가로도 활동하여 장편소설 『흑풍』(1935), 『후회』(1936), 『박명』(1938), 단편소설 〈죽음〉 등을 발표함.

광복 1년을 앞둔 1944년 6월 29일에 중풍과 영양실조 등의 합병증으로 병사함.

1962년 3월 1일 건국훈장 대한민국장을 추서함. 1967년 그가 독립선언서를 낭독하던 탑골공원에 '용운당 만해 대선사비'가 세워짐. 고향인 충남 홍성 남산공원에 동상이 세워졌고 홍성읍내 장터에도 그의 동상이 세워짐. 1973년 만해문학상이 제정됨. 만해의 생가지 결성면 성곡리 박철동 잠방굴 마을이 1989년 12월 24일 충청남도 기념물 제75호로 지정됨.

1990년 생가가 복원되고 기념관이 건립되었고, 1991년에는 만해학회가 설립되었으며, 강원도 인제에 만해문학박물관이 건립됨.

시집 『님의 침묵』(1926)과 저서로 『불교대전』(1914), 『한용운전집. 전6권』(1973)이 간행됨.

연안망명기
- 산채담
김사량(소설가)

종이 소동

하루 한시도 종이를 떠나 살 수 없는 몸으로 종이 난難에 이렇게도 혼이 나보기는 이번이 처음이었다. 다행히 북경서 연안 쪽 공작工作 책임자와 악수가 되어 팔로八路 안으로 들어가게 되자 그의 충고대로 짐이란 짐은 모두 조선 나가는 인편에 내보내고 나서 속옷 두서너 벌 넣은 바랑이 단 하나, 노트를 두어 권 얻어놓았으나 바삐 달려가느라고 이것은 깜박 잊어버렸다.

평한선平漢線 어떤 차참車站에서 내려 태항산중으로 잠입하는 노상에서 우리 의용군이 장절壯絶히 싸운 전투 이야기를 들었을 때 갑자기 걱정이 끓었다. 종이가 없다. 겹겹 산중에 들어가 보니 양지洋紙라고는 보고 죽으려도 없고 다만 있다는 게 마지麻紙, 삼으로 지은 종이다. 잉크는 번지고 구멍은 뚫어지며 그나마 잘 써진다는 연필로 내려 갈기고 보면 이튿날은 몽땅 날라버린다. 종이, 종이! 이에 나는 종이 광이 되어 안절부절못하였다. 우리 독립동맹 선전부에서도 물론 이 마지와 그보다 좀 결이 고운 유광지油光紙에 깨알같이 글씨를 곧잘 쓰며 어서 그러지 말고 우리를 배우라면서 웃는다. 생활부터 혁명을 해야 한다는 노력도 무척 하여보았으나, 아직 소시민 생활의 타성을 버리지 못하여 물감, 잉크, 종이에 펜을 들이박고는 멍하니 앉아 즐거운 종이 회상에 젖는 것이었다. 사랑하는 고향 나의 집 서재방에 그득히 쌓아 놓여 있는 원고지가 눈앞에 어른거려 죽을 지경이었다.

그러나 며칠 안 가서 과분한 원고지 생각은 쏙 들어가고 말았으나, 그 대신 이번은 꿈속에 대학노트가 찬란히 나타나, 벌떡 일어나 앉았다. 모필毛筆을 쓰는 것이 그래도 고작인데 선전문이라면 몰라도 붓대에 정서를 담아 머리에 환상을 뿜으며 달려야만 되는 예술 창작에 있어서는 - 더구나 비교적 속필인 나로서는 먹을 담아 써야 하는 모필로는 또한 엉망이었다. 팔짱을 찌르고 토벽 담 한 모퉁이를 바라보며 혼자 쓴웃음을 짓곤 하였다. 내가 거처하는 방이라는 것도 역시 일군日軍이 들어와 불을 질러놓아 타다 남은 잿검둥의 토항방土坑房, 그 담벽에 붙인 일본 신문 조각지 몇 장이 샛노랗게 햇볕과 먼지에 타올라 만지면 오삭오삭 부스러진다. 이런 편지라도 좀 있다면 하는 생각에 혼자 또 쓴웃음이었다. 그러던 중 적구에 공작 나갔던 동무들이 왜놈의 편전지便箋紙를 몇 권 사가지고 들어왔다는 소문이 들렸다. 실비로 분맹分盟 동무 몇 사람에게 나누어주었다는 말을 듣고는 분맹이 있는 하남점河南店이라는 장거리로 달려갔다. 한 책에 팔십 원가량. 그리 서둘지만 않으면 조직에서 노트를 몇 권 구해준다는 호의였으나 어느 하가에 잠자코 기다릴 수도 없다. 수중 무일푼이라, 차고 들어간 시계를 벗어놓았다. 대낮에 승냥이한테 장대 같은 사나이들이 목을 물리는 그런 산중이라 시계는 도자 무값이나 진배없어 시세 풀이하니 겨우 두어 권에 해당하였다. 그것도 몇 장 쓰고 난 것 두 권과 바꾸어 기고만장으로 석양을 등에 지고 개선장군처럼 집으로 올라왔다.

표지에는 조양성외(朝陽城外)의 원색화가 그려 있고 또 한 권 표지에는 중국의 창시(唱詩) 여우의 얼굴이 해죽이 웃고 있었다. 한 권에는 사량고전(士亮稿箋)이라 멋지게 써놓고 또 한 권에는 정성스레 산채담(山寨譚) 자료전이라고 써 놓았다. 그러나 표지를 들치고 한참 동안 묵묵히 앉아 있노라니 공연히 눈앞이 흐려져 백양지의 회색 행선(行線)이 아물거렸다. 이것이 분명히 편지 책으로다마는 편지를 쓰기는 영 글렀고나 생각하니 어지간한 감상 속에 놓이게 되었던 것이다. 어린애 사진 붙인 수첩을 주섬주섬 펴놓고 또 떠나오던 바로 그날 아침 이 수첩에 색연필로 그리게 한 어린애들의 그림 장난을 물끄러미 들여다보았다. 큰 사내놈 낭림(狼林) 이는 그래도 다섯 살이라 그림 장난에 여간한 의미가 붙어있다. 기차와 임금(林檎: 능금)과 총을 그려놓았다. 아버지 멀리 간다고 하니까 돌아올 제 기차를 타고 임금을 사가지고서 총을 메고 오라는 것이었다. 전쟁놀이하고 싶어 하는 그놈에게 나는 아직까지 총 하나 사다 준 적이 없었다. 어린 계집에 나비(那琵)는 무엇 하나 그릴 줄을 몰라 **쯔쯔쯔**거리며 수첩 두 판에 청·황·적색으로 막 난선을 그려놓았다. 이런 그림을 들여다보며 또한 칠순 노모도 눈앞에 그려보았다. 떠날 때에 약속한 암호대로 드디어 탈출하는 시일 시각까지 알려서 편지 끝머리에 '여불비'餘不備: 예를 다 갖추지 못하였다는 뜻으로, 편지의 끝에 쓰는 말'라 적어 보내고 들어왔지만 사실로 그 편지가 어머니 앞에 명실공히 여불비 상서上書나 아니랴? 어머니가 너무 연로하시고 또 내 돌아갈 길이 이렇게도 빠를 줄은 영 짐작지 못하였기 때문이다.

이런 센티한 생각을 갈기갈기 찢으며 편전지의 앞뒤 판 가운데에 연필로 횡단선을 그으며 한 장 두 장 넘기는 새에 다시금 즐거운 흥분과 흐뭇한 예술욕에 젖는 것이다. 이 산중에는 비로소 나는 종이 귀한 것을 알고 또 종이 사랑할 줄을 알았다. 한 행에 꼭꼭 두 줄씩 깨알 같은 '9포 글씨'로, 그리고 앞뒤 판 난외에까지 내려 박으면서도 나는 전에 없이 행복스러운 감분感奮에 젖었다. 피로에 지치면 강변이나 밭두렁을 산보하고 돌아와 특별 배급이래서 겨우 두 냥쭝의 호두기름 등잔 밑에서 가루담배를 파이프에 담아 푹푹 내어 뿜으면서 밤 시간을 이용하여서는 산채담을 쓰는 것이었다. 사실로 일인이 없는 이 산중에 와서 붓대를 들고 보니 하나도 거리끼는 일이 있을 리 없었다. 이미 종이는 있으며 무엇이나 쓸 수 있는 이상, 또 조국에 돌아간다면 알리고 싶은 일, 비장한 이야기, 통절한 이야기, 느끼는 점, 보고 들은 일 이런 것 저런 것 모두 적어 하나하나 바랑 속에 집어넣는 기쁨이란 여간 큰 것이 아니었다. 행복스러운 마음속에 이렇게 붓을 달려보기는 지금까지에 처음이었다. 하나, 작품도 몇 개 써놓아 산채담의 준비도 거의 되고 그 시계 종이를 바랑 속에 넣고 막상 떠나게 되니 어쩐지 가슴이 술렁거렸다.

일본 항복의 보를 이 산중에서 듣기는 8월 11일, 하루가 바삐 자원하여 나는 선발대에 들었다. 그러나 도중 일군이 협격할 위험성이 많다는 낭자관娘子關의 봉쇄선을 밤중에 넘으면서 그만 담배 주머니와 파이프를 잃어버렸다. 그래 할 수 없이 아까운 시계 종이 좀 쓰다 남은 장을 찢어서 가루담배를 말아 먹게 된 것도 미소 감이었다. 종이를 이렇게 푸대접하여 천벌이 내리지 않을까 싶었으나 종이보다 못지않아 담배도 역시 입에서 떼고는 살 수 없는 몸이라 부득이한 일이었다. 시계 종이를 말아먹으며 이럭저럭 태산준령의 삐앗길을 혹은 무인구의 돌작지 길을 혹은 협곡의 물을 밟으며 혹은 빨갛게 익은 대추밭 사이의 사지沙地: 모래땅 판을 걸어 이천리, 장가구로 나오게 되었다.

북경을 떠난 이래 오래간만에 도시에 발을 디디게 되니 감개무량이었다. 자동차가 다니고 기차가 쿵쿵거리는 도시, 여기에 팔로 간부 삼천과 우리 선발대가 들어서자 우리는 특우대로 소위 초대소라는 곳에서 하룻밤 쉬게 되었다. 일본 영사관 숙소이던 곳으로 훌륭한 양관이나 부랴부랴 놈들이 달아나느라고 서책 서류 같은 것을 미처 태우지 못한 것이 방공호 속에 지저분히 널려 있었다. "종이, 종이가 있구나!"고 눈이 뒤집혀 나는 방공호 속으로 뛰어들어갔다. 여백 있는 종이란 종이는 모두 주워 모아 한 아름 들고 나오니 흡사 걸레 장수 모양이라 혼자 껄껄거리며 좋아하였다. 이 일본 영사관원이었던 조선 친구 하나 예수쟁이이던 모양이라, 조선말로 된 성경책이 튀어나오고, 영사군 자신의 자료전이던 꿈에까지 그린 대학노트도 튀어나왔다. 하나 이런 것은 여백이 그리 없어 압수는 유예하고 영사관에서 쓰던 영수증을 일기 수첩으로 대용하여 하루에 한 장씩 발행하며 또다시 열하 승덕^{承德}을 향하여 이불을 둘러지고 나귀를 몰며 행군을 개시하였다.

담배와 불

담배 버러지라고는 하나 입이 높지는 않아 명색이 담배면 족하기에 그나마 담배에는 다복한 생활이었다. 들어갈 때 평한선 순덕참^{順德站}을 앞두고 P51의 모진 공습을 받아 촌장^{村莊}으로 허둥지둥 대피를 하다 떨어뜨린 상아 물부리도 그리 애석지 않았다. 하기는 담배 용기는 비교적 눈이 높아 구하던 중 마음에 들어 오랫동안 손때도 올리고 담배 물도 제법 무르녹은 팔모진 결 좋은 돌부리였다. 그래 적이 아쉬운 것임에는 틀림없으나 이 태항산중에서는 전혀 무용의 장물이나 진배없었기 때문이다.

그대신 고향을 떠날 때 K군으로부터 받은 마도로스 파이프가 행세를 하게 되었다. 물론 서투른 솜씨로 말아 파는 궐련도 없는 바 아니나 한 갑에 이십 원이니 감불생심이다. 근거지에 도착하였을 때 수중에 남은 돈이 불과 북경표로 사백 원, 그것을 팔로^{八路}돈

익남표^{翼南票}와 바꾸니 절반이 꺾이어 이백 원, 궐련을 피우자면 겨우 열갑 밖에 안 되니 아껴 먹는 대사 사흘분도 못 된다. 하나 며칠 동안은 북경서 가지고 돌아온 '16' 마크의 궐련이 여남은 갑 남아 더러 의용군 학생들과도 나누어 적지구^{敵地區} 맛을 태우며 즐기었으나 한 갑 두 갑 줄어들어 나중엔 몇 가치만 겨우 남고 보니 담배 같은 담배와도 이제는 마지막 이별이라는 서글픈 생각이 없지도 않았다.

처음에는 아직까지의 타성으로 두어 갑 궐련을 사서 피워 물기도 하였다. 마는 불이 또한 극귀^{極貴}라 땅 성냥 한 갑이 팔 원, 처음에는 이것도 두서너 갑 사 넣었다. 아직 귀족이었기 때문이다. 그러나 며칠 안 되어 영락하여 호주머니를 털어 남은 돈으로 가루담배를 사들이고 한 근에 이십 원 또 삼십 원을 주고 소위 '되부시'를 사서 뚝딱 부싯돌 치는 연습이었다. 다행히 교부처에서 한 달에 한 근씩 좋은 가루담배를 보급해 주어 월급 사 원 돈보다 얼마나 고마운지 알 수 없었다. 하나 담배 한 근이면 나와 같은 담배 버러지로서는 혼자만 피워 문대도 불과 열흘분이다. 어쨌든 고무 연포에서 가루담배를 꺼내어 파이프에 담고는 부싯물을 치느라 웅크리고 야단이다. 좀처럼 솜씨가 좋지 못하여 나중에는 증이 나서 집어던지고 불을 구하여 대문 가로 나선다. 나온 걸음으로 학교 마당에 들어서면 학생들이 군사교련이라 불을 얻을 길이 없어 골목길로 들어서면 중문^{中門} 백성들이 문가에 주룽주룽 나와 앉아 희끌그레한 호박국을 들이키며 아는 사람이면 빙그레 웃으며 "허바"^{같이} ^{마십시다}가 인사다. 사실로 난고한 산중 생활이라 중국인의 "츠바"^{같이} ^{먹읍시다}라는 인사는 여기서 통용되지 않는다. 밥을 먹는 것이 아니라 늘 호박이나 산챗국을 마시기 때문에, 죽을 끓여 마시는 것을 보니 아궁지에 아직 불이 있을 법하여 대문을 들어서서 아궁지를 쑤시는 것이었다. 불행히 그들의 끼때가 아니면 파이프를 입에 문 채 교무처와 선전부를 두루 돌아 학교 화방주방 간에까지 가서야 불을 얻는 것이다.

생각다 못하여 중국인들의 본을 받아 나도 한가한 틈만 있으면 강변으로 나가 쑥을 뜯어다 햇볕에 말려가지고 그놈을 새끼처럼 꼬기 시작하였다. 여기에 불을 달아 밤이면 못살게 구는 모기를 쫓을 겸 담뱃불 대용도 삼자는 것이다. 한 발가량 되는 것이면 하루 동안을 대일 수 있었다. 이것을 중국인은 훠승^{火繩}이라 부른다. 이 화승을 이삼십 개 만들어 방 안에 주렁주렁 매달아 놓으니 뱀 소굴에 들어선 것처럼 무시무시도 하나 보기에 몹시 대견도 하였다. 날씨 좋은 날이면 그놈을 다시 내어다가 양지쪽에 주렁주렁 늘어놓는다. 이런 때 폭음 소리가 들려 하늘을 우러러보면 번질번질 P51이 편대로 폭격을 간다. 하지만 역시 성냥불은 절대로 필요하였다. 담뱃불로는 등잔에 불을 켤 수 없기 때문에, 그래 이 점도 중국인에 배워 장거리로 내려가 유황 부스러기를 사다가 삼대에 묻히어 한 묶음 묶어놓았다. 이것을 하나씩 쑥불에 대어 불을 일으켜 등잔에 불을 켜는 것이다. 이러고 나니 만사 해결로 태평이었다. 이 뒤로부터는 샘터로 목욕을 나갈 때나 마을 길을 거닐 때

나 소학생들과 같이 가지밭에 물을 부을 때나 반드시 한 발큼 되는 화승을 하나 등에 걸머지고 나와 물을 배급하는 것이었다. 푸르틱틱한 것이 바람결에 빨갛게 타오르는 것이 흡사 날름날름 혀를 뽑아 돌리는 구렁이다. 이것을 지고 다니는 꼴을 보고 모두 이제는 제법 산채인이 되었다고 끄덕이는 것이었다.

하나 너무도 빈약한 호주머니라 얼마 안 되어 담뱃값이 뚝 떨어졌다. 클클하지 하지 않을 리 없었다. 담배 없이는 잠시도 엉덩이를 붙이지 못하는 성미다. 그래 숨김없는 말로 여분의 노타이셔츠와 겨울 양복바지를 꿍겨가지고 장거리로 내려가 우리 기관 삼일 상점에 처분을 의뢰하였다. 다음날 수중에 들어온 돈이 백칠십 원, 마음이 든든하여 가루담배를 사러 담배 공장에 가니 뚱뚱한 친구 하나가 바로 내 노타이를 걸치고 땀을 뻘 흘리며 가루담배를 쓸어모으는 중이었다. 그 담배를 사며 나는 혼자 어이없이 웃었다. '노타이 담배!'

지금쯤 까마아득히 먼 화북 태항산중 하남점 장거리에서 또 어떤 중국 친구가 내 겨울 양복바지를 입고서 땅 성냥이나 팔고 있지 않은지…………

(1945년)

출전 : 《만성》 2권 2호~3호 (1946.1~1946.2)

글을 마음껏 쓸 수 있는 종이와 생각의 휴지^{休止}에 필요했던 담배와 불을 찾아 고심하는 문학청년의 방황. 그런데 그 시절이 독립운동가로서 중국 팔로군과 연합하여 태항산 전투의 현장 2천 리를 배낭 메고 발로 걸어 다닌 시절이라니……

이 글은 김사량이 1945년 12월에 서울에 내려왔을 때 잡지 《만성》의 청탁으로 여관에서 쓴 것으로, 여행 문학 『노마만리^{駑馬萬里}』가 세상에 나오기 전의 소품 같은 여행 산문이다.

1943년 귀국하여 일본군 보도반원으로 북부 중국에 파견되었다가 연안으로 탈출, 팔로군 조선의용군 기자로 활동하다가 광복과 함께 귀국했던 그 시절의 체험이 담겨 있다.

작품의 무대는 본문에서 나왔듯이 독립군을 따라 북경을 출발, 평한선 차참에 내려 도보로 태항산으로 가다가, 산중에서 일본이 항복하리라는 소식을 듣는 1945년 8월 11일, 그러나 그곳에 일본군과 아직 격전 중인 전쟁의 현장. 낭자관^{娘子關} 봉쇄선을 칠흑 같은 밤중에 돌파하고 태산준령의 협곡을 2천 리를 걸어 장가구로 새로운 진지로 이동하면서 감회를 쓴 글이다.

김사량^{金史良}. 1914~1950. 평남 평양 출생. 본명 김시창^{金時昌}. 1931년 평양고보 5학년 때 광주학생운동에 자극받아 일본군 배속장교 배척 운동을 하다가 동맹휴업 주동자로 퇴교 당함. 일본으로 건너가 사가고교를 거쳐 동경제국대학 독문학과를 졸업.
1936년 동인지 《제방》에 소설 〈토성랑〉을 발표. 이 작품이 연극으로 각색되어 상연되면서 그 사상성을 문제 삼아 일본 경찰에 수개월 구류 당하기도 함. 대학 졸업하고 서울에서 기자로 활동. 1939년 단편소설 〈빛 속에〉를 발표하여 작품성이 알려져 1940년 아쿠다카와상 후보로 올라 『문예춘추』에 실림.

태평양전쟁이 발발한 직후에는 치안유지법 위반죄로 50일 동안 구금당함.

주요 작품으로 단편소설 〈유치장에서 만난 사나이〉, 〈지기미〉, 〈칠현금〉, 〈기자림〉, 〈산의 신들〉, 〈천마〉, 〈무궁일가〉 등과 장편소설 「낙조」, 「태백산맥」 등이 있음.

1943년 귀국하여 일본군 보도 반원으로 북부 중국에 파견되었다가 연안으로 탈출, 팔로군 조선의용군 기자로 활동함.

1945년 장편 기행문 『노마만리』(1945)를 썼고 1945년 11월 북한으로 돌아와 희곡 〈뇌성〉(4막 6장)(1946.8)을 창작함. 한국전쟁이 발발하자 인민군 종군작가로 참전하며 작품을 씀. 1950년 미군의 인천상륙작전과 함께 후퇴하는 인민군을 따라 북상하다가 원주지역에서 사망함.

소설집 『빛 속에서』(1940), 『풍상』(1948), 시집 『손』(1956) 그리고 『김사량 작품집』(1987), 『노마만리- 김사량 작품집』(1989)이 있음.

미국에 사는 한국 이민자

- 그들의 생활과 의견

박인환(시인)

지금으로부터 30, 40년 전 일본 제국주의의 대륙 침략이 치열의 고도에 달하였을 때 많은 우리나라 사람들은 제물포와 부산항을 떠나 태평양 저편을 향해 배에 몸을 실었다. 물론 이들의 대부분은 빈곤한 농민들이었으나 그중에는 일상의 생계에는 풍유한 소작인도 있었고 또한 일제의 발호에 항거한 끝에 하는 수 없이 그리운 조국 강산을 등지고 망명의 길을 낯선 나라로 택한 사람도 있었다.

오늘날 우리들은 이들을 미국으로 간 이민자라고 부른다. 미국뿐만 아니라 멕시코, 브라질로 긴 사람들도 있으나 여하튼 그들은 대지^{大志}를 품고 거센 파도를 거쳐 새로운 세계로 향해 갔었다. 마치 메이플라워호에 몸을 맡긴 영국의 청교도와도 같이 박해와 굶주림에 시달리며 더한 고초가 기다릴지도 모르나 혹시나 희망이

대지^{大志}

있을지도 모르는 미지의 땅을 찾아간 것이다.

태평양의 중심에 자리 잡은 하와이섬에 많은 사람은 내렸다. 그들은 미개발의 땅을 갈고 갖은 고난을 무릅쓰고 이 섬을 개척한 끝에 지금에 와서는 그곳으로 하여금 지상낙원이라는 이름을 듣게 하였는데…… 그리고 수천 명에 달하는 한국 사람들이 지금도 제일 많이 거주하고 있는데…… 필자가 찾아간 곳은 하와이가 아니라 미국 본토 오리건주 한국 이민자들의 한 촌락이었다.

불과 며칠간이 되지 않는 짧은 기간에, 더욱이 하나의 촌락의 세 세대만 보고 미국에 있어서의 한국 이민에 관해 글을 쓴다면 지극히 편견적일지 몰라도 나는 그들의 생활과 의견을 솔직히 보도함으로써 아마 그것이 전체를 축소한 하나의 진실한 모습이 아닐까 하고 감히 붓을 들게 된 것이다.

찾아가기까지

오리건주 최대의 도시 포틀랜드는 태평양에서 콜롬비아강을 따라 150마일을 올라가야 한다. 태평양 연안에서는 굴지의 도시로 알려진 포틀랜드는 농업과 상업의 도시로서 춘하추동 일기가 청명하고 교통도 무척 발달된 인구 50만의 조용한 거리이다.

나는 이곳에 이르자마자 어느 식당에서 점심을 먹었다. 바로 그때 문을 열고 25, 26세쯤 되어 보이는 동양 여성이 들어온다. 그리하여 유심히 나의 눈은 그 여성에게로 쏠리고 그도 역시 나를 쳐다보는 것이다. 직감적으로 나는 그가 한국 사람이 아니라면 일본인으로 알고 곧 말을 걸었다. 잠시 후 우리들은 참으로 공통적인 화제를 발견할 수 있었다. 그것은 한국과 대통령 이승만 박사에 관한 것이었다.

그는 한국 이민자의 제2세이다. 그림과 얘기로밖엔 한국을 알지 못하면서도 한국을 제2의 자기 고향으로 그리워하는 메이 박이라는 여성인 것이다.

함께 커피를 나누고 나서 우리들은 그 식당을 나와 메이 박의 자동차를 탔다.

그는 나에게 함께 자기 집으로 가자고 한다. 그리하여 나는 그것은 참으로 좋은 제안이며 오래도록 내가 보고 싶고 알고 싶던 일의 하나라고 대답했다.

1953년형 시보레는 45마일의 속도로 포틀랜드의 거리를 빠져나왔다. 자동차의 핸들을 잡은 그의 얼굴은 미소로 가득 찼고 휘파람을 불며 가끔 나를 쳐다본다. 그래서 나도 웃음을 띨 수밖에 없었다. 지난 4월 5일의 포틀랜드의 하늘은 구름 한 점 없이 곱게 개고 수목과 정원의 잔디는 눈부실 듯이 푸르다. 포틀랜드에서 20마일 떨어져 있는 그레셤까지의 연도에는 연이어 집이 있고 어느 한 극장에서는 한국전쟁을 주제로 한 파라마운트사 영화 《도고리의 다리》라는 것을 상연하고 있는데 그는 차를 멈추더니 어제 저영화를 온 가족들이 다 함께 구경했고 집에 와서는 한국 레코드를 틀었다는 것을 말한다.

우리들은 오리엔탈 부락이라는 곳을 지나고 한 5분 만에 그의 집 현관 앞에 이르렀다. 이 마을을 오리엔탈 부락이라고 한 것은 그곳 부락의 개발은 전부 동양인들의 손으로 이루어졌기 때문이고 현재도 중국인 일본인들의 몇 세대가 살고 있다는 것이다.

처음 만나고

그때 시간은 오후 두 시였다. 멀리 마운틴 후드라는 유명한 산이 보인다.

그 산봉우리에는 흰 눈이 내려 쌓이고 백열과 같은 태양을 반사하는 그 모습은 참으로 절경이라고밖에 표현할 수가 없다. 이 산은 미국에서 가장 알려져 있는 것의 하나이며 우리 한국 이민자의 세 세대는 그러한 좋은 풍경을 바라볼 수 있는 즐거운 곳에 영주의 집과 농장을 거느리고 있다. 메이 박은 지금으로부터 3년 전에 작고한 박용현 씨의 둘째 딸이다. 그는 박용현 씨의 미망인 즉 그의 어머니인 멜슨 박 여사를 나에게 소개해 주었다. 그 부인은 나의 손을 힘 있게 쥐더니 즉시로 눈물이 글썽거린다.

"참 잘 오셨습니다. 반갑습니다."

떨리는 목소리로, 그러면서도 정확한 우리말로 이야기한다.

박용현 씨의 부처는 지금으로부터 32년 전에 한국을 떠났다는 것이다. 일본 놈에게 쫓겨 망명의 길을 미국으로 택하고 처음 이른 고장은 이 오리건주의 서북쪽 몬태나 주이며 그곳에서 19년간 갖은 노동과 고초를 겪고 겨우 얼마 안 되는 자금을 만들어서 오리건으로 이주한 것은 13년째가 된다고 한다.

박씨는 그가 생존하는 동안 한시도 한국을 잊은 적이 없으며 열렬한 동지회 회원이었던 그는 조국 광복을 이룩하기 위해 가난한 생계에서도 푼푼이 돈을 모아 혁명운동에 거출했다는 것이다. 부인은 죽은 남편을 위해 …… 그를 나에게 잘 인식시키기 위해 …… 눈물을 흘리면서 이야기한다.

"혹시 장석윤 씨를 아십니까?"

하고 나에게 묻는다.

"잘 알구 말구요! 내무부 장관을 지낸 후 지금은 국회의원입니다."

라고 내가 대답했더니 단번에 눈물을 씻으며 즐거워하는 것이다.

그 전에 장석윤 씨와 함께 몬태나에 살았으며 그는 용현 씨의 가까운 친구요 동지였다는 것이다. 장 씨는 태평양 전쟁이 일어나자 미군 지원병으로 떠나고 그 후 전혀 소식을 몰랐다고 한다.

나는 박씨 부인의 안내로 응접실 겸 침실로 들어갔다. 집은 그리 크지 않은 목조이며 시가 6,000불이라고 한다. 벽에는 이승만 대통령의 사진이 걸려 있고 그 옆에는 이 대통령으로부터 죽은 박씨에게 보낸 감사장. …… '대한민국의 건국을 위하여 귀하는 많은 노고와 자금을 거출한 데 대해서 참으로 감사하다'라는 요지의 글을 적은 것을 나란히 걸었다.

식사가 끝나자 미망인은 오래된 우리나라의 레코드를 틀고 고국 생각이 난다고 눈물을 흘린다. 마치 불란서 영화 《페페 르 모코》의 다미아와 같은 정경이나 훨씬 감동적이다. 그는 오랫동안 침묵에 잠겨 아무 말도 없는데, 딸과 아들은 어머니의 그런 표정이 우습다는 듯이 그 옆에서 떠들고 있다.

생활과 의견

그들은 미국에서 중산층의 생활을 하고 있다. 그러므로 식생활에는 조금도 걱정이 없다. 직업은 스트로베리(딸기) 전문으로 하는 농업에 종사하고 있다. 25에이커의 농장을 가지고 있으며 앞으로 한 5에이커의 땅을 더 구입할 작정이라고 한다. 이곳의 토지매매 시세는 한 에이커당 500달러라고 하니 소유하고 있는 토지만 해도 1만 3,000불에 가깝다. 부인은 아침 일찍이 일어나 세수도 하지 않고 트랙터를 몰고 농장에 나간다. (집은 농장 가운데 있다). 해가 뜰 때까지 부지런히 밭을 갈고 그 후에 식사를 끝마치면 역시 밭에 나가 씨도 뿌리고 김도 맨다는 것이다. 일 년 열두 달…… 하루도 쉬지 않고 일을 하는 것만이 이 부인의 전부이며 또한 이렇게 일하는 것은 한국과 자식을 위한 것이라고 한다.

박씨에게는 딸 넷하고 지금 17세가 되는 아들이 하나 있다. 딸들은 모두 고등학교와 대학을 마쳤으며 아들은 지금 고등학교에 다니고 있다.

부인은 30여 년의 미국 생활을 보내도 한국말을 잊어버리지 않고 있으나 2세들은 어머니, 아버지…… 이러한 몇 마디의 한국말을 알 뿐 그 외는 전혀 말하지 못한다. 그러나 메이 박과 그의 언니(이름을 잊었다)는 우리말을 거의 전부 알아들었다.

부인은 자식들이 훌륭하게 되어 한국에 나가서 나라에 도움이 될 수 있는 인물이 되기를 바라면서 살아간다는 것이 자기의 제일 큰 희망이라고 말하는 것이다. 그러나 그들은 어머니와 아버지한테서 들은 한국에 대해 그리 큰 애착심을 갖고 있는 것 같지는 않으며 역시 세계서 제일 좋아하고 사랑하는 고장은 미국이라고 나에게 솔직하게 말하였다. 메이 박은 나에게 이렇게 말을 했다.

"아버지는 한국 땅에 돌아가서 죽겠다고 하셨고 어머니는 언제나 우리들이 한국에 갈 수 있느냐고 하지만 우리는 그 이유를 모르겠어요."

박씨 부인의 분에 넘치는 접대를 받고 해가 질 무렵 나는 그곳을 떠나야만 되었다.

부인은 한국에 돌아가면 장석윤 씨한테 자기 남편이 작고한 소식을 전해 달라고 나에게 부탁을 하고 죽기 전에 꼭 한국에 돌아온다는 것이었다.

"한국이 좀 더 편해지고 살기 좋아진다면 될 수 있는 한 나오십시오."

하고 필자가 마지막으로 말하자 부인은

"그것만이 나의 꿈이며 애들도 전부 데리고 나갈 작정입니다."

라고 쓴웃음을 지었다.

날은 어두워지고 내가 탄 시보레는 포틀랜드에 들어왔다. 나는 메이 박과 그의 남동생을 데리고 어느 카페로 들어가 그들에게는 맥주를 사주고 나는 위스키를 마셨다. 모두 아메리카의 여자들처럼 담배를 피우는 메이는 역시 미국 여성임이 틀림없는 것이 5센트짜리를 뮤직박스에 집어넣고 〈파파 러브스 맘보〉라는 음악을 듣는다.

"한번 코리아에 오시오."

"글쎄…… 돈 많은 좋은 남자와 결혼하기 전에는 힘이 들어요."

"그전에라도 한번 와보시지, 좋은 곳입니다."

"여비만 해도 몇천 달러가 될 텐데 어떻게요?"

나는 이제 할 말이 없어서 그곳을 일어나야만 되었다.

(1955년)

출전 : 《아리랑》(1955.12)
여행 시기 : 1955.3.5.~1955년 5월 초

관립평양의전을 다니면서도 의학책보다는 문학책만 읽다가 광복과 동시에 학교를 중퇴하고 서울로 돌아온 박인환, 생활고 타개책으로 직장을 구하러 다니다가 지인 추천으로 대한해운공사에 입사한다. 그 후 정확한 이유를 알기는 어렵지만, 잠시 퇴사했다가 1954년 말 대한해운공사에 재취업을 한다. 하지만 불경기라 회사에서 어떠한 부서에도 소속되지 못한 채 3개월째 월급도 받지 못하는 상황에서 1955년 2월 25일 대한해운공사의 사장이었던 남궁련으로부터 미국행 권유를 받는다.

"문학을 전공하는 분으로서 한번은 태평양을 넘어 미국의 풍물을 보는 것이 도움이 될 것이오."라는 사장의 말에 진심을 느끼고 경제적인 상황이 좋지 않았지만 빚을 얻어 미국으로 향한다.

"수중엔 돈도 없이/ 집엔 쌀도 없는 시인[박인환 시 〈여행〉중 일부]" 박인환은 1955년 3월 5일 대한해운공사 선적 남해호를 타고 부산항을 출발한다. 남해호는 대한해협을 거쳐 시모노세키와 모지 간(間)을 지나고, 6일 새벽 세토나이카이를 지나 고베항에 입항한다. 이후 나흘 동안 일본을 돌아본 박인환은 3월 9일 밤부터 14일간 태평양을 건너 올림피아 항에 도착한다. 수속 때문에 하루를 배 안에서 머물고 3월 23일 워싱턴 주의 올림피아에 발을 내디딘다. 3월 23일부터 2일간 올림피아에 머문 후 터코마와 시애틀, 에버렛 등을 여행하고 3월 28일 에버렛을 떠나 3월 30일 아나코테스에 도착한다. 그 후 포트앤절리스를 거쳐 4월 3일 미국 여행 종착지 포틀랜드에 도착하여 4월 9일쯤까지 머물다가 4월 말에서 5월 초에 귀국한다.

여행에서 돌아온 박인환은 〈19일간의 아메리카〉, 〈서북 미주의 항구를 돌아〉, 〈미국에 사는 한국 이민〉, 〈몇 가지 노트〉 등 4편의 산문과 〈태평양에서〉, 〈십오일 간〉 등을 비롯하여 13편의 시를 남긴다.

박인환朴寅煥. 1926~1956. 강원도 인제 출신, 시인, 영화평론가. 1944년 평양 의학전문학교에 입학했으나 해방이 되자 학업을 중단하고 서울로 와서 '마리서사'라는 서점을 경영하면서 김광균, 이한직, 김수영, 김경린, 오장환 등과 친교를 맺음.

1946년에 시 〈거리〉를 《국제신보》에 발표하고 1947년 시 〈남풍〉, 영화 평론 〈아메리카 영화시론〉을 《신천지》에, 1948년에는 시 〈지하실〉을 《민성》에 발표함. 1948년 서점을 그만두고 자유신문사, 이듬해에 경향신문사에 입사하여 기자로 근무. 같은 해 김병욱, 김경린 등과 동인지 《신시론》을 발간. 1949년 김수영, 김경린, 양병식, 임호권 등과 함께 낸 합동 시집 『새로운 도시와 시민들의 합창』을 출간함. 1950년에는 김차영, 김규동, 이봉래 등과 피난지 부산에서 동인 《후반기》를 결성하여 모더니즘운동을 전개하기도 함. 1951년에는 육군소속 종군작가단에 참가한 바 있고, 1955년에는 대한해운 공사에 입사하여 미국에 다녀오기도 함. 1955년 첫 시집 『박인환선시집朴寅煥選詩集』을 냈고 1956년 소설가 이상의 기일 때 나흘 동안 폭음한 것이 급성 알콜성 심장마비로 이어져 자택에서 사망함.

1956년 작고 1주일 전에 쓴 〈세월이 가면〉은 노래로 만들어져 유명함. 1976년 20주기를 맞아 장남 박세형이 『목마와 숙녀』를 간행.

문협 인제지부와 계간 《시현실》은 2000년부터 박인환 문학상을 제정해 수여하고 있으며, 2012년 강원도 인제에 박인환문학관이 설립됨.

사후, 『목마와 숙녀와 별과 사랑』(1986), 『박인환평전: 지금 그 사람 이름은 잊었지만』(1983), 『시인 박인환과 문학과 그 주변』(1982) 등이 그를 기리고 있음.

우리말 사랑

한 나라말
주시경(한글학자)

말은 사람과 사람의 뜻을 통하는 것이라.

한 말을 쓰는 사람끼리는 그 뜻을 통하여 살기를 서로 도와줌으로, 그 사람들이 절로 한 덩이가 되고, 그 덩이가 점점 늘어 큰 덩이를 이루나니, 사람의 제일 큰 덩이는 나라라.

그러함으로 말은 나라를 이루는 것인데, 말이 오르면 나라도 오르고 말이 내리면 나라도 내리느니라.

이러함으로 나라마다 그 말을 힘쓰지 아니할 수 없는 바니라.

글은 말을 담는 그릇이니 이지러짐이 없고, 자리를 반듯하게 잡아 굳게 선 뒤에야 그 말을 잘 지키느니라.

글은 또한 말을 닦는 기계니, 기계를 먼저 닦은 뒤에야 말이 잘 닦아지느니라.

그 말과 그 글은 그 나라에 요긴함을 이루 다 말할 수가 없으나, 다스리지 아니하고 묵히면 더 거칠어지어 나라도 점점 내리어 가나니라.

말이 거칠면 그 말을 적는 글도 거칠어지고, 글이 거칠면 그 글로 쓰는 말도 거칠어지느니라.

말과 글이 거칠면 그 나라 사람의 뜻과 일이 다 거칠어지고, 말과 글이 다스리어지면 그 나라 사람의 뜻과 일도 다스리어지느니라.

이러함으로 나라를 나아가게 하고자 하면 나라 사람을 열어야 되고, 나라 사람을 열고자 하면 먼저 그 말과 글을 다스린 뒤에야 되느니라.

또 그 나라 말과 그 나라 글은, 그 나라 곧 그 사람들이 무리진 덩이가 천연으로 이 땅덩이 위에 홀로 서는 나라가 됨의 특별한 빛이라.

이 빛을 밝히면 그 나라의 홀로 서는 일도 밝아지고, 이 빛을 어둡게 하면 그 나라의 홀로 서는 일도 어두워 가나니라.

우리나라에 뜻있는 이들이여, 우리나라 말과 글을 다스리어 주시기를 바라고, 어리석은 말을 이 아래 적어 큰 바다에 한 방울이나 보탬이 될까 하나이다. 어느 나라 말이든지 알아보자면, 먼저 그 소리를 알아야 되나니, 우리나라 말도 풀어 보려면 먼저 소리를 알아야 할지라.

이러함으로 이 아래 소리의 어떠함을 먼저 말하노라.

(1910년)

출전 : 《보중친목회보》 제1호 (1910.6.10)

이 글은 한힌샘 선생이 교사로 근무하던 보성중학교 회보인 《보중친목회보普中親睦會報》 제1호 86~87쪽에 실린 글이다.

1910년 띄어쓰기가 오늘날처럼 활성화되지 못한 시기에 한힌샘 선생은, 띄어쓰기 모본을 철저하게 보여 주기 위함인지 단어와 단어 사이에 일일이 쉼표를 넣어 《보중친목회보》 원고에 아래와 같이 특별한 표기를 한다.

그러함으로, 말은, 나라를, 이루는, 것인데, 말이, 오르면, 나라도, 오르고, 말이, 내리면, 나라도, 내리느니라.

'한글'이라는 명칭은 누가 가장 먼저 사용했을까? 1900년대 초 국문國文이란 용어 사용 후 그 당시 한글 연구 30년이 넘은 시기인데도 분분하였다. 오죽했으면 1930년 12월 신문 독자 질문에 답변자로 나선 이윤재 한글학자의 글이 보인다.

"한글의 유래를 말하자면 한 이십여 년 전에 한글 대가 주시경씨의 명명으로 지금까지 썼습니다." (동아일보 1930년 12월 2일자)

최근까지 나온 '한글' 용어 처음 사용자 효시嚆矢에 대해 정리를 해본다.
1. 주시경, 1910년 6월 10일 〈한 나라말〉 : '한 나라말', '한 나라 글'

이라는 용어 사용. 국어 -> 한나라말 -> 말, 한말 -> 배달말글로 변화

2. 최남선, 1913년 9월에 창간한 잡지 《아이들보이》 11호 맨 끝의 '한글풀이'에서 한글의 자음과 모음을 분리하여 한글 풀어쓰기를 시범하였다.

3. 이렇게 첨예하게 논쟁 중이던 와중에 주시경 선생 쪽으로 주장이 기울어진 근거 글이 최근 발굴 자료로 나온다.

1913년 3월 25일 조선언문회의 창립총회(장소: 사립 보성학교), 임시회장 주시경이 단상에 올라 "본회의 명칭을 '한글모'라 고쳐 부르고 단체 이름을 배달말글음으로 하겠다"고 함. ('배달말글' ->'한글'로 줄임.)

1986년 10월 9일 주시경 선생 어록비가 〈한나라 말〉을 내용으로 훈민정음 반포 5백 40돌 기념으로 독립기념관 제1 전시관 뒤뜰에 세워졌다.

주시경周時經, 1876~1914. 황해도 봉산 출생. 국어학자. 초명은 상호相鎬, 일명 한힌샘, 백천白泉. 서당에서 한문을 배우다가 1894년 9월 배재학당에 입학. 도중에 탁지부 관비생으로 선발되어 인천부 관립이운학교 속성과 관비생으로 선발되어 졸업. 1896년 4월 다시 배재학당 보통과에 입학. 1896년 4월 『독립신문』을 창간한 서재필에게 발탁되어 독립신문사 회계사무 겸 교보원이 됨. 순한글 신문제작에 종사하게 되자, 그 표기 통일을 해결하기 위한 국문동식회를 조직하여 그 연구에 진력함. 동시에 서재필이 주도하는 배재학당협성회, 독립협회에 참여하였다가 영국 선교사 스크랜턴의 한어교사, 상동청년학원 강사를 지내면서 1900년 6월에 배재학당 보통과를 졸업. 신학문에 대한 지식 열정으로 야간에 흥화학교 양지과를 마치고, 정리사에서는 수물학을 3년간 하여 34세가 되도록 공부함. 명신학교, 숙명여자고등학교 등의 강사 활동과 배재학당협성회 전적과 찬술원, 독립협회 위원, 서우학회 협찬원, 대한협회 교육부원, 보중친목회 제술원 등을 통한 애국계몽운동에 참여함.

국어운동 활동으로 한어개인교사, 상동사립학숙 국어문법과 병설, 상동청년학원 교사 및 국어야학과 설치, 국어강습소 및 조선어강습원 개설 등에서 심혈을 기울임. 경술국치 후에는 숙명여자고등학교를 비롯하여 9개교에서 가르치는 한편, 일요일에는 조선어

강습원에서 수많은 후진을 깨우치기에 '주보따리'라는 별명이 붙을 만큼 동분서주하며 정열을 불태웠음. 국문동식회를 비롯한 의학교내 국어연구회 연구원 및 제술원, 학부 국문연구소 주임위원, 국어강습소 졸업생과 설립한 국어연구학회, 조선광문회 사전편찬 등의 활동을 통하여 깊어졌음. 새 받침에 의한 표의주의적 철자법, 한자폐지와 한자어의 순화, 한글의 풀어쓰기 등 어문혁명을 일으킴.

1914년 7월 27일 별세. 1980년 건국훈장 대통령장을 추서함. 1991년 10월 문화부 주관 이달의 문화 인물로 선정됨.

저서로 필사본 『국문문법』(1905), 유인본 『대한국어문법』(1906), 국문연구소 유인본 『국문연구안』(1907~1908), 『국어문전음학』(1908), 필사본 『말』(1908년 경), 국문연구소 필사본 『국문연구』(1909), 유인본 『고등국어문전』(1909년 경)등과, 『국어문법』(1910), 『소리갈』(1913), 『말의 소리』(1914)과 『월남망국사』(1907)가 있음.

조선어사전 편찬은 어떻게 진행되는가

이윤재(한글학자)

(상)

"조선어사전^{朝鮮語辭典}이 언제나 나는가?"

이것은 누구나 다 알고자 하는 심리다. 그리하여 누구든지 만나기만 하면 반드시 인사하는 말처럼 이것을 우리에게 먼저 묻는다. 이 묻는 말 가운데는 "사전^{辭典}이 얼른 났으면"하는 희망 조건이 들어 있음을 알겠다. 또 이제는 해가 바뀌게 되었으니 "인제는 사전 편찬^{編纂}이 하마 끝났으려니"하는 궁금증이 더욱 많으리라. 사실 우리 조선사람에게는 아름다운 말이 있고 훌륭한 글이 있건마는 여태까지 사전 하나 없이 살아왔든가 하는 남모를 설움과 부끄러움이 절로 북받쳐 나오는 뜻일 것이다. 아무리 오늘날의 조선처럼 문화가 뒤떨어지고 생활이 쪼그라져 가는 이 판세기로니 여태 이것 하나 내놓을 수 없다는 것이 말이 되느냐. 그러므로 조선 사람 치고 누구든지 이에 관심하지 아니할 수 없게 되는 필연한 사실일 것이다.

보라, 우리 땅에 잠깐 손 되어 온 외국 사람으로서 벌써 반세기 이전부터 사전의 간행을 비롯하였나니, 프랑스말로 쓴 『한불자전韓佛字典』과 『법한자전法韓字典』이 있고, 영어로 쓴 『한영사전韓英辭典』과 『영한자전英韓字典』이 있고, 라틴말로 쓴 『납한자전拉韓字典』이 있고, 일본말로 쓴 『조선어사전朝鮮語辭典』과 『국역사전國譯辭典』이 있지 아니한가, 이와 같이 남의 손에서 된 사전이 이미 7, 8종이나 되고, 이밖에 우리의 어문을 연구하는 서적이 또한 불소不少하다.

그러면 우리의 사전 편찬의 사업은 어떠한가. 지금으로부터 한 20여 년 전에 조선광문회朝鮮廣文會에서 맨 처음으로 사전 편찬을 시작하고, 4, 5년간의 계속으로 어휘 수집에서 주해註解에까지 상당히 진행하여가는 중, 여기에 전력하던 김두봉金枓奉 씨가 해외에 나가게 되고, 기타 여러 가지의 사정으로 하여 그만 중지된 것이 지금까지 이르렀으매, 그 원고《말모이》는 모두 산일散佚: 흩어지고 없어짐 되고 남은 것이 얼마 있지 아니하다. 또 7년 전에 계명구락부啓明俱樂部에서 조선어사전 편집부를 두고, 편집원으로 전문 어휘에 최남선 씨, 한문 어휘에 정인보 씨, 용언 어휘에 임규 씨, 외래어 어휘에 변영로 씨, 신어新語 어휘에 양건식 씨, 고어 어휘에 필자, 이렇게 각 부문을 맡게 되고, 주해에는 한징 씨 및 필자가 맡고 심우섭 씨가 간사가 되어 제법 규모 있게 진행하여가다가, 겨우 2개년을 지나 출자자의 자금조달이 끊기므로 부득이 중지되고 말았다. 그리고 개인으로는 개성의 이상춘 씨와 상해에 교거僑居 하는 김두봉 씨가 각기 적년신고積年辛苦: 여러 해 고생함하여 10만에 가까운 어휘를 수집한 바 있었으나, 이상춘 씨는 이것이 도저히 개인으로서 완성할 수 없는 것이라 하여, 원고 전부를 들어 조선어학회에 제공하였으므로, 그 원고는 지금 동회^{同會}에 보관되어 있다. 그 밖에도 또 두 분이 사전을 편찬하고 있는데, 한 분은 시작한 지 10년이 되었건마는 아직 완성하기까지는 이르지 못하였다고 하고, 한 분은 시작한 지 겨우 1년 반 만에 완성되었다 한다. 이것의 완전 불완전은 그만두고라도 개인 단독으로 2년 미만의 시일로써 사전이 완성되었다는 것은 아무리 생각하여도 이 거창한 사업이 시간 능률상으로 보면 도저히 불가능의 일일 것이나, 그 편찬자의 노력만은 성복^{誠服}하지 아니할 수 없다.

(하)

지금으로부터 5년 전 곧 1930년 한글날(음 10월 19일) 기념식을 거행한 당석^{當席}에서 유지 백 여인의 발기로 조선어사전편찬회가 성립되어, 오늘날까지 꾸준히 계속하여 진행하고 있다. 이 편찬회야말로 어느 한 기관에 매인 부속 사업이 된 것도 아니며, 어느 개인으로 독판^{獨辦}하는 것도 아니요, 조선 사회의 발기인이 각 기관의 대표되는 인물 및 경향 각 방면 지명인사의 총망라로 된 것을 보아 알 것이다.

그 발기인[1] 중으로 선출된 위원은 권덕규, 김법린, 김병규, 김

---

1) 조선어사전편찬회의 발기인 중에 『조선어사전』(1938)을 편찬한 청람 문세영 이름이 어떤 이유에서인지 보이지 않는다. 그러나 『한글학회 50년사』(1971), 『한글학회 100년사』(2009)에는 청람의 이름이 들어 있다.

상호, 김윤경, 김철두, 이광수, 이극로, 이만규, 이병기, 이상춘, 이순탁, 이시목, 이우식, 이윤재, 이중건, 이경재, 이희승, 명도석, 방정환, 백낙준, 신명균, 안재홍, 유억겸, 윤병호, 장지영, 정렬모, 정인보, 조만식, 주요한, 최두선, 최현배 등 제씨요, 이우식씨가 회장으로 추천되었다. 또 이 위원 중으로써 이극로, 이중건, 신명균, 최현배 및 필자가 간사로 선임되어 사무실행을 맡게 되고, 편찬사무소는 경성 수표정 조선 교육협회 내에 두었으며, 그 익년 1월 6일부터 편찬 사무를 개시하고, 이극로, 김선기, 한징, 이용기 및 필자가 각 부분을 분담 집필하였다.

이와 같이 줄곧 2개년간을 지났는데, 예상보다 훨씬 속도로 진행되었었다. 이것은 물론 편찬자의 열성한 바에도 있었겠지마는, 과거 이미 여러 사람의 노력을 집중하여 참고로 삼은 까닭이다. 이대로 가면 그다지 오랜 시일을 요하지 않고 이 사업이 완취完就될 것을 짐작하였었다. 그러나 우리 조선은 다른 나라와 달라, 어문의 정리 통일이 아직 되지 못하였는지라, 설사 사전이 된다기로 뒤죽박죽되는 꼴을 면할 것인가. 그러므로 편찬의 일은 잠시 뒤로 미는 변이 있더라도 우선 그 기초공사인 철자법, 표준어, 어법, 외국음 표기법 등이 확정되어야 할 것이다. 이런 것은 일국부一局部에서 쓰는 것만도 안 되고, 적어도 전 조선적으로 거의 통일에 가까운 것이라야 비로소 사전에서 채용하게 될 것이다. 그러므로 조선어사전편찬회에서는 우리 어문의 연구기관인 조선어학회의 권위에게 일찍 위촉하여 이 모든 것을 조속히 완성하기로 하였던바, 제 일

착으로 재작년 10월에 《한글 맞춤법 통일안》이 발표되었으며, 이어서 또 표준어의 사정査定: 심사해서 결정함이 거의 끝나게 되고, 외국음 표기법도 얼마 전부터 시작하여 방금 심의중審議中이며, 어법도 불원不遠에 작정 될 것이다. 그런즉 늦어도 내년 안으로는 이 기초공사 곧 어문 정리만은 다 완성의 역城에 이를 것으로 확실히 믿는다.

그리고 또 사전은 다른 저서와 달라, 만반과학萬般科學과 일체 상식을 모두 포괄 수장收藏하게 된 것이므로, 한가지의 전문지식만 가지고는 도저히 성과를 얻을 수 없는 것이다. 곧 사전에 수용되는 어휘는 일반어, 전문어, 특수어 이 셋으로 나눌 수 있다. 일반어라 함은 우리가 일상 사용하는 말들이요, 전문어라 함은 역사어, 제도어, 풍속어, 전고어典故語, 철학어, 종교어, 예술어, 고고어考古語, 미술어, 공예어, 박물어, 천문어, 수학어, 이화어理化語, 기계어, 경제어, 법학어, 산업어, 의약어, 음악어, 인쇄어, 건축어 기타 전문 학술에 관계된 말들이요, 특수어라 함은 고어古語, 지방어(사투리), 은어 등과 같이 상용常用하지 아니한 특수 방면에서 사용하는 말들이다. 이것이 어찌 한 사람의 힘으로써 능히 될 수 있는 일이랴. 그러므로 조선어사전편찬회에서는 일반어는 편찬원이 주해하고, 전문어는 연전延專, 보전普專 기타 각 학계에 주해를 위촉하고, 특수어는 하기휴가에 귀향하는 각 중등학교 학생에게 맡기어 지방어를 수집하게 하며, 고서 수백 책 중으로써 고어를 찾게 되었다.

이와 같이 하여 어휘의 수집과 주해는 거의 마친 셈이다. 이제로부터 남은 것은 수정과 정리가 있을 뿐이다. 그리고 전부 완성될 것은 꼭 언제라고 단정하기 어려우나, 다만 얼마라도 물질의 도움이 있었다면 좀 더 이 사업이 촉진^{促進}되지 아니하였을까 함을 말하여둔다. 우리는 처음부터 물질의 힘이란 조금도 없었다. 다만 성^誠과 혈^血이 있을 뿐이다.

(1935년)

평설

출전 : 《동아일보》(1935.12.20.~21)

원문은 《동아일보》에 2일간(1935.12.20.~21) 칼럼으로 연재되었고, 이글은 다시 이듬해 한글학회 기관지 《한글》 제31호(1936.2)에 실린다.

어렵게 지켜낸 우리말의 역사, 1942년 조선어학회사건^{朝鮮語學會事件}을 생각해본다.

일제는 1931년 만주사변을 일으킨 후 중국 침략을 앞두고 조선 민족에 대한 압박을 강하게 조여오기 시작한다. 1936년에 「조선사상범보호관찰령」을 공포한 후, 1937년에는 수양동우회 회원을, 1938년에는 흥업구락부 회원을 검거한다. 또한 조선민족사상을 꺾고 조선 민족을 말살하기 위해, 교육과정에서 조선어 교육을 단계적으로 폐지하였다. 1941년에는 「조선사상범 예방구금령」을 공포하여 독립운동가를 언제든지 검거할 수 있는 길을 터놓았다.

1942년 함흥영생고등여학교 학생 박영옥이 기차 안에서 친구들과 한국말로 대화하다가 조선인 경찰관인 야스다에게 발각되어 취조를 받게 된 사건이 벌어진다. 취조 결과 여학생들에게 민족주의 감화를 준 사람이 한국인 교사 정태진임을 파악하고 그가 조선어학회 회원으로 사전 편찬에 참여하고 있는 것을 절호의 기회로 엮어 일을 꾸미게 된다.

같은 해 9월 5일에 정태진을 연행, 혹독하게 고문을 가하며 심문하여 조선어학회가 민족주의단체로서 독립운동을 목적으로 하고 있다는 자백을 받아낸다.

10월 1일, 이중화, 장지영, 최현배 등 11명이 서울에서 구속되어 다음날 함경남도 홍원으로 압송되었다. 이를 시작으로 조선어학회에 관련된 여러 사람이 검거되어, 1943년 4월 1일까지 모두 33명이 검거되었다. 그리고 이들을 모두 「치안유지법」의 내란죄로 몰았다.

이극로, 이윤재, 최현배, 이희승, 정인승, 김윤경, 김양수, 김도연, 이우식, 이중화, 김법린, 이인, 한징, 정열모, 장지영, 장현식, 이만규, 이강래, 김선기, 정인섭, 이병기, 이은상, 서민호, 정태진 등 24명은 기소, 신윤국[2], 김종철, 이석린, 권승욱, 서승효, 윤병호 등 6명은 기소유예, 안재홍은 불기소, 권덕규, 안호상은 기소 중지하자는 의견서가 담당 검사에게 제출된다.

검사에 의해 이극로, 이윤재, 최현배, 이희승, 정인승, 정태진, 김양수, 김도연, 이우식, 이중화, 김법린, 이인, 한징, 정열모, 장지영, 장현식 등 16

---

2) 신현모申鉉謨라는 이름을 사용하기도 함.

명은 기소, 12명은 기소유예되었다. 기소자는 예심에 회부 되고 나머지는 석방되었다.

기소된 사람은 함흥형무소 미결감에 수감되었다. 같은 해 12월 8일에 이윤재가, 1944년 2월 22일에는 한징이 옥중에서 사망하고, 장지영, 정열모 두 사람이 공소 소멸로 석방되어 공판에 넘어간 사람은 12명이었다.

재판은 1944년 12월부터 1945년 1월까지 9회에 걸쳐 계속되었다. 이극로 징역 6년, 최현배 징역 4년, 이희승 징역 2년 6개월, 정인승, 정태진 징역 2년, 김법린, 이중화, 이우식, 김양수, 김도연, 이인 징역 2년 집행유예 3년, 장현식 무죄가 각각 언도되었다. 실형을 받은 사람 중 정태진은 복역을 마치고 1945년 7월 1일 출옥하였다. 이극로, 최현배, 이희승, 정인승 4명은 판결에 불복, 바로 상고했으나 같은 해 8월 13일자로 기각되었다. 그러나 이틀 뒤인 8월 15일 조국이 광복되자 8월 17일 풀려나왔다.[3]

이 사건으로 옥사鼠死를 당한 이는 한징[1886~1944], 이윤재[1888~1943].

그런데 안타깝게도 이 33인 명단 가운데 변절變節하여 일제하 반민족행위 진상규명에 관한 특별법 제2조 제13·17호에 의거하여 '친일민족행위자'로 부끄러운 명단에 치욕스러운 이름 석자, 아니 넉자[창씨개명 했으니] 올린 인물도 1명이 있으니 ······.

이윤재李允載, 1888~1943. 경남 김해 출생, 한글학자, 사학자, 독립운동가, 호는 한뫼, 환산桓山. 대구 계성학교 졸업 및 북경대학 사학과 중퇴. 김해 합성학교에서 교사 생활을 하다가 대구 계성학교에서 고등과정을 배우면서 우리 말과 글·역사에 깊은 관심을 가지게 됨. 1913년 마산 창신학교, 마산의신여학교에서 우리말과 국사를 가르침. 이때 주시경 선생의 학문을 스스로 배우며 한글학자의 길을 걷기 시작함. 1919년 평안북도

---

3) 참고: 한국민족문화대백과사전 http://encykorea.aks.ac.kr/Contents/Item/E0052129

이윤재 | 조선어사전 편찬은 어떻게 진행되는가　**339**

영변 숭덕학교 재직 중 영변 지역의 만세운동을 주도한 혐의로 체포되어 3년간 옥고를 치름. 1921년 출옥 후 중국으로 망명, 신채호 선생의 도움으로 북경대학 사학과에 입학하여 3년간 역사를 배우고 1924년 귀국함. 귀국 후 정주 오산학교를 거쳐 협성학교, 중앙고등보통학교 등에서 교편을 잡음. 1927년 계명구락부에서 국어사전 편찬을 위한 조선어사전 편찬위원으로 참가하고, 민족정신의 보전·계승을 위한 잡지 《한빛》을 편집·발행함. 1929년 조선어연구회, 조선어사전편찬위원회의 집행위원, 1930년 한글맞춤법 통일안의 제정위원이 되어 활동. 1931년부터 연희전문학교에서 강의를 맡았으며, 이때부터 4년간 매년 여름 지방을 순회하며 한글강습회를 개최. 1932년에는 조선어학회의 기관지 《한글》의 편집 및 발행 책임을 맡았으며, 1934년에는 진단학회 창립에 참여함. 1935년 감리교신학교에서 강의를 맡았으며, 조선어 표준어사정위원회의 사정위원 1936년 조선어사전편찬위원회의 편찬전임집필위원으로 활동함. 1937년 6월 수양동우회 사건에 연루·체포되어 이듬해 8월 15일에 기소되어 1년여간 옥고를 치른 뒤 출옥함. 1942년 조선어학회 사건으로 체포돼 함흥형무소에 수감되어 일제의 고문을 이기지 못하고 1943년 12월 8일 56세의 나이로 순국함.

1962년 건국훈장 독립장을 추서함. 1991년 김해도서관 광장에 이윤재 선생을 기리기 위한 흉상과 어록비가 세워짐. 2005년 김해 외동의 나비공원에 기념 조형물이, 2016년 옮긴 묘비 비석이 세워짐. 2021년 11월 9일 이윤재와 허웅을 기리는 김해 한글박물관이 세워짐.

저서로 『문예독본.상하』(1932)이 사후에 『도강록渡江錄』(1946), 『표준조선말사전』(1947), 『표준한글사전』(1953)이 있음.

『조선어사전』 지은이 말씀

문세영(사전편찬가)

우리는 수많은 말이 있습니다. 배우기와 쓰기 쉽고 아름다운 글을 가졌습니다. 그러면서도 아직까지 말을 하는데 앞잡이가 되고 글을 닦는데 가장 요긴한 곳집이 되는 사전(辭典)이 하나도 없습니다. (외국 사람들이 조선말을 배우려고 만든 몇 가지 대역체(對譯體)로 된 것은 있지마는).

반만년의 역사가 있고 찬란한 문화를 가진 우리로서 이 얼마나 섭섭한 일이며 또 중외(中外: 국내와 국외)에 대하여 이보다 더 큰 부끄러움이 어디 있겠습니까. 이것은 과연 한 두 사람의 부끄러움이 아니요. 참으로 우리 겨레의 치욕이라 아니할 수 없습니다.

이에 느낌이 간절한 지은이(著者)는 안타깝고 애타는 마음을 하소연할 곳이 없으므로 평일에 모아 두었던 어휘(語彙)로 밑천을 삼고 그 위에 널리 고금을 통하여 많은 문헌(文獻)에서 조선말과 인연이 있는 어휘를 두루 뽑아 한 체계(體系)를 세워 이 『조선어사전』을 만들기로 스스로 맹서하였습니다.

그러나 본디 재주가 둔하고 게다가 물질의 여유가 없는 몸으로 더군다나 혼자 하는 노릇이라 이 일을 가으말기^[일을 헤아려 처리함]에는 너무도 힘이 벅찼었습니다. 그러나 한 조각의 성심은 각계인사^{各界人士}의 많은 동정을 받게 되어 어려운 어휘 설명에 가르치심을 아끼지 아니하신 결과로 만난^[온갖 장애나 고난]을 무릅쓰고 이 책의 편찬을 마쳤습니다.

원래 사전의 편찬은 책을 짓는 가운데 가장 어려운 일입니다. 그러므로 편찬이 끝났다고 허둥지둥 사회에 공포하기는 너무나 외람한 일인 줄 모르는 바가 아니 오나 "우리의 사전이 얼른 나왔으면……"하는 여러분의 바라심에 이바지하고자 불완전하나마 우선 발행하기로 하고 앞으로 고침과 보탬에 힘을 다하여 완전한 대사전^{大辭典}까지 만들어 놓기를 지은이의 일생 할 노릇으로 삼겠사오니 이 책을 보시고 가르치실 점이 있는 분은 괴로움을 아끼지 마시고 편달^{鞭撻}하시어 이 사업의 완성을 꾀하시면 이것이 어찌 이 사람 한 개인의 사업이라고만 하겠습니까.

끝으로 이 책을 만들 때 편찬의 체계로부터 교정^{校正}에 이르기까지 애써 주신 환산 이윤재^{桓山李允宰} 님의 지도^{指導}와 교정에 책임을 져주신 효창 한징^{曉蒼韓澄}4) 님과 운향 홍달수^{雲香洪達秀} 님과 해성 이현규^{海星李顯奎} 님과 송석 최창하^{松石崔昌夏} 님 네 분의 열렬한 동정

---

4) 한징^{韓澄}. 1887~1944 한글학자, 독립운동가. 호는 효창^{曉蒼}. 시대일보, 조선중앙일보 등의 기자로 민족언론창달에 노력했다. 조선어학회에 가입하여 이윤재^{李允宰} 등과 함께 조선어사전편찬전임위원이 되었고, 〈한글맞춤법〉을 제정하고 조선표준어사정위원이 되어 표준어제정에 노력했다. 1942년 조선어학회사건으로 붙잡혀 고문받다가 옥사하였다.

과 또 이 책을 발행하는 물자物資를 담당한 모은 노익형慕隱盧益亨 님의 두터운 뜻과 대동인쇄소大東印刷所 여러분의 수고하여 주심과를5) 고맙게 여기지 아니할 수 없습니다.

훈민정음이 발표된 지 사백아흔 돌을 맞는 병자년 시월 스무여드렛날.

서울 인왕상 밑에서

청람 문세영 삼가 씀

(1938년)

평설

출전 : 『조선어사전朝鮮語辭典』(박문서관, 1938)

1938년 7월 10일, 10만 조선어를 담아 우리나라에서 최초의 본격적인 국어사전 『조선어사전』을 편찬하여 세상에 내놓은 청람 문세영의 사전 서문 글이다.

홀로 22년의 세월을 한결같이 우리말로 된 사전을 만들고자 노력했

---

5) 원문대로임

던 청람은, 5 · 7판 크기 1,634쪽 4단 내리찍기 편집 체제의 우리나라 최초의 사전다운 사전을 세상에 내놓은 것이다.

판권지 정보를 보면. 정가 7원, 송료 47전, 경성부 누상정 159번지 9호, 저자 겸 발행자 문세영, 인쇄자 김현도金顯道, 인쇄소 대동인쇄소, 발행소 조선어사전간행회, 발매소 박문서관 등을 적었다.

지금까지 국어사전의 편찬 연구사는, 먼저 외국인의 처지에서 조선어를 배우기 위한 목적으로 만들어진 '대역사전對譯辭典'의 성격으로, H.P. Pucillo의 『노한사전』(1874), 요코하마 파리 외방 선교사들의 『한불자전』(1880), 언더우드의 『한영자전』(1890), 방달지사放達智師의 『나한사전』(1890), 게일의 『한영자전』(1897), 스코트의 『영한자전』(1892), 얼베크의 『범한자전』(1891), 후나오카켄지의 『선역국어대사전』(1919)[일한사전]이 나왔다.

이러한 가운데 국어사전다운 형태를 가지고 준비한 1911년 주시경과 광문회에서 시도한 '말모이'는 완성을 못 했고, 식민시대 어문정책의 전략으로 조선총독부에서 시작하여 1920년에 펴낸 『조선어사전朝鮮語辭典』이 나왔고, 심의린의 『보통학교 조선어사전』(1925)이 나온다.

총독부 출판 『조선어사전』은 조선어에 방문[일본어뜻]을 가지고 간략한 해설을 담은 것으로, 한반도 식민 통치를 원활하게 하기 위한 전략적 산물이라 여러모로(?) 불편하였고, 경성사범 교사였던 심의린의 『보통학교 조선어사전』은 보통학교의 학생들을 위한 한국어 학습 사전이다.

그리고 청람 문세영의 『조선어사전』(1938)이 세상에 나온 것이다.

조선사람은 일찍부터 음운이 풍부한 언어와 활용이 자재自在6)한 문자

---

6) ① 저절로 있음. ② 속박이나 장애 없이 마음대로임.

를 가졌건마는 이상하다 할까 아직까지 내 손으로 사전 하나 만들어 가지지 못한 것은 부끄러운 일이었다.…… 이제야 조선사람도 순수한 조선말의 사전을 조선사람의 손으로 처음 만들어 갖게 된 것이다.[7]

청람의 『조선어사전』을, 국어학자 남광우(1975)는 우리말을 우리말로 설명한 최초의 사전으로, 이희승(1976)은 우리말로 주석된 최초의 사전으로, 조재수(1984)와 문한종(1984)은 우리나라 사람이 지어 펴낸 최초의 국어사전으로 보았고, 이병근(1994)과 최경봉(2005)은 최초의 국어사전으로, 1957년 한글학회의 큰사전이 나오기 전까지 독보적인 사전으로 규정하였다.

조선어학회 기관지 《한글》지는 청람의 『조선어사전』을 '조선 어문 연구 우량 서적 어휘류'로 5년 연속(1938년~1942년) 선정하면서 격려를 아끼지 않았다.

문세영文世榮, 1888~1950?. 서울 종로 출생, 호는 청람靑嵐, 사전편찬가, 조선어학회의 표준말 사정위원, 수정위원을 지냄. 1921년 일본 동양대학 윤리교육과를 졸업하고 배재고보와 근화여고 교사로 근무함. 1917년 일본에서 공부할 때 중국인 유학생이 '너희 나라의 사전을 구할 수 있느냐'고 물은 이후, 우리나라 말로 된 사전이 없는 것을 알게 되어 수치스럽게 생각하여, 중국 학생에게 이를 말하기 싫어 하숙집까지 옮겼고, 사전 편찬을 결심함.

우리말 어휘를 카드에 작성하기 시작하여 귀국 뒤 교사로 근무하면서 1928년까지 계속함. 사전 편찬 작업을 하려고 학교를 사직한 뒤, 1929년부터 본격적인 어휘 뜻풀이(사전편찬) 작업을 시작. 이 무렵 한글학자인 이극로1893~1978를 만나 그의 격려를 받아 더욱 사전 편찬에 매진하기로 함.

1930년대에 조선어학회 회원이 되어 1934년 조선어학회 주최의 조선어 표준어사정위원회에서 위원으로 선정됨, 1935년 1월 2일에서 5일까지 온양에서 열리는 제1독회

---

7) 동아일보 1938년 7월 13일 자 사설

회의에 이극로, 최현배, 이윤재, 김병제, 이희승 등과 함께 참여함. 사전에 들어갈 어휘 풀이 및 정리를 1936년에 완료함.

재산 전부를 팔아서 은행에 넣고 감꼬치 빼 먹듯 하며 하루 평균 네 시간의 수면만 하고 밥도 제때 못 먹고 오로지 원고 작업에 매달림. 다리 관절이 마비가 오는 어려움을 겪고 사전을 완성하나 이번에는 출판 비용을 해결할 수 없어, 백방으로 노력하다가 박문서관 사장인 노익형과 그의 아들 노성석의 지원으로 사전을 출판하게 됨.

1936년부터 1937년 6월까지 이윤재로부터 사전의 체제 정하기와 원고 교정하는데 이윤재와 한징 등의 도움을 받아 1938년 7월에 10여만 어휘에 달하는 《조선어사전》을 출판함.

일제강점기 우리말로 제작된 최초의 사전이었다는 점에서 조선인들 특히 문인들과 독립군들에게 정신적인 힘과 용기로 크게 작용이 되었다고 함.

열화와 같은 국민들 관심 속에 초판본에서 1만 단어를 추가하고 주석을 수정 보완하여 『수정증보 조선어사전』(1940)을 냈고, 『우리말사전』(삼문사, 1950), 『순전한 우리말 사전』(문연사, 1951), 『중등국어사전』(1952), 『수정증보 국어사전』(영창서관, 1954), 『최신판 수정증보 국어대사전』(장문사, 1954), 『신수표준 우리말 큰사전』(삼성문화사, 1958)과 이를 바탕으로 여러 출판사에서 다양한 사전들이 출판됨.

청람은 1950년 6·25 때 행방불명되었다고 하나 자세한 사망연대가 알려지지 않음.

시골말을 캐어 모으자

정태진(한글학자)

1

모든 과학은 비교에서 시작된다. 우리가 무엇을 안다는 것은 결국 한가지의 일이나 물건을 다른 일이나 물건에 비교^{比較}하여 그 다른 점을 안다는 것이다. 만일 이와 같은 비교를 떠나서 우리가 무엇을 직각적^{直覺的}으로 알 수 있다면 그것은 혹시 철학적 지식은 될 수 있을는지 알 수 없으나, 객관적 구체적 경험적 사실을 대상으로 하는 과학적 지식은 도저히 성립될 수 없는 것이다.

우리 언어과학에 있어서, 만일 우리가 고대어와 현대어를 비교하여 연구하지 아니하고, 우리말과 자매어를 비교하여 연구하지 아니하고, 표준말과 시골말을 비교하여 연구하지 아니한다면, 도저히 객관적 타당성을 가진 언어과학의 법칙은 성립될 수 없을 것이니, 이 점으로 보아 우리는 우리의 시골말을 될 수 있는 대로 많이 모아서, 우리 국어를 재건하는 데 큰 도움이 되도록 하기를 간절히 바라는 바이다.

2

시골말은 그 시골 선민先民들이 끼친 향토郷土 문화의 중요한 유산의 한가지가 되는 것이니, 향토의 문화재를 연구하는 대상만으로도 소중한 재료가 아니 되는 것은 아니지마는, 이보다도 더 중요한 점은 우리의 고어古語가 시골말 가운데 적지 않게 남아 있다는 것이다. 정치적 변천과 문화적 접촉 또는 그 밖의 여러 가지 이유로 말미암아 중앙지대의 언어에는 급속한 변천이 있었던 반면에, 비교적 중앙에서 떨어져 있는 지방에 우리의 고어가 원형을 거의 그대로 보존하고 있는 경우가 많은 것이니, 우리 말을 연구하려는 학도들에게 이보다 더 큰 보배가 또한 어디 있으랴?

특별히 우리 조선에 있어서는, 과거의 우리 선조들이 모화사상慕華思想: 중국의 문물과 사상을 흠모하여 따르려는 사상에 중독되어 있었던 사실과, 때때로 침입하여온 외구外寇: 외적의 잔혹한 병선兵燹: 전쟁으로 인한 화재으로 말미암아, 우리 국문으로 우리의 고유언어를 시대를 따라서 기록하여 놓은 문헌이 대단히 적은 것이니, 이러한 문헌학적 결점을 보충하는 의미에 있어서 '시골말 캐기'는 중대한 사명을 가지고 있는 것이다.

3

네가 먼저 네 자신을 알아라!

옛날의 철인哲人은 이렇게 말하였다. 사실이다. 우리 인생은 철저한 자기의식을 떠나서 참된 지식을 얻을 수 없는 것이다. 개인에게 있어서도 그러하고, 국가로도 또한 그러한 것이다. 우리의 역사를 모르고 우리의 말과 우리의 글을 모르고 그리고도 우리 국가의 문화 향상에 어떠한 기여가 있을 수 있다면 이것은 여간 어려운 일이 아닐 것이다.

말이 없는 곳에 교육다운 교육이 없는 것이요, 말이 없는 곳에 예술다운 예술을 찾기 어려울 것이니, 언어가 생활의 전부는 아니지마는 언어가 없는 곳에 생활이 없는 것도 또한 부인할 수 없는 사실이다.

그러면 우리는 우리의 말을 가장 소중히 여기지 아니할 수 없는 것이요. 우리의 말을 가장 과학적으로 연구하자면 무엇보다도 표준말과 시골말, 또는 옛말과 시골말과의 비교연구로부터 시작하여야 되는 것이니, 우리의 국어 교육상으로 보아 '시골말 캐기'는 가장 긴급한 일의 한가지가 되는 것이다.

4

이 세상에 쉬운 일은 하나도 없다. '시골말 캐기'도 또한 어려운 일의 한가지이다. 그러나 어려우면 그 비례로 재미도 또한 많은 것이니 혹은 기차 안에서, 혹은 혹은 여관에서, 혹은 동무의 집에 놀러 갔다가, 한번 시험적으로 다른 지방의 시골말을 캐어 보아라.

한 마디 두 마디 물어 나아가는 도중에 뜻밖에 재미있는 사실을 발견하게 되는 일이 있을 것이니 그때마다 수첩에 자세히 기록하여 두라. 이것이 뒷날에 큰 법칙을 발견할 한 계단이 되는 것이다.

천문 지리 동물 식물 의식주 인체 생리 연중행사 풍속 습관 관혼상제 — 이와 같은 여러 가지 방면의 어휘를 각각 몇 개씩 수첩에 적어 두었다가 다른 지방의 사람을 조용히 만나는 기회를 얻을 때에 그에 대한 그 지방의 말을 물어보라, 한 지방 차례차례로 수효가 늘어갈수록 재미있는 언어 현상을 많이 발견하게 될 것이니, 이것이 뒷날에 국어과학의 큰 건물을 세우는데 필요한 한개 한개의 벽돌이 되는 것이다.

5

세상의 모든 것은 변한다. 'Panta Rei'라고 옛날 희랍希臘의 어떤 철학자는 말하였다. 이 세상에 변하지 아니하는 것은 하나도 없는 것이니, 이에 따라서 우리의 말도 쉬지 않고 변하는 것이다. 돌이 변하여 흙이 되고, 얼음이 녹아서 물이 되거늘 사람의 말만이 어찌 변하지 아니하랴?

사실에 있어서 우리의 말은 쉬지 않고 자꾸자꾸 변하여 가는 것이다. 그러하기 때문에 70 노인의 말이 다르고, 40 중년 말이 다르고, 20 청년의 말이 다른 것이다. 물론 표준말을 가르침으로 말미암아 어느 정도까지는 이 현상을 더디게 할 수는 있는 것이다.

그러나 쉬지 않고 변하는 그것이 생명이 있는 모든 것의 상징임을 어찌하랴!

더욱이 표준말의 보급에 따라서 시골말은 가속도로 줄어질 것이니 시골말 가운데 좋은 어휘들의 대부분이 사라져 없어진 뒤에 이것을 모으려고 애를 쓴다면 이와 같이 어리석은 일은 없을 것이다. 그러므로 이러한 말들이 변하여 없어지기 전에 될 수 있는 대로 캐어서 모아 두자는 것이다.

6

우리는 물론 표준말 교육의 절대 필요성을 인정한다. 세계의 모든 문화 국가들은 각각 표준말을 가르치기 위하여 막대한 노력을 하는 것이다. 그러나 이것이 곧 시골말 연구를 무시하는 것을 의미하는 것은 아니다. 우리는 표준말을 더 철저하게 알기 위하여 시골말을 연구하여야 되는 것이요, 고대어나 자매어와 비교 연구하는데 큰 재료로 쓰기 위하여 시골말을 연구하여야 된다는 것이다.

영남의 방언을 연구하면, 고대 신라의 향가를 연구하는데 큰 빛을 던져줄 뿐 아니라 우리 국어와 일본어를 비교 연구하는 데 큰 참고가 될 것이요, 관북^{關北}의 방언을 연구하면 여진어^{女眞語}나 퉁구스어와 우리말을 비교 연구하는 데 없지 못할 자료가 될 것이다.

우리 말을 좀 더 과학적으로 좀 더 역사적으로 연구하려는 이가, 어찌 '시골말 캐기'를 쓸데없는 장난으로 우습게 여길 것이랴?

7

사람의 모든 지식은 결코 고립한 것이 아니다. 한가지 사물에 대한 정확한 지식은 반드시 다른 사물에 대한 지식에도 직접 또는 간접으로 영향을 주는 것이니 '시골말 캐기'에도 또한 이러한 점이 있는 것이다.

시골말은 그 지방의 역사와 밀접한 관계가 있는 것이며, 그 지방의 풍속을 배경으로 하고 생겨난 것이며, 그 지방의 문화의 밭 위에서 피어난 꽃이니, 역사, 풍속, 문화 각 방면의 지식을 넓히는데 막대한 도움이 될 것이다.

별표^{別表}에 실은 몇 개의 시골말은 연희전문학교 문학부 학생 가운데 이 방면에 취미를 가진 이들에게 부탁하여 모은 것을 주로 하고 정리하여 본 것이니, 어휘의 수효는 비록 몇 개가 되지 아니하나 우리의 말이 지방에 따라서 어떻게 서로 다르다는 것을 짐작할 수 있을 것이며, 우리 말을 연구하는데 적지 아니한 참고자료가 될 줄로 믿는 바이다.

8

끝으로 이 글을 읽으시는 분에게 한가지 청하고 싶은 것은 이

글과 별표[8]를 읽으신 다음에 아래에 쓴 몇 마디의 말에 대하여 귀지방^{貴地方}의 말을 적어 보내주시면, 앞으로 또한 본지^{本誌}를 통하여 일반에 공개하여 우리 말을 연구하시는 이들에게 좋은 자료로 제공할까 하는 바이다.

(1946년)

---

8) 석인 선생의 원고 별표에는, 캐온 '시골말'을 기록하고 있는데, 18종의 단어를 전국 12구역으로 나누어 수백 개의 시골말 예시를 기록해 주고 있다. [18종 단어] 벙어리, 귀머리, 대머리, 가을, 겨울, 새우, 달팽이, 무, 달걀, 흙, 팥, 오이, 고양이, 게, 가위, 턱, 아우, 냉이

출전 :《한글》11권 3호 (1946.7)

"…… 선생님은 몇 해 동안 미국에서 대학을 다니셨는데 미국말을 한마디도 섞지 않았어요. 미국 가서 공부한 티를 안 냈어요. 우리말을 재미있게 가르치신 분이에요"

해방 후 세종 중등 국어 교사 양성소에서 석인 선생에게 배운 학생의 회고담이다.

1927년 유학 가서 컬럼비아 대학교 대학원 교육학과를 졸업하고 귀국하여, 대학교수 초청도 거절하며 영생고보에서 교사로 근무하며 학생들에게 민족의식 교육을 고취했다고 일경의 주목을 받는다.

1936년 8월부터 1939년 5월 사이 수업 중에 '임진왜란 당시 전라북도 남원의 여장 종군 김홍도', '나라奈良 법륭사 벽화를 그린 솔거', '임진왜란 당시 왜장과 함께 대동강에 뛰어든 평양 기생 계월향', '신라 마의태자' 등의 이야기를 통해 학생들에게 민족의식을 고취했다고 하여, 일경의 단속대상으로 꼽혀 날조된 조선어학회 사건의 취조 대상자로 끌려간다. 그리고 끔찍한 고문 끝에 억지 자백을 받고 '조선어학회' 사건은 시작된다.

이 사건으로 석인은 2년 동안 감옥에 수감되고 부친은 그사이 돌아가신다. 그리고 두 분의 한글 학자는 고문받다가 순국한다. 사건 이후 석인은 일체 세상 밖으로 눈길을 두지 않는다. 해방 후 미군정 주요 인사人事 좋은 자리 초청도, 주요 관직도, 파주 국회의원 추천도 거절하고 평생 한글 운동에만 매진한다.

정태진丁泰鎭. 1903~1952. 경기도 파주 출생. 한글학자, 독립운동가. 호는 석인石人. 1925년 연희전문학교 문과 졸업. 같은 해 함흥영생여자고등보통학교 교사가 됨. 1927년 미국으로 유학을 떠나 우스터 대학교, 컬럼비아 대학교 대학원 교육학과를 졸업함. 1931년 귀국하여 함흥영생여자고등보통학교 교사에 복직했고 1941년 조선어학회의 《큰사전》 편찬위원에 임명됨. 1942년 조선어학회 사건에 연루되어 징역 2년을 선고받고 복역함. 광복 이후 《큰사전》 편찬을 재개하면서 연희대학교, 중앙대학교 등에서 국어학 강의를 담당하여 후학 양성에 노력했으며 1949년에 한글학회 이사를 역임. 한국전쟁 중이던 1952년 11월 2일에 파주에서 식량을 구하러 가던 도중에 군용 트럭 전복 사고로 별세함. 사후 1962년에 대한민국 건국공로훈장 독립장이 추서됨.

'정태진 묘'는 2001년 12월 21일 파주시 향토유적 제15호로 지정되고, 1997년 11월 이달의 독립운동가, 1998년 10월에 이달의 문화 인물로 선정되었고, 고향인 파주시 금촌동에 정태진 기념관이 건립되었고 정태진 기념사업회도 운영 중임.

저서로 『한자 안쓰기 문제』(1946), 『중등국어독본』(공저, 1946), 시가집 『아름다운 강산』(1946), 『고어독본』(1947), 『조선고어방언사전』(공저, 1948) 등이 있음.

5장

문단 이면사

조선말 없는 조선 문단에 일언一言

MC 형 -

전일前日 소용所用으로 내동來東: 일본 동경에 온 한 선배의 일一 실업가로부터 근래의 신문 잡지에 쓰이는 숙어 중에 간결, 요약한 문자가 많게 됨을 지적하여 탄상歎賞: 탄식하며 서러워함 함을 들은 일이 있습니다. 그이는 '건설', '개조', '노자협조勞資協助' 등의 예를 들어 말하되 "이 같은 글자는 사 오년 전에는 보지도 듣지도 못하였고 오늘이라도 소위 옛 글자 햇다니[햇던이]로서 해석하지 못할 글자가 많다."고 하여 '상대성 원리', '소극적', '빙점' 등을 열거했습니다. 그러나 보통학교 교원의 경험을 가진 그이도 '민본주의'라는 어구가 democracy의 불합리하고 오류 되기 쉬운 구어歐語의 번역인 줄을 알지 못하였을 것이외다. 또 '섬세纖細'라는 어구가 delicacy의 전의全意를 방불髣髴함에는 가망도 없는 글자의 조합에 지나지 못함을 몰랐을 것이외다. 그와 같이 Kultur라는 독일인의 어구가 Civilization으로 영역英譯되어 '문화'로 일역日譯 된 것이 피할 수 없는 자국어의 속박을 받는 것임을 영어나 독일어에 불통^{不通}한 그 이는 몽상^{夢想}도 못 하였을 것이외다.

오늘날 일본에 있는 우리로서 상하 귀천의 구별 없이 현대 생활의 축도를 발견할 수 있는 신문, 잡지 가운데에 우리가 항용 읽는 어구가 모두 외국어의 번역이나 차용이 아닙니까. '기우^{杞憂}', '효시^{嚆矢}', '대동^{大同}', '해방^{解放}', '개조^{改造}', '공산주의^{共産主義}', '집단주의^{集團主義}', '고전주의^{古典主義}', '협음^{協音}', '화음^{和音}', '상징^{象徵}', '환멸^{幻滅}', '자연주의^{自然主義}' 등의 끝없이 헤아릴 수 없는 관용어구는 모두 지나^{支那} 경전이나 구주어^{歐州語}로부터 차용하거나 번역한 것이 아닙니까.

이것은 일본 조고계^{操觚界}의 어구상^{語句上}의 현상이나 어느 한도까지 그 영향을 받고있는 우리 잡지 신문계에도 이 같은 운명 외에 일본어의 차용을 감수하는 지경이 아닙니까. 나는 세계 문화가 국제화(지나체^{支那體})로 하면 대동하여 가는 오늘에 앉아서, 외국어의 차용이나 번역을 주저하는 것이 아니외다. 이론적으로 이상적으로 말하면, 도리어 그것이 세계문화의 발달상 피할 수 없는 당연한 경로로 믿습니다. 물론 어구상의 문제뿐 아니라 문맥상에 있어서도 이 같은 현상을 부인할 하등의 근거가 없사외다.

원래 개성의 표현인 사상이 언어라는 매개를 취하며, 언어가 문자의 형식을 취할 때, 그 문자가 일정한 심리적 계합^{契合}으로 당자^{當者}의 사상을 구체화하여야 할 것이외다. 그런즉 그 당자의 하는 말에는 그이에게 특독^{特獨}한 의사의 표현이라야만 할 것이며, 그 당자의 문^文에는 그이에게 독특^{獨特}한 사상의 표현이라야만 할 것이외다.

언어나 문자는 사람의 사상을 은폐한다는 불란서 시인의 말이 있으나, 벌써 사람이 언어와 문자로 사상이나 의지를 표현할 운명을 가진 이상에는, 그 운명의 힘을 효용하는 외에는 다른 수단이 없을 것이외다. (음악, 조각, 회화에도 음^音, 형^形, 색^色의 표현상의 매개 수단을 갖는 것은 물론이나 문학을 중심으로 말씀하고자 하는 여기서는 논외로 두겠습니다.) 칼라일이 "사상은 역사에 선재^{先在}하였다." 함과 같이, 사람이 각기 개성의 표현을 욕망할 때, 또 기왕 문자로 표현이 될 때 그 개인의 사상은 이미 선재 되었을 것이외다. 그러면 선재 되었던 이 사상이 재현될 때 원형 그대로 완전 시실^{始實}이 될 수가 있을까. 재현이라는 것은 이 우주에서 전연 불가능하다 할 수가 있습니다. 그러므로 위대한 천재들도 모두 완전의 경^境에는 이르지 못하였습니다. 이에 이르러 언어나 문자는 사상(의사, 감정도 함께)의 재현이 아니라, 그 상징에 지나지 못함을 긍정할 수가 있지요. 즉 문자와 언어는 그 주격^{主格} 되는 자의 사상이나 의사를 있는 대로 재현할 수 없으므로, 우리는 이에 문자와 언어의 암시력, 즉 상징력을 이용하게 되었습니다. 자연주의의 유일한 사실적 문학이 쇠퇴하여지고 상징주의, 신고전주의가 일어나게 된 것도 필경은 이 문자의 암시력으로 하여금 사실^{寫實} 하기에 어려운 개성의 감정과 사상을 방불하게 하고자 함에 원인된 것이외다. 다시 거듭 말하면 이 우주에는 다만 개성의 실재^{實在}와 그 상징이 있을 뿐이요, 재현은 전무^{全無}하외다.

사람의 개성은 천태만상^{千態萬象}이지요. 테 - ㄴ[1]은 환경의 지배와 영향을 피할 수 없는 것으로서 개성을 정의하였으나 그것은 사실이외다. 이것은 동일한 환경 밑에서는 동일한 개성이 있다는 것으로 의미하기 쉽지요. 그러나 인류 생성 이후 기천만년^{幾千萬年}의 발달을 가진 인류의 이지력으로도 해석하기도 어려운 자연의 법칙 안에는 양자^{兩者} 동일한 개성의 유사성이 있다면, 그는 개념상의 유사에 지나지 못합니다. (자특^{自特}, 고만^{高慢}, 은퇴적^{隱退的}, 경악^{驚愕}, 동정^{同情}과 같이). 시계사^{時計師}가 동일한 경로로 동일한 시간을 정밀하게 보^報하는 다수^{多數}한 시계를 동일하게 제조하는 것 같이, 만일 각 개성의 동류^{同類}만 실현되면 모든 인류의 비참한 쟁투, 살육, 혐오, 기만, 주저는 소멸될 것이외다. 그러나 헵벨의 극적 주인공의 말과 같이, "우리는 자연에 귀종^{歸種} 되며, 자연에 반항하는 것은 즉 신에게 반항하는 것이 됩니다. 신에게 반항한다는 것은 즉 자기부인^{自己否認}을 의미합니다. 더 넓게 말하면 이같이 각이^{各異}한 개성의 집단인 민족에 들어가서는 변화할 수 없는 민족성이 엄연히 존재하여 있음을 알겠습니다."

MC 형 -

천박한 소론^{小論}을 이까지 끌어온 것은 이유가 있습니다. 오늘날 조선문단^{朝鮮文壇}에는 조선 말이 없다는 것을 열거하여 순정^{純情}한 조선어의 부흥과 개량을 역설할 때, 어떤 우인^{友人}은 '국수주의자^{國粹主}

---

1) 프랑스 철학자, 비평가, 역사가인 히폴리트 텐^(Hippolyte Taine. 1828.4.21.~1893.3.5.)을 가리키는 듯

義者'로서 나를 명명命名하며, 소위 신진사상가로 자처하는 그이는 일본어, 한문, 조선 속담, 구문어맥歐文語脈의 메죽말을 변호하는 것을 들었습니다. 그이는 사상은 언어와 국어를 초월한 것으로 생각하겠지요. 그러면 동일한 비평의 상징을 대하여서도, A의 말과 B의 말이 그 어구와 용어와 어색語色(nuance)에 관하여 상이한 것은 어떠한 연유인가요. 개성의 근본적 관찰이 부합符合한 것이라도 그 표현된 언어와 문자는 반드시 상동相同한 개인적 분위기를 갖는 일은 없습니다. 물론 전에 말한 것같이 문화대동의 오늘날에 앉아서는, 사상뿐 아니라 표현방식도 구문맥歐文脈이나 일문맥日文脈의 혼화混和: 한데 섞이어 합쳐짐를 피할 수 없는 처지나, 지금까지 한문맥漢文脈이 다분히 섞인 조선어와 외래어가 유기적으로 세련된 혼화를 얻지 않으면 안 되겠다는 것을 뜻합니다. 이것은 언어뿐 아니라, 문맥에서도 이리하여야 할 것이외다. 형은 일대의 귀재 오스카 와일드의 암시 깊은 말을 기억하시겠지요.

> 내 일평생의 문학 예배에 있어서 내가
> Miser of sound and syllable, no less
> Than Midas of his coinage.
> 미다스가 돈의 인색한吝嗇漢이 되었음보다
> 더 나는 음音과 철자綴字의 인색한이 된 것은
> 결코 무목적한 처사가 아니다.

형식 안에 언어를 최중最重한 요소로 가진 시가詩歌에 있어서는 더욱 그러하외다. 우리가 읽은 후 가장 감동을 얻은 일본어나 구어歐語로 쓴 시가를 우리말로 번역하고자 할 때, 과연 독시讀時: 읽었을 때의 감동을 완전히 번역문으로써 얻을 수가 있을까. 시詩의 번역이 불가능이라는 낙담은 누구나 다 경험할 듯하외다. 예를 들겠습니다.

아직 불충분한 불어의 소양을 가진 나라도 베를렌의 〈Chanson d'automne〉을 읽을 때 산간의 외로운 고목 밑에 서서 일광이 천지에 미만彌滿한 애음哀音의 음률을 느끼는 듯한 정조情調를 얻으나, 이것을 우리의 말로 옮기고자 공허한 노심勞心을 몇 번이나 썼는지 모르겠습니다. 도기등촌島崎藤村의 시도 일본어로 읽을 때 비로소 시의 어여쁜 로맨틱한 음률에 감동을 얻지마는, 만약 그것을 우리말로 번역하여 놓은 때에는, 살 없는 뼈와 같은 어구의 배열 밖에는 아무것도 얻지 못합니다. 사상적 내용이 빈약하다는 비난을 얻기 쉬운 등촌藤村의 시는 다만 일본어 독특한 음률이 아니면 취할 것 없습니다. 시가는 예술권에서 제일 음악에 가까운 것이요. 그러므로 시가는 긴장한 상상력과 함께 음악적 요소 즉 자국어에 독특한 음률이 반드시 있어야 할 것입니다. 셸리의 유창한 〈구름〉의 제3절

The sanguine sunrise, with his meteor eyes,

And his burning plumes outspred,

Leaps on the back of my sailing rack,

　　When the morning star shines dead ;

As on the jag of a mountain crag,

　　Which an earthquake rocks and swings,

An eagle alit one moment may sit

　　In the light of its golden wings,

And when sunset may breath, from the lit - sea

　　beneath,

　　Its ardors of rest and of love,

And the crimson pall of eve may fall

　　from the depth of heaven above,

With wings folded I rest, on mine air nest,

　　As still as a brooding dove.

　이러한 시는 그 번역의 불가능이 다만 피아^{彼我} 국어상의 비유의
곤란뿐이 아니라, 원어를 읽을 때의 장미^{壯美}하고 신선한 조광^{朝光}
밑에 뜨는 구름과 같은 동적 음률을 결코 옮기지 못할 것이외다.
이러한 경우에는 고식^{姑息}한 번역보다 시적 교양이 적은 것이라도
자작^{自作}이 도리어 효과를 얻을 것입니다. 정통의 시(poetry
proper) 뿐만 아니라, 동요, 민요, 속요에 이르러서는 순전한 시
적 내용보다도 전통언어상^{全統言語上}2)의 운율이 중요한 요소로 되어

---

2) 원문대로임

있으므로 이 곤란이 배가倍加하겠지요. 좀 더 넓은 범위 안에서 무대상의 대화 즉 희곡에 있어서는 언어는 내용과 함께 동량同量의 중요성을 가졌습니다. 사상을 당대의 사상 범위 밖에 나아가거나 또는 전구全驅가 될 수 있으나, 장소와 시간의 일정한 제한을 가진 무대상에서는 언어는 반드시 그 당시의 관중에게 직접直接하고 친자親炙한 예술적 전달을 하여야 할 것이외다. 극작가의 직접하고 친자한 의사 감정의 전달에는 그 주위의 일상 사용하는 언어의 순화 외에 다른 방책이 없습니다. 반드시 극적 대화에는 이만한 구속을 감수하는 것보다도 그 구속의 철쇄鐵鎖를 능히 예술적 천분天分으로 조종하여야 할 것입니다. 보통 호프만슈탈은 독일 언어에 시적 신경역神境域을 부여한 극시인劇詩人으로 생각되기 쉬우나, 그는 시극詩劇, 레제드라마의 극단한 작가에 지나지 못합니다. 여하如何한 변명이 있을지라도 무대상에서 표현하는 시인의 인생관은 현실적 요소가 있어야 할 것이외다.

만일 그러지 아니하면 구차히 구속만은 무대를 빌리지 아니하여도 순수한 시의 형식으로 표현하는 것이 낫지 않겠습니까. 우리가 사옹沙翁: 셰익스피어 Shakespeare 에게 극 시인의 칭호를 주는 것은, 아름다운 현실적 무대 안에 시적 통찰과 상상을 건설함에 있고, 결코 시적 대사 안에 현실을 은닉한 연유는 아니외다. 전세기말前世紀末의 유명한 시인 쉼버 — ㄴ3)이 쓴 수 편의 시극 — 자기가 자신 있

---

3) 영국 시인 찰스 스윈번Charles Swinburne을 가리킴. 시극 《칼리돈의 아탈란타》에 들어있는 일부 코러스와 《시와 발라드》 시리즈 첫 권이 알려짐.

게 쓴 극이 있으나, 지금까지 극작가로는 알아주지 아니하고 역시 우수한 유미시인唯美詩人의 한 사람으로 기억됨도 그 원인이 여기에 있지 아니합니까. 애란愛蘭: 아일랜드 문예부흥의 최대한 극적 천재 존 밀링턴 싱이 〈곡영谷影〉을 쓰기 위하여 당시 숙박하고 있던 집 이층에서 닳아진 마룻바닥 틈에 귀를 대고, 밑층 부엌에서 이야기하는 하녀들의 대화를 유심히 들어 두었다 합니다. 혹은 더블린 근방 걸인들의 회화와 속요, 서해안의 어부나 목축자들의 언어를 항상 그이의 쓰는 극에 불가결할 것으로 들어 두었다 합니다. 풍만한 예술적 양심이 있는 존재가 그 극의 대화를 쓸 때, 적어도 이만한 유의留意를 가진 것이 오히려 당연한 일이 아닙니까. "그이들이 서재 안의 테이블 앞에 앉아서 붓을 들 때, 방금 조반 때 들어둔 가족의 말을 다시 회상하며 쓰지 아니하지 못하였을 것이외다." 허식 많은 음악적 과장으로 쓴 세기말의 극이 원인 없이 쇠퇴한 것이 아니올시다. 우리가 큰 천재의 개성과 사상을 전달할 때 그 매개물인 언어가 어찌 어부의 낚싯대와 같지 아니하오리까. 숙련하고 교묘한 수단으로 고기를 잡는 노어부老漁夫는 고기에 따라 각기 다른 낚싯바늘을 필요로 할 것이며, 그 낚싯바늘 있는 대로 자기의 노련한 기술을 사용하여야 할 것이외다. 언어에는 국민에 공통한 국어가 있고 지방에 공통한 방언이 있습니다. 언어를 무시하고, 개성을 표현하고자 시, 가歌, 극을 쓴다고 하면 그는 눈 없이 길을 걷고자 하는 것보다 무리한 일이외다.

MC 형 ―

이같이 국어, 속어, 방언을 역설하는 나도 자기를 돌아볼 때 실상은 참괴慙愧함을 억제치 못합니다. 있는 대로 개성의 가지를 벌리며, 듣는 대로 기억하며 사용할 언어를 수련함에 가장 민감한 십칠, 팔 세시歲時부터, 외국에 유거留居하여 듣는 것, 읽는 것이 모두 외국어이었습니다. 사정事情이 주는 비참한 환경 안에서 성육成育한 이로, 이 같은 부당과 원한을 통감하는 이는 나 외에도 우리 청년 가운데에 허다할 줄 압니다. 그러나 그이들의 대개는 사상에는, 개성에는, 천재에는 언어의 구속이 없다는 반진리半眞理의 이불 속에서 국척國戚: 황송하여 몸을 굽힘하고 있습니다. 우리는 전통 [불인佛人이 이르는 바의 문명사적 전통]에서 벗어나지는 못합니다. 개성의 천부天賦와 민족적 경향으로부터 도피할 수는 없습니다. 아무리 강렬한 아크등燈으로만 모아 놓는다고 하여도 그는 전자電子의 연소에 지나지 못하고 태양의 광光을 모방할 수 없습니다. 세계의 문화적 이상은 각 민족이 실현할 수 있으나, 그이들에게 특자特自한 경향, 성행性行, 천재는 세계 재성再成 그때까지 변치 아니하리다. 동양 문화는 어디까지든지 동양 문화의 정수精髓를 버리지 못할 것이며, 우리 민족은 어디까지든지 우리 민족의 발달한 경로를 걸어야 할 것입니다. 사기횡탈詐欺橫奪한 저네들의 지도를 배척하는 이들도, 다만 감정적 반항에 그치지 말고, 우리의 천재는 우리의 판단 외에 발휘할 길이 없음을 확실히 알아야만 할 것입니다.

나는 이까지 생각하여 올 때, 우리 문단(?)에는4) 과연 '우리의 말'이 있는가 하는 기괴한 의문이 올라옴을 속이지 못하겠습니다. 나는 당장에 우리의 말이 없다고 판단하겠습니다. 실로 기^氣가 막히고 불행도 한 판단이지요마는, 사실로 인정함은 나뿐 아니라, 오늘날 우리 글로 된 잡지나 신문을 떠든 이로써 유의한 이는 모두 이 같은 낙담을 가졌을 것이외다. 자자이근면^{孜孜而勤勉} 하여 모든 외국적 제도 설비와 학술의 성공을 얻는다고 하여도, 오늘날 이같이 일개의 완전한 문전사전^{文典辭典}이 없고, 어맥문맥^{語脈文脈}이 없고, 우리의 시가음율이 없으면, 그야말로 거택^{居宅} 없는 부랑자가 화의호식^{華衣好食}으로만 지내려 함과 같지요. 소위 글 쓴다는 이들의 문장을 보면 자기 특허의 혼란어^{渾亂語}(jargon) 는 고사하고 적어도 기천 년의 문화를 가졌다는 청년들의 문장이 지리멸렬^{支離滅裂}의 기괴한 독각^{獨脚: 외다리}이 춤을 추고 있으니 그래도 그이들의 눈에는 문화라는 경억^{境億}의 비탑^{碑塔}이 보이는지 의문이외다. 우리 같은 이도 우리말에 대한 존경과 사랑으로 무엇을 하려 할 때, 사지결박^{四肢結縛}한 엽견^{獵犬}과 같이 무가내하^{無可奈何} 올시다. 쓰는 글, 나는 잡지 손에 들고 그 무엇을 얻고자 하나. 동시에 낙담과 실망으로 고만두게 됩니다.

MC 형 -

나는 불완전한 논리로라도 현금^{現今: 오늘날} 우리 문단에는 먼저 있어야 할 우리말이 없다는 것을 지적하여 왔습니다. 그러나 이것은 단지 문단^{文壇} 문제뿐 아니라 넓게는 우리 신문화의 큰 문제가 되겠

---

4) 원문대로임

습니다. 물질적 문화보다 정신적 문화로 우리 조선을 생각할 때, 우리는 과거 전통의 신선한 선택 위에 선 문화의 비상$^{碑像5)}$ 외에는 다른 이상을 나는 아니 가졌습니다. 나는 다시 이러한 근거에 앉아서, 우리 청년들에게 희망하는 바를 간단히 열거하겠습니다. 또 늙은이들에게 대하여는 지금까지 가지고 있던 것이나 잘 간수하고 계시도록 청하는 외에 다른 희망이 없습니다.

1. 문전^{文典}의 재정과 사전^{辭典}의 출현

존경할 우리 선배 중에는 남모르는 고통과 희생으로 아직 불완전하나마 귀중한 조선어 문법을 남기어 주신 이가 있지 아니함은 아니외다. 내 견문한 것만 들어도 우선 주시경^{周時經} 씨의 『   』$^{6)}$, 이규영^{李奎榮} 씨의 『조선문전^{朝鮮文典}』, 강매^{姜邁} 씨의 『조선문법제요^{朝鮮文法提要}』, 안확^{安廓} 씨의 『조선문법^{朝鮮文法}』, 전희^{全熙} 씨의 『조선어전^{朝鮮語典}』, 전두봉^{全枓奉} $^{7)}$씨의 『조선말본』

(이하 세줄 생략)

원래 문전이나 사전은 상식 이상의 곤란과 희생과 시일^{時日}로야만 되는 것이외다. 우리는 이것을 생각할 때 또 오늘날의 이러한 곤경에 있어서, 남보다 먼저 생각하여 독자의 힘으로 수개^{數個}의 문전을 편찬하여 주신 그이들에게 한없는 존경의 마음을 금치 못합

---

5) 비석의 형식과 불상 조각이 결합된 비석형의 불상
6) 원문대로임
7) 한글학자 김두봉에 대한 오기^{誤記}인 듯

니다. 그러나 그 수개의 문전 안에는 문법상 모순과 불완전이 아직도 있는 것을 누구나 다 인지하는 바이지마는 우리는 이것을 기초로 하여 완전무하^{完全無瑕}한 신문전^{新文典}을 확립하여야 할 것입니다. 사전도 총독부 편찬의 몰상식한 『조선어사전^{朝鮮語辭典}』이 있으나, 이것에 대하여는 사전이라는 이름을 주기에는 너무나 애석을 엿쥬기[8] 외에 다시 할 말은 없습니다. 이 외에 게일 박사의 『한영자전^{韓英字典}』, 스콜 씨의 『한영자전^{韓英字典}』, (일명^{逸名})[9] 씨의 『한불사전^{韓佛辭典}』이 있습니다. 기백 년간 소위 '언문^{諺文}'이라 하여 경모^{輕侮: 업신여겨 모욕함}를 받아 오던 우리 말이, 시^時의 큰 힘으로 이제야 소위 문전, 사전이 생기게 되었습니다. 그러나 그것까지도 대부분은 외국인이 먼저 착수한 바 되었습니다. 과연 우리는 지금까지 어떠한 문화를 가졌다 과시할 어떠한 용기를 가졌습니까. 일개 사전이 없어 우리글이 세계에 관절^{冠絶}하다던 그것을 무슨 염치로 말할 수가 있으며, 일개 완전한 문전이 없이 무슨 눈으로 소위 신문화의 봉화^{烽火}를 들 수가 있습니까.

여기 부수^{附隨}하여 희망하는 것은 신^新 문전, 사전의 출현이 조선어의 표준을 만들 일이외다. 우리말은 지방에 따라 문전상^{文典上}의 상이가 비교상 적음으로 표준어의 일정^{一定}에는 과한 곤란은 없을 것입니다.

형님은 말하시겠지요. 우리의 잠이 늦게 깨이자 지금 와서는

---

8) 원문 대로임
9) 원문 대로임

자전字典, 사전에 희생을 바칠 시간과 능력이 없다고, 그러면 그 시간과 능력이 우리에게 돌아올 때까지 우리는 문화의 생활과 이상의 생활을 하지 말아야 하겠습니까. 착오, 착오, 또 착오이외다. 우리는 적어도 충일하는 생명력으로 필요 있으면, 당장에 파괴할 것은 파괴하고 창조할 것은 창조해야 합니다.

그러한 희생과 용기를 아끼지 아니하는 이야말로 우리의 영웅이 되며 우리의 구주救主가 되겠습니다. 일일一日이라도 속히 우리 문단의 존슨이 출현하여야 하겠습니다. 참고로 부기附記하겠습니다마는 사무엘 존슨은 십팔 세기의 영국 문인이외다. 소위 영문학상 '존슨 시대'라 하면 십팔 세기 후반을 이름인데, 이때까지 영국에는 사전이 없었습니다. 십사 세기 후반에 '영시英詩의 부父'라 이르는 '초서'가 영어를 건설한 후 엘리자베스 조朝에 이르러서 '셰익스피어', '스펜서'가 찬란한 근대까지 쓰는 영어의 범위를 넓게 하였습니다. 그 후 이 세기간 사전의 필요는 직접 없었더니 십팔 세기에 이르러 필경은 루소의 혁명사상의 파도가 북방의 변벽邊僻한 영도英島에까지 침입하였습니다. 그 영향으로 상업적 사회가 공업시대로 변하자 지방과 중류사회에까지 일반 교육이 보급되며 언론과 출판의 자유가 넓어지게 되었습니다. 문단으로는 이태리, 불란서의 영향받은 고전주의가 쇠퇴하며 로맨티시즘의 기운이 왕성하고자 할 때 존슨은 풍만한 정력으로 당대의 문인을 지도하고 있었습니다. 이러한 시대적 분위기 안에 있는 존슨이 비로소 영어사전의 편찬을 생각하게 된 것도 오늘날의 우리 사회의 요구와 방불한 곳이 없지 아니하고, 그 성공의 곤란과 노력이 상상 이상임도 서로 다른 곳이 없습니다. 영어사전의 출판은 천칠백오십오년의 일이외다. 그 수년 전에 도슬에[10]라는 출판업자로부터 사전 편찬의 종용을 받은 존슨은 당시 유명한 내각 비서관 체스터 필드 경卿으로부터 일천오백육십 방磅의 자금을 받아 삼 년간에 필료畢了하기로 작정되었습니다. 그러나 예상 이상의 저어齟齬와 곤란이 있는 외에 조수까지 수인數人을 차용하지 아니하지 못하게 되었을 뿐 아니라, 중도에 자금의 거절을 당하게 되었습니다. 기간其間: 그사이의 병약한 몸을 구사하며 계속하여 가는 고통과 경제상의 곤란, 동정과 원조 없는 고심, 그 모든 불행과 성공한 후의 큰 사업은 사전 자신과 서문 안에서 자세히 볼 수 있습니다. 그러나 유명한 것은 이 서문 외에 또 있는데, 이것이 유명한 〈체스터 필드 경에게 기奇함〉이라는 불후의 공개장公開狀이외다.

"……경이여, 필경은 육 년을 경과하였습니다. 이 육 년간 생은 경의 현관에서 방축放逐: 자리에서 쫓아냄을 당하기도 하고 응접실에서 헛되이 기다리다가 돌아온 일도 비일비재이었습니다. 또 이 수년간 생은 다시 말할 필요도 없는 곤궁 안에 앉아서, 토개土芥만 한 조력이나 격려도 없이 추후만 한 호의의 미소도 받음 없이 생의 사업은 착착 진행하여 이제 출판에까지 이르렀나이다. …… 생生은 이후에 명가名家의 간호를 받은 일이 없다고 말하겠습니다."(대의역

---

10) 로버트 도즐리[1703~1764: Robert Dodsley] 영국의 수필가. 출판업자, 서적상, 1746년 런던에서 토마스 롱맨 등 가장 성공한 출판인들의 모임을 만들어 사무엘 존슨과 영어사전 출판에 관한 중요한 활동을 함

^{大意譯} 이 일문^{一文}이 또 십팔 세기의 소위 문인들의 간호 관습^{看護慣習}(페트론)을 타파하는 일인^{一吶}이 되었습니다.

2. 구비전설과 민요·동요의 수집

또 외국의 예를 들겠습니다. 아시는 바와 같이 애란 민족^{愛蘭民族}의 문화적 각성은 애란 문예부흥을 중축으로 하여 일어나게 된 것이외다. 수백 년간 영국의 압박 밑에 있어 역병, 기근의 재액^{災厄}과 고유문화의 파괴를 당하던 그이들이 이 같은 사회적 대운동을 성공하게 된 원인은 극히 간단하였습니다. 전세기^{前世紀} 중엽에 더글러스 하이드 박사는 겔인^[愛蘭人: 아일랜드인]의 민요, 속요를 영역^{英譯}하는 데 그 운율과 시적 형식을 채용하였습니다. 이것이 유명한 〈콘나흐트의 연애가〉와 〈콘나흐트의의 종교가〉인데, 현대 애란 문인으로서의 양권^{兩卷}의 영향을 안 받은 이는 없습니다. 즉 하이드 박사의 영어에 채용한 서부 애란의 운율적 방언과 소박 순진한 시형^{詩形}은 그레고리 부인의 고^古 로맨스의 번역, 씽의 극에도 나타났습니다. 그 영향을 패트릭 콜엄이라는 현존 애란 시인이 다음과 같이 기록하였습니다. "그로부터 겔인 문화의 보존과 부활의 단체(겔 동맹, 애란 원본협회, 애란 문예 협회, 애란 극 협회 등은 하이드 박사의 자극에 간접 원인 되었습니다)가 출생하게 되고, 애란의 젊은 시인들은 시적 운율과 신기한 시형을 발견하였으며, 다시 영식^{英式} 훈육에 순치^{馴致}된 그이들은 거기로부터 민족적 본질과 특질을 보았고, 조국의 진상을 보았으며 긴장한 동적 순진을 소생시켰다. 이 두 권의 가집歌集은 젊은 애란인에게 일송서日誦書(브리비아리)가 되었다." 애란의 부흥은 그 문자의 뜻대로 소생이었고, 그 소생은 본래의 속요, 민요와 전설의 감천甘泉으로부터 일어나게 된 것이외다.

본래 어떠한 국민의 참 민족성을 보려거든 그 국민이 산출한 문학을 읽으라 함은, 대개 모든 사람이 단언하는 바이나, 나는 어떠한 민족성을 알았거든 그 민족의 가슴 깊은 속으로부터 직접 용출湧出된 민요와 전설을 들으라 하겠습니다. 우리의 민요, 속요나 동요, 전설에는 찬양할 바나 낙담할 바나 모두 포함되어 우리의 순직順直한 본상本相을 인정할 수 있습니다. 운율적 형식과 국어의 우수한 특색을 가진 그것들은 저와 같이 쇠천衰賤하는 대로 방치하여 둔 것은 너무나 애석합니다. 그뿐 아니라 이 같은 직접 한 민요, 동화의 특색을 우리 시가단詩歌壇에 채용할 때 천만 장章의 외국 시가詩歌를 수입할지라도 얻지 못할 우리 민족의 운율과 시형의 새 예술을 건설하게 되오리다. 혹 말하는 이는, 우리 가요에는 과거 기백 년간 정치상이나 도덕상으로 받아오던 압박의 망족적亡族的 소리에 지나지 못하니, 그것을 부활하는 것은 즉 또 한 번 과거의 비참한 생활을 하라는 것과 다름없다고 합니다. 지리상으로 역사상으로 또는 환경의 압박 상으로 우리의 가요에 그 같은 색채가 있는 것은 사실이외다. 유종열柳宗悅 씨의 지적과 같이 우리의 예술은 다만 춘풍에 날리는 서류絮柳의 슬픔을 과거의 특색으로 가졌습니다. 그러나 그것은 과거의 환경적 특색에 지나지 안 하는 것이 아닌가요. 또 그러한 특색이라 하여도, 그것이 만일 오늘날 우리 가슴 속에 포장된 애감哀感의 사실이라 하면 이것을 기만하여 표현하는 것은 과연 허상의 예술이 아닐까요. 그러나 우리의 민요, 속요나 동화, 전설을 수집, 부활하라 원하는 나의 조건은, 그 운율과 시형의 우수점優秀點을 쇠천하게 말고, 그것을 이용하여 우리의 신시가新詩歌에 넓은 범위를 부여하라 함에 불과하외다. 우리들은 비참한 애란 사람과 같이 과거의 아름다운 그러한 시가, 전설은 점점 산간 벽촌에서는 소멸하여가는 형세이외다. 또 도회나 새 교육이 보급되는 지방에서는 무지식하고 타락한 잡류배의 구문句吻에서 겨우 명을 잇고 있는 지경이오니, 우리 자신을 귀중히 여기는 이들은 그 수집과 부활에 힘쓰는 것이 어떠할까요. 또 요새 유행하는 듯한 소위 오해된 상징파의 괴시怪詩에 수희隨喜: 남의 좋은 일을 보고 자기 일처럼 기쁘게 생각함 하는 이들도 다시 좀 냉정히 자기 안에 포장된 보옥寶玉을 들여다봄이 어떠하겠습니까.

3. 외국 문학의 번역

우리가 세계의 문학상이나 정치상으로 그 역사적 사건의 경과를 토구討究 하면, 그 대부분은 반드시 외국으로부터 들어온 사상에 원인됨을 알 수가 있습니다. 자고自古로 상당한 문명을 가진 나라로서 외국 문화의 영향을 받은 일이 적거나 혹은 전무한 곳은 지나와 희랍이외다. 그러나 지나는 아무 외국의 자극이 없어 마비 하여 잠이 들고 상금^{尙今: 지금까지} 그 장구한 안면^{安眠}의 탄성으로 당목대개^{瞠目大開}를 못하는 지경이며, 희랍의 쇠망도 찬란한 문화를 만들던 독창력이 그 절정에 이르러 길이 막힌 곳으로써 시작되지 안했습니까. 사람은 아무리 큰 천재라도 주위의 자극과 고무 없이는 용이^{容易}히 발현되지 않습니다. 오늘날 노대국^{老大國}으로 아직도 젊은 전도^{前途}를 가진 영국은, 그 인종적 혼합과 환경적 자극으로 그 문명과 발달을 지속하여 갑니다. 영국 민권사상의 발달은 불란서 혁명에 인^因하였으나, 그 혁명의 원류인 루소의 사상은 영국으로부터 들어왔습니다. 국가 생활뿐 아니라 일개인이나 일문단^{一文壇}의 발전도 동일하외다. 독일 국민문학 왕흥시대의 스트름 운드 드랑크의 청년문학자 — 괴테, 실렐, 크라이스트, 헬델, 하이네[11] — 모든 천재들은 당시 발흥하여 전^全 문단의 요화^{燎火}가 되던 불란서의 로맨티시즘의 수입에 자극되었습니다. 외국 문학의 수입은 다만 그 사상의 자극을 얻을 뿐 아니라 그 번역에 따라 언어의 확장에도 큰 관계가 있습니다. 창작과 함께 번역이 일국^{一國}의 문단에 주는 효과는 모든 고색^{固塞}하여가던 정신을 흥분시키며, 언어의 사용법을 넓히고 어풍^{語風}과 문맥^{文脈}의 청신한 국면을 암시하여 줍니다. 외국의 시가, 소설, 극의 번역이 우리의 빈약하고도 근본 없는 문단에 대하여 가진 사명도 결코 적지 아니하외다.

---

11) 18세기 후반 독일문예운동, 질풍노도^{疾風怒濤}, Sturm und Drang 슈투름 운트 드랑. 요한 볼프강 폰 괴테, 프리드리히 실러, 요한 고트프리트 헤르더 등

4. 신문·잡지의 민중화

최전最前에 말한 고향의 선배로부터 들은 말이외다마는 예하면 '효시嚆矢', '기우杞憂'라는 문자지요. 이러한 어구는 우리가 매일 신문, 잡지(일본 것을 의미하여)에서 보는 바이나, 놀랠 것은 중학교 졸업 정도의 일본인으로서 이 같은 심오한 유래를 가진 숙어를 이이易易히 쓰는 것이라 합니다. 즉 이같이 중학생뿐 아니라, 일반 민중, 차부車夫나 음식점 사환이나 소바집 하녀나 공장 노동자나 관청 고원雇員: 고용직 공무원에 이르기까지 모두 문화의 사명에 참가 되는 것은 신문, 잡지의 은덕이외다. 우리들의 선인들, 소위 유자儒者: 유학자들라는 그이들은 한문 숭배의 인습으로 '진서眞書: 예전에 한문을 높여 일컫던 말'의 방자한 학대로 하여금 '언문諺文12)'의 사지를 결박하였습니다. 그 결과는 우리 말의 퇴보와 어맥語脈의 불규율不規律, 소수의 유자 계급의 경서經書 남용과 타락, 일반 민중의 무지맹매無知盲昧를 인치因致하였습니다. 한문 상의 간요귀중簡要貴重한 용어는 다만 그네들의 풍일유희風日遊戲의 기구가 되었을 뿐이외다. 그러나 근세에 와서는, 그러한 용어는 신문 잡지의 매개로 하여 직접 일반 민중에게 접촉이 되며 전파가 되게 되었습니다. 외국어의 수입과 심오한 경전이 일상의 사용에 공供하기에는 학교 교육보다 신문, 잡지의 노력을 빌리지 않으면 못합니다. 문화의 민중화라는 이상을 생각할 때 신문, 잡지 외에 일ˉ 사회를 지도할 것이 또 있습니까. 오늘날의 우리 신문, 잡지에 대하여 기탄없이 비평하고자 하면 즉

---

12) 예전에, 한글을 낮잡아 일컫던 말.

악언惡言이 되겠습니다. 나는 여기서 비평의 목적이 아니오. 다만 문제 제공에 지나지 못함으로 현금 우리 잡지, 신문의 기자에게 원하는 바는, 제공諸公: 여러분의 책임은 월급 생활의 사무나 명리名利 획득에 있지 아니함을 고告할 뿐이외다. 첫째로는 신문, 잡지의 민중화, 둘째로는 기자의 정도程度를 높일 일과, 셋째로는 신어新語 조출造出에는 상당한 용의주도가 있은 후에 할 것이 크게 필요합니다.

MC 형 -

경애와 희망을 가장 두는 형에게 올리는 이 글이 가령 모순과 불철저가 많을지라도, 나의 문제 제공에 진리 있는 것만 취하여 주시면 아무 주저 없이 속죄를 능히 하고자 합니다.

(1922년)

출전 : 《중외일보》 (1922.4.14), 《Société Mai》 1 (1925.6)

이글을 처음 발표할 때 필명으로 김초성^{金焦星}을 사용한다. 이글이 발표된 또 다른 지면 《Société Mai》는 초성이 주도하여 목포 지방에서 활동했던 1920년대 동인지다.

영화와 드라마 《사의 찬미》의 주인공, 우리 신극사^{新劇史}에 빛나는 명작 희곡 〈이영녀〉, 〈난파〉, 〈산돼지〉 등을 남기고 1926년 8월 4일, 윤심덕과 현해탄 깊은 물살로 사라진 매력적인 사내 초성 김우진의 글이다.

본문에 자주 언급되는 'MC형'이 누굴까 참으로 궁금하다. 관련 자료·논문 등 여러 경로로 찾으면서 연극 운동을 하면서 의형제¹³⁾를 맺었다는 홍해성^{洪海星, 1893~1957}과 마해송^{馬海松, 1905~1966}, 그리고 김우진 사후 동경에 남은 유품들을 챙겨 목포 부친에게 전해준 소설가 조명희^{趙明熙, 1894~1938}로 압축시킬 수 있었다. 이 가운데 유작들 속에서 편지 왕래가 자주 남아있는 조명희가 아닐까 하는 것이 편집자의 생각이다. 소설 〈낙동강〉과 희곡 〈김영일의 사〉를 남긴 포석 조명희의 필명 가운데 자주 쓰던 것이 목성^{木星}이 있다.

충청북도 연풍현 관사에서 태어나 한때 문장가를 꿈꾸기도 했던 상성^祥

---

13) 김우진 연구자에 의하면 홍해성^{洪海星}의 자호에서 마해송^{馬海松}과 김초성^{金焦星}으로 1자씩 나눠 가질 정도로 친했다고 한다. 그러나 아버지 호인 상성^{祥星}과 우진의 초성^{焦星}의 연결성이 의식되기도 한다, 김우진은 후일 수산^{水山}을 더 즐겨 쓴다.

^星 김성규^{金星圭}의 아들로 전남 장성에서 태어난 초성의 조부는 경북 문경 출신, 부친은 충청도, 그런데 삶의 반경을 그 먼 남쪽 바다 목포로 옮겨 터를 다시 일군 배경이 여러 날 궁금했는데, 그 내막은 아마도 가족사와 관련이 있을 듯하여, 더 이상 궁금증은 독자의 몫으로 남겨두고……

사회운동가 언론인으로 살았던 동생 김철진, 사상가이자 언어학자였던 막내 김익진, 그리고 아버지의 문재^{文才}를 이어받은 국문학자 외동아들 김 방한 ……

참, 이글에 대한 평설을 쓰기 위해 지금까지 말로만 듣고 어찌어찌해서 시청하지 못했던 《사의 찬미》 드라마를, 주변의 도움을 받고 찾아 완판으로 몰입해서 시청을 마친 후 또 다른 느낌은 …… 드라마에서 초성의 부친이 남주인공의 글쓰기 활동을 못마땅해하는 전형적 가부장적 근대 아버지로 그려지고 있는데 … 초성의 아버지 김성규^{金星圭}의 시 · 산문집 『초정집^{草亭集}』이 근현대 호남지역의 출판역사에 한 획을 긋는 문헌으로 인정받고 있다는 평가를 생각한다면 ……

김우진^{金祐鎭, 1897~1926.8.4}. 전남 장성 출생, 시인, 극작가, 연극이론가. 호는 초성^{焦星}, 수산^{水山}. 목포공립보통학교를 졸업한 후 일본 구마모토 농업학교를 거쳐, 1924년 일본 와세다 대학 영문과 졸업. 1921년 6월 동경유학생 기관지 《학지광》에 첫 연극 비평 〈소위 근대극에 대하야〉를 발표하며 연극을 통한 계몽운동을 강조하며 한반도에서 전개할 신극 운동의 방향을 언급함. 1920년대 한국 신극 운동의 주도자였으며 《극예술 협회》, 《동우회 순회연극단》을 이끎. 그의 희곡은 1910년대 극의 주류였던 가정극의 문제의식을 깊이 받아들이고, 그 속에 담겨 있는 개혁 의지를 사회 현실적인 차원에서 확대하려는 두 갈래 양상을 보여 줌.
김우진이 공식적으로 창작 활동을 한 시기는 6년 정도의 기간에 해당함. 짧은 기간에도 불구하고 〈정오〉, 〈이영녀〉, 〈두덕이 시인의 환멸〉, 〈난파〉, 〈산돼지〉 등 5편의 창작희곡 외에도 16세 때 탈고한 〈공상문학〉을 비롯한 3편의 소설을 썼음. 또 18세 때부터 쓴 시는 모두 48편에 달하며 〈창작을 권합네다〉, 〈구미 현대 극작가론〉 등 문학과 연극에 관한 평론 10편, 〈타씨찬장^{比氏讚章}〉 등 수상 13편, 〈워렌부인의 직업〉 등 번역 희곡 3편 등도 남김. 1926년 8월 4일 현해탄에서 〈사의 찬미〉를 부른 성악가 윤심덕과 함께 투신^{投身}하여 다시 세상에 나타나지 않았음.

사후 작품집으로 『김우진 전집, 전2권』(1983), 『김우진 전집, 전3권』(2003) 이 있음.

처녀작 〈희생화犧牲花〉 발표 당시의 감상

현진건(소설가)

스물한 살 때 《개벽開闢》에 〈희생화犧牲花〉란 것을 처음 발표하였다. 바로 어제와 같은 그때의 일이 역력히 기억에 남았건만 벌써 5년 전 옛이야기가 되었다. 남녀 학생 간에 남몰래 사랑을 주고받다가 남학생은 부모의 엄명으로 딴 처녀에게 장가를 아니 갈 수 없게 되자 표연飄然히 외국으로 달아나 버리고 여학생은 애인을 기다리지 못하여 마침내 병이 들어 죽고 만 경로를 센티멘털하게 그린 것이었다. 구도덕에 희생이 된 여자라 하여 〈희생화〉라고 제목을 붙인 것부터 시방 생각하면 곰팡내가 난다. 그러나 그 당시엔 몇 번을 고쳐 쓰면서 감흥에 뜬지 몰랐다. 그때 《개벽開闢》의 학예부장으로 있던 나의 당숙인 현철玄哲 씨를 성도 내며 빌기도 하며 제발 그것을 내어달라고 조르고 볶았다. 간신히 내어 주겠다는 승낙을 받은 뒤에 그것이 실릴 잡지가 나오기를 얼마나 고대하였을까. 그야말로 일일一日이 삼추三秋였다. 잡지가 나올 임물이 가까워가자 하루에도 몇 번씩 그의 집에 들러서 활자로 나타난 나의 첫 작품을 보려고 초조한지 몰랐다.

급기야 그 보잘것없는 작품이 활자로 나타났을 제 나의 기쁨이란! 형용할 길이 없었다. 아무리 훌륭한 지위를 얻은들 이에서 더 좋으랴! 아무리 끔찍한 명예를 얻은들 이에서 더 즐거우랴! 나의 몸이 갑자기 보석과 같이 번쩍이는 듯도 하였다. 『아라비안나이트』엔 여성의 키스로 말미암아 단번에 수십 장을 자란 남성이 있었지만 나는 이 〈희생화〉가 잡지에 게재됨으로 말미암아 천길 만길로 키가 커진 듯도 하였다. 더구나 그 잡지의 편집 후기에 "〈희생화〉가 손색없는 작품"이란 호의 있는 소개를 읽을 때면 뛰어야 옳을지 굴러야 옳을지 알 길이 없었다. 애인이나 무에 같이 그 잡지를 품고 그날 밤이 새도록 읽다가 자고 깨면 또 읽었다.

그런데 그다음 달 호인가 다다음 달 호인가에 〈희생화〉에 대한 황석우黃錫禹 군의 비평이 났다. 나는 무엇보다도 먼저 그 비평을 읽었다. 그것은 여지없는 비평이었다. 〈희생화〉는 소설이랄 수도 없다, 감상문이랄 수도 없고 하등 예술의 형식을 갖추지 못한 무명 산문이란 의미로 냉혹하게 공격하였다. 그야말로 기뻐 뛰던 나에게 청천에 벽력이었다. 갈기갈기 그 잡지를 찢고 싶을 만치 나는 분노하였다. 극도의 분노는 극도의 증오로 변하여 황석우란 자를 당장 죽여도 시원치 않을 것 같았다. 몇 번이나 팔을 뽐내며 방안을 왔다 갔다 했는지 모르리라.

나는 열에 떠서 그날 밤을 새우며 그 비평에 대한 공박문을 생각하였다, 그때 나는 투르게네프의 단편에 심취하고 있었다. 그러므로 〈희생화〉를 비위좋게도 그 문호의 명작의 하나에 마음 그윽이 비기고 있었다.

"〈희생화〉를 무명 산문이라 한 그대의 비평은 매우 반갑다. 옛날 사람이 쓰지 않던 산문의 형식을 내가 새로이 발명한 것이니 나도 창조적 천재의 한 사람인 듯싶어서 어깨를 추스를 수 있기 때문이다. 그러나 애달픈 손 〈희생화〉와 같은 형식은 벌써 투르게네프의 단편 어디에선지 볼 수 있는 것이 유감 천만이다. 투르게네프의 그런 작품을 모조리 무명 산문으로 돌릴진댄 〈희생화〉 홀로 무명 산문이란 이름 듣는 것을 어찌 한하랴. 다만 한 되는 것은 이 세상 사람이 모두 그대와 같이 장님이 아니기 때문에 창조적 천재란 월계관을 내가 얻어 쓰지 못하는 일이다."

이런 의미의 지독한 문구를 생각하면서 일어났다 누웠다 잠 한 눈 자지 못하고 밤을 밝히었다. 그 후부터는 〈희생화〉를 보기도 싫었다. 『타락자墮落者』란 단편집을 출판할 때도 빼고 넣지 않았다. 5년이 지난 오늘에야 비로소 '무명 산문'에 틀림이 없는 〈희생화〉를 뒤적거리니, 그때의 흥분이 우습기도 하고 그립기도 하다.

(1925년)

출전 : 《조선문단》 (1925.3)

1936년, 베를린 올림픽 마라톤에 출전해 1등을 차지한 조선인 선수 손기정孫基禎의 유니폼에서 일장기를 지워버린 채 동아일보 신문에 실은 - 일장기 말소사건으로 1년간 복역했다가 기자직을 사임한 빙허 현진건.

빙허는 스물한 살 때인 1920년 8월 《개벽》 3호에 러시아 작가 아르치바셰프의 〈행복〉을 번역해 실었고, 한 달 후 《개벽》 4호에 독일 작가 쿠르트 민체르의 〈석죽화〉를 번역해 게재한다. 그리고 11월 《개벽》 5호에 첫 창작소설 〈희생화〉를 발표한다.

〈희생화〉는 빙허의 잘 알려지지 않은 가족사적 비극을 그린 작품이다. 연구자에 의하면 독립운동가였던 셋째 형의 결혼 파탄의 시초와 해외 망명의 동기를 추정케 하는 작품으로 이야기하고 있다.

첫 작품에 대한 좋은 평가 기대감과 혹평에 대한 시린 가슴 … 그것은 위 본문14)에서 보여 준 내용 그대로이다.

빙허는 이 시기 조선일보에 입사하여, 일제로부터 정간당했다가 12월 2일부터 새 업무를 시작하는 신문사의 신입기자 처지로, 편집 지면을 채우기 위한 노력으로 문예 면에 많은 흔적을 남긴다.

또한 혹평을 받은 필력을 단련하는 방법으로 투르게네프의 소설을 집중 사숙 · 번역하여 조선일보에 게재하는 왕성한 활동을 한다.

〈초련〉 (투르게네프, 러시아) 중편 (1920.12.2.~1921.1.23.(44회)

---

14) 원제는, 처녀작 당시의 감상 - 〈희생화犧牲花〉

〈부운〉 (투르게네프, 러시아) 장편 (1921.1.24.~4.30.(86회)

그리고 회심의 역작 〈빈처貧妻〉를 1921년 1월에 《개벽》에 발표하여 문단의 호평을 받으며 〈술 권하는 사회〉, 〈타락자〉 등을 연속 발표하여 초기 대표 3부작으로 문단에 자리를 잡는다.

현진건玄鎭健, 1900~1943. 대구 출생, 작가, 소설가 겸 언론인, 독립운동가, 호는 빙허憑虛. 유년기에 마을에서 한학을 배우다가, 1908년 대구노동학교에 들어가 신학문을 배우기 시작함. 1915년 11월 보성고등보통학교에 입학하였다가 이듬해 7월에 자퇴하고 동경 세이소쿠 영어학교에 입학함. 1917년 귀국하였다가 4월 다시 5년제 동경 세이조중학 3학년에 편입, 이듬해 4학년을 중퇴하고 상해로 건너가 후장대학에서 수학함.

1920년 11월 《개벽》 6호에 단편 〈희생화〉를 발표하고 조선일보사에 입사하여 기자 생활을 시작함. 첫 창작 〈희생화〉에 대한 문단 혹평에 시린 가슴을 달래면서 투르게네프의 소설을 집중 사숙 번역하여 조선일보에 게재하며 필력을 단련함. 1921년 1월 《개벽》 7호에 〈빈처〉을 발표하여 문명을 얻고, 홍사용, 이상화, 나도향, 박종화 등과 함께 《백조》 창간 동인으로 참여함, 1922년 동명사에, 1925년 그 후신인 《시대일보》 그리고 《동아일보》에 근무하며 언론인으로 활동함.

1936년 동아일보사 사회부장 당시 손기정 일장기 말소사건 관련으로 1년간 구속되고 신문사를 나와 소설 창작에 전념하였으며, 빈궁 속에서도 친일문학에 가담하지 않은 채 지내다가 1943년 장결핵으로 사망함. 2005년 8월 15일, 독립운동의 공적을 인정받아 대통령 표창이 추서됨. 2009년 현진건문학상이 제정됨.

장편·단편 20여 편과 7편의 번역소설, 그리고 여러 편의 수필과 비평문 등을 남김.

대표작으로 〈빈처〉, 〈술 권하는 사회〉, 〈타락자〉, 〈운수 좋은 날〉(1924), 〈불〉(1925), 〈고향〉(1926) 등과 창작집으로 『조선의 얼굴』(1926), 『현진건 단편선』(1941), 장편소설 『적도赤道』(1934), 『무영탑』(1939) 이 나왔음. 사후 『단군성적순례』(1948), 『현진건 문학전집, 전6권』(2005), 『현진건 단편전집』(2006) 등이 출판됨.

발문跋文

 - 윤동주 시집 『하늘과 바람과 별과 詩시』에 대한

강처중(언론인)

동주東柱, 시인 윤동주 1917~1945는 별로 말주변도 사귐성도 없었건만 그의 방에는 언제나 친구들이 가득 차 있었다. 아무리 바쁜 일이 있더라도 "동주 있나" 하고 찾으면 하던 일을 모두 내 던지고 빙그레 웃으며 반가이 마주 앉아 주는 것이었다.

"동주 좀 걸어 보자구" 이렇게 산책을 청하면 싫다는 적이 없었다. 겨울이든 여름이든 밤이든 새벽이든 산이든 들이든 강가이든 아무런 때 아무 데를 끌어도 선뜻 따라나서는 것이었다. 그는 말이 없이 묵묵히 걸었고 항상 그의 얼굴은 침울하였다. 가끔 그러다가 외마디 비통한 고함을 잘 질렀다. "아 — " 하고 나오는 외마디소리! 그것은 언제나 친구들의 마음에 알지 못할 울분을 주었다.

"동주 돈 좀 있나" 옹색한 친구들은 곧잘 그의 넉넉지 못한 주머니를 노리었다. 그는 있고서 안 주는 법이 없었고 없으면 대신 외투든 시계든 내주고야 마음을 놓았다. 그래서 그의 외투나 시계는 친구들의 손을 거쳐 전당포에 나들이를 부지런히 하였다.

이런 동주도 친구들에게 군이 거부하는 일이 두 가지 있었다. 하나는 "동주 자네 시詩 여기를 좀 고치면 어떤가" 하는 데 대하여 그는 응하여 주는 때가 없었다. 조용히 열흘이고 한 달이고 두 달이고 곰곰이 생각하여서 한 편 시를 탄생시킨다. 그때까지는 누구에게도 그 시를 보이지 않는다. 이미 보여 주는 때는 흠이 없는 하나의 옥玉이다. 지나치게 그는 겸허 온순하였건만, 자기의 시만은 양보하지를 않았다.

또 하나 그는 한 여성을 사랑하였다. 그러나 이 사랑을 그 여성에게도 친구들에게도 끝내 고백하지 않았다. 그 여성도 모르는 친구들도 모르는 사랑을 회답도 없고 돌아오지도 않는 사랑을 제 홀로 간직한 채 고민도 하면서 희망도 하면서 ― 쑥스럽다 할까 어리석다 할까? 그러나 이제 와 고쳐 생각하니 이것은 하나의 여성에 대한 사랑이 아니라 이루어지지 않을 "또 다른 고향"에 대한 꿈이 아니었던가. 어쨌든 친구들에게 이것만은 힘써 감추었다.

그는 간도에서 나고 일본 후쿠오카福岡에서 죽었다. 이역에서 나고 갔건만 무던히 조국을 사랑하고 우리말을 좋아하더니 ― 그는 나의 친구기도 하려니와 그의 아잇적동무 송몽규宋夢奎와 함께 '독립운동'의 죄명으로 2년 형을 받아 감옥에 들어간 채 마침내 모진 악형에 쓰러지고 말았다. 그것은 몽규와 동주가 연전延傳을 마치고 경도京都: 교토에 가서 대학생 노릇 하던 중도의 일이었다.

"무슨 뜻인지 모르나 마지막 외마디소리를 지르고 운명했지요. 짐작건대 그 소리가 마치 조선 독립 만세를 부르는 듯 느껴지더군 요."

이 말은 동주의 최후를 감시하던 일본인 간수가 그의 시체를 찾으러 갔던 그 유족에게 전하여 준 말이다. 그 비통한 외마디소리! 일본 간수야 그 뜻을 알리 만두 저도 소리에 느낀 바 있었나 보다. 동주 감옥에서 외마디소리로써 아주 가버리니 그 나이 스물아홉, 바로 해방되던 해다. 몽규도 그 며칠 뒤 따라 옥사하니 그도 재사才士였느니라. 그들의 유골은 지금 간도에서 길이 잠들었고 이제 그 친구들의 손을 빌려 동주의 시는 한 책이 되어 길이 세상에 전하여 지려한다.

불러도 대답 없을 동주東柱 몽규夢奎 건만 헛되나마 다시 부르고 싶은 동주東柱! 몽규夢奎!

강 처 중
(1948년)

출전 : 유고 시집 『하늘과 바람과 별과 詩^시』(정음사, 1948)

1947년 2월 13일 경향신문 지면에 무명 시인 윤동주의 시 〈쉽게 씌어진 시〉를 게재하고, 당대의 중진 시인 정지용의 추천 글을 받아 함께 실으며 한국 문단에 윤동주 신드롬의 신호탄을 올리는 역할을 담당한 강처중 기자.

일본에 유학을 갔다가 요절한 윤동주의 4년간 서울살이 남긴 책, 유고^{遺稿} 등을 잘 보관했다가 동생 윤일주에게 넘겨주어 한국문학사에서 윤동주의 정신적 공간(?)을 이어준 인물이 바로 강처중 기자이다.

1947년 2월 16일, 윤동주 2주기를 앞두고 그를 기억하는 사람들 30여명이 한자리에 모인다. 여기서 그의 시를 세상에 알리는 것이 그를 추모하는 유일한 방법이라는 것에 뜻을 모은다. 실무자로 연희전문학교 시절 윤동주와 송몽규의 동창인 경향신문 기자 강처중이 정해진다.

1941년 11월 20일 날짜로 윤동주가 시집 서문까지 써놓고 출판하려 했다가 후배 정병욱이 보관 중이던 자선 시집 『하늘과 별과 바람과 시』의 19편의 시와 일본 유학 시절 강처중에게 보낸 5편의 시, 강처중이 보관하고 있던 7편의 시 등 총 31편의 시가 시집 한 권으로 묶이게 된다.

강처중은 여기에 동주와 일면식이 없었지만, 동주가 평소 흠모했다는 정지용 시인을 만나 시집 〈서문〉을 부탁한다. 당시 정지용은 강처중이 근무했던 경향신문사 주간을 맡고 있었다. 여기에 유영 시인의 추도시와 자신이 쓴 발문^{跋文}을 넣고 편집 실무를 맡아 1948년 1월 총 31편의 작품이 담긴 정음사 판 갈색 표지 『하늘과 바람과 별과 시』 초간본을 발간했다.

그리고 같은 해 3월에 초판본 1,000부가 파란색 표지로 출간되었다.

이후 1955년 2월, 윤동주 10주기를 기념하여 동주의 누이 윤혜원이 보관 중이던 습작 노트에 실렸던 작품들을 보태 89편의 시와 4편의 산문을 엮어 『하늘과 바람과 별과 詩』를 정음사에서 다시 펴낸다. 이때 초판본에 실렸던 정지용의 서문과 강처중의 발문은 제외된다. 정지용은 6·25 때 납북되었고, 강처중은 남로당계 사회주의자로 1950년 사형 판결을 받고 서대문형무소에 수감되었다가 6·25 때 풀려나 행방불명 되었기 때문이다.

강처중姜處重, 1916~1950?. 함경남도 원산 출생. 언론인. 부유한 한의사 집 맏아들로 태어났고 성품이 매우 신중하고 과묵했다고 함. 송도고보를 졸업하고 23세 때인 1938년 윤동주와 함께 연희전문학교 문과 본과에 합격하여 문과 별과에 합격한 송몽규와 동급생이 됨. 그때부터 세 사람은 기숙사 핀슨홀의 3층 지붕 밑 방에서 함께 생활하면서 끈끈한 우정을 쌓았음. 영어에 능통했던 그는 문과 동기들 가운데 1, 2등을 다투면서 '영어도사'라는 별명으로 불리기도 함. 문과 학생이었던 강처중은 윤동주나 송몽규처럼 문학에 심취했는데 3학년 때인 1940년 동아일보 신춘문예에 단편 부문에 지원했다가 낙방함. 연희전문 문과 학생회 '문우회' 회장으로 활동함.
1932년 17세 때인 송도고보 시절 동아일보에서 실시한 제2회 브나로드 운동에 참여하여 민중을 계몽하고 한글 보급과 문맹 타파에 헌신했음이 1932년 동아일보 기사[1932.7.8.]로 확인할 수 있음. 이듬해도 함경북도 덕원군의 책임 대원으로서 남녀 70여 명에게 한글을 가르쳤는데 당시 그의 보고 내용이 동아일보 지면에 실려 있음[1933.8.12.].
1946년 10월 창간된 경향신문에 주간 정지용, 편집국장 염상섭 등이 포진한 가운데 조사 주임으로 창간작업에 참여함. 1947년 2월 윤동주 추모시집 출판작업 실무자로 참여하여 편집을 담당하고 1948년 1월 총 31편의 작품이 담긴 『하늘과 바람과 별과 시』 초간본을 정음사에서 출판함. 이 시집에 발문跋文을 게재함. 언론인으로 살아서 많은 글을 남겼지만, 남로당원 사회주의자로 사형선고를 받았다가 6·25 때 행방불명 되었기에 모든 정보가 차단된 상태에서 1947년 4월 27일 자 기사로 충무공 탄생 402주년을 기념하여 쓴 〈충무공 이순신〉이라는 기사만 찾아볼 수 있음.
2016년 이준익 감독의 영화 《동주》에서 윤동주의 친구로 나옴.

6장

예술가의 첫사랑

나의 아내 혜련에게

안창호(독립운동가 · 사상가)

　나의 사랑 혜련, 보내준 편지를 반가이 보고 위로를 많이 받았나이다. 그간에 당신의 몸은 어떠하며 심정이 어떠합니까. 또 필립은 상하였던 팔이 다시 도지지 아니하며 금년 하기에 공부 성적이 어떠합니까. 또 근래에 그 성정과 행실이 어떠합니까. 자세히 알고 싶으외다. 필선은 체력이 어떠하며 살이 찌는지 파래는지, 또 그놈의 성정이 어떠합니까. 수산은 어리었을 때는 보기에 아둔할 것도 같고 영리할 것도 같더니 지금에 어떠합니까. 수라는 별 병이나 없는지요. 한번 자세히 기록하여 보내주기를 바라옵니다. 지금은 아이들을 교양함에 가장 중요한 시기인데 나는 집에 있지 못하고 당신에게만 맡겼으니 미안합니다. 그것들이 앞날에 잘못되면 그 허물이 그것들한테 있지 아니하고 나에게 큰 책망이 있겠나이다. 자식들을 혼자 맡아가지고 혼자 고생하는 당신에게 대하여 감사합니다. 다시 부탁할 말씀은 그것들을 좋은 사람 되게 하기 위하여 힘을 더 쓰고 주의를 더 하소서. 당신의 정중하고 다정한 교훈과

몸소 행하는 모범으로 잘 인도하여 그것들이 다 성실하고 깨끗하고 부지런하고 규모를 좋아하게 하고, 더욱이 다른 사람에게 동정하고 사회를 사랑하여 돕는 습관을 길러주소서. 나는 자식 기르는 도가 중함을 알고 그 도를 바로 실행하기가 어려운 줄을 아옵니다. 당신은 정성을 다하고 힘을 다하여 그것들로 이 아비보단 나은 사람이 되게 하소서.

김창세 의사와 그 부인이 평안하며 아이들이 다 잘 자라옵니까. 식구가 많고 또 아이들로 인하여 서로 비편[불편]한 것이 많을 줄을 아옵니다. 그같이 한집에서 두 살림을 같이하는 것이 유익하지 아니합니다. 할 수 있는 대로 속히 따로 지내게 하시오. 이 뜻으로 김 의사와 송종익 군한테 편지하겠나이다. 그러나 서로 떠나기 전에는 괴로움을 잘 참고 위로를 많이 주며 아이들이 서로 사랑하는 동정이 많게 하소서.

나는 몸이 매우 약해졌다가 지금은 많이 나아갑니다. 의원한테 치료를 받으며 다섯 날 전에 상해에서 화차로 네 시간을 좀 넘어가는 곳 항주란 시골에 가서 산과 호수에서 놀다가 돌아왔나이다. 내가 상해 법국[프랑스] 조계 명덕리에 있다가 그 집은 집세가 많은 고로 떠나서 그 옆에 오흥리란 동리로 이사하여 그곳에서 손 들만 보고 일을 처리하고, 자고 먹기는 단소에서 합니다. 단소 공기가 좀 좋은 까닭입니다. 내가 지금은 정부에서 나왔고 밖에서 국민대표회 모이는 것을 찬성하고 우리 흥사단의 발전을 위하여 경영합니다.

오! 혜련! 나를 충심으로 사랑하는 혜련, 나를 얼마나 기다립니까. 나는 당신을 보고 싶은 생각이 더욱더욱 간절하옵니다. 내 얼굴에 주름은 조금씩 늘고 머리에 흰털은 날로 더 많아집니다. 이제는 늙는 것을 깨닫기 시작되옵니다. 이처럼 늙어감으로 혜음이 드느라고 이러한지 전날보단 당신을 사모하고 생각하는 정이 더욱 간절하옵니다. 이왕에는 당신의 부족한 것이 많이 기억되더니 지금은 그 반대로 당신의 옳은 것을 기억하고 나의 부족한 것이 많이 생각나옵니다. 당신은 나를 만남으로 편한 것보단 고[苦]가 많았고 즐거움보단 설움이 많았는가 합니다. 이즈음에는 공연히 옛 생각이 많이 나옵니다. 옛날 노산즐니스[로스앤젤레스] 웨스트포틴 수루리[스트리트]에서 나는 사흘이나 말을 잘 아니 하였거니와 당신이 손가방을 들고 나가겠다고 하던 것이 생각납니다.

이것을 생각할 때에 내가 어찌 혜련을 그같이 아프게 하였던고, 여북 마음이 아파서 그처럼 하였을까 합니다. 당신은 기억하는지 모르거니와 우리 둘이 클라멘트에 가서 당신은 김기만 군 집에서 자고 나는 손양선 집에서 자던 때 나이옥 형의 혼인으로 인하여 말하다 내가 극단으로 불평 무례한 일을 행하고 서로 헤어졌다가 내가 잘 적에 당신은 나를 위해 자지 못하고 깊은 밤 어두운 방에 들어와서 내 자리 옆에 섰던 것이 눈에 선하며 당신의 모든 사랑과 동정을 여러 가지로 기억되옵니다.

나를 위하여 20여 년 충성을 다하여 온 당신을 대하여 사랑한다만다 말하는 것이 한 서투른 말이요, 부질없는 말일뿐더러 도리어 유치한 듯합니다마는 간절한 생각이 가슴속에서 배회하는 때에 붓을 들고 글을 쓰다가 자연 부질없는 말을 쓰게 되었습니다. 내가 멕시코에 갔을 때 당신에게 대한 생각이 간절하여 이번에 돌아가서는 전보단 아내와 아이들을 더욱 사랑하고 가정다운 가정을 만들겠다 하였다가 얼마 동안 같이 있지도 못하고 원동으로 오게 되므로 먼 작별을 짓고 서로 떠난 지가 어언간 3년이 되었습니다.

속히 만날 마음도 간절하고 다시 만나서는 부부의 도를 극진히 하여보겠다는 생각도 많습니다마는 나의 몸을 이미 우리 국가와 민족에게 바쳤으니 이 몸은 민족을 위하여 쓸 수밖에 없는 몸이라 당신에게 대한 직분을 마음대로 못하옵니다.

금년 안으로 난 한번 다녀올 생각이 많습니다마는 어찌 될는지 모르겠나이다.

그런즉 이 위에도 말씀하였거니와 당신 혼자 어린 것들을 맡아가지고 그것들을 사람 만들어주기 위하여 고생을 더 하고 또한 그것으로 큰 낙을 삼으소서.

영도한테 나는 편지를 도무지 못 하였소. 당신이나 자주 통신하고 또 아이들도 편지하게 하시오. 아이들한테 편지쓰기 좋아하는 습관을 길러주어서 이 아버지처럼 아니 하게 하소서. 말이 너무 길어짐으로 그만 그칩니다.

4254년 7월 14일 당신의 남편

(1921년)

편지 보낸 시기 : 1921년 7월 14일

이 글은 1921년 7월 14일 중국 상해에서 로스앤젤레스의 부인에게 보낸 편지다.

1897년 독립협회에 가입하여 사회활동을 하던 차에 시골에 계신 조부께서 일방적으로 고향 서당 훈장 이석관의 딸 이혜련과 약혼을 결정한다. 자신의 의지와 무관하게 결정된 인륜지대사에 도산은 파혼을 주장한다. 그러나 받아들여지지 않자 1897년에 자신의 여동생 신호와 약혼녀 이혜련을 서울 정신여학교에 입학시켰다. 그리고 1902년에 이혜련과 결혼하고 미국으로 건너갔다. 1903년 당시 로스앤젤레스 근교인 리버사이드에서 살던 도산은 재미 교포의 단결과 계몽을 위해 한인친목회를 조직하여 회장을 맡으면서 독립운동을 추진한다.

혹시 도산 선생이 당시 보통 그랬듯이 부인 혜련 여사보다 연하이었던가? 연보를 여러 번 찾아보아도 그것은 나타나지 않지만, 아내에 대한 사랑과 감사의 느낌은 문장 곳곳에서 녹아 흐른다.

편지의 종결 서술어의 극존칭을, 1921년 이미지 원문을 찾아 출력하여 참고하면서 당시 도산의 표현 그대로 존칭을 살렸다.

나는 당신을 보고 싶은 생각이 더욱더욱 간절하옵니다. 내 얼굴에 주름은 조금씩 늘고 머리에 흰털은 날로 더 많아집니다. 이제는 늙는 것을 깨닫기 시작합니다. 이처럼 늙어가므로 혜음이 드느라고 이런지 전날보단 당신을 사모하고 생각하는 정이 더욱 간절하옵니다. 이왕에는 당신의 부

족한 것이 많이 기억되더니 지금은 그 반대로 당신의 옳은 것을 기억하고 나의 부족한 것이 많이 생각납니다. 당신은 나를 만남으로 편한 것보다 고*가 많았고 즐거움보다 설움이 많았는가 합니다. 이즈음에는 공연히 옛 생각을 많이 합니다.

- 〈나의 아내 혜련에게〉 본문 중 -

안창호安昌浩, 1878~1938. 평안남도 강서 출생, 독립운동가, 교육자, 호는 도산島山. 8세까지 가정에서 한문을 수학하고, 14세까지 강서군 심정리에 머물며 한학을 배움. 1895년 청일전쟁이 일본의 승리로 끝나자 국력 배양의 중요성을 절감하고 상경하여 언더우드의 구세학당에 입학하여 3년간 수학하면서 기독교인이 되고 서구문물과 접하게 됨.
1897년 독립협회에 가입하여 관서지부조직을 맡았고, 1898년 이상재·윤치호·이승만 등과 만민공동회를 개최함. 1899년 강서군 동진면 화암리에 강서지방 최초의 근대학교인 점진학교를 설립. 1902년에 미국으로 건너가 샌프란시스코에서 한국인 친목회를 조직하고, 이를 기반으로 1905년 4월 대한인공립협회를 설립. 1907년에 이갑·양기탁·신채호 등과 함께 비밀결사인 신민회를 조직, 『대한매일신보』를 기관지로 국민을 교육함. 1907년 평양에 대성학교를 설립. 1913년 5월 샌프란시스코에서 흥사단을 창설하여 본국에서 이루지 못한 대성학교, 신민회, 청년학우회의 뜻을 실현하기 위하여 노력함.
1919년 상해임시정부 내무총장 겸 국무총리 대리직을 맡음.
1932년 4월 윤봉길의 상해 홍커우공원 의거 사건으로 일본 경찰에 붙잡혀 서대문형무소와 대전형무소에서 복역하다 1935년 가출옥함. 1937년 6월 동우회사건으로 수감되었다가 12월 병보석으로 석방됨. 1938년 3월 간경화로 별세. 1962년 건국훈장 대한민국장을 받음. 죽은 뒤 망우리에 안장하였다가 1973년 11월 미국에 있던 부인 이혜련의 유해와 함께 도산공원으로 이장함.
2018년 8월 20일, 대한민국 해군은 3,000톤급 국산 재래식 잠수함 프로젝트인 KSS-III의 1번함을 〈도산 안창호〉라 명명한다고 밝힘.
2018년 8월 14일, 캘리포니아 주의회에서 만장일치로 도산의 생일인 11월 9일을 '도산 안창호의 날'로 제정. 1988년 경신고등학교, 2013년 연세대학교가 명예졸업장을 추서함. 이는 도산 안창호가 다녔던 구세학당이 1905년 경신학교로 이름을 바꾸고 1915년에 경신학교 대학부가 설치되는데 이 대학부가 2년 뒤 연희전문학교가 되어 해방 후 연세대학교로 발전하였기 때문임.

사후에 『도산 안창호 전집』(1950), 『도산 안창호』(1964), 『도산 안창호』(1970), 『도산 안창호전집. 전14권』(2000)이 출판됨.

편지

백석(시인)

　이 밤 이제 조금만 있으면 닭이 울어서 귀신이 제집으로 가고 육보름날이 오겠습니다. 이 좋은 밤에 시꺼먼 잠을 자면 하이얗게 눈썹이 센다는 말은 얼마나 무서운 말입니까. 육보름이면 옛사람의 인정 같은 고사리의 반가운 맛이 나를 울려도 좋듯이 허연 영감 귀신의 호통 같은 이 무서운 말이 이 밤에 내 잠을 쫓아 버려도 나는 좋습니다. 고요하니 즐거운 이 밤 초롱초롱 맑게 괴인 샘물 같은 눈으로 나는 지금 당신께서 보내주신 맑고 고운 수선화 한 폭을 들여다봅니다. 들여다보노라니 그윽한 향기와 새파란 꿈이 안개같이 오르고 또 노란 슬픔이 냇내[연기]같이 오릅니다. 나는 이제 이 긴긴밤을 당신께 이 노란 슬픔의 이야기나 해서 보내도 좋겠습니까.

　남쪽 바닷가 어떤 낡은 항구의 처녀 하나를 나는 좋아하였습니다. 머리가 까맣고 눈이 크고 코가 높고 목이 패고 키가 호리낭창하였습니다. 그가 열 살이 못 되어 젊디젊은 그 아버지는 가슴을 앓아 죽고 그는 아름다운 젊은 홀어머니와 둘이 동지섣달에도 눈이 오지 않는 따뜻한 이 낡은 항구의 크나큰 기와집에서 그늘진 풀같이 살아왔습니다. 어느 해 유월이 저물게 실비 오는 무더운 밤에 처음으로 그를 알은 나는 여러 아름다운 것에 그를 견주어 보았습니다. 당신께서 좋아하시는 산새에도 해오라비[해오라기]에도 또 진달래에도 그리고 산호에도……. 그러나 나는 어리석어서 아름다움이 닮은 것을 골라낼 수 없었습니다.

총명한 내 친구 하나가 그를 비겨서 수선이라고 하였습니다. 그제는 나도 기뻐서 그를 비겨 수선이라고 하였습니다. 그러한 나의 수선이 시들어 갑니다. 그는 스물을 넘지 못하고 또 가슴의 병을 얻었습니다. 이 이야기는 이만하고, 나의 노란 슬픔이 더 떠오르지 않게 나는 당신의 보내주신 맑고 고운 수선화의 폭을 치워 놓아야 하겠습니다.

밤이 아직 새일 때가 멀고 또 복밥을 먹을 때도 아직 되지 않았습니다. 이제 나는 어머니의 바느질 그릇이 있는 데로 가서 무새 헝겊이나 얻어다가 알록달록한 각시나 만들면서 이 남은 밤을 당신께서 좋아하실 내 시골 육보름밤의 이야기나 해서 보내도 좋겠습니까.

육보름으로 넘어서는 밤은 집집이 안간으로 사랑으로 웃간에도 맏웃간에도 누방[다락방]에도 허팅[헛간]에도 고방(광)에도 부엌에도 대문간에도 외양간에도 모두 째듯하니 불을 켜 놓고 복을 맞이하는 밤입니다. 달 밝은 마을의 행길 어디로는 복덩이가 돌아다닐 것도 같은 밤입니다. 닭이 수잠을 자고 개가 밤물을 먹고 도야지 깃을 들썩이는 밤입니다. 새악시 처녀들은 새 옷을 입고 복물을 긷는다고 벌을 건너기도 하고 고개를 넘기도 하여 부잣집 우물로 가서 반동이에 옹패기에 찰락찰락 물을 길어 오며 별 같은 이야기를 자깔자깔하는 밤입니다. 새악시 처녀들은 또 복을 가져 오노라고 달을 보고 웃어 가며 살기[살쾡이]같이 여우같이 부잣집으로 가서는 날쌔기도 하게 기왓골의 기왓장을 벗겨 오고 부엌의 솥뚜껑을 들어 오고 곱새담의 짚날을 뽑아 오고……. 이렇게 허물없는 즐거움 속에 끼득깨득 하는 그들은 산에서 내린 무슨 암짐승들이 되어 버리는 밤입니다. 그러다는 집으로 들어가서 마음 고요히 세 마디 달린 수숫대에 마디마디 콩 한 알씩을 박아 물독 안에 넣는 밤인데 밝은 날 산골이라는 윗마디, 중산이라는 가운뎃마디, 해변이라는 밑 마디의 그 어느 마디의 콩이 붇는가를 보고 그 어느 고장에 풍년이 들 것을 점칠 것입니다. 그러다는 닭이 울어서 새날이 되면 아홉 가지 나물에 아홉 그릇 밥을 먹으며, 먹으면 몸 솔쐐기[송충이]가 쏜다는 김치와 먹으면 김맬 때 비가 온다는 물을 자꾸 먹고 싶어 하는 밤입니다.

이렇게 해서 육보름의 아침이 됩니다. 새악시 처녀들은 해뜨기 전에 동리 국수당[성황당]의 스무나무 가지를 쪄 오래서 가시가시에 하이얀 솜을 피우고 그 솜 밭 속에 며칠 앞서부터 스물이고 서른이고 만들어 놓은 울긋불긋한 각시와 새하얀 할미를 세워서는 굴통담에 곱새담에 장독담에 꽂아 놓는데, 이렇게 하면 이 해에는 하루갈이 목화밭에서 천 근 목화가 난다고 믿는 그들이 새 옷의 스적이는 소리도 좋게 의좋은 짝패들끼리 끼리끼리 밀려다니며 담장마다 머물러서는 목화 따는 할미며 각시와 무슨 이야기나 하는 듯이 즐거워하는 것입니다.

　(닭이 우나?) 아, 닭이 웁니다. 나는 이만 이야기를 그치고 복밥을 기다리는 얼마 아닌 동안 신선과 고사리와 수선화와 병든 내 사람이나 생각하겠습니다.

(1936년)

출전 : 《조선일보》 (1936.2.21)

'사내 사외社內 社外 신춘 단문 리레-'란 신문사 기획으로 실린 서
간형 수필이다.

1935년 7월음력 6월 친구 허준[1910~?: 소설가]의 결혼식 피로연에서
통영 출신의 당시 이화고녀 학생인 '수선', '난蘭'이라 불리는 '박경
련'을 만나 첫눈에 반해 사랑에 빠진 백석.

*"머리가 까맣고 눈이 크고 코가 높고 목이 패고 키가 호리낭창
하였습니다. 그가 열 살이 못 되어 젊디젊은 그 아버지는 가슴을
앓아 죽고 그는 아름다운 젊은 홀어머니와 둘이 동지섣달에도 눈
이 오지 않는 따뜻한 이 낡은 항구의 크나큰 기와집에서 그늘진
풀같이 살아왔습니다."*

조선일보 동료 기자였던 신현중[1910~1980: 언론인, 교육자]의 여동생이
허준의 신부였고, '난'은 신현중 누나의 통영학교 제자.

같은 통영 출신의 친구 신현중에게 사랑의 오작교가 되어주길
바라며, '난'에게 자신의 마음을 잘 말해 달라고 신신부탁하고 백
석은 그 먼 길 남쪽 통영을 신문사 취재 핑계로 3~4회 떠난다.
그러나 통영 방문은 갈 때마다 길이 어긋나 그 처자는 서울 학교
로 떠나 만나지 못한다.

그리고 통영에서는 신현중과 그녀가 약혼에 이른다. 이미 다른

여성 김OO과 약혼 중이었다가 파혼했던 신현중도 그녀를 좋아하고 있었던 셈인데. 백석의 돌진^{突進}이 둘 사이를 자극한 동기가 된 것인지, '소문에 백석의 어머니가 평안도 기생 출신이라는 말이 있더라'라는 누군가의 말이 '난' 집안에 흘러 들어가고, 마침 신현중의 고백이 통해 약혼과 결혼으로 이어지게 된 것이다.

예로부터 '사랑은 대신 전달은 절대 금기'라는 것을 백석은 왜 몰랐을까? 참으로 안타까운 사랑 역사의 한 페이지다.

백석의 통영과 관련된 시편들은 6편이다.

〈통영〉(조광, 1935.12), 〈통영〉(조선일보, 1936.1.23.), 〈창원도: 남행시초1〉(조선일보, 1936.3.5.), 〈통영: 남행시초 2 - 서병직씨에게〉(조선일보, 1936.3.6.), 〈고성가도: 남행시초 3〉(조선일보, 1936.3.7.〉, 〈삼천포: 남향시초 4〉(조선일보, 1936.3.8.).

또한 남쪽 바닷가 그녀 '난'에 대한 그리움이 엿보이는 시로 〈내가 생각하는 것은〉(여성, 3권 4호 1938.4), 〈흰 바람벽이 있어〉(문장, 3권 4호 1941.4) 등이 시집에서 눈에 띄어 마음이 짠하다.

호사가^{好事家}들은 백석의 통영 방문이 3번이냐 4번이냐 말들을 하는데. 통영사는 '난'의 외사촌 오빠 서병직과 백석의 친분으로 그와 관련 통영 출장도 고려하여 평가해야 할 것이다.

이 편지 이후 백석은 1936년 4월 조선일보를 떠나 고향 근처 함흥 영생고보에 영어 교사로 근무를 시작하여 회식 장소에서 1936년 늦가을 김진향(자야)을 만나 특별한 만남이 시작된다.

그러나 이미 신현중과 약혼이 되었고 그 둘은 1937년 4월 결혼에 이른다.

아마도 호사가들에게 '난'과 완전한(?) 이별 후 '자야'를 만난 것으로 문학사에서 기록되어야 아름다울 텐데, 현실에서 백석은 1936년 12월 겨울방학을 틈타 상경하여 친구 허준에게 "박경련에게 청혼을 넣어 달라고 부탁"^(백석연구가 송준, 박태일 경남대교수)을 하게 된다.

'하긴 한눈에 반했던 첫사랑이 그리 쉽게 잊혀지겠는가'

윗글은 1936년 시집 『사슴』을 100부 한정판으로 간행하여 지인들에게 보낼 때 부안의 신석정 시인으로부터 답례로 시 〈수선화〉를 받은 후 답글로 당시 심경을 남긴 글이다. 그런데 묘하게도 신문사의 부주의로 2월 21일 자 신문에 제목 〈편지〉만 보이고 지은이 없이 바로 본문이 나온다. 뒤늦게 실수를 알아차리고, 다음날 토요일 석간 3면에 정정보도를 1줄 싣는다.

(訂正) _{정정}

^{작일} 昨日 ^{본란} 本欄의 "편지" ^{필자} 筆者는 ^{백석 씨} 白石氏인바 ^{명함} 名銜이 ^{누락} 漏落되었기 ^자 玆에

^{정정} 訂正함

절절한 '노란 슬픔'의 사랑이 해피엔딩이 되었다면 좋으련만, 불발로 끝난 사랑에 신문사의 통절한(?) 오류는 문장수집자의 문단사 에피소드 모음 연구 한 꼭지로 장식하게 되었다.

북으로 간 백석은 시인의 길은 포기하고 동화작가와 번역가로 활동을 하다가 1962년 《문학신문》(1962.3.23.)에 〈붓을 총창으

로!〉라는 편지글로 통영의 지인 신현중에게 보내는 안부를 남긴
다.[1]

백석 白石, 1912~1996. 평안북도 정주 출신. 본명은 백기행白夔行. 아호는 백석白奭과 '백석白石
을 사용함. 오산고보 졸업. 1930년 《조선일보》 신년 현상 문예에 단편소설 〈그 모母와
아들〉이 당선되어 조선일보사가 후원하는 춘해 장학회 장학생으로 일본 아오야마 학원
영어사범과에 유학 다녀옴.
1934년 조선일보사에 입사. 1935년 《조광》 창간에 참여, 같은 해 8월 30일 《조선일
보》에 시 〈정주성〉을 발표함. 1936년 시집 『사슴』을 한정판으로 간행. 이 해에 신문사
를 그만두고 함경남도 함흥 영생고보의 영어교사로 부임함. 1938년 경성으로 돌아옴.
1939년 《여성》지 편집 주간 일 하다가 사직하고, 1940년 만주의 신경新京에서 만주국
경제부의 말단 직원으로 근무하다가 창씨개명의 압박이 계속되자 6개월 만에 그만둠.
1942년 만주의 안동安東 세관에서 일하다가 1945년 해방이 되자 신의주를 거쳐 고향인
정주로 돌아옴.
1947년 문학예술총동맹 외국문학 분과위원이 됨. 허준이 백석이 해방 전에 쓴 시 〈적
막강산〉, 〈마을은 맨천 구신이 돼서〉 등을 보관하고 있다가 1947년 말부터 1948년
가을에 걸쳐 서울의 잡지에 발표함. 북쪽에서 1953년부터 번역과 동화시 등 동화 문
학 등을 발표하다가 60년대 즈음 북한 문단에서 숙청당함. 문단에는 복귀하지 못하고
1996년 사망한 것으로 알려짐.
서울에서 『백석시전집』(1989)과 『백석문학전집(전2권)』(2012)이 간행됨.

---

1) 안도현의 『백석평전』(다산북스, 2014) 110쪽에서 참고함

내 애인의 면영^{面影}

임화(시인 · 문학평론가)

나의 애인은 역시 아름답습니다. 옷에 까만 외투를 입고 조그만 발에는 아담한 구두를 신었습니다. 이따금 버선 위에 고무신을 바꿔 신으면 짧은 발등에 흰 발등이 살찐 비둘기 가슴처럼 포동포동합니다. 나는 그의 이 귀여운 발이 멀리 갔다가 나의 집 처마 아래 참새처럼 찾아 드는 고운 걸음걸이를 한량없이 사랑합니다.

행인들은 거리를 돌아오는 그의 걸음걸이에서 조금도 애인을 찾아가는 젊은 여자의 질서 없이 움직이는 몸맵시를 찾진 못할 것입니다.

그는 차림새나 이야기나 걸음걸이의 유난함으로써 새 시대의 표적을 삼으려는 많은 여자들을 '속물스런 정경'이라 형용합니다. 사실 그의 입은 모든 사람의 그것처럼 먹기 위한 기관의 하나일지도 모릅니다. 그러나 그다지 크지 않은 동체^{胴體} 위에 완연 아름다운 조각의 콤플렉스처럼 희고 동근 목 위에 받쳐 있는 갸름한 얼굴은 생물 유기체의 한 부분이라기엔 너무나 아름답고 지혜롭습니다.

트로이의 성문처럼 굳게 닫힌 두 입술 사이에 미소가 휘파람처럼 샐 때 까만 두 눈은 별같이 빛납니다. 아무도 이 아름다운 입이 총구처럼 동그래져서 쏘아 놓는 날카로운 비판의 언어를 상상치는 못할 것입니다. 그 순간 무른 서리가 어린 긴 눈썹 아래 동그란 눈알의 매운 의미를 알아낼 수도 없을 것입니다.

　두 볼의 선이 기름진 평원처럼 턱으로 내려가 한데 어울려 가지고 인중을 지나 우뚝 솟은 콧날은 어쩌면 그렇게 날카롭고도 부드럽습니까?[2] 웃을 때도 노할 때도 그곳은 산처럼 움직이지 않습니다. 단지 어느 때는 말랑말랑하고 따뜻하며 어느 때는 굳고 대리석처럼 찰 뿐입니다.

　지나간 어느 때입니다. 내가 빈사의 병욕病褥에 누웠을 때 그는 대단히 먼 길에서 왔습니다. 밖에선 눈보라가 치고 바람이 불고 겨울 날씨가 사나운 밤 나의 방문을 밀고 들어선 그를 나는 대단히 인상 깊이 기억하고 있습니다. 그의 온몸에서 살아 있는 곳이라고는 손밖에 없는 것 같았습니다. 깎아 세운 석상石像처럼 우뚝 선 얼굴은 창백하고 단지 손끝이 바르르 떨렸을 뿐입니다. 나의 눈엔 꼭 퍽 아름답고 지혜로운 젊은 미망인 같았습니다.

　그의 눈에선 조금도 눈물이 흐르지 않았습니다. 그의 입은 조금도 열리려 하지 않았습니다. 그의 손은 아무것도 잡으려 하지 않았습니다. 그렇지만 그 순간 그는 나의 모든 것을 잡고 있었습니

2) 원문에는 '부드럽습니다?' 표기되어 있는데, 문맥상 '부드럽습니까?'로 고쳐야 할 것 같다.

다. 그날 밤 그는 청년이란 것의 아름다운 운명을 축복하면서 처음 울었습니다. 조선의 겨울밤은 병약한 사나이와 나이 젊은 여자의 가냘픈 몸엔 너무나 맵고 쓰렸습니다.

나의 애인은 사랑이란 것이 원수에 대한 미움으로부터 시작하여 자기희생에서 꽃핌을 잘 알았습니다. 자기의 모발 한 오리를 버리기 싫어하면서 남을 사랑한다는 것은 대체 무슨 의미입니까? 희생 없이 사람을 사랑한다는 것은 온전한 거짓입니다. 아름답고 지혜로운 애인을 위하여 나도 아무것도 아끼기 싫습니다.

그러나 나의 애인은 다시 먼 곳으로 떠나갔습니다. 나의 슬픔은 또한 우리들 공통의 별리의 슬픔은 아, 아무것에도 비길 수 없었습니다. 그러나 오늘날 우리 청년들에게 슬픔이란 즐거운 눈물같이 아름다운 것이었습니다. 그러므로 청년이란 것의 운명은 아름다우나 슬픕니다. 그는 아름다우면서도 지혜로웠습니다. 여자이면서 여자 이상이었습니다.

우리를 조르던 큰 의무가 별리를 요구할 때 우리는 학동學童처럼 종순終順했습니다. 그러므로 그는 우리가 정을 속삭일 때 나를 사랑스럽다 불렀습니다. 그러나 멀리 떨어졌을 때엔 반드시 '미더운이'라 불렀습니다.

우리는 서로 사랑함을 축복했고 서로 제 의무에 충성됨을 감사했습니다. 그런 때문에 그는 항상 우리가 비둘기처럼 사랑함을 경계했습니다. 어느 때 내가 태만의 결과 소망의 과업을 그르쳤을 때 어느 책에서 이러한 구절을 읽어 주었습니다.

십구 세기 말엽 가까이 어느 부처^{夫妻}가 독일에 살았는데 남편은 청년 독일파에 속할 수 있는 시인이었답니다. 그런데 불행히 남편은 근면치 못했고 예술적으로도 이렇다 할 성과를 거두지 못했더랍니다. 단지 한 중학교 교원으로 몹시 처를 사랑하는 남편에 불과하여 나이를 삼십여 세나 먹게 되었더랍니다. 그러나 젊은 처는 그에게 용기를 주기 위하여 그를 대적^{大賊}같이 용맹한 남자라든가 당신이 중세에 났다면 영웅이 되었으리라든가의 여러 가지 방식으로 격려했으나 내내 효과가 없더랍니다. 나중엔 할 수 없이 실연의 비탄을 맛보게 하면 그에게 한 정신적 충격이 될까 하여 얼마간 거짓 그를 멀리했더랍니다. 그러나 일체의 수단도 헛되이 그는 소망의 일을 달성치 못했더랍니다. 그래서 십여 년 전 그들의 행복된 결혼 때 남편이 기념으로 사준 중세 부인용 소도^{小刀}로 자결하고 말았더랍니다. 그러나 그 여인은 슬퍼서 죽었다느니보다 사^死의 일격^{一擊}, 더구나 사랑의 기념물로 끊는 자기의 목숨으로 최후로 남편의 정신적 분기^{奮起}를 재촉했더랍니다.

　나는 한번 쭉 이 글 소리를 듣고 자기가 이렇게까지 종순하고 희생적인 지혜만을 애인에게서 요구하지 않음을 직각^{直覺}했습니다. 그러나 여자 이상의 매력이란 것은 지혜와 굳은 의지가 우리의 등에 감기는 매운 채찍이라 생각했습니다. 비록 이러한 지혜가 시대의 슬픈 비극으로 끝맺는 불행한 날이 있을지라 해도 나는 나의 애인으로부터 이 밝은 지혜를 빼앗고 싶지는 않습니다.

(1938년)

출전 : 《조광》(1938.2)

이 글에 나오는 임화의 '내 애인'은 도쿄 경제전문학교를 졸업하고 신간회 자매단체인 근우회에서 전국대회 강사로 활동 중인 이현욱이다. 두 사람은 1936년에 결혼하고 이현욱은 1940년 《문장》에 소설 〈결별〉을 발표하며 필명을 지하련으로 바꾸고, 〈체향초〉를 발표하면서 문명^{文名}을 날리기 시작한다.

임화는 생전에 80편에 가까운 시와 200편이 넘는 평론을 써서 현대문학 연구사에서 중요한 위치를 차지하고 있다. 특히 1920~1930년대의 프로문학과 해방 직후의 좌익문학을 논할 때 필수적으로 살펴보아야 할 문학운동사, 한국 현대문학사에 있어서는 핵심적인 인물로 꼽힌다.

임화에 대한 수식어는 간단하지 않다. 지금 봐도 화려한 외모로 '조선의 루돌프 발렌티노'로 불리며 주연을 맡았던 영화배우 겸 제작자, 시인, 문학평론가, 문학운동가, 문예 전문 출판사인 학예사의 경영자, 열혈적인 사회주의 혁명가로 치열하게 살았다.

임화^{林和} 1908~1953. 서울 출생. 시인, 평론가, 문학 운동가. 본명은 임인식^{林仁植}. 문필 활동을 시작하였던 1926년에는 성아^{星兒}라는 필명을, 1928년부터는 임화, 김철우, 쌍수대인, 청로 등의 필명을 썼음. 1921년 보성중학에 입학하였다가 1925년에 중퇴함. 1926년부터 시와 평론을 발표하기 시작하며 영화와 연극에도 참여함.
1928년에 박영희와 만났으며, 윤기정과 가까이하면서 카프^{KAPF: 조선프롤레타리아예술동맹}에 가담. 1929년 시 〈우리 옵바와 화로〉, 〈네거리의 순이〉, 〈어머니〉, 〈병감에서 죽은 녀석〉, 〈우산받은 '요꼬하마'의 부두〉 등의 시를 발표하면서 대표적인 프로문학 계열 시인의 자리를 차지하게 됨.

1930년 일본으로 가서 이북만 중심의 《무산자》그룹에서 활동하고, 이듬해 귀국하여 1932년에 카프 서기장이 되면서 카프 제2세대의 주역이 됨. 카프 전주 사건이 터진 그 이듬해인 1935년에 카프 해산계를 낸 이후 출판사 학예사를 운영함.

해방 후 '문학건설본부'의 간판을 내걸고 많은 문인을 규합하여 1946년 2월에 '조선문학가동맹' 주최의 제1차 전국문학자대회를 성황리에 개최함.

1947년 11월에 월북하여 6·25까지 조·소문화협회 중앙위 부위원장으로 일하며, 6·25 때는 낙동강 전선에 종군하기도 함. 그리고 휴전 직후 1953년 8월에 남로당 중심인물들과 함께 북한 정권의 최고재판소 군사재판부에서 '미제간첩' 혐의로 사형을 선고받고 처형당함. 19세부터 시와 평론을 발표하였던 임화가 남긴 시집으로는 『현해탄』(1938), 『찬가』(1947), 『회상시집』(1947), 『너 어느 곳에 있느냐』(1951) 등이, 평론집으로 『문학의 논리』(1940)가, 편저로 『현대조선시인선집』(1939)이 있음.

인생 애절哀絶의 회상回想

- 나의 애정愛情 전반기前半期

변영로(시인 · 수필가)

에델바이스꽃

몇 번이고 몇 차례나 K기자가 찾아와서 원고 독촉을 하는 것이다. 원고라도 무엇이고 쓰고 싶은 대로의 원고가 아니라 하필 쓰기 군색스러운 애정에 관한 것을 쓰라는 것이다.

더군다나 내년이면 60이 되는 늙은 사람에게 턱도 없고 당토 않는 애정 이야기를 쓰라는 것은 무리까지는 아니란 대도 거의 거기에 가까운 일이다. 그리고 일생을 통하여 연애의 경험이나 기록을 가져 본 적 없는 필자에게는 참으로 난제 중에서 난제이기도 한 것이다.

조숙하였던 탓인지는 모르나 10세 내외 때부터도 연상의 여자에게 애모의 정을 품었던 적이 3, 4차나 있어, 그네들의 모습이 반세기를 지난 오늘에 이르기까지 마음속 구석구석에 생생하게 살아 있기도 하다. 그것은 마치 성당 앨코브[壁間: 움푹들어간 꼳]에 안치된

정묘한 성모상같이도 자리를 잡고 있는 것이다. 그러나 그것은 애태우고 마음 졸이던 한낱 딸 수 없는 과실이었다. 꺾을 수 없는 한 떨기의 에델바이스꽃이었다.(필자 註: 그 꽃은 알프스 층암절벽에서만 피는데 상사相思하는 젊은 남녀가 그 밑을 지날 때 여자가 자기 애인에게 한 송이 따서 달라고 간청하면, 남자는 위험을 무릅쓰고 기어올라 꺾어 가지고 내려오다가 곡간谷間에 떨어져서 죽는다는 전설의 것으로, 독일의 그 유명한 로렐라이 이야기와 비스름함) 그랬더니 만큼 연애의 실 경험이 나에게는 없었다. 죽느니 사느니 하는 상사에 날뛰는 기록을 나로서는 지녀본 적이 없다. 그러다가 부모의 명령으로 15 세 때 장가를 들었다. 그때 나의 아내는 나보다 나이가 두 살이나 위였다. 서로 본 제 없이 결합된 사이이긴 하면서도 처음부터 금슬이 좋았다. 연애와는 딴것이나 미더웁고 듬쑥한 애정을 느끼었다. 말하자면 그 애정은 불로 치면 활활 타는 것은 아니었대도 뭉긋이 꺼지는 것은 아니었다. 이러한 부부애가 20년을 계속하였다. 그러다가 하루아침 나의 아내는 2남 2녀와 나를 뒤에 남기고 다시 돌아오지 못할 길을 떠나고 말은 것이다. 그 당시 나의 애통을 읊은 도시조悼時調 2, 3수를 선처추념先妻追念으로 적으려는 바, 그가 살았다면 금년이 그의 환갑 해이다.

　　지나간 이십여 년 하루 같이 살아오다
　　가는 곳 다른 양 허황히도 나누이니
　　생신 채 꿈만 같아여 어리둥절합니다

지난날 돌아보니 뉘우침이 반나만데
슬픔은 일다가도 춤해질 제 있건마는
뉘침은 끄겁스레도 처질 줄만 압니다.

몸 굳이 가려거든 기억마저 실어 가오
애궂은 몸만은 뿌리치듯 가면서도
무 삼일 젖은 옷같이 기억만은 남기노

청춘 보호자青春 保護者

부모의 명령이든 운명의 소사所使이든 일단 처자를 두게 된 그때부터는 무언無言이나 불문不文의 어느 제재를 받게 되는 것이었다. 자유를 상실하였다느니 보다 꿈은 사라지고 만 것이다. 따라서 만일 마음을 갈래로 친다면 두 갈래가 되고, 집에다가 비긴다면 두 간 집이 된 것이다. 한 갈래는 의리에 매어지나 딴 한 갈래는 허공에 흔들리며, 한 간에는 연정戀情이 차서 있고, 다른 간에는 휑한 공허가 깃들일 뿐이었다. 일방 애정愛情, 타방 공허空虛의 델리케이트한 갈등이야말로 조절키 그다지 쉬운 일은 아닌 것이다. 단속이 까딱하면 타래실 풀리듯 하고, 경계가 자칫하면 한눈파는 초병哨兵 노릇을 하는 것이다.

지금 와서는 새삼스레 그 이유를 캘 것도 없는 어느 동기로 나는 21세 때 일본 동경으로 유람도 아니고 유학도 아닌 길을 떠났던 것이다. 남대문 역에서 P씨를 만났는데 그는 나를 보고 반색하며 가는 곳을 묻기에 동경으로 간다 했더니 더욱 반색을 하며 곁에 있는, 수줍어하는 나보다 2, 3세 아랠까 말까 한 여자를 소개하는 것이었다. "얘는 내 누이동생인데 동경으로 유학을 떠나는 길이니 동무 삼아 가시되 끝끝내 잘 보호하여 주시오."라고 P씨는 신신당부하였다. 한편으로는 P씨가 나의 인격을 신뢰함에 마음이 으쓱하였고, 한편으로는 속담에 '고양이 시켜 반찬가게 지키는 셈'이란 생뚱맞은 생각도 번개같이 하여보았지만 금방 내심으로 취소하여버리고 말았다. 지금 와서 생각해보아도 달콤한 기억의 한 토막은 연락선連絡船 중의 하룻밤이었다. 2등 선실을 같이하였는데 자다가 깨어보면 행여 추울세라 자기 몫 담요까지를 어느 사이 갖다가 나를 더 덮어주는 것이었다. 꼬부리고 자는(자는 척하는 것인지도 모른다) 애련한 모습을 보고서는 나는 나대로 가만히 있을 수 없어 가만가만히 일어나 담요를 끌어다가 깰세라 덮어주곤 하였다. 그 같은 담요 호양互讓: 서로 사양하거나 양보함 이 밤새 계속되느라고 이래저래 잠은 영영 놓치고 말았던 것이다. 동경 도착 후에도 하숙 마련도 하여주고 쭉 이어 서로 왕래도 하였지만 '보호자' '친구의 누이동생'이란 관념으로 끝끝내 순결한 이성간 우정을 지속하였다. 그는 후일 친우인 K군과 결혼하여 단란한 가정을 누리다가 그 부군은 6·25 때 납치되어가고 지금은 홀로 자녀들을 데리고 시내 어느 곳에 쓸쓸히 살고 있어, 잡지가 나가는 대로 이 글을 읽을지도 모른다.

여인 실종女人失踪

　상기와 같은 순결성을 결하지 않은 채로 역시 동경 체재 중의 회상 한 토막을 적어보려 한다. 하루는 간다神田 청년회관에서 L양과 인사를 하게 되었는데 까닭 모르게 처음부터 친숙하여 졌다. 나는 홍고에 하숙하고 그는 요쓰야에 하숙하였었다. 그는 나를 자주 찾아왔다. 자주 찾는 데는 이유나 구실 부족한 법은 없는 것이다. 생뚱 궂은 문병問病, 하숙 이전, 본국 소식 전달 등등 그다지 중대성은 없는 것들이었다. 하여간 친교의 농도는 증가일로이었다. 때로는 아사꾸사 활동사진도 보러 다니었고, 우에노 공원 불인지不忍池의 호반도 소요하였다. 어느 때는 밤늦도록 다니다가 전차를 떨어뜨리고 십리 길에 2, 30전 하던 '나가시' 탈 돈도 없어 걷기도 많이 하였다. 구슬픈 지난날의 회상이여!

　동경에서 2년간의 방랑을 마치고 나는 귀국하였다. 귀국 후 하루는 매당梅堂이라는 별호를 가진 C여사 집에를 놀러 갔다가 그곳에서 P라는 여성과 알게 되었는데 초면이면서도 그 태도는 자못 은근하였다. 어느 암시의 제의를 하였건만 나는 자리를 떠 집으로 돌아왔다. 지금 와서 생각하여도 협기俠氣 없는 노릇이었다. 그 여자는 미모의 소유자이기도 하였더니 만큼 아무래도 이유를 모를 일이었다. 그 익일翌日 C여사에게서 전인傳人하여 기별이 왔기에 달려가서 본즉 C는 나를 보기 바쁘게 '큰일 났다'고 서두는 것이었다. 까닭을 물으니 P가 자기에게 기괴한 말을 남기고 가더니만 밤 사이 부지거처^{不知去處}가 되었다는 것이다. 갈 만한, 감직한 곳이란 곳은 모조리 찾아보아도 소식이 묘연타는 것이었다. 나는 약간 마음의 불안을 품게 되었다. 이틀, 사흘, 나흘, 닷새를 두고 기다려 보아도 종시 감감무소식이라 나는 불안을 지나 송구^{悚懼}를 느끼기 시작하였다. 자살일까, 예사로운 잠적일까? 생후 처음 당하는 일인 지라 어리벙벙할 뿐이었다. 갖은 불길한 기우와 초조 불안이 수년 간을 계속하다가 마침내는 그 곡절을 알게 되었다. 그는 다름이 아니고 당시 부명^{富名}을 듣던 실업가 Y씨와 동서한다는 것이었다. 참으로 알길 없이 미묘 복잡한 여자의 심리이기도 하였다. 이제껏 도 그 여자의 기억은 뇌리에서 아주 사라지지를 아니하던 중, 일 전 우연히 명동거리에서 C여사를 만나 혹시 알까 하고 P의 생사 를 물어보았다. "요즈음도 부산에 살고 있는데 쉬 서울로 올라온답 니다." 이렇든 저렇든 감개를 자아내는 그의 대답이었다.

사제지애^{師弟之愛}

내가 모 여자전문학교의 강사로 재직 중이던 때의 일이다. K라 는 학생이 있었는데 그토록의 미인은 아니었으나 명목 붙이기 어 려운 '참'의 소유자이었다. 참이란 어느 국한된 부분에 깃들은 것 이 아니다. 맑은 눈, 고른 이^齒, 감성^{感性}, 얇은 코와 입매 등등이 미의 요소를 구성하는 것이지만 그 모든 것을 뛰어넘어 풍기고 내어 뿜는 그 포착할 수 없고, 명상^{名狀}할 수 없는 그 무엇이 사람으로 하여금 '반'하게 하는 것이 '참'인 것이다. 참도 층층이요 가지가지인데 K의 참은 독특한 것의 하나이었다. 보기만 하면 공연히 languishing(고상한 적어^{適語}가 없어 영어를 사용함) 하여짐이었다. 구태여 우리나라 말로 표시한다면 사람이 '녹으레' 하여진다고나 할까? 긴 이야기할 것 없이 그는 나를 무척 따랐다. 나 역시 그를 남모르게 귀여워했다. 그렇다고 연애라는 생뚱맞고 엄청난 생각을 품어본 적도 없고 저쪽에서도 그러려니 하고만 지내었다.

날이 지나고 달이 지나며 해가 거듭하여도 그식이 장식으로 지내었다. 피차에 내심을 토로할 용기나 대담성은 없었다. 첫째로 사제지간이란 장벽이 있는 데다가 내 쪽에서는 처자가 있다는 엄연한 책임감으로 상대자를 일종의 희롱물화^{戲弄物化} 하기에는 '양심의 매'가 너무도 아팠던 것이다. 지난 일이고 본인이 이곳에 없다고 나는 일호반점^{一毫半點}이라도 허위를 진술하는 것이 아니다. 손목 한 번 쥐어본 적 없는 순진무구의 사제애^{師弟愛}이었다. 그러던 것이 우연치도 않은 기회에 참고 참았던 것이 터지고야 말았다. 내가 모인^{某人}의 강권으로 불본의^{不本意}의 도미^{渡美}를 하게 되었는데 역두^{驛頭}에는 나의 선처^{先妻} 외에 다수의 전송인들이 나왔었다. 물을 것도 없이 K도 그중에 끼어 있었다. 발차 시간이 되어 내가 차에 오르려는 즈음 천만의외로 K는 돌연히 달려들어 나의 목을 얼싸안고 흐느껴 우는 것이었다. 나는 생후 처음으로 그때처럼 당황하여본 적이 없다. 나의 선처^{先妻}는 유아^{幼兒: 현재 미국 유학 중}를 안고 서서 그 광경을 눈을 의심하여 가며 보지를 않았던가! 달다면 달고 쓰라리다면 쓰라리기 그지없는 돌아오지 못할 그시 그때의 추억이여!

이상으로 우선 다감^{多感}하던 나의 〈애정 전반기^{愛情前半期}〉를 삼으련다.

(1956년)

출전 : 《신태양》 (1956.5)

1936년 월간잡지 《신가정》의 주간으로 있을 당시 손기정의 일장기 말소사건에 연루되어 107일 동안 옥살이를 한 수주 변영로.

애주가로 유명하여 취중에 공초 오상순 시인 등과 서울 거리에서 나체 활보 사건은 문단 내 유명한 에피소드의 하나로 전설이 되었다.

시인 수주는 자신의 단골 주점인 《은성》 주인 이명숙의 아들 최불암이 서라벌예술대학에 합격하자 막걸릿잔을 내밀고 술을 한 잔 주었다. 하지만 최불암이 막걸릿잔에 뜬 술지게미는 손으로 걷어서 내버리자, 수주는 '이놈이 음식을 함부로 버린다'고 화를 내며 즉석에서 귀뺨을 후려쳤다 한다.

수주는 동창이자 절친인 윤치영과 함께 중학교 수업이나 YMCA 학당 강의를 빼먹고 땡땡이를 치는 일이 자주 있었다. 한번은 이를 본 중앙중학교 교사이자 YMCA 학당 강사인 월남 이상재 선생이 수주 일행이 있는 곳을 보고는,

"변정상씨, 변정상씨" 하고 계속 불렀다. 화가 난 수주가 월남 선생에게

"선생님 치매 걸리셨습니까? 왜 남의 아버지 이름을 부르십니까?"

하자 월남 선생은,

"변정상이 내 친구이다. 그런데 네가 변정상의 씨가 아니면 다른 사람의 씨란 말이냐?"

라고 답했다 한다. 천하의 말재간꾼 수주도 이날만은 월남 선생에게 완

패. 이날의 에피소드는 변정상의 회고록과 이를 지켜본 윤치영의 자서전에 기록되어 있다고 한다.

변영로卜榮魯. 1898~1961. 서울 출생. 시인, 영문학자, 수필가. 호는 수주樹州. 본명 변영복. 1910년 사립 중앙학교에 입학하였으나 1912년 체육 교사와 마찰로 자퇴하고 만주 안동현을 유람함. 조선중앙기독교 청년회학교 영어반에 입학하여 3년 과정을 6개월 만에 마침. 1918년 《청춘》지에 영시 〈Cosmos〉를 발표함.

1919년 독립선언서를 영문으로 번역하여 해외에 알림. 1920년 《폐허》, 1921년 《장미촌》 동인으로 참가. 《신민공론》 주필, 1922년 《신생활》에 대표작 〈논개〉를 발표함. 1923년 이화여자전문학교 강사, 1924년 첫 시집 『조선의 마음』을 평문관에서 출판함. 그런데 이 시화집의 내용이 불온하다 하여 출판과 동시에 총독부가 압수하여 폐기 처분함.

1933년 동아일보기자, 1931년 미국 캘리포니아주립 산호세대학에 유학, 1934년 《신가정》 주간을 지내다 광복 뒤 1946년 성균관대학교 영문과 교수, 1950년 해군사관학교 영어교관으로 부임. 1953년 대한공론사 이사장 취임, 1955년 제27차 비엔나국제펜클럽대회에 한국 대표로 참석함. 1948년 서울시문화상(문학부문)을 수상. 1961년 3월 14일 인후암으로 별세.

저서로 수필집 『명정사십년酩酊四十年』(1953), 『수주시문선樹州詩文選』(1959), 영문시집 『진달래동산 Grove of Azalea』(1948) 및 유족들이 간행한 『수주변영로문선집』(1981) 등이 있음.

맺음말

우리 시대 불멸의 문장들을 찾아서

우리 시대 불멸의 문장을 찾아서

이번 『불멸의 문장들』은 1권 『느낌 그게 뭔데, 문장』처럼 고심으로 작품을 찾았다가, 편집하는 과정에서 작품 파일을 삭제하는 운명의 글들이 적지 않았다. 판단 기준은 역시 아픈 손가락 - 우리 슬픈 근대사에서 부끄러운 흔적을 남긴 작가들의 글들이다.

곽종원 김기진 김동인 김동환 김문집 김상용 김소운 김억(안서) 김용제 김종한 김해강 김형원(석송) 노천명 모윤숙 박영호 박영희 박태원 박팔양 백철 서정주 송영 안석영 유길준 유진오 유치진 유치환 이광수 이무영 이상협 이서구 이석훈 이인직 이찬 이헌구 이효석 임학수 장혁주 정비석 정인섭 정인택 조연현 조용만 주영섭 주요한 채만식 최남선 최린 최재서 최정희 함대훈 함세덕 함화진 현제명 홍난파 홍효민 등 …….

이들은 시인 소설가 평론가 희곡작가 미술가 음악가 언론인으로 대부분 유학까지 다녀온 고학력에 사회 지도층으로 막강한 영향력을 끼치는 인물들이었다. 그리고 자기 전공 불문하고 글쓰기 실력이 뛰어나 근·현대의 시대적·공간적 현장에서 다양한 활동과 저작^{著作} 결과물을 많이 남겼다.

문장 탐색 여행을 하면서 매력 있는 글들을 발견하여 편집자를 주춤거리게 만든 작가들 - 그러나 시대와 역사에 관한 판단과 단호한 의지로, 편집자 마음 가운데 소용돌이치는 애증^{愛憎}과 번민^{煩悶}을 스스로 냉정하고 의연하게 멈추기로 하였다.

혹자는 당시 판단자들의 친분과 위치에 따라 역사의 단죄에서 조금은 비껴간 듯한 이름도 있지만, 친일^{親日3)} 부왜^{附倭}의 마음이 실린 글을 남긴 작가들로, 학계·연구자들로 부터 지적을 받은 이는, 편집자의 책에서는 여지없이 이름을 도말^{塗抹: 발라서 드러내지 않게} ^{가림}하기로 하였다.

1권을 펴내고 2권을 준비하면서 다시 맞닥뜨린, 고통스러운 역사 속에 불편한(?) 흔적들을 남긴 작가들, 20세기 한반도 슬픈 역사의 친일 부왜의 흔적들을 달고 있는 그들은, 윤작가의 『불멸의 문장』 명예의 전당에 결단코 들어오지 못하리라.

1898년 2월 월남 이상재 선생이 자주독립의 애끓는 단심^{丹心}으

---

3) 친일^{親日} : 일제강점기 동안 일본의 주변국 침략이나, 황민화정책의 강행에 대해서 이를 고무하고 찬양하는 내용의 글을 발표하거나 행동으로 한 것을 가리킴.

로 올린 상소문 〈독립문 건설소獨立門建設疏〉의 친필 원문을 사진으로 만남도 행운이 아닐 수 없다. 그 기쁨을 주체할 수 없어 친필 원문과 일일이 대조하여 평설에 기록하여 두었다. 그러다가 발견한 조선왕조실록 사이트와 『대한계년사』 그리고 『월남 이상재 민족운동자료집』에서 발견된 몇 글자의 한자漢字 오류는 확대경을 통해 일일이 살펴보고, 월남 선생의 친필 족자의 한자를 기본으로 삼고 수정하였다. 좋은 자료집을 확보하게 해 준 독립기념관 담당 학예사에게 감사를 드린다.

엎드려 아뢰건대 신臣 등이 생각하기에 국가가 국가답게 되는 것이 두 가지가 있다고 하는데, 그 하나는 자립自立하여 남의 나라에 의지하지 않는 것이요, 또 하나는 스스로 닦아서 일국의 정치를 시행하는 것으로 생각합니다.

伏以臣等 以爲國之爲國 有二焉. 曰自立而不倚賴於他國也, 曰自修而行政法於一國也. 此二者, 上天所以 卑付我陛下之一大權也. 無是權, 則無其國也.

－ 이상재 〈독립문 건설소獨立門建設疏 〉(1898년) 중 －

처음에 기획을 짤 때 들어 있지 않았다가 편집 작업을 하면서 추가로 만나 수록한 몇몇 산문들에 대한 감회는 즐거운 추억이다.

개인적인 관심 영역인 '음악' 관련 자료 찾기 문헌 탐색 여행 중, 우리 현대 국악사를 두드리다가 우울하게도 친일 전력이 많은 국악인 자료를 만나게 되는 씁쓸함을 느끼기도 했다.

하지만 한글학자들의 흔적을 찾다가 1938년 『조선어사전』 편찬자인 청람 문세영 선생을 만나게 된 사실은 다시 생각해봐도 가슴 뿌듯하다. 또한 고문헌(?) 자료 열람을 도와준 경희대 중앙도서관의 사서 선생에게도 지면을 통해 감사의 인사를 드린다.

강처중 권덕규 김동석 김사량 김우진 나혜석 문세영 문일평 석주명 송계월 오장환 윤백남 윤심덕 이상재 이선희 정태진 주시경 - 이번 '불멸의 문장'에서 새롭게 만난 작가들 …… 고맙고도 감사한 불멸의 이름들이다.

3년 동안 행복한 문장 순례 여정을 감사하고, 또 다음 3권으로 미룬 불멸의 작가들과 새로운 영혼의 만남을 기대해 본다.